語りたい兜太　伝えたい兜太
――13人の証言

聞き手・編者◉董 振華
監修◉黒田杏子

◉語り手
井口時男
いとうせいこう
関 悦史
橋本榮治
宇多喜代子
宮坂静生
横澤放川
筑紫磐井
中村和弘
高野ムツオ
神野紗希
酒井弘司
安西 篤

コールサック社

語りたい兜太　伝えたい兜太——13人の証言

董振華　聞き手・編者

目次

まえがき

董　振華

金子兜太先生は、一九八〇年の最初の訪中から二〇〇五年の最後の訪中まで、二十五年間に十二回も中国を訪問され、中国の詩人との交流はもとより、「漢俳」の誕生、成長、発展に大きくご尽力をされた。毎回、日本側の世話役は日中文化交流協会が担当。中国側の窓口は私が勤務していた中日友好協会であった。

私が初めて金子先生ご夫妻と出会ったのは一九九三年の九月で、大学を出て中日友好協会に就職した翌年だ。当時通訳として先生一行をご案内した北京は秋冷の頃で、先生はジャケットと帽子をかぶって寒そうにされていた事を思い出す。先生の第一印象は「豪放磊落」。お隣の皆子夫人は日本の伝統的な優しい女性だと感じた。翌々年の一九九五年の九月、二度目となる金子先生と現代俳句協会訪中団を案内した。その時、中国人民対外友好協会の陳昊蘇会長が人民大会堂で歓迎の夕食会を開催した。金子先生がご答礼の挨拶で、「俳句と漢俳を含む両国の文化交流は大変重要で、終生に亘ってご尽力する所存です」と述べられた言葉が通訳を務めた私にはとても印象的で、私のその後の俳句の学習にも大きな影響を受けた。

一九九六年、平山郁夫画伯（当時日中友好協会会長、東京藝術大学学長）のご厚意と、中日友好協会の推薦を受けて、四月から一年間、慶応義塾大学に留学することになった。すでに中国の大学で日本語・日本文学も専攻していたため、慶応大学での勉強のほか、私は自分に「俳句」の個人学習を課すことにした。

そして四月十日、ホテルニューオータニで日中文化交流協会が主催した、中国の詩人・中日友好協会副会長林林氏の「井上靖文学交流賞」の授賞式があり、その席上で金子先生ご夫妻に再会できた。自分が現在日本へ留学で来ていること、更に先生の下で俳句を勉強させてもらいたいと考えていたことをお伝えしたところ、先生は「おう君、いいことだ、いいことだ、暇な時、いつでも家へ遊びに来い」と、親しみを込めて誘ってくださった。

こののち、月一回、私は先生のお宅に出入りするようになり、先生ご夫妻から俳句の手ほどきを受けた。同年五月、金子先生が句集『両神』で現代詩歌文学館賞を受賞された時と、七月の朝日ロッジでの吟行会、十一月の秩父俳句道場等、先生ご夫妻のご厚意に甘えてすべてご一緒させて頂いた。そして一九九七年の元日、私は先生のご自宅で初めて日本人の新年の過ごし方を体験した。この体験を綴った文章は同年四月の人民日報海外版に「金子兜太一家と私」の題で掲載。

一九九七年三月、日本での一回目の留学を終え、職場復帰の前に先生の題字と序文を頂き、初めての句集『揺籃』を纏められた。この句集は四月七日付の朝日新聞の夕刊に先生とのツーショットと共に紹介された。

その後、仕事で毎年数回日本を訪問する機会があり、その都度、先生ご夫妻に会いに行った。一方、その間、日本からの代表団を中国各地へご案内した折、日記の代わりに作った俳句をまとめ、二〇〇一年『年軽的足跡』（題字は林林氏揮毫）の句集名で先生の序文を頂いて中国で刊行できた。更に二〇〇三年、国際交流員として、私が島根県庁に勤務した一年間の所見所聞を俳句にまとめた『出雲驛站』（題字は澄田信義知事揮毫）の句集を先生の序文を頂いて刊行。

二〇〇五年三月二十三日、それまでの二十五年間、漢俳を中心に中日の詩歌交流が活発だったことや、中国各地に根を下ろして定着した漢俳が漸く全国組織の結成にまで発展。ついに北京で「漢俳学会」の成立大会が開かれた。この大会の事前準備のすべてを私が担当した。日本からは金子先生を団長に、倉橋羊村、安西篤、相原左義長、斎藤梅子、岡崎万寿等、現代俳句協会代表団二十五名。更に有馬朗人、藤木倶子その他十数人の俳人協会の俳人が祝賀に来て下さった。

この漢俳学会が成立して一週間後、私は中日友好協会の推薦で、同四月から二年間、早稲田大学の修士課程で国際関係を専攻することになった。漢俳学会成立の準備作業と早稲田大学留学の準備等で多忙だったため、兜太先生が北京滞在中には殆どお世話をすることができなかったが、兜太先生が尊敬され、特別にお親しかった林林氏のご自宅への訪問にはご一緒できた。

そして、二〇〇六年三月二日、皆子夫人が亡くなられた時、私は早稲田大学留学中で日本に居たため、葬儀の最初から最後まで列席が叶った。この時、私が書いた「皆子祖母を悼む」全文五千字は葬儀の全容を紹介しており、そっくり「海程」六月追悼号に掲載された。

それから、一九九六年俳句を始めてから二〇一五年俳句を中断するまでの間、「海程」誌上で、自分の句が何回か秀句として取り上げられ、先生の選評と共に掲載。一九九九年に海程新人賞候補、二〇〇一年に「海程」同人になった。更に、金子先生のご推薦で「俳句」、「俳句研究」、朝日新聞の「あるきだす言葉たち」の欄等に寄稿、掲載される光栄にも恵まれた。

二〇一五年、私は個人的な事情から俳句を中断し、それまでの作品をまとめた句集を刊行した上で、俳句と決別しようと考え、兜太師に序文と句集名「聊楽」の揮毫をいただいた。兜太師は「二カ国の言語を自由に使えるのは君の強みだ。君は俳句を作りたい時に気軽に作ればよい。無理して作る必要はない。君にはそれができる。俺は君を信じる」と。また、『聊楽』の二文字を将来、君の主宰する句会名または俳誌名として使えばよい」と励ましてくださった。

ところが、その年の五月、私の母親が食道癌で東京のがん研有明病院に入院し、看病を余儀なくされた。半年後、母親は完治したが、自分の句集の出版は置き去りのままになってしまった。一方、私自身は「海程」に在籍のまま句作は中断したが、毎月一回は熊谷へ先生に会いに行っていたし、二〇一七年の「海程」創刊五十五周年大会にも参加。先生が翌二〇一八年九月を以て「海程」を終刊とする宣言も直接拝聴できた。二〇一八年一月三十一日、先生に会いに熊谷へ伺った時、先生は「九十九歳になったら、すべての仕事を辞退して、董君と一緒に俳句のみに専念する」とおっしゃったが、残念なことに、その二週間後、先生はご逝去された。

この悲しみの中で、私は二〇一九年二月、先生の一周忌に合わせて、置き去りになっていた自分の句稿を纏め、ふらんす堂から句集『聊楽』を刊行した。そして、先生のご教示を念頭に、その遺志を受け継いで、同年四月から、中国と日本の友人を集めて「聊楽句会」を立ち上げ、四年ぶりに句作を再開。同時に金子兜太の研究にも力を入れてきた。「聊楽句会」は週に一句の通信句会であるが、俳句の国際化と中日文化交流の場となるよう、両国の仲間と俳句を楽しみながら共に努力を重ねている。

更に、同年八月からは、黒田杏子先生のご厚情で「藍生」にも参加。以来ずっとお世話になっている。この間、金子先生の著書『あの夏、兵士だった私』の中国語版（三聯書店・二〇二〇）、そして金子先生の俳句、黒田先生の俳句をそれぞれ選んで中国語に翻訳した『金子兜太俳句選譯』（吉林文史出版社・二〇一九）『黒田杏子俳句選譯』（陝西旅遊出版社・二〇二一）を中国で出版できた。

二〇一九年から兜太研究に集中して以来、遠からず私は「兜太論」を書きあげたいと考えてきた。関連資料の分類やまとめ等も行ったが、実際に着手する切り口がなかなか摑めず、色々と悩んでいたところ、二〇二二年の二月、黒田杏子先生の名著『証言・昭和の俳句　増補新装版』（コールサック社）に出会い、熟読し、大きな触発を受け、色々と学ばせて頂いた。

ともかく、金子先生とお親しかった俳人の方々に直接インタビューを行い、しっかりとまとめれば、貴重な証言として残せるうえ、今後「兜太論」を書く切り口が見つかるかもしれないと考え、この『語りたい兜太　伝えたい兜太』の仕事に着手した次第である。

二月二十四日、まず黒田先生に電話を差し上げて、ご相談を申し上げたところ、即、賛成して下さった。またお話を伺うべき方として、約二十名のお名前を挙げてくださった。早速二月二十八日から、インタビューを予定する方々に手紙を書き、三月一日から、自分の履歴書を添えて郵便またはメールで送付した。その後、様々な事情でインタビューできなかった方も何人かいらっしゃったが、幸いなことに、最終的には十三名の方から快諾を頂くことができた。

そして、三月二十日にご都合の良かった井口時男氏を最初の証言者に迎え、以後五カ月にわたって十三名の方々からお話を聞くことが出来た。

なお、各氏による兜太句選と文中の引用句は、『金子兜太集 第一巻 全句集』（筑摩書房）に準拠した。

読者の皆様には、私と共に、金子兜太を語り伝える証言者たちの話に耳を傾けていただければ幸いである。

第1章

井口時男

（二〇二二年三月二十日十四時　登戸にて）

はじめに

三月一日から一週間ほどかけて、手紙と電話で本書『語りたい兜太…』にご協力いただく先生方のご都合を伺い、三月二十日、一番に快諾いただいた井口時男氏をこの企画の最初の証言者としてお尋ねした。場所は登戸駅近くの喫茶店。井口氏とは初対面。黒田杏子氏の紹介、また事前に井口氏による兜太に関する文献には目を通したと言っても、お会いする前はかなり心細かった。東京工業大学教授・文芸批評家・俳人……、どういう方だろうと色々想像を膨らませた。

実際にお目にかかったら、とても温和で、博識な方だとすぐにわかった。私から用意した質問項目に即答し、滔々と語り始め、あっという間に三時間が経ってしまい、しかも私の希望をそっくり叶えてくださった。この日から、この本の企画の実行に入り、十三名の証言者の先生方への、五ヶ月にわたるインタビューのスタートが切られた。

董振華

金子兜太と知り合う

僕が金子兜太さんと知り合ったのは、本当に兜太さんの最晩年です。二〇一六年の十二月、黒田さんたち有志でつくっている「件《くだん》の会」がドナルド・キーンと息子のキーン誠己さんの共著の出版を記念する会を開いた、そこに兜太さんも来るから、ということで、出席しました。そこで初対面の兜太さんにご挨拶をして、ほんとに一言挨拶しただけ。兜太さんは僕が何者かまるで分からなかったんじゃないかな。キョトンとした感じでしたよ（笑）。その時、黒田さんとも初めてお会いしました。兜太さんが亡くなったのは二〇一八年の二月だから、僕が知遇を得てからたった一年数カ月だったんですね。

今、思い出しました。兜太さんとお目にかかる一年ほど前に、僕の最初の句集『天來の獨樂』（深夜叢書社・二〇一五年十月十日）を兜太さんに贈ったんです。そしたら思いがけないことに礼状をもらいました。葉書です。黒のサインペンで「天來の獨樂とは夢のごとき詩境よ」と書いてありました。その下に「金子兜太」と立派な署名。「夢のごとき詩境」は嬉しかったな。兜太さん、詩人ですよ。この一言で分かる。でも、あとで思うと、もしかして、兜太さん、句集のタイトルだけ見て、中身は読んでないかも？　と疑心暗鬼も生れたりして（笑）。

「兜太　TOTA」発行を決定した日、藤原書店にて
発言者：井口時男　2017年6月1日　（撮影：黒田勝雄）

僕は金子兜太の俳句作品がとにかく好きだったんです。金子兜太について最初に書いた文章は、東日本大震災の半年後に東北の仙台を訪れて、閖上《ゆりあげ》、東松島、塩竈と、被災地を見てまわった時のことを書いた短いエッセイでした。そこに兜太さんの句を引用しました。

人体冷えて東北白い花盛り　兜太

もちろん、この句はずっと以前に兜太さんが作られたわけですけど、何だか大震災と大津波の後の東北の多くの死者たちを弔うために捧げた白い花というような気がしてきてね。しかし同時に、きっと林檎の花だったのでしょうが、花盛りだったっていうところには、死を乗り越えてのよみがえりというか、それを祝福するような意味合いにも見えてくる。そもそも東北の春の花は冬という死の季節からのよみがえりのシンボルだし、昔の人にとっては白い山桜の花盛りが豊年のしるしだし、あらかじめ祝福するという意味での予祝だったとも言いますからね。そんな趣旨のエッセイを書いたんです。

句集『天來の獨樂』に収録したこのエッセイ「東北白い花ざかり」がたまたま黒田杏子さんの目に留まって、それで黒田さんが企画中の『存在者・金子兜太』という本に、新しくエッセイを書いてくれと、言われたんですね。それがきっかけで、黒田さんのお引き回しで兜太さんにもお会いできたし、雑誌「兜太　TOTA」の編集委員にもなった、といういきさつです。みんな黒田さんのおかげですよ。

そのあと、「兜太　TOTA」の企画会議で一度、編集委員メンバーと兜太さんの熊谷のご自宅に伺って一度、計二度、どちらも多数のなかの一人としてですが、兜太さんと話す機会がありました。とにかくとても魅力的な人でね、すぐその魅力に魅かれちゃいました。

僕が初めて兜太さんに会った時にはもう九十六歳だったんですね。そりゃもう、どこかでこの俗世間を超越しちゃってるんですね。日本語では世俗的な欲望を超えたお年寄りの状態を「枯れる」っていうんですが、金子兜太という人は「枯れた」印象とは全然違うんです。百歳近くてもエネルギッシュなんですよ。だけれども、何ていうんですかね、嘘偽りがまったくない。つまりいわゆる俗気がまったくなくなっている。僕らは人間関係の中で、いろんな配慮とか、人付き合いでの技巧、テクニックとか、そういうものを用いるんですけれども、そういうものが一切なくなっている。だから、お会いして話していて、とても気持ちがよかったです。僕はそういう印象を受けましたね。

また、思い出話というのが非常に面白くて、記憶が非常に鮮明なんですね。これは見事なものだと思いました。足腰は多少弱られていて息子さんが車椅子を押していらっしゃったりしていましたが、精神は健康そのものっていうふうに感じましたね。また、喋っていて気分が乗ってくると、例の秩父音頭を唄ったりするわけですよ。その声がまさしく音吐朗々です。いやあ、これもまた痛快でね、気持ちがいいですよ。歌詞が改良される前の「卑猥な」秩父盆唄も一度聞いたな（笑）。

『金子兜太　俳句を生きた表現者』執筆のきっかけ

そんなわけで、雑誌「兜太　ＴＯＴＡ」の編集委員ということにご指名していただいて、編集会議に参加したんですが、企画や執筆者人選は黒田さんがてきぱきと進めてくれる、その他のことは筑紫磐井さんなどがやってくれる、僕などがすることは何もないんです。それでまあ、僕にできるのは金子兜太論を書くことだけだろうと思って「兜太　ＴＯＴＡ」の創刊号から『金子兜太　俳句を生きた表現者』を執筆した、そういう経緯ですね。この本の最初の方に書いたとおり、「文学においては真剣な『批評』だけが死者を追悼し顕彰するための正しい礼法なのだ」という思いでした。

僕はいわゆる俳壇の外にいる人間ですから、結社あるいは団体にも所属していないしね、俳句業界の内輪のこと、結社同士の分裂だの人脈だのね、そういうことは分からないし、調べはするけれど実はほとんど関心もない。そういうところからクリエイティブなものは何にも出てこないと思っているから。僕としては、できるだけズバリと金子兜太という人の文学の核心に切り込みたい、と思っていたんです。

それから、俳句という世界の内側に閉じてしまうんじゃなくて、短歌や詩や小説も含めた文学という広い

「兜太　TOTA」発刊を決定した日
藤原書店にて　2017年6月1日　（撮影：黒田勝雄）

文脈でしっかりと考えて行きたい。そういう外部へ開かれた視野で金子さんの仕事の価値、意義というものをしっかりと論じたい。そういうことができる対象は、俳人の数多くとも、金子兜太一人だけだ、っていうふうに思っていたんですね。そういうつもりで書いたわけです。

『金子兜太　俳句を生きた表現者』の意義

金子兜太という人は「社会性俳句」という運動から出てきましたから、当然、文学の世界だけではなくて、日本の戦前、そして戦争、敗戦、戦後という社会や歴史とも深く関わっているわけです。そういう視点で論じたのが僕の金子兜太論の意義ではないかというふうに思っています。この際だからキャッチコピーみたいに言うと、金子兜太を通じて、俳句だけじゃなくて、敗戦後七十年の日本の表現史、思想史や文化史までわかっちゃう、という本ですよ（笑）。

もちろん一般読者向けにわかりやすくと心がけて書きました。ただ、いわゆる俳句の枠組を超えちゃっているから、生活詠や花鳥諷詠的な、或いは俳句というジャンルや自分の結社の内側だけで満足しているような人たちにはなかなか通じにくいかもしれない。それはしょうがないと思っている。でも、いろんな新聞に書評が出て、評判が良かったんです。それも俳句以外の人たち、文学研究の人（持田叙子氏）とか、政治思想史の人（中島岳志氏）とか、哲学の人（中島隆博氏）とかが書評してくれたんです。新聞社の編集部がこの本ならこういう人が適切だろうと思って人選する時に、俳人である金子兜太について書いた本だけれども、俳句の内側に閉じこもる人じゃこの本を書評できないと思ったんでしょうかね。僕の本が「外」に通じた証拠です。それがとても嬉しいですね。

俳句というものを文学として外に開く必要が絶対にあるんです。そして外に開ける人、外部からの眼差しに耐えられる俳人は数少ない。戦後の俳句界の中でも金子兜太が筆頭だろうと思う。金子兜太だから僕はそういう書き方ができたし、金子兜太だからそういう外部の人たちが色々と書評をしてくれたんだと。じゃあ、この俳句の内側の人たちはどうだったかっていうと、この人は優れた俳人だ、そしてこの人は俳句についてとても広い視野と高い見識をもっている、そういうふうに日ごろから僕が感服している人たちが何人かいるんです。高山れおな氏とか大井恒行氏とか林桂氏とか、そういう人たちは実に率直に評価してくれました。僕はほとんど俳人との付き合いはないけど、信頼していた少数の人たちが高く評価してくれたことが、著者としては凄く嬉しいことでしたね。

兜太宅で最後のインタビュー　中央・兜太、右・井口
2017年12月13日（撮影：黒田勝雄）

金子兜太の思想の根幹と秩父困民党

金子兜太という人を考える時、まず秩父という風土、兜太さんが生まれ育った土地、それが大変大きなファクターだと思います。

山に囲まれた盆地という地形、秩父の人はみんな「山影」、山の影を感じて暮らしているんだと兜太さんは書いていますが、そういう地形の問題もあるけれども、もっと歴史的思想的な秩父というものが大事だと思います。あそこは明治の初めの秩父事件、秩父困民党の事件、その舞台なわけですよね。兜太さんは熊谷中学に通っていた時に、秩父困民党の事件について調べて発表したことがあるそうです。秩父困民党っていうのは、自由民権運動の流れも汲みながら、明治政府に反逆したわけです。金子さんの家は秩父でも大きな家だったんでしょうし、お金もあったんでしょう。だから反乱した民衆が押しかけてきたので、兜太さんのお祖父さんかな、日本刀を振るって追い払ったっていう武勇伝が金子家に語り伝えられていたわけです。それは困民党を弾圧した政府と同じ立場です。そういう家庭環境の中で育った兜太だけど、熊谷中学へ行ったおかげで、知識を身につけた。そして、初めて熊谷という外の場所から秩父という閉ざされた世界を歴史的な、社会的な視点から見直すことができるようになったんですね。

「困民党」って意味の一つは「困民」です。貧困に苦しむ民衆。もう一つは、国家への反逆、権力への反逆、反骨、そういう精神風土です。だから、それを中学生の兜太さんは一番多感な年齢に自分の思想の背骨として作り上げていったんじゃないかって思います。

その後、戦争でトラック島に赴任します。彼は主計中尉ですから、食糧確保は主計科の業務なのに、それができない。同時に兵隊たちを指揮するんですが、自分の大事な部下たちが、惨めに殺されたり飢えて死んだりしていく。やむを得ない状況とはいえ、自分の責任です。そういう体験をして帰ってきた金子さんが、日銀に復帰してエリートコースが歩めるはずなのに、労働組合を作って専従になるわけでしょ。言ってみれば自由民権なんですよ。戦後の自由民権を秩父困民党が結束してやろうとして叩き潰されたことを兜太さんは日銀の中でやろうとしたようなもんですよ。丸山眞男という政治学者は戦後を「第二の開国」と呼びましたが、僕に言わせれば第二の自由民権です。だから、兜太さんの敗戦後の労働運動、民主化運動は単に戦争体験から出てきただけじゃなくて、根っこには秩父困民党の精神ってのがあったんだって思いますね。

金子兜太のアンビバレントな父親像

ここで興味深いのは兜太さんの父親金子元春（俳号・伊昔紅《いせきこう》）さんのことです。伊昔紅さんは地元の名士で、立派な俳人で、立派な文化人ですよ。彼はおそらく戦争中はかなり熱狂的な愛国者になり、秩父の自分の影響圏の人々をまとめて、組織して、戦争遂行の旗を振っていたはずですよ。だから、兜太さんの父親に対する感情はアンビバレントです。愛情と敵対心と、矛盾を含んでます。軍国主義日本に率先して翼賛していった公人としての父親には反発しているわけです。

兜太宅で最後のインタビュー　2017年12月13日
（撮影：黒田勝雄）

父の好戦いまも許さず夏を生く　兜太

このような俳句がある一方、父親に対するシンパシーがあって、私人として描かれる父親は田舎のお医者さんで、平気に畑で野糞をし放題のような田舎の親父ですよ。

野糞をこのみ放屁親しみ村医の父　兜太

そういう分裂があります。それから大学で経済学部を選んだことと、長男のくせに家業である医者になろうとしなかったことには既に反発めいた何かがありますよ。だから、父親との関係はとても面白くて、興味深いです。

ついでに言うと、その意味で秩父音頭も面白いと思ってるわけです。伊昔紅さんは、秩父音頭作詞家として地元でずっと尊敬されてるわけですが、秩父音頭の前身は秩父盆唄ですね。歌詞が卑猥で猥褻で「公序良俗」を乱すという批判があって、昭和の初めの頃に伊昔紅さんが「改良」を手掛けたのです。秩父だけじゃなく、盆踊りそのものが性的自由を含む場合が多かったから、歌詞もおのずとそういうものを含んでいたわけです。だから伊昔紅さんは「改良」して「文化的」な、「恥ずかしくない」ものにした。民衆の文化レベルを高めていくっていう意味では、それは必要なことでもあったわけです。ただ兜太さんはさ、盆唄の方も、あの性的に露骨な歌詞の歌も好きじゃないですか、気が乗れば、歌ったじゃないですか（笑）。

これは猥褻とは何かって問題にも関わるわけだけれど、つまり、ああいうものを単に猥褻って言っちゃうのは、やっぱり近代の市民社会の、ヨーロッパ十九世紀のモラルを基準とした近代市民社会の認識であって、その市民社会が猥褻と看做《みな》すものっていうのは、けっこう剝きだしの、性というかセックスというか、そういうことに関わってるでしょ。しかし、それは農村などにおいては性の問題ってそのまま豊穣の、豊かな生産力のイメージと繫がってるわけですよ。例えば縄文時代の土偶とかを思い出せば分かるでしょう。各地の神社に女性のシンボルとか、男性のシンボルとかが、有難い物として祀られているのと同じです。

それは人間の性というものの正当な二つの意味で、セックスという意味と、このライフ、生命の根源としての生殖と、両方に繫がってるものです。だから、兜太さんは、文化人としての父親を尊敬してたろうけど、同時に、父親が「文化的」に「改良」する以前の土俗的な秩父盆唄を非常に愛してるんじゃないですか。生命賛歌、或いは肉体の賛歌です。近代的な価値観を超えて人間の本源的な在り方を見ようとする眼差しです。それが兜太さんの思想の根幹にあると思いますね。

戦後の社会性俳句と背景

それで戦後になると、戦争体験を踏まえての、いわゆる「社会性」の問題が出てくるわけですが、それは確かに厄介なテーマではあるんです。俳句は短いから複雑な社会問題って扱いにくいんです。高浜虚子の花鳥諷詠説は、社会的なテーマを詠むなとまでは言ってないけど、有季定型の季語と調和する限りでの穏やかなテーマしか詠めないわけだから、社会全体が根底から変化しようとしている時期の大きな問題は結果的に詠めないから、実質的に詠むなと言ってるのと同じで

兜太宅で最後のインタビュー　2017年12月13日
（撮影：黒田勝雄）

す。実際、虚子は関東大震災の句を詠むなと言ったそうです。

われわれがやるべきことは、五・七・五でできる可能性を一歩でも切り開くことのはずなんですね。しかし高浜虚子は結局それを狭める方向に限定したのです。限定することで俳句というものの安全性を守ったという一面はたしかにあります。また、俳句が社会的な問題を扱いにくいというのもその通りです。しかし、扱うなという禁止は大間違いだと僕は思います。

なにしろ虚子が花鳥諷詠を言い出したのが昭和の初め頃、そこから時代は軍国主義から戦争へ向かいます。事実、新興俳句は弾圧の憂き目も味わうことになったわけですね。それに対する批判として社会性俳句が出てくる。ただ、社会性俳句が厄介なのは、敗戦後の運動として出てきましたから、当然のことながら、労働運動や政治運動とも結びついてるわけです。大正の終わり頃からの、プロレタリア文学やプロレタリア俳句をめぐるいわゆる「政治と文学」の問題が戦後にまた復活するんですね。政治の圧力から文学の自立性をどう守るか。それからまた、政治は別にしても、労働運動と結びつくのはどうか、っていう問題もある。労働運動は大衆運動ですから、どうしても大衆に分かりやすいメッセージを伝える側面が出てきます。そうすると、大衆に分かりやすい伝達性と、詩としての俳句の表現性という問題に矛盾をはらむんですね。伝達性、分かりやすさというものを重視すると表現のレベルが低くなりがちです。それもあって、いわゆる社会性俳句はたいした作品を残せなかったんですよ。

社会性と芸術性を両立させる兜太俳句のメタファー

その中で金子兜太だけがどうやって、あの表現性の高さを維持できたか。これは兜太さんの中にしっかりとした問題意識があったからです。彼の場合は、社会性を選ぶか芸術性を選ぶかの二者択一じゃないんです。社会性も芸術性も両方選ぶんです。じゃあ、両立させるためにはどうしたらいいか。その時に彼が重視したのはイメージの問題でした。

現代の俳句の指導などでも、なるべく抽象的なものじゃなくて具体的なイメージで書きなさいみたいなことを、お師匠さんは大概言うでしょう。だから具象的なイメージを重視することだけでは大した問題じゃないんです。

兜太さんのすごいところは、そのイメージをメタファーに託すんです。単なる具象じゃなくて、具象的なイメージが背後に様々な意味を持つ。一面では寓意(アレゴリー)としての性格を持っています。寓意は一義的ですが、象徴(シンボル)と言えば多義的です。そういう複雑で多義的な意味を担ったイメージを作り出すことですね。それを一言でいえば、メタファー(隠喩、暗喩)ってことになるわけです。兜太さんはそれを「造型俳句六章」という長編エッセイで明確に理論化しました。『俳諧大要』等の子規の仕事に次ぐ俳句理論書ですが、中心はメタファーの問題でした。これが兜太さんの前衛俳句の中心だったと思います。

実はそれは現代詩の問題でもあったんです。兜太さんは当初から俳句以外の詩や小説、文学にも関心を持ってたようですけれども、日本の戦後に最初に出現した新しい詩の運動は『荒地』という雑誌に集まった、鮎川信夫などを中心にしたグループの人たちです。「荒地」ってのは、第一次世界大戦の後、イギリスでT・S・エリオットが書いた詩の題名です。エリオットは第一次大戦後のイギリスやヨーロッパの現状を「荒地」というメタファーに託したわけです。日本ではちょっと遅れて、第二次世界大戦後の現実を鮎川信夫たちは荒地に見立てました。その荒地グループが克服しようとしたのは「四季派」の抒情詩です。つまり昭和十年代、『四季』という雑誌に集まった詩人のグループで、三好達治、中原中也、立原道造など心優しい詩人たちが集まって抒情的な詩をいっぱい作った。今でも人気ある詩人たちですし、僕もけっこう好きなんです。ただ、『荒地』グループは四季派的な抒情ではもう駄目なんじゃないかと思ったわけです。四季派には心優しい抒情はあるけれども、結局思想的なバックボーンが何もなかった、知性的なものが不足していた、社会的歴史的なテーマも扱えていないと。だから自分たちの戦後の新しい詩の課題は、思想とか知性とかをしっかり組み込んだ新しい抒情詩を作ることだ、というふうに考えたんですね。

雑誌「兜太　TOTA」創刊記念
「兜太を語りTOTAと生きる」挨拶する井口氏
2018年9月25日　(撮影：黒田勝雄)

ちょっと乱暴に括れば、詩における四季派は俳句における花鳥諷詠派みたいなものです。だから、兜太さんが考えていたのは、「荒地グループ」の考え等とかなり重なっていただろうと思います。その「荒地グループ」が重視するのは、イメージの力、メタファーの力なんですよ。兜太さんのイメージ論、メタファー論ってのはそういう日本の戦後詩の新しい動きと繋がってると思います。さらに、現代詩だけじゃなくて、フランスの哲学者のジャン＝ポール・サルトルなどがやっぱりイメージというものを重視する文学論、現実を超えて未来を構想する原動力としての『想像力論』を書くんです。そういう国際的な文学の流れとも繋がっていると思います。兜太さんが直接そういうものを読んでいたかどうかは分かりませんが、広い目で見ると、間違いなく繋がってるんですね。

そして、兜太さんは理論だけじゃなく、実際に豊かなメタファーを含んだ俳句作品で実践しています。僕の書いた『金子兜太　俳句を生きた表現者』の中にも「兜太三句」というエッセイが載っていますが、あの三句がみんなメタファーですよ。一つは、

人体冷えて東北白い花盛り　　兜太

冒頭にも触れましたが、「人体冷えて」っていう言い方は既に死のイメージを含んでいます。「人体」っていうのは医学的な、解剖学的な言葉ですから、既にそれがモノ、死体的なんですよ。しかも「冷えて」いるわけですから、半分死体なんですね。そういう死のイメージ。それから「白い花盛り」、これは豪華で美しいイメージだけれども、しかし白には寒さ、冷たさのイメージがあります。だから「白い花盛り」にも死のメタファーは隠れています。

元々、現実の風景だったかもしれませんよ。寒い日に寒さに震えながら東北のリンゴの花盛りの風景を見たのかもしれません。俳句って通常はそういう鑑賞の仕方をするんです。作者がこの句をどういう場面で詠んだのか、みたいなことを考えちゃうんですね。ああ、そうか、寒い日だったんだろう、そしてリンゴの花盛りだったんだろう、それで終わるんですね。表現そのものの豊富な意味やイメージを無視して、現実に還元して分かったような気になっちゃう。そんな読み方をしているから駄目なんです。俳句は作るという意味での「詠み方」も大事だけれど、解釈するという意味での「読み方」も大事なんです。読まれて初めて作品は作品になるんですから。読み方の方が作品の意義や価値を作り出すんですよ。だから批評が大事なんです。ちょっと手前味噌かな（笑）。

客観写生説では、結局、現実そのものが問題になっちゃうんですよ。この人は現実でどういう体験をしたのか、その体験を嘘偽りなくうまく言葉に、五・七・

五に表現しているのか、そこの観点だけなんですよ。だからそこで虚構を作ったりしてはいけない、虚構はウソだからよくないことだって言われちゃうわけですよ。そうすると、どんな俳句も鑑賞としては現実体験のレベルに引き落とされちゃうんですね。それはそもそも芸術作品、言語芸術を読む時、大間違いです。大事なのは言葉として作られた作品なわけですよ。その言葉というものがいろんな意味作用を発信してるわけですね。言葉の意味作用を管理できる作者なんていません。言葉は作者の意図なんか超えるんです。それをくまなく読み取り味わうのが読者の仕事です。そうしてこそ良い句、悪い句、つまらない句ってのが見えてきます。だから虚子の客観写生説の最大の間違いは現実そのものを問題視したことだと思います。

もちろんそれに気がついたから、水原秋櫻子等は『ホトトギス』から飛び出すわけですね。秋櫻子が飛び出した時のエッセイのタイトルは「『自然の真』と『文芸上の真』」です。自然、現実の真実は文学評価とは関係ない。大事なのは文芸上の、つまり五・七・五という作品の上での真実、作品がどういう真実を表しているかってことの方が大事なんだと言っています。これは秋櫻子が決定的に正しい。兜太さんの父親伊昔紅さんは水原秋櫻子が正しいと思ったから、そこに参加していくわけですね。だから兜太さんはもう父親の代から正しかったっていうことになる（笑）。

つまりそういう意味で、「人体冷えて」も「白い花盛り」もメタファーとしての複雑な多層的な、何層にも重なった意味合いを持ってるんです。だから、あの作品は豊かなんです。しかも東北という土地に死のイメージが被されたのは、東北という地域の歴史、中央権力に敗北を強いられ続けてきた千年ぐらいの歴史を含んでいるわけですよ。一方、最初に述べたように、「白い花盛り」は春というよみがえりの季節のシンボルでもある。死でありよみがえりでもある、そういう両義的な意味を含むんですね。俳句の五・七・五で、これだけのことができるんですね。それがメタファーの力というものですよ。二句目は、

霧の村石を投《ほう》らば父母散らん　兜太

これも素晴らしいメタファーの句ですよ。霧に閉ざ

された村、もちろんこれは現実の風景じゃない。「石を投らば父母散らん」は現実を超えていることを読者に示しています。超現実、シュールレアリスム的なイメージです。日本の田舎の村というのは一種の無知の中に置かれてきたから、みんな霧に閉ざされた狭い世界みたいなものです。兜太さんにとっての秩父もそうだったと思います。彼は「霧」とは言わずに「山影」、山の影に覆われていた、と言うんです。だから彼は高校へ進学し、帝国大学に進学する。知的に開かれた場所に出ていくわけですよ。しかし、息子はそうやって外に出て、知的に上昇していっても、父母たちはなお霧の村に残ってるんです。そしてまた、「石を投らば」の「投る」っていうのが、微妙で、実に適切ですよ。憎しみを持って父母に向かって石を投げつけるんじゃない、ポーンと軽く投るのです。そうすると、無知の中に閉ざされた父母たちはびっくりして、バラバラと家を出てきて、何があったんだ、何事が起こったんだっていうふうに散り惑うわけです。ここではその石がまたメタファーになるんです。秩父事件なら突然の生糸価格大暴落で養蚕がダメになった、昭和なら戦争が始まった、そして戦争が負けて終わった、父母たちはその度に何が起こったか分からなくて、散り惑ったんですよ。そういう日本の悲しい村の悲しい父母たち。これもメタファーの句です。

そしてメタファーの句の最高傑作は、

彎曲し火傷し爆心地のマラソン　　兜太

これはもう多く語りませんけれども、炎天下のマラソンランナーの姿に原爆被災者の姿が重なっていて、見事ですよ。「東北白い花盛り」とか「霧の村」とかは、千年にもわたる日本の村や東北地方の現実を知っていないと、なかなか伝わりにくいかもしれないけれども、この句はそういう知識がなくても、「爆心地」は広島・長崎の原爆という全人類が知っている世界史的な事件をすぐ連想させるし、それだけで分かっちゃう。だから外国の人たちにも絶対に評判がいいはずです。しかもこのイメージは実に鮮やかで衝撃的ですね。このマラソンもメタファーです。

つまり、金子兜太の優れた作品の多くは、そういうメタファーの力を使ってることです。メタファーは複雑で多義的な意味を凝縮していますから表現性が圧倒的に高い。結果的に大衆的な伝達性は多少犠牲にせざるをえなくなる。つまり分かりにくい、難解である。だから一九六〇年代の金子兜太は「前衛」と呼ばれたわけです。それは仕方がない。社会性と芸術性の両方を維持するためにはそうするしかなかったんです。でも、難しいという前に、句の描いているメタファーは読者に強烈なインパクトを与えている。それを正面から受け止めて、イメージそのものに向き合えば、その中にすべては含まれているんですよ。だけど大衆ってのはいつだって怠け者なんですね。読むことにおいても怠け者です。俳句は怠け者のために作るんじゃないんです。怠けている大衆の方が悪い（笑）。

ともかく、そういうふうな俳句を作ったのは、金子兜太以前にはいなかった。そういう意味で、金子兜太が俳句を二十世紀の俳句にしたんだと思っています。子規や虚子のリアリズム（写生）は十九世紀で、兜太のシュールレアリスムを含むメタファーは二十世紀です。もちろん一方には高柳重信のような美学系の「前衛」がいるけれども、美学系は美学の内部に閉じこもりがちです。兜太俳句には社会と歴史の長大なスパン、広大な視野がある。そのことだけを強調すれば今日の僕の話は終わってもかまわない（笑）。

俳句と短歌におけるイロニー

そうそう、もう一つ僕の『金子兜太　俳句を生きた表現者』の中心問題は「イロニー」ってことなんです。これがなかなか簡単には伝わりにくいかなと思うんですけど、順を追って説明してみます。

イロニーはドイツ語ですが、英語でいえばアイロニー。皮肉やあてこすりのことです。さっきも言ったとおり、五・七・五って短いから、社会的な問題のように大きな問題を表現するにはちょっと器が小さすぎます。その時に、普通はどういうふうにやってきたかっていうと、江戸時代から茶化すんですよ。つまり正面から大問題にぶつからないんです。当時は俳諧と言ったわけですが、俳諧は庶民のものじゃないですか。庶民ってのは、士農工商という身分制度で言うと、武士に支配される階層です。だから権力には敵わないわけ。だけど権力ってやつはいつの時代も、ほっとけばろくでもないことをするわけですよ。言論統制もある。そういう時にいろんな問題を庶民の立場から扱おうとすると、正面からは立ち向かえない。斜めから、茶化したりいなしたり冷やかしたりするやり方しかないんですね。「俳諧」って元々中国の言葉ですけれども、「滑稽」という意味があるでしょ。大きなものや重たいもの、真面目なものを滑稽化するんです。そういう俳諧本来の意味と共通するんですね。そこだけを強調して芸術性が希薄になると川柳になりますが、世の中の様々なことを滑稽化したり風刺したり皮肉を言ったりする、そういうやり方ですね。

皮肉っていうのは、たとえば「君は頭がいいね」と言って、言葉の表面では褒めているように見せかけて、実は「ずるがしこい」とか「卑怯だ」という悪い意味を裏に含ませる、というやり方です。つまり、言いたいことと反対の表現をするんです。だからアイロニーは「反語」とも訳されます。そうすると、アイロニー、イロニーの本質は、なにかについての肯定的な評価と否定的・批判的な評価と、反対のことを同時にいう技術だということになります。イエスとノーの両方含んでるから、意味を一義的に確定できない。意味が曖昧になる。解釈の仕方によって意味が揺らぐ。曖昧に揺らぐ分だけ解釈の余地が広がって、意味が豊富になるとも言えます。

それもあって、十九世紀のドイツロマン派はイロニーこそ文学の本質だと主張しました。日本でも戦前のロマン派、保田與重郎を中心とする「日本浪曼派」はやはりイロニーを重要な方法にしました。俳句でも、戦後まもなく、井本農一という人は、俳句の本質はイロニーだと言ったんですよ。

松尾芭蕉の俳句のイロニー

井本農一は芭蕉の〈狂句木枯の身は竹斎に似たる哉〉という句を例に挙げています。この最初の二文字「狂句」は句そのものじゃなくて前書きだっていう説もあるんです。竹斎っていうのは、当時大衆向けの滑稽小説の主人公です。風流人気取りで旅をしてる。自分はいっぱしの文化人のつもりで、風流、文化を身につけた男だっていうつもりでいるんですが、あちこち旅しながら滑稽な失敗を繰り返す、そういう滑稽小説です。「身は竹斎に似たる哉」だから、芭蕉は自分もあの滑稽な竹斎みたいだ、風雅の真似をして失敗を繰り返しているんだ、って卑下しているんですね。しかし井本はこう言います。これがたとえば「木枯の」じゃなくて「乞食する」とかね、「乞食」はマスコミじゃ今使用禁止かもしれないけどね、「乞食する」とかだったら、この句は卑俗な現実そのものになっちゃう。あちこちで物をもらったりお金をもらったりしての貧乏旅。それだったら卑俗そのものだ。卑俗の側に立った貴族的な風雅への皮肉、批判になります。でも、芭蕉は「木枯の」って詠んだ。「木枯」っていうのは平安朝からの雅な和歌の言葉なんだ。そうすると、これはただの卑俗じゃない、ちゃんと雅な歌の世界を引き継いでいるんだと。そうすると、「木枯の」は雅なものに対してイエスと肯定してるんです。だけど彼の現実は紛い物の風雅、竹斎みたいなもんですよ、これは貴族的な美意識に対してノーと言ってるんですよ。イエスとノーの両方を持っているから、これはイロニーですね。井本農一は、俳句、良い俳句の場合はそういう相反するものが五・七・五の中にいつも同居してるんだ、それが俳句表現の本質なんだっていうことを言ったんです。

だから、俳句というものは和歌を単純に否定したり批判したりするんじゃないんですね。貴族的な文化の伝統を庶民の立場から批判しながら、でも変形させて継承している。イエスと言いながらノーと言っている。イロニーです。俳句は和歌に対するイロニーとして誕生したんですよ。

イロニーは皮肉であり反語です。ですから、権力や社会的な大問題なんかを詠む時には、俳句は大抵皮肉や反語を用います。例えば、どっかで戦争が始まった、でも自分は庭に咲いた花が萎れかかっている方が気にかかる、といったふうに、そういうやり方をするんです。大きなものを小さなものに、重たいものを軽いものにすり替えて、正面から向き合わずに、いなしてやり過ごすんです。それは無力な庶民の処世術にも通じるわけです。

高柳重信の俳句のイロニー

あっ、そうだ、もっといい例があったな。

さっき名前を挙げた芸術派の前衛で一番大事な人、高柳重信。彼が〈船焼き捨てし／船長は／／泳ぐかな〉っていう三行書きの句を作ったでしょう。この句も敗戦まもなく作られたもので、船長への風刺ですよ。今の若い俳句作者がとんちんかんな鑑賞文を書いていたのを読んだことがあったけど、敗戦間もない頃ですから、船長は船と運命を共にするんです。船が沈むときには船員たちはみんな逃がしてやるけれども、船長は船とともに沈むんです。それが戦争中の船長の取るべきモラルだったんですね。しかし、戦後の重信が詠んだ船長は泳ぐんです。「船焼き捨てし／船長は」そこで一行の間を置いて、読者の気を持たせておいて、当然その間に読者は予測する、期待する、船とともに沈むんだろうと、そうさせておいて、「泳ぐかな」。なんだ結局逃げだすのかい（笑）。読者の予測や期待に肩透かしを食わせている。三行書きの面白さがそこにあります。

この船長を寓意（アレゴリー）と取れば、空襲や原爆で焼き払われた日本という船の船長、戦争の指導者、もちろん天皇を含めて、戦争指導した大勢の軍人たちのように見えてきます。東京裁判の被告になったり、自決したりした人もいるけれど、本当は千人ぐらい腹を切るべきだった、それが責任の取り方だったはずだと僕は思いますが、九九〇人ぐらいは戦後にそのまま生き延びてるんですよ。そういう人たちのことだと思えばいい。つまりこれは風刺でしょ。皮肉でしょ。これも肩透かし、いなしですよ。大きな問題を一隻の、簡単に焼き捨てられるんだから帝国の軍艦じゃなくてただの木造船かもしれない、そういう小さな世界に移し替えたんです。

西東三鬼の俳句のイロニー

また、広島の原爆を扱った句で、西東三鬼の、

広島や卵食ふ時口ひらく　三鬼

があります。あれもすごい不気味な句ですけどね。「広島や」って大問題です。もちろん世界史上初めて原爆を落とされた街、社会的かつ歴史的な大問題を表す土地「広島や」。しかしその途方もなく大きな言葉を掲げておいて、次にくるのは、「卵食うとき口ひらく」。たぶん茹で卵だと思いますけどね。小さい茹で卵、しかも卵を食う時に口を開くのは当たり前じゃないですか。わざわざ詠む必要がないような、些細なことですよ。卵を食う、口を開ける、当たり前ですよ。大きな問題と、小さな当たり前なことをくっつけるでしょ。大と小、これがイロニーのやり口なんです。しかもこれは無季の句だけど川柳じゃないじゃないですか。何か意味不明な不気味さが伝わってくるような、見事な詩になってるでしょ。これは僕はイロニーの名句だと思います。こういう大きなものを小さなもので置き換えるやり方は、通常俳句が社会問題などを扱う時に使うやり方なんですよ。

塚本邦雄の短歌のイロニー

もう一つ、これも『金子兜太　俳句を生きた表現者』に引用しているんだけど、短歌の方の前衛と言われた塚本邦雄には〈日本脱出したし皇帝ペンギンも皇帝ペンギン飼育係も〉という有名な歌があります。これはわかりやすい、あからさまなアレゴリーですね。シンボル（象徴）というほど複雑なものじゃない。もっとわかりやすいアレゴリー（寓意）です。この皇帝ペンギン、たぶん天皇でしょう。さっきの高柳重信の「船長」も、国民に死ねと命じておいて最後は生き延びた昭和天皇に見立ててかまわないわけですが、塚本の「皇帝ペンギン」はもっとあからさまに天皇、なにしろ「皇帝」なんだから。表面は日本の蒸し暑い夏ですよ。そりゃあこんなに蒸し暑いんじゃ皇帝ペンギンは逃げ出したいでしょうよ。皇帝ペンギン飼育係だってやっぱり逃げたいでしょうよ。表面はそういう意味ね。しかしアレゴリーとして、この皇帝ペンギンには天皇が寓意されてる、ということですよね。大きいものを小さいものにすり替えて当てこする。美学系の前衛だった高柳も塚本も、戦後の現実という大問題をテーマにした時はイロニーを用いたんですよ。

金子兜太の俳句の述志

イロニーはある意味で逃げ道なんです。しかし兜太さんはそういうやり方をしないで、正面から行くんですね。本当に正面からだけぶつかってたら、五・七・五が闘争のスローガンみたいになりがちです。俳句がスローガンになっちゃったら駄目なんです。兜太さんはそのことがちゃんと分かっているから、詩の表現としての自律性に真剣に取り組んだわけです。例えば、

原爆許すまじ蟹かつかつと瓦礫歩む　兜太

「原爆許すまじ」はスローガン、しかも当時の反戦歌、反核運動の歌のタイトルでした。しかし、この小さい蟹がイロニーになっているかというと、これはイロニーとは違うんですね。巨大な権力、原子爆弾を持っている、当時ならばアメリカとソ連ですけれども、そういう超大国の権力に対して、ちっぽけな民衆一人一人、これを蟹に寓意させているわけですね。小さなものにすり替えていなしているものじゃない。巨大な原爆の恐怖に対して小さな蟹のイメージが鮮烈に拮抗しています。兜太さんの俳句はやはりストレートなんです。そういう中でイメージの力っていうものを本気で作り出そうとしたんですね。これが金子兜太のすごく大事なところ。彼は晩年になるともっとストレートになってきましたね。「左義長や」っていう句があるじゃないですか。

左義長や武器という武器焼いてしまえ　兜太

ここにはもうメタファーもありません。分かりやすくてメッセージもストレート。左義長って正月の飾りなんかを焼く儀式ですから、ついでに世界中の武器という武器を焼いてしまえ、こんなにストレートなことをやっているのは金子兜太だけです。例えば僕がそんな句を作ったとしたら、誰も褒めません。これじゃスローガンじゃないのってことになるわけです。兜太さんだから許されると思うんですね。

僕はそれを『金子兜太　俳句を生きた表現者』の中では「述志」という言葉を使って考えました。つまり兜太さんは自分の志を述べているんです。中国の古典、『詩経』の定義にはそれがあるじゃないですか。「詩は志を言う」って。しかしそれを単に散文的に言うんじゃなくて、音を伸ばして詠むのが歌なんだよっていうのが『詩経』の定義だったはずですね。それを日本が輸入した。でも日本の文化輸入は単純じゃないんですよ。漢字から平仮名を作り出したり、片仮名を作り出したりして、日本の文字の多様性ってのがあるわけです。それに伴って男と女のジェンダーで文化が仕分けされていくわけですね。詩は志を言う、「言志」とか「述志」ってのは結局、漢詩が引き受けるわけでしょ。一方、和歌は女性ジェンダーで、なよなよと季節感や恋愛ばっかり歌っているわけです。こういうふうに住み分けができちゃう。だから江戸時代の武士たちも志は漢詩で表現するわけです。和歌で志を述べた人たちもいますが、俳句は和歌の下の句の七・七をカットして五・七・五だから、志を述べるってことがものすごくやりにくくなっちゃった。近代になると、正岡子規の写生説、さらに虚子の客観写生、花鳥諷詠で、述志なんか俳句のやることじゃないってことになっちゃったわけですよ。

そういう中で兜太さんは、俳句による述志の可能性ってものをずっと考えてたんだっていう気がするんですね。兜太さんには『詩經國風』という句集があるじゃないですか。『詩経』の詩を五・七・五に作り変えていくっていう仕事ですから、漢文の教養も相当深い人ですね。そのことと直接関わったかどうかは別にして、社会性俳句というものを選んだ時から、彼は社会に対する自分の思想を表明する、自分の思い、志を表明する、そういうことを俳句を通じてやろうと考えたんだと思います。そしてそれに大きく成功している。

社会性俳句って、大抵は当事者のリアリズムの記録、あるいは外から労働現場や闘争現場を写した描写に感想を添えたような句ばかりなんです。その時に兜太さんだけが、描写から表現へ、ということを考えていたんです。表現性ってことを考えたら、やはりイメージの力、メタファーの力というものが重要になります。さっきの〈原爆許すまじ蟹かつかつと瓦礫歩む〉も一つの成果です。「原爆許すまじ」だけだったら、それはスローガン。しかし、蟹のイメージが、とても小さい生き物だけれど、颯爽と切り立ってくる。あのイメージの力で、描写が表現へと引き上げられて、詩の表現になってるんですね。それからたとえば、

夏草より煙突生え抜け権力絶つ　兜太

ってのも初期にあったじゃないですか。あの「権力絶つ」もそれだけだったらスローガンです。しかし旺盛に繁茂する夏草からさらに高く高く煙突が突き抜けており、それは工場労働者たちの結集した力のシンボルでもあるわけです。あれも、具象的なイメージによってスローガンを超えてくるんです。「生え抜け」はただの描写を超えてるし、この命令形に兜太さんの強い意志がある。そういう意味で、兜太さんっていう人は最初から俳句の世界に述志というものを導入しようとした人だった。もしかしたら俳句史上初めての人だったっていう気もするんですね。

金子兜太の男性性とフェミニズム

兜太さんは晩年に「荒凡夫」って言うじゃないですか。あれは小林一茶からもらってきた煩悩まみれの平凡な男という意味の言葉だけどね。しかし、荒凡夫の「荒」って文字に注目すれば、小林一茶よりもよっぽど金子兜太の方が似合ってますよ。例えば坊さんで「荒法師」って言うと代表は武蔵坊弁慶ですよ。源義経の家来で、大変な力持ちでね、そういうイメージですよ。『水滸伝』なら花和尚魯智深だ（笑）。

そういう意味で金子兜太は男ですよ。金子兜太の句は男の句ですね。言葉の使い方そのものがオブラートに包まない、軽くいなさない、ストレート。俳人らしくない、男なんですよ。或いは片仮名で「オス」って書いてもいい。「オス」的な存在です。それに彼の肉体、むき出しの肉体、労働する肉体、生命の根源としてのエネルギッシュな肉体への関心。それから、自分の強い意志を持っている。意志の人だって意味でも、男、オスなんですね。

どうやら現代は、もう女性の時代になっているらしい。俳句も短歌も詩も小説も、みんな女性たちのもの。そもそも文化芸術領域が女たちのものになりつつあるらしいよね。しかし、そういう中で金子兜太は九十八歳で死ぬまで男だったっていう気がします。しかも多分あの人は女性のファンが多かったはずです。つまり、チャーミングな男なんです。いわゆるマッチョじゃない。女性を軽蔑している男性、自分の男らしさを誇示する、そういう意味での男じゃないんです。むしろ彼はフェミニストですよ。女性っていうものをものすごく大事にするし、尊敬している、そういう意味でのフェミニストですね。

金子兜太の中の母親像

今日は最初にお父さんの話をしましたが、もうそろそろ最後かなと思うんで、兜太さんのお母さんの話をしましょう。兜太さんはお父さんに対しては敵対する心と親密な愛情と、二つの感情を持っていたけど、お母さんに対しては最初から最後までもう一貫して手放しの愛情を表明してるわけじゃないですか。彼の女性イメージの原型は母親ですよ。家父長制の大家族の中に嫁に来て、自分の実家が没落してしまったからもう実家には帰れない、実家に逃げられない。そして嫁に来たこの家では、夫だけじゃなくて、なんか一度どっかお嫁に行って戻ってきた小姑たちにもいびられていた、そういう母親の姿をずっと見てきてるわけでしょ。どうして日本の母親、日本のお嫁さんってのは、こんなに苦労しなきゃいけないんだろう、幼心にずっとそう思っていて、それが結局日本の家制度を研究しなきゃならない、家という制度を研究するためには社会を研究しなきゃならない、社会の根本には経済の問題がある、それで彼は東大で経済学を学んだわけでしょ、全て母親から始まってるわけですよ。しかも医者にはならなかったわけだから、父親の期待は拒絶して、母親のために彼は学問やってる。そういう母親への愛情ってやつが根本にあって、おのずと彼はフェミニストなんですね。

そして、そのまた母親っていう人が魅力的じゃないですか、彼が書いているところによると、彼のことを

「与太」と呼んで、死ぬ間際に彼が帰ってきたら、「与太が来た、バンザーイ」って言ったたっていうんでしょ。

長寿の母うんこのようにわれを産みぬ　兜太

という句があるじゃない。すごいね、あれはたぶんお袋さんが自分でそう言ってたんでしょ。あんたを生んだ時、うんこのようにスルッと出てきたわよみたいな言い方したんですよ。そういう意味で、彼の中には女性を蔑視する気持ちは少しもないです。彼は男だけれども、男だからこそ、女性を蔑視することがない。むしろ女性を尊重してるんですね。だからそういうことも含めて女性ファンが多いんだろう。兜太さんは女性の時代になってしまった俳句の世界では、とっても貴重な男だった、とっても貴重な「オス」だったというふうに思いますね（笑）。

金子兜太と一茶と山頭火

兜太さんって相当自由な俳句の作り方をしたじゃないですか。まず第一に彼は無季を許容します。無季俳句はもちろん大正時代からあった。また彼のリズムも相当に自由ですよね。単に破調っていうよりももっと自由なところがある。それもやはり大正期からの自由律の流れを踏まえている。そういういろんな試みが近代の中でなされてきたわけですね。ただ中心にはほぼ常に「ホトトギス」、高浜虚子という保守本流の大きな流れがあって、無季も自由律もその傍流だったわけですが、しかしそれは様々な可能性の追求として試みられてきたわけですね。そういう試みの歴史がみんな兜太の句には含まれているんですね。

ついでに言うと、兜太さんは最後は小林一茶を尊敬してたじゃないですか。時には冗談半分だろうけど、俺はもう芭蕉を超えたっていうんだよね（笑）。芭蕉は超えた、あとは小林一茶だけだと。一茶は庶民の生活感覚の句をいっぱい作ったから、高踏派の芭蕉じゃなく民衆派の一茶の方が偉い、ということだろうけど、しかし、僕に言わせりゃ、金子兜太はとっくに小林一茶を超えてますよ。小林一茶って僻《ひが》みっぽいし線も細いし、やはり兜太さんの方がぐんと太くってね、立派ですよ、人間も俳句も。僕はそう思っています。ただ僕は芭蕉を尊敬している男だから、さて兜太さん、一茶は超えたけど、芭蕉を本当に超えましたかねっていう疑問は僕は持ってるんです。そういえば兜太さんには、

よく眠る夢の枯野が青むまで　兜太

という句がありましたね。明らかに芭蕉の辞世の句〈旅に病んで夢は枯野をかけめぐる〉への兜太流の応答ですよ。この句はいいですね。野太くて楽天的で実に兜太さんらしい。何しろ九十八歳の長寿です。これからの人間は誰も芭蕉のように旅に生き旅に死ぬこともできないし、芭蕉のように求道的に俳句に賭けることもできないでしょう。それならみんな兜太さんのように「よく眠る」べきかもしれませんね（笑）。

それは措いといて、じゃあ、金子兜太が誰に似ているかっていうと、これは本当に僕の印象だけだけど、一茶には似ていないむしろ種田山頭火に似ている。僕はなんか兜太さんが一一〇歳ぐらいまで長生きしていたら、最後は山頭火みたいな自由律の世界に行っちゃったんじゃないかって思ってるんですよ。これは理屈では説明できない、とにかくそう思っている。

山頭火は完全な自由律だよね。兜太さんは十七音中心なんです。自由律にはいかなかった。だけど人間の印象とか、作ってる句の世界の行く末とかを思うと、山頭火に似てるんじゃなかろうかという気がするんです。兜太さんが最後の入院中に詠んだ句のなかに、

河より掛け声さすらいの終るその日

という句があるけれど、あれなんかほとんど山頭火に近い、と感じますよ。

破調と無季と季重なり

社会性俳句が十七音をはみ出すのはしょうがないんです。やはり五・七・五に詰め込みきれないものを詰め込もうとしてるからね。もちろん季語という約束事も邪魔になる。兜太さんのそういう句はそうならざるをえない。

大正時代から自由律の運動がありましたね。河東碧梧桐が荻原井泉水を出現させ、井泉水の弟子として尾

崎放哉や種田山頭火が出てくるわけです。井泉水という人はちゃんと分かっているんですよ。五・七・五という定型を捨てる代わりに、自分たちは、この句はこう読むしかないんだという内的必然性のあるリズム、一句ごとに自由だけれども必然性のあるリズムを作り出さなきゃ駄目だ、リズムは大事だってことを井泉水は頻りに言ってます。それは当時の口語自由詩のリズム論と同じです。しかし残念ながら、実際に彼らが作り出したリズムはそんなに力強いものではなかったね。

そういう彼らの自由律に比べると、兜太さんのリズムはものすごく力強い。五・七・五に匹敵するだけの力強さを兜太さんの破調は作り出せてます。

きよお!と喚いてこの汽車はゆく新緑の夜中　兜太

こんな句はほかの誰にも作れないですよ。

また、季重なりの問題ですが、それはかまわない。季重なりがいけないとか言ってるのは一般大衆向けのハウツー本の先生だけですよ。そもそも高浜虚子自身が、季重なりなんか気にするなって、はっきり書いていますよ。季重なりを一概に排斥するのは「月並宗匠輩」であってそんなことはとるに足りない、季重なりは「大概の場合さしつかえない」ってね。虚子の『俳句とはどんなものか』です。いまは角川ソフィア文庫に入っています。

大衆向け教育の良し悪しってあるんですよ。ハウツー本で季重なりは避けた方がいいですよ、とか、中八はあんまり宜しくありませんよ、とか。教育ってのはあくまで方便、人を見て法を説くわけです。初心者向け教育の方便がまるで規則であるかのように受け取られちゃう。これは現在のハウツー的な俳句教育の大きな弊害で、大間違いです。ついでに言うと、高浜虚子が客観写生ってこと言い出したでしょう。あれも最初は弟子たち向けのハウツーだったと思います。だから本当の意味では俳句の本質とは関係ない。でも虚子の言うことは弟子たちにとっては絶対だから、守らなきゃ「ホトトギス」雑詠欄に選ばれないから、金科玉条扱いされて俳句の本質みたいになっちゃってね、ついでに虚子もその気になっちゃっていろいろ理屈をつけ始めた。そこから虚子は間違い始めた、というふうに思ってるんですけどね。とにかく保守本流の虚子が季重なりなんか気にするなって言ってますよ。

それから僕自身の立場は定型で無季容認です。ただ自分では今はなるべく季語を入れて、つまり有季定型でやっていますが、花鳥風月的な世界は自由に踏み越えていくつもりなんです。縛られた中でどれだけ自由になるかっていうのが今の僕の俳句の楽しみです。

最後にもう一言付け加えさせてください。今日の話は主として兜太さんの長い俳句歴の前半、「前衛」時代が中心になりましたが、僕は一九七〇年代半ば以後、政治の季節が終わった後の兜太さんを「還相《げんそう》」と名付けました。仏教用語です。仏が高い悟りの境地に向かって孤独に修行を続けていくのが「往相」、大衆は置いてきぼりです。悟った仏が衆生済度のために大衆のところへ帰ってくるのが「還相」です。ひたすら表現性を高度化していった「前衛」時代の兜太は「往相」の兜太、七〇年代からは大衆的な平明さへと還ろうとしました。それが「還相」の兜太です。そのあたりのことは『金子兜太　俳句を生きた表現者』を読んでいただければとてもありがたいと思います。

おわりに

井口時男氏と金子兜太先生とは先生最晩年の関わり合いではあったが、かねてから金子先生の俳句作品がとにかく好きだったとのこと。また、井口氏が東日本大震災の半年後に東北を訪れ、所見所聞所感をエッセーに書いた時、金子先生の俳句を引用したことが最初の接点だったようだ。

そして、黒田杏子主幹の「兜太　ＴＯＴＡ」誌の編集委員を務められ、二〇一七年十二月十三日、その編集委員らと共に熊谷の金子先生のご自宅で先生にインタビューをしたりした。得意な文芸批評活動を通じて、今までの兜太論とは違った視点から、人間兜太と兜太俳句を理解するのに、また次世代へ繋ぐ兜太像の確立に大きな尽力をされた。この度のインタビューで、兜太先生の人間性、句風などをたっぷり語って頂けたことは、私にとって大いに勉強になった。私が今後執筆予定の『兜太論』の参考にさせて頂きたい。

董振華

井口時男の兜太10句選

蛾のまなこ赤光なれば海を恋う　『少年』

曼珠沙華どれも腹出し秩父の子　『〃』

きよお!と喚いてこの汽車はゆく新緑の夜中　『〃』

彎曲し火傷し爆心地のマラソン　『金子兜太句集』

わが湖《うみ》あり日蔭真暗な虎があり　『〃』

無神の旅あかつき岬をマッチで燃し　『蜿蜿』

霧の村石を投《ほう》らば父母散らん　『〃』

人体冷えて東北白い花盛り　『〃』

谷に鯉もみ合う夜の歓喜かな　『暗緑地誌』

大頭の黒蟻西行の野糞　『旅次抄録』

井口時男（いぐち　ときお）略年譜

昭和28（一九五三）　新潟県に生まれる。文芸批評家、俳人。

昭和52（一九七七）　東北大学文学部卒業。同年、神奈川県の高校教員となる。

昭和58（一九八三）　「物語の身体―中上健次論」で「群像」新人文学賞評論部門受賞。以後、文芸批評家として活躍。

昭和62（一九八七）　文芸批評の著書『物語論／破局論』（論創社）刊。同書で第一回三島由紀夫賞候補。

平成2（一九九〇）　東京工業大学教員。

平成5（一九九三）　文芸批評の著書『悪文の初志』（講談社）刊。同書で第22回平林たい子文学賞受賞。

平成8（一九九六）　文芸批評の著書『柳田国男と近代文学』（講談社）刊。同書で第8回伊藤整文学賞受賞。

平成13（二〇〇一）　文芸批評の著書『批評の誕生／批評の死』（講談社）刊。

平成16（二〇〇四）　文芸批評の著書『危機と闘争―大江健三郎と中上健次』（作品社）刊。

平成18（二〇〇六）　文芸批評の著書『暴力的な現在』（作品社）刊。

平成23（二〇一一）　三月、東京工業大学大学院教授を退職。同年、文芸批評の著書『少年殺人者考』（講談社）刊。

平成27（二〇一五）　第一句集『天来の独楽』（深夜叢書社）刊。

平成29（二〇一七）　文芸批評の著書『永山則夫の罪と罰』（コールサック社）刊。

平成30（二〇一八）　第二句集『をどり字』（深夜叢書社）刊。

平成31（二〇一九）　年文芸批評の著書『蓮田善明　戦争と文学』（論創社）刊。同書で第70回芸術選奨文部科学大臣賞受賞。同年、文芸批評の著書『大洪水の後で―現代文学三十年』（深夜叢書社）刊。

令和3（二〇二一）　著書『金子兜太　俳句を生きた表現者』（藤原書店）刊。

令和4（二〇二二）　第三句集『その前夜』（深夜叢書社）刊。

第2章 いとうせいこう

（二〇二二年四月十四日十三時　リモートにて）

はじめに

二〇〇一年、中日友好協会の仕事で日本訪問の際、共著『他流試合——兜太・せいこうの俳句鑑賞』を金子先生から「董振華様恵存」のサイン入りで頂いた。書中、いとう氏から金子先生へのあれこれの質問は、正に自分も知りたいところで、二人の鑑賞法はそのまま創作法にも通じ、大変面白く一気に読了した。以来、いとうせいこう氏の名前は深く印象に残った。その後、金子先生から時折氏のお名前を耳にした。特に、二〇一五年元日から開始した兜太・せいこう共選の東京新聞「平和の俳句」で、氏の名前の印象が一層深まった。

この本の証言者として、いとう氏に依頼のお手紙を差し上げ、一週間後、助手の石畠様より了諾のメールが届き嬉しかった。氏はずっと出張中だったという。インタビューはリモートだったが、順調に進んだ。そして、六月二十三日、いとう氏の仕事場（千代田ビデオスタジオ）へ伺い、章扉の写真を一緒に撮らせていただいた。

董振華

俳句は幼い時からお馴染みだった

僕もちゃんと覚えていないんですけど、父親（本名は伊藤郁男で、無限子という俳号を持つ俳人として知られる）が俳句を始めたのは、多分僕が中学とかそのぐらいじゃないかと思うんです。確か、一九七三年に水原秋櫻子の「馬酔木」系の石田波郷が主宰する「鶴」っていう俳誌には入ってたような気がするんですよね。ま、とにかく父親がある時から結社に入って、俳句を作り出しました。僕も子供の頃から俳句のことば自体は好きだったので、例えば五・七・五とか、定型の決まりがあるとか、季語があるとか、そういうルールのある中で、人がどういうものを作っていくのかっていうことは、わりと僕はのちのちの自分の仕事も全部そこに関わってくるような感じがします。自分が作るってことはなかったんですが、俳句には面白みを感じていましたね。

「お〜いお茶新俳句大賞」選考会の金子兜太と森澄雄

一九九〇年、金子兜太さんと一緒に「お〜いお茶新俳句大賞」の選考委員同士で交流を始めたのですが、その前はそれとなく名前は知ってはいたけど、ちゃんと句も知らないいし、キャラクターも知らない。ただほかにも森澄雄さんがいらっしゃって、森澄雄と金子兜太っていう人たちが、大きな俳人であるっていうことはなんとなく知っていました。僕自身がそこに呼ばれて、モノを言っていいのかなっていうぐらい、彼らがトップクラスの俳人だったわけです。僕も呼ばれたからには、さっき言ったような定型と言葉の関係とか、そういうことを自分の考えでやっていいんだなって思ってましたんで、結構ズバズバものを言ったんじゃないかと思うんですよね。そういうことを兜太さんは笑って喜ぶタイプの人だから、そんな僕を気に入ってくれたっていうか、兜太さんは素人を馬鹿にしない人ですからね、むしろ知ったようなことをいうのが嫌うっていうか。幸いに僕はそういうタイプではなかったんで、多分面白がってくれたんじゃないかと思います。

その当時はどれを選ぶかということに、例えばグランプリに選ぶとか、それぞれの部門のトップの三句に選ぶとかっていうことに関して、森さんと兜太さんがよく論争してましたね。僕にとってはそれがすごく面白かったです。本当に勉強になりました。彼らのやってる、喧嘩腰の喋りっていうものが、特に兜太さんのユーモアで包まれてみたり、森さんの一直線な真面目さみたいなもので、人の心を打ってみたりして、なんか僕はそれを見に行ってるような気持ちでしたね。自分が選ぶっていうよりは、あの先生たちが今日は何を言うんだろうとか、しかもどんどん年数を重ねるに従って、周りの俳人たちもどうも体が悪くなっていくっていうか、あいつは何か右目がもうないらしいなとか、あいつは腸を切ったらしいぞとか、そんな話をしてる姿がすごくなんか、愛らしいというか、人間が必ずしも五体満足であるということはないわけで、そのことに対する物の見方みたいなものが、まだ若かった僕にとっては、すごく大事だったというか、素敵なおじいちゃんたちでしたね。

森さんと兜太さんはよく「くだらん」とか、お互いに言ってるんだけど、その中でちゃんとお互いの論を展開し、言葉で説明する。ただ感情的になんか人を馬鹿にするのではない。そういう態度が自分たちにとって、とても大切なものだっていう、お互いにちゃんと議論ができるっていうことですもんね。それも理屈だけじゃないっていうか、最終的にはセンスの問題になっていくっていうか、僕は俳句のことを言ってみれば、まともな勉強はしなかったけれども、それを聞いていることが一番の勉強だったかもしれないですね。あの勝負は平成二（一九九〇）年一回目の時から始まりましたね。

一九九〇年の八月二日のイラクによるクウェート侵攻に端を発し、翌九一年一月に米欧軍を主とする多国籍軍のイラク攻撃によって湾岸戦争が起こったんですね。僕は選考会でも戦争の話をすぐしたと思うんですよ。戦争というものを詠み込めるのも俳句であってっていうような話をしたんです。僕は兜太さんの社会性俳句をちゃんと知らなかったけれど、結局自分がそこで、こういうふうに考える、こういうふうにより句を取りたいと思うことを言った時に、当然兜太さんは、「あっ、そうだよね」と、お前も俺の側かみたいな感じだったと思うんですよね、僕はそれを知らないで言っているわけだけど。でもなんか受け入れてくれてる感じがすぐ分かったから、この人には全部モノを言っていいんだなっていう気持ちはすごくありましたね。

それが何年続いたかなあ、僕は本当はもうちょっといたかったんだけど、いろいろ全然別の問題があって、一回辞めることになったんです。僕がとても悲しかったのはやっぱり彼らに会えないっていうことですよね。そしたら何年もしたら、多分兜太さんだったと思いますけど、僕を呼び戻したんです。そのとき本当に嬉しかったです。はっきり覚えていないですが、まだ森さんもいらっしゃった、ご健在だったような気がします。ともかく、そこでもう一回金子兜太っていう人に会えることは僕にとっては精神的にも大きなものだったし、言葉の勉強をする意味でもとても大きな機会であった。今では可愛がってもらっていたんだなって思います。

この間たまたま兜太さんのことを書いた自分の原稿を読んでたら、「どんなに対立って考えや言い合いがあっても、別れ難い人間というものがいるんだ。俺にとってはあなたもその一人だ」って兜太さんが言ってくれていたんです。それは本当に嬉しかったですね。どこでどうぶつかって言い合いがあっても、君という人間自体を馬鹿にはしないというか、それで離れるということはない。だから言いたいことがあったら、いいたまえっていう態度が、友情みたいなものと感じました。全然歳が離れていても、それが言えるっていうのがきっと俳句の世界の良さですよね。それを言われたときに、何かこう水平に物を見るっていうか、ヒエラルキーで物を見ないっていう金子さんらしさは本当に沁みるように分かったんですね。それは多分平和の俳句をやってる時言ったのかな。急に言い出したんだと思うんです。

『他流試合』兜太×せいこう　2001年（写真提供：新潮社）

『他流試合　兜太・せいこうの新俳句鑑賞』の回顧

平成十三（二〇〇一）年四月に新潮社が『他流試合　兜太・せいこうの新俳句鑑賞』を出版しましたが、その前年の平成十二（二〇〇〇）年のある日、兜太さんから人づてに連絡があった。お互いが選考委員をしている新俳句大賞の入選句を鑑賞し直してみないか、というのです。伊藤園がこの賞を創設してから、早いもので約一〇年間が過ぎ、当時応募も百万句を超えるようになった。それにつれて、俳句に新しい傾向が生じてはいないか。そいつを確かめてみないかと兜太さんが持ちかけてくださったんです。それでこちらが出版社を決めて、全体像を考えた。一流の俳人の鑑賞法はそのまま創作法に通じている。とすれば入選句鑑賞は「俳句とは何か」を理解するのにもっとも実践的な機会となるだろう。自分の無知を恥じていても何にもならない。まずはぶつかってみようと思ったんですね。

対談（試合）は五回やりました。最初は新潮社のクラブで、梅雨どきの庭を眺めながら始まった。気分を変えて、話題にもとらわれずに喋ろうということで、二回目は、僕の当時の住まいに近い駒形の「前川」で、三回目は東京ステーションホテルで、そこは熊谷に住んでいる兜太さんにとってはわりと便利だったから。四回目は表参道のハナエモリビルでやった。最後の回は兜太さんの郷里の秩父（埼玉県）ホテルでしたが、対談の前に巡礼札所四番金昌寺と小鹿坂遺跡を一緒に歩いて吟行をしまして、句も作りました。毎回不思議なほど話題が尽きなかったですね。

今から考えれば、まず一つは兜太さんがよく受けてくださったっていうことなんです。その頃は俳句界の事情なんかにも僕は知らないから、金子兜太っていう人の考え方をもっと俳句をやらない人にも伝えたいし、あるいは俳句をやってる人も新俳句っていうのがどういうものかっていうことに関しては、僕にはきちんとした説明を受けてない感じがしてました。もちろん季語にこだわらない無季も受け入れる、わりと実験的なものも全然平気っていうような感じの、それが新俳句だったわけですけど、実際どういう、どこまでが新俳句なのかっていうようなことも知りたかったはずだなと思って、この企画を立てたんですね。しかも僕も兜太さんから俳句をどう考えるかっていうことを単純に聞きたかったんです。つまり、散文屋のこちらには、俳人金子兜太に聞きたいことが山ほどあった。疑問を呈したり、反論を組み立てたり、沈黙で反抗したりする暇などなく、とにかくより多くのことを聞き出したくなってしまうのです。

あとは楽しかったから、兜太さんと一緒にいたかった。それを新潮社の僕の昔からの知り合いにそう言って、すぐ企画が通って。あれは四季の四回にわたって一緒に会って、長く話をしてっていう形でした。特に僕は全く自分は実作をしないと決めていたので、実作をしない人間と、実作をする人間との対談が面白いとも思ったんですよね。同じような実作をする作家同士だと、わりとこれはもう分かってるでしょみたいなことになって、言葉にしないことが多いので、そういう意味で、あの本はとてもいい本だと僕はいまだに思ってるし、もっとちゃんといろんな人に読まれるべきじゃないかなと思っています。ただあの中で切れ字の問題がきちんと言語化できてないなと思って、しつこく兜太さんには聞いたし、文庫本になる時にも僕はまた「一体それはどういうことだ」って聞いてるんですよね。やっぱりそこで僕が納得できるような、ロジカルな言葉は兜太さんからまだ出てこなかったような気がする。「一体なぜこれが必要なのか、どこから生まれてきたものなのか」というような問題について、本当はもっとしつこく聞きたかった。

もちろんある程度の研究書みたいなものは、自分でも何冊か読みました。でもやっぱりそこでまだよく分からないです。それがすごく心残りでもあるし、何年か掛ければ分かるような問題じゃないことを巡って、話をしたんだなっていうことが、自分のなんか文学上のものを考える時の深みみたいなものにもなったのかもしれないと思うし、そう簡単に分かるんじゃないよっていうかね。今度は出版社が別で、講談社から文庫本が出たっていうことは、かなり珍しい。不思議なことなんですけど、それはやっぱり僕が講談社でよく知っている後輩の編集者が「やあ、あの本はすごくいい、書店で切らしたくないから、ぜひもう一度文庫で出してみたいんです」って言われて、「いや、本当にその通りなんですよ、やろう」って、その時にまたもう一回兜太さんに話を聞き直したわけです。「あらゆる日本語は詩の言葉である」と、兜太さんが言い出した時には、本当に度肝を抜かれましたね。どんな言葉を入れ込んでも、それはそのまま俳句になるんだ、っていう境地に達している。だからすでに始めていた「平和の俳句」においても当然平和を自由に詠みこむに決まってるだろうっていう。そこまで前進なさっていた

第十二回みなづき賞贈賞式　平和の俳句　二氏一法人を祝う
兜太とせいこう　2015年7月3日　（撮影：黒田勝雄）

んだなと。それを引き出せたのは本当に嬉しかったし、その言葉は僕に対する兜太さんからのプレゼントだったようにも思っていますね。

この対談本は本当にいいです。つきすぎた下の五文字の例を出してやっぱり素人だと。その季語を少し変えると、二十年ぐらいやった人間になるとか。いわゆる具体例をふんだんに入れてくれて、その全体としても素人を傲慢な態度で見ないっていう兜太さんの美点もあって、金子兜太という人はとても良い教師ですよね。これはその部分が出ていますね。もちろん厳しい時はめちゃめちゃ厳しいはずです。自分の結社では、多分「そんなこと知るか、自分で考えろ」って言ってると思うんですよ。だけど結社の者でもないし、俳句界にもいない僕を相手にしているからこそ、この対談本には分かりやすさがあったんじゃないかなと思います。

俳句と自分の文筆活動

俳句は突き詰めても、言語っていうものを削りながら、ある情景なり心情なり、それから、この世にないイメージみたいなものを生み出すっていう意味からして、やっぱりそれは特殊なものです。とてもじゃないけど、ラップの中で再現できるようなものではないというふうに僕は思っています。ただ「これではつきすぎだよね」っていう俳句の感覚っていうものを、常に兜太さんから学んでいたので、自分で散文を書いていても、「いや、これは説明しすぎだよな」とか、「こういう場面でこういう天気などがつきすぎだよね」とか、っていうのはどっかにあると思います。ただはっきりした文学上の影響関係にはないですね。それはさっきも言ったように、俳句があまりに深く先に行き過ぎてるから、それのいいところを取るっていうこと自体もすごく難しいぐらい、屹立した場所にある文学だと思うんですよね。だから実作が怖くて実作ができないと思う。ただ子供が生まれたんで、この一年間は子供に関してだけ、百句ちょっと詠みましたけど、それはお遊びみたいなもんで、人生をかけてやるには、凄まじい覚悟がいる世界だなというふうに思ってます。

みなづき賞贈賞式で、花束の代わりにさくらんぼのついた枝をせいこうに渡す飯田多恵子さん　2015年7月3日　（撮影：黒田勝雄）

自分の小説の中に俳句を取り入れる書き方があるか

昔、小説に俳句を入れる手は一回使ったことがあるかもしれないんだけど、やっぱり俳句が上手にできてると自分で自信がないから、その手を使うんだったら、句集を出すっていうぐらいにしないと、というふうに思うんですね。そういう意味でも、僕はすごく俳句っていうものを敬して遠ざけるっていうか、恐れてますよ。すごい表現形態だなと思っているので、生半可に手を出せる問題じゃないなって常に思ってきました。でも兜太さんはずっと「あんたはこっちに来る人間だ」って、本当に何回も言われました。しかも「せいこうは一茶をやれ」ってよく言ってました。でもこちらはなぜそうなのか全く分かんなくて。兜太さんが亡くなってから、とりあえず一茶の有名なものを一応全部読みましたけど、それでもまだ僕はなんで兜太さんがあんなに「一茶をやれ」と言ったのかが、よく分からない。もちろん兜太さん自分が一茶が好きだからってこともあるでしょうけど、でもそうしたら、ほかの山頭火だってあるわけでしょう。本当に分かんない、本当に不思議ですね。僕は自分の中に一茶的なものがあると思わないから、むしろ山頭火をやれと言われたかったですね（笑）。

俳句とヒップホップ

ヒップホップを兜太さんが面白がってたんですよね。ヒップホップのことをラップラップっていつも間違えてましたけど、兜太さんは音頭の人でもあるわけじゃないですか。ダンスミュージックが好きなんですよね。人々が気持ちで体で乗って、言葉を発しながら踊っていくっていうようなことは。当然俳句の興味の一方に音頭っていう音楽的な側面があるわけで、その部分を僕が刺激したと思うんですよね。これはフォークソングともどうも違うと、まずみんなで楽しく踊るもんなんだっていうことが、兜太さんにはよく分かったたんじゃないかと思うんですよね。それともう一つは脚韻の問題があって、もちろん『他流試合』でも言ってます。俳句は韻のかたまりだから、脚韻なんか必要ないんだっていうふうに、兜太さんらしい言い方で言ってる。当然頭韻をふんで、頭で踏んでみたり、あるいは「ら行」だったり、「さ行」だったり、「ま行」だったり、いろんなものの組み合わせみたいなもので、口の中で気持ちがいいようなものはあるわけです。その一部として、今まで絶対に俳句の中では、誰もやらなかった脚韻っていうものを俳句ではないけれども、僕がやっているっていうことには、何か刺激があったんだと思うんですね。兜太句の中に脚韻が入ってるとも思わないけれども、しかしそれを入れてみたら、どうなるんだろうと考えたと思うんですよ。その上で韻のかたまりだから要らないと。

そういう意味で、もしも万が一兜太さんと影響し合うものがあったんであれば、自分は兜太さんのために少しは役に立ったのかなあと幸せな気持ちになりますし、逆に言うと、僕はラップを書いているときに、もちろん俳句のこともある程度分かってきたわけだったので、当然頭韻もすごく早い時期に踏んでるし、中間韻って、間に踏む韻もあり、そういったものを実は相当踏んでるんですよね。他のラッパーはみんなまだ脚韻の時代でしたけど、僕はものすごく先に行って、実はいろんな韻を踏んでいるんだ。それはやっぱり「俳句は韻のかたまりだ」って言ってる金子兜太の影響は当然あったと思いますね。じゃあ、日本語でどういうふうな韻を踏めるのか?

ドイツの哲学者マルティン・ハイデッガーと同時代に、日本に九鬼周造という哲学者がいました。その人が多分日本で初めて脚韻を踏んだ詩を発表したりして、全集には載ってるんです。その人は基本的に哲学者ですが、詩に関しても面白い考察をやっていて、もちろんラッパーはこの人をマークしませんけど、僕にとっては面白い人だった。この人の詩を実際に音楽の上で朗読したりとか、そういうこともこの十年ぐらいはやってるんです。もちろん俳句ではないけど、誰も脚韻を日本語でやらなかったというわけではないですね。かつてやった人がいるっていうので、それを意識して、では自分はどういう韻と組み合わせてみるかという実験をいまだにやっています。即興的なダンスミュージックの上に蕪村や兜太を載せたり。

僕はよくラッパーに対して〈柿くへば鐘が鳴るなり法隆寺〉を例に出すんだけど、「か行」から始まって、かーきーくえばで、かねがーなるなりで、「な行」になって、法隆寺で「ら行」になっていくっていう。ああいうことを兜太さんは多分「俳句は韻のかたまりだ」っておっしゃっていたんだと僕は思うんです。だからそういう金子兜太という人との繋がりの中で、考えた日本語っていうことは、確かに自分の活動のあちこちに出ているとは思いますね。

兜太さんはものすごいラップに興味を持っていたか

ら、「見せてくれ、やってるとこを見せてくれ、やってみせてくれ」とか、そういうふうに言ってましたね。だから秩父道場に泊まり込みで、みんなで句会みたいにやるときに、若い人たちが僕のライブのビデオを持ってきて、聞かせたりして。逆に兜太さんは「どうだ、いいだろう」って、自分でやったみたいな顔で喜んで聴いてましたよ。

秩父道場は面白いですよね。兜太さんが好き放題に振る舞って、みんなもしょうがないなっていう顔で一緒に付き合いながら、でも厳しい時はばしっと「つまらん」とか言って、「こんなつまらん句はない」って言ってたら、実はそれが兜太さんの句だったりですね、「あっ、俺のか」っておかしかった（笑）。

僕の俳句は金子兜太派だ

僕の俳句は全然金子兜太派ですね。やっぱり字余り字足らずの感じで、バランスが崩れたところはバランスに戻るとか、バランスだったものはバランスが崩れるとか、その瞬間の面白さっていうのは音楽的ですよね。だから僕は音楽をやっているっていうことと、定型じゃないってことはすごく関係があると思う。自分で音楽の中で詩を読んでたとしても、普通の載せ方をしてると、音楽的につまらなくなっちゃうんですよね。なので、わざと引き延ばしてみたり、音楽だけの間を作ったりするとかっていうことは、自然にやっちゃうんですよね。

僕は古典芸能が好きだから、近松門左衛門とか、つまり人形浄瑠璃とか、歌舞伎とかも見るわけです。近松門左衛門は字余り字足らずはやたらにやるんです。でも彼の気持ちはよく分かる。やっぱり五七五的なものの中に収まっていると、リズムが退屈してくる。特に浄瑠璃などの伝統芸能でいえば、それをずっと長く永遠でやるわけです。俳句だったら一句を詠んで終わりだけど、浄瑠璃は長く長くやっていくわけだから、同じリズムはやっぱりつまらなくなってきますよね。俳句は元が連歌連句だったということと、ちょっと破調の問題に関係あるんじゃないかなと、実は僕は思ってます。字足らず字余りにして、バランスを崩して面白くする。たまたま発句だけになっちゃったから、定型だけが残っている。元々どこに俳句というものが住んでいたかっていう出の問題から考えると、兜太さんみたいな、いろんなリズムを使ってくる人が居て当然だし、いないと、座は盛り上がらないです。

下五をわざと下六にする金子兜太のやり方もよく分かります。例えば〈桐の花河口に眠りまた目覚めて〉という句を例に言うと、まさに近松門左衛門も原文を見ながら聞いていると、全部五七五韻に直せるんです。わざと崩しているのがよくわかる。兜太さんの句も七五調に直せるのに、わざとそういう「目覚めて」とか、「つけて」とか、よく分かるんです。でもそれは多分、「わかるよね」ってウィンクしてるんです。「目覚め」或いは「目覚む」がいいのに、わざとつけてるってことが分かるようにやってるじゃないですかね。やっぱりそれを兜太さんの言い方で言えば情（ふたりごころ）です。それがコミュニケーションで、コールアンドレスポンス（音楽でいう掛け合い）になっているっていう。僕は兜太さんによくそのラップの問題でも言いましたけど、「ラップだと観客とコールアンドレスポンスするんですよ」って、『セイ・イエー』で、『イエー』っていうんですよ」ってみたいな話も、確か面白がってたと思う。それはやっぱり座の文芸こそ、そういうものを持っている。何かを誰かが言って、言ったことが分かる人だけが笑っている、その面白さとか、あるいは、絶対に口に出して読んで、次の人が口に出して読んで、音で読んでいくパフォーマンスでもあったってことは、とても大きなことじゃないかなっていうふうに思っています。パフォーマンスって、そういう肉体性っていうんです。声とか、そういうものにも兜太さんは敏感でした。それも音頭の人だからだと思います。

我が子の成長を詠む俳句を変わった形の句集に

この一年間、僕も生まれてきた子供のことだけを百句ちょっと詠んで、それをどうにかして、出したいなと、急に思うようになってます。ただ普通の句集にするんでは、僕が別の場所にいる意味がないので何かうまくデジタルのものを利用して、字が動くとか、声が聞こえるとか、全く違うメディアでっていうものを出してみようかなっていうふうには思ってます。それが僕の役割です。なんかちょっと変わったことをすると、今度は俳句の中にいる人たちも、少し自由になるというか、「じゃあ、あれはやっぱ良くないよね」って、実際に読んじゃうと、まずイメージを束縛しちゃうわけなんで、「だから良くないよね」とか、あるいは「いいよね」とか、そういうような論争が少しでもあれば、面白いなあというふうに考えています。今はデジタル系の自分のネットワークの中の友人に投げています。要するに、いままでの伝統的な出版と違う形で届く句があってもいいのかもしれないというふうに考えています。

『東京新聞』に終戦記念日の「金子兜太・いとうせいこうの対談」の回顧

二〇一四年八月十五日『東京新聞』に終戦記念日の「金子兜太・いとうせいこうの対談」が掲載されました。〈梅雨空に「九条守れ」の女性デモ〉という俳句作品をさいたま市の公民館による掲載拒否の問題から始まり、「社会の問題をすぐに庶民が掬い取って詠める詩が、日本の場合は俳句としてある」ということを僕が指摘しました。「戦争中の自己反省、自己痛打が私に句を作らせたと同時に、私のその後の生き方を支配した」という兜太さんの述懐と、どんどん二人のトークが展開していき、僕が『東京新聞』でぜひ、何俳句と呼ぶか分からないけれども、募集してほしい。あえて戦後俳句といってもいいかもしれません」と提言しました。それを受けて兜太さんが「二人でやるとなると、ちょっと面白いと思いますよ。変なやつが二人でやってるっていうのは」と返します。この対談がきっかけで、大きな動きの始まりという感じになりました。

二〇一五年の元日に「平和の俳句」がスタート

実際に、この対談が『東京新聞』に掲載されてから、まもない翌年の二〇一五年の元日に俳句投句欄「平和の俳句」がスタート致します。

当時、兜太さんの言葉は「いまのわたしたちは不安のなかにいる、平和に不安がある。それは何故か。そして、望ましい平和とは。俳句で自由に書いてほしい」と。

僕は「平和への切実な希求、戦争の記憶、未来の私たちがあるべき姿、景色、季節の感覚。あらゆる年齢層の方々から、俳句という短詩だからこそいつでも口ずさめる鮮やかな世界を募集致します。これは国民による軽やかな平和運動です」と当時書きました。この「軽やかな平和運動」というフレーズは「平和の俳句」の一つのキーワードだと思います

今、当時のことをあらためて考えると、やっぱり話をしていて、これ、ただ反対しているだけでは力にならないな、っていう気持ちがお互いにあったんじゃないかと思うんですよね。で、ぱっと思いついたわけです。なんかの句を集めるってことで、それを運動にするっていう、「俳句を詠むことが運動になる」っていうことがあり得るんじゃないかって。それで「平和俳句」っていう言葉が浮かんだんだけど、なんかぴったりこなくて、「平和の俳句」で、「の」を入れてみたんです。そうしたら「これだ」って、「平和の俳句」だ。すぐに兜太さんにも連絡してもらって、こういうときの金子兜太っていう人の腰の軽さが凄いんです。すぐ動くっていう。やっぱり立派だと思いましたね。大御所じゃないですか。大御所が新しい俳句のシステムを作るっていうことに関しては、細かい人はごちゃごちゃ言ってくるだろうし、いわゆる晩節を汚すってことだってあり得るわけなんですよね。それは僕はものすごく心配しました。でも、兜太さんはもう全然平気で「やろう！　やろう！」っておっしゃって、『東京新聞』も偉かったんですよ。毎月必ず「一面のトップに」っていうレイアウトを考えたんです。そのときのうねりみたいなものは、今も興奮とともに思い出せます。「いや、これはすごいぞ、俳句がなんか社会のことを詠い出した、しかも、新聞のトップだよ」って。それで、僕は毎月一回ずつ『東京新聞』に行って、何千句っていうものが集まるわけですけど、その投句葉書を金子さんと一緒に選び始めたんです。

「平和の俳句」選句中の二人の空気感とバランス

兜太さんは気が短いけど、僕も結構気が短いから、僕の方が少し早めに選句が終わって、うしろで兜太さ

んの選句を見るのが本当に幸せというか、強烈な勉強っていうものでしたね。具体的に何をどうしたかっていうのを一切覚えてないけど、本当に上手な句は一句も選びませんね。僕がそんな句を選んでも文句っていうか、「なんだ、こんな句を選ぶのか」と。それは伊藤園の時からもそうでしたが、よく聞こえるように兜太さんは嫌味を言って笑うんです。「平和の俳句」の中でも、兜太さんは意外なほど、これってただの政治スローガンじゃないかって、こんなのを選んじゃったら俳句じゃないんじゃないかって、僕でさえ思うものを平気で選んでました。何句か最終的にあって、そっから落としていく時に、こっちの方がどう考えたって俳句だよねっていうものを、あえて落としていく姿を何度も僕は見ています。

その時に、兜太さんが独り言を言う。「これは作ってるな」とか、「これはよくあるな」ってつぶやくんですね。そして、びっくりするほど「平和っていいよね」みたいなスローガンみたいなものを選んでいく。「これは素直だ」と、これはそのまま思ったことが俳句になっている。「これはいい」って言って選ぶんです。その選び方も本当はもっと詳しく聞きたかったですね。「何でこれじゃなく、これなんですか」っていうのをしつこく聞くべきだったけど、その時は兜太さんが忙しいっていうか、疲れてるし、しかも一応「これはよくある」とか、「これはいかにも作った句だ」っていうことがすべてです。それで僕はこれを金子兜太の選句として発表したら、批判されるじゃないか、「晩節を汚す」っていわれるぞって、僕はものすごい自分の責任として、なんかどうやってこれを謝ればいいんだろう、こんなすごい俳人を変なことに引きずり込んでしまったという責任みたいなものを、毎回ひしひしと感じました。しかし、それを僕に感じさせないような発言を兜太さんはなさった。「俺はこれがいいと思う、それでいいんだ」「平和の俳句は面白い！」っていうようなことで、「俺に任せろ」ってみたいな感じの言い方でした。そういうところが、やっぱりすごく日本の俳句史というか、文学史みたいなものの、ある一つの重要なところに自分が立ち会ったなっていう気はしていますね。

その平和の俳句をたまに見てみてくださいよ。なんでこれを選ぶのっていうのがたくさんある。それが晩年到達した兜太さんの全ての日本語は「詩語」であるという、実はバックボーンがあったってことは、あとでインタビューをして知るわけです。それがあまりに

朝日賞受賞祝賀会にて　前列右から吉行和子、兜太、澤地久枝、黒田杏子。後列右から橋爪清、藤原作弥、岡崎万寿、せいこう。
2016年3月　（撮影：黒田勝雄）

簡単な言葉であるから、見逃されているだけだみたいな、「もう一回それを選び直して、詩として評価する」っていうようなことをやってたんじゃないかと思って。いや、とてもじゃないけど、一人でそれをやるって、すごいことだなって思いますね。いつの間にか、僕自身も上手い俳句のほうを選ばないように注意してました。

兜太さんはまず俳句をやろうということがあって、そのあと平和っていう気持ちが出てくる方の句を取らなかった。まず平和があって、それから俳句を選んでたと僕は思います。それから、僕はやっぱり俳句がよくできてる方が選びたいわけですね。その方が俳句好きの人たちにも広がっていくだろうという思いもあってね。だけどどう考えても横で選んでる兜太さんがそういうものを捨てていくから、それはそっちの方針でいくんですねっていう、多少バランスは兜太さんに寄せながら、もちろんやっぱりうまいものをたまにちょっと載せないとっていうのが、僕のメディアコントロールのバランスみたいなところをやってた気がしますね。

兜太さんは一切そんなことはもう関係ないですね。もちろん僕も「平和の俳句」って言ってるぐらいだから、それが中心にあればいいに決まってるんだけど、あまりにこれは直接的すぎるじゃないかって、これは俳句じゃないぞってなっちゃうわけですよ（笑）。でも兜太さんにしてみれば、それが俳句なんだって言ってもいいかもしれない。思わず口から出ちゃったっていう。あの時金子兜太はなんかすごい境地にいたんですよね。誰も追いつけないところにいたと思います。その勇気は僕に同じことをもう一回やれと言われても出来ないですね（笑）。

「平和の俳句」と並行して、「アベ政治を許さない」ムーブメントの展開

二〇一五年、金子兜太揮毫の安全保障関連法案反対のプラカード「アベ政治を許さない」が日本中至るところのデモ活動などで盛んに掲げられました。「面白いことになったな」と、僕は勝手にデモには出てましたけど、そこで兜太さんの字を見ることになるとは思ってもいなかった。それは俳句ではないんだけれども、その短い言葉が人の心をぴたっと表すっていうことになっていますね。そして文字を掲げるデモ隊は、世界中のどこでもやっぱりサインを掲げるわけです。そのことが俳句の歴史というよりは例えば日本には風刺やあざけりの意を含めて詠んだ詩歌の形式を持つ落首があります。これはやっぱり皮肉みたいなものとか、社会批判みたいな詩ですね。どっかの壁にささっと書いて逃げたりとかっていうことはあるんですよ。それでそれが世の中の雰囲気を変えていくっていうことがあります。僕はそういう伝統みたいなものと俳句みたいなものとか、もちろん落首《らくしゅ》も五・七・五とか五・七・五・七・七で作られています。例えば、「こんな人いますよね」とか、「この大名がおかしいよね」とか、「ここの将軍、いまおかしいよね」とかっていうことを笑い飛ばしてみせるっていうか、いわゆる政治批判ですね。だけど、それがしゃれているんです。皮肉が効いています。川柳よりも社会的な皮肉が効いている。

落首との問題を考えると、僕は金子兜太さんの書いたプラカードをみんなが掲げている。あれは誰が書い

たかは問題にならないわけじゃないですか。知らないで掲げてる人がたくさんいると思います。あれが金子兜太という人の字だと九割の人は知らないじゃないですかね。でもそこに書いてあることが人の心をとらえ

海程秩父俳句道場におけるせいこうの講演
2016年4月 （写真提供：宮崎斗士）

たというか、私が思ってることを言ってくれてる。この文字が言ってくれてると思う気持ちっていうものは、一つの俳句のようなもの、日本の詩の伝統の中の社会科の部分、つまり社会性ですね。社会性の詩というものが担ってきたものと、もう一回ふれたように思うんで、このことはあんまり誰も言ってないんですよ、もったいない。人は落首のことを思い出さなかったんですね。僕はもっと思い出して、いろんな壁に誰かが勝手に政権のことを書いたりすれば、よっぽどよかったと思うけど。

例えば、当然ニューヨークだったら誰かスプレーでやってるでしょう。僕はイスラエルがパレスチナ人を閉じ込めたガザ地区にも二年ちょっと前に行って、取材をしてきました。イスラエル側が建てた、アラブの人たちを閉じ込める壁に、英語で或いはアラブの言葉でとか、たくさんのそういう落首が書いてありましたよ。それは世界中のアーティストたちが行って、皮肉を書いてるんですけれども、僕はやっぱり「これだよな」って、「これ、日本でもあったんだよな」って思いました。そういう社会性のある詩は、日本はもうすっ

かりなくなっちゃったんだなあ。伝統が潰されてしまったんですね。

兜太さんは期せずして、その時はまさかみんなが掲げるとは思ってなかったでしょうけど、最終的には僕がパレスチナでその時に遇ったものと繋がっちゃったっていう気がしてますし、今後もあの「プラカード」は使われるでしょう。名は押していないけれども、兜太さんがやった作品の大きなところの一つですよね。しかもあれは兜太さんにしちゃ字がうまいですよね(笑)。伝わるってことを、自分の詩を自分の気持ちで書くというよりは、伝わるっていうことの方を選んでますよね。たくさん書いたうちの一つだっておっしゃってましたから。あの文字を見て、考えたんじゃないかなっていうふうに僕は思いましたね。あの文字とフォントがいいから、みんなが使っちゃうわけです。

金子兜太は大きな山のような存在だった

兜太さんが亡くなられた時、僕は「金子兜太の俳句には圧倒的な幻視能力と、それを言葉で解体、創作する力がある。けれども同時に、本人が持っていた山脈のごとき存在の大きさやなだらかさ、温かさやユーモアにも希有なものがあり、それは文学とは別に後世に残されるべきだ」という一文を書きました。

そこに書いてある通り、兜太さんは自分にとって大きな山みたいな人だったと思います。山って仰ぎ見ることもできるし、なんなら登ることもできるんですよね。動かないけど、それこそ山が笑うじゃないけど、常に色とか形とか変わっていて、桜が咲いてみたり、青葉になってみたり、紅葉してみたり、枯れてみたりして、それも山です。兜太さんはとても大きな人だったし、本当に懐かしい人でした。僕は両親が長野県の出身なんですけど、やっぱり兜太さんは山国の人の感じがすごくあるんですよね。口が悪かったりとか、ざっくばらんで、ちっとも気取らなかったりとかするようなところが、僕にとっては自分の親戚を見るような気持ちでしたね。その懐かしさの中に、社会のことを語るとき、突然目の色が変わって鋭くなるとか、つまり山はいろんな顔があるように、兜太さんの中にもそういうものがあって、それは多分いちいち僕にいろ

海程秩父俳句道場　2016年4月　（写真提供：宮崎斗士）

んな影響を与えているんだと思うんです。

　これから僕がやっていくことの中に、金子兜太性みたいなものが欠けていってはいけないなっていうふうに思います。気取ったものを選ばず、強烈で素直なものをあえて選んでいく、金子兜太という人の凄さっていうか、基本の考えの固さ、変わらなさっていうのかな、そしてそれをユーモラスにあらわして、人の気持ちをふっと笑わせて、みんなの気持ちを和ませるような、さっきも言いましたけど、情（ふたりごころ）性みたいなもの、コミュニケーションっていうものを本当に学びました。せっかく金子兜太に遇って、こんなに影響を受けているのに、それを活かさないってのはないですよね。

　僕の中にもどこか山国っぽい頑固なところとかあって、僕自身は気づかないけど、そういうところが兜太さんには見えてたのかもしれない。あとは、「都会っぽくやるなよ」っていう、なんか僕に対する批評的な言葉がいくつも投げかけられていたのかもしれない。それはやっぱり大事な謎です。それが分かるのは、もっと年を取る頃だと思いますね（笑）。でもそれはとても素敵なことです。年を取ることを恐れないことになりますから。

　先ほどにも言ったように、「せいこうは一茶をやれ」とか、そういう謎の言葉が僕の中にいくつかあるわけです。それをやっぱりこれから僕がずっと考えてくんじゃないですかね。俺は一茶をやるタイプじゃないんじゃないかなって、何度も何度もおかしいなって思ってた（笑）。ある時何かが分かるんじゃないかな。有難いです。僕にとってはすでに血のつながらないおじさんみたいなものだから、本当に大好きだったし誇りに思っています。

おわりに

いとうせいこう氏は日本のラッパー、タレント、小説家、作詞家、俳優、ベランダーとして幅広く活動するマルチクリエイター。

リモートを介しての氏の印象は大変率直的で、明るく、気さくで親しみやすかった。「金子兜太は大きな山のような存在だった。自分にとって血の繋がらない、大好きなおじさんだったし、誇りに思う」と、俳人ではない立場と視点から金子先生に対する評価と交友を語られ、先生に対する年代の差を超えた友情をつくづくと感じ取り、胸を熱くした。

いとう氏と金子先生との関り合いは一九九〇年「お～いお茶新俳句大賞」の選考委員同士ということで始まり、続いて、二〇〇一年、お二人共著の『他流試合　兜太・せいこうの新俳句鑑賞』が刊行され、俳壇内外で大きな話題になった。そして、二〇一五年元日から東京新聞の俳句欄でお二人共選の「平和の俳句」がスタート。兜太亡き後、選者を黒田杏子氏が受け継がれている。

董振華

いとうせいこうの兜太10句選

原爆許すまじ蟹かつかつと瓦礫歩む　『少年』

粉屋が哭く山を駈けおりてきた俺に　『金子兜太句集』

彎曲し火傷し爆心地のマラソン　『〃』

人体冷えて東北白い花盛り　『蜿蜿』

谷に鯉もみ合う夜の歓喜かな　『暗緑地誌』

暗黒や関東平野に火事一つ　『暗緑地誌』

猪《しし》が来て空気を食べる春の峠　『遊牧集』

おおかみに螢が一つ付いていた　『東国抄』

長寿の母うんこのようにわれを産みぬ　『日常』

東西南北若々しき平和あれよかし　「東京新聞平和の俳句　２０１７年12月」

いとうせいこう略年譜

昭和36（一九六一）　東京都葛飾区鎌倉町に生まれる。タレント、小説家、作詞家、ラッパー、俳優、ベランダー。

昭和55（一九八〇）　東邦大学附属東邦高等学校を経て、早稲田大学法学部へ進学。在学中からピン芸人として活動開始。

昭和59（一九八四）　大学卒業後、大手総合出版社の講談社に入社。『ホットドッグ・プレス』などの編集部に勤務。

昭和61（一九八六）　退社して、いとうせいこう&タイニー・パンクスとして、アルバム『建設的』を発売。ヒップホップMCとして活動する傍ら、執筆活動も行う。

昭和61（一九八八）　処女小説『ノーライフキング』刊。同書で第二回三島由紀夫賞、第十回野間文芸新人賞の候補作。

平成1（一九八九）　ヤン富田プロデュースによる、初のソロ・アルバム『MESS/AGE』を発表。

平成2（一九九〇）　一月長編小説の第二作『ワールズ・エンド・ガーデン』を刊行、同年「お～いお茶新俳句大賞」の選考委員同士として、金子兜太と交流を始める。

平成3（一九九一）　小説『ワールズ・エンド・ガーデン』刊。同書で第四回三島由紀夫賞候補作。『からっぽ男の休暇』（講談社）刊。

平成5（一九九三）　小説『解体屋外伝』（講談社）刊。

平成6（一九九四）　小説『アタとキイロとミロリロリ』（幻冬舎）刊。

平成7（一九九五）　小説『スキヤキ』（集英社）、『波の上の甲虫』（求龍堂）刊。

平成7（一九九六）　小説『豊かに実る灰』（マガジンハウス）刊。

平成9（一九九七）　小説『去勢訓練』（太田出版）刊。

平成13（二〇〇一）　『他流試合―兜太・せいこうの新俳句鑑賞』刊。

平成18（二〇〇六）　園芸ライフスタイルマガジン『PLANTED』（毎日新聞社）の創刊編集長。

平成21（二〇〇九）　Dub Master X、かせきさいだぁ≡等と共に「THE DUB FLOWER」を結成。

平成25（二〇一三）　東日本大震災をテーマとした小説『想像ラジオ』発表、第二十六回三島由紀夫賞および第一四九回芥川龍之介賞候補、第三五回野間文芸新人賞受賞。「鼻に挟み撃ち」で、第一五〇回芥川龍之介賞候補。同年、小説『存在しない小説』（講談社）刊。

平成26（二〇一四）　八月十五日、東京新聞に「終戦記念日対談　金子兜太×いとうせいこう」が掲載。

平成27（二〇一五）　元日より東京新聞に俳句投稿欄「平和の俳句」がスタート、金子兜太と共同選者を務める。

平成28（二〇一六）　四月、金子兜太の主催の秩父俳句道場で講演。

平成30（二〇一八）　ダブ・ポエトリー・ユニット、いとうせいこう is the poetの活動を開始。

令和1（二〇一九）　八月、いとうせいこう is the poetの初音源「直して次に渡す／直して次に渡す（And The DUB goes on Mix）」が、限定アナログ盤としてリリース。

令和3（二〇二一）　三月いとうせいこう is the poetの1st.アルバム『ITP 1』を発表。

第3章

関悦史

（二〇二二年七月五日十四時　土浦にて）

はじめに

金子先生が亡くなられた年（二〇一八年）の十一月十七日、津田塾大学（千駄ヶ谷キャンパス）にて、「兜太と未来俳句のための研究フォーラム」が開催され、関氏と私はパネリストとしてそれぞれ第三部の「シンポジウム『新撰21世紀』から9年」と第二部の「兜太俳句と外国語」に参加。そこで氏に初めてお会いして発言を拝聴できたが、実際に言葉を交わすことはなかった。

今回のインタビューでは、関氏にこの企画の趣旨を申し上げたところ、即応諾していただいた。そして金子先生との関わりの資料を時間をかけて作成し、事前にメールで送って下さった。取材が順調に進んだことに深く感謝している。知性に富み、寡黙な印象の方だったが、金子先生の話になると、明るく楽しそうに、明晰な話の場をもたらしてくださった。関氏にとって金子先生がどのような存在であったかが窺われた。その後、氏の俳句作品などについて改めて調べ、現代的な作風に興味を持った。

董振華

朝日文庫「現代俳句の世界」シリーズの『金子兜太　高柳重信集』を通じて兜太俳句を知った

私が最初に兜太の俳句をまとめて読んだっていうのは、朝日文庫の「現代俳句の世界」という全十六巻のアンソロジーでです。これを古本屋でバラバラに手に入れては端から読んでいた。その中に『金子兜太　高柳重信集』があったということですね。有名句はそれ以前から知ってはいたし、これがなくてもいずれは読みはしたんでしょうけど。

この「現代俳句の世界」最終的には全巻入手して読めたんですが、当時はどちらかというと、高柳重信の方に興味があった。その当時の感覚からすると金子兜太はちょっと健康的すぎるというか前向きすぎるというか、あんまり詩人的な線の細さがないタイプの人なので、名前は知っているけど、そんなに関心はなかった。二十代半ば、九〇年代のことで、俳句を始めるか始めないかぐらいの頃です。

兜太と最初に会ったのは正岡子規国際俳句フェスティバルだった

二〇〇〇年代の初め頃、現代俳句協会の勉強会とか、シンポジウムとかに私も一般参加者として出入りしています。二〇〇四年に祖母の介護のため一旦地元の土浦に戻っちゃうので、そこで一度離れるんですが。その年の末に、祖母が亡くなったんで、二〇〇五年以降からまたぼつぼつ勉強会などに参加し始めます。

二〇〇九年に「週刊俳句」の新年詠に〈人類に空爆のある雑煮かな〉という句を出しました。パレスチナ空爆に対する句ですね。それを池田澄子さんが見て驚かれた。その後に現代俳句協会のイベントで池田澄子さんと初対面を果たしています。

兜太と最初に話したのがそのイベントの次ぐらい行った、二〇〇九年二月十六日、椿山荘での正岡子規国際俳句賞の国際俳句フェスティバルだったんです。

その前年に兜太が正岡子規国際俳句大賞を受賞し、同じく俳句賞を受賞した河原枇杷男らと一緒に記念講演がありました。それが終わった後、喫茶ルームで兜太が女性弟子たちに囲まれていたところに、田中亜美さんが私を兜太に引き合わせてくれました。兜太がソファーから立ち上がるときに、どっこいしょという感じではなくて、滑らかにすぅーっと立ち上がるとそのままするする歩いていくので、この人の体はどうなっているんだろうかと感心しました。

この時の講演では、兜太と枇杷男がそれぞれ全く違う文脈から、自分の俳句はアニミズムだという話をしていたので、それぞれが言うアニミズムとは何なのかという話を聞きました。

自分の内奥に沈潜して宇宙論を形成するような枇杷男と、対照的に外向性の強い兜太が同じキーワードで話していたので、これでは批評的なタームとしては使い物にならないのではないかと思いました。

枇杷男の方は道元の『正法眼蔵』などを引いて、地水火風空までアニミズムに含めていたようだがと兜太に訊いてみたら、兜太がイメージしていたのは、主に動植物までだったようで、人類学者タイラーの名も出されましたが、タイラーが十九世紀に言い出したアニミズムとはやや違っていたようです。

この時の対話がきっかけになったのか否かは定かではありませんが、この後兜太は「アニミズム」という言葉の代わりに「生きもの感覚」ということを言うようになった。それから「荒凡夫」、「存在者」などと、兜太はキーワードを次々に更新して用いていきましたが、「アニミズム」から「生きもの感覚」への用語変更は、思想内容が変わってしまったということではなく、用語の精度を上げたということでしょう。

国際俳句フェスティバルの後の三月七日に、《「前衛俳句」は死んだのか》をテーマとする、第二十一回現代俳句協会青年部シンポジウムがありました。この時は私は、兜太と個人的には話はしませんでした。

ただこのシンポジウムのレポートを私が雑誌に書いて、「前衛」の現在を探求するパネリストたちと、その討議と無関係に生き証人なのに軽々と先へと飛翔し続ける兜太との対比を、デュシャンの『彼女の独身者たちによって裸にされた花嫁、さえも』になぞらえ、画面の下半分に犇く独身者たちがパネリストで、上半分にいる欲望の対象＝花嫁が兜太と見立てた。これを評論集に入れて兜太に献本したら「「花嫁」にして貰って嬉しい」と礼状が来ました。

この頃、現代俳句協会でシンポジウムなどの大きなイベントが催されると、ほとんど必ず兜太が基調講演や挨拶に引っ張り出されていました。亡くなる直前の頃まで、似たような状態であったのではないかと思います。生きた現代俳句史のような人であった上、記憶が確かで話もうまかったから当然のようにそうなる。

それで草田男との緊張感に満ちた関係とか、造型俳句の話、戦争の話、秩父での幼少時に荒くれた野性的な知性を感じさせる男たちが父親の句会に集まってきた話、秩父音頭の話などをその場に応じてしてくれるわけです。

同じ二〇〇九年に、私が俳句界評論賞（現在の山本健吉評論賞）というのを貰って、五月二十六日、その授賞式に山の上ホテルに行ったら、ここでまた兜太に会いました。授賞式を同時に行う山本健吉文学賞の選考委員だったのです。

国際フェスティバルの時に一度会っただけなので、私のことなど覚えていないだろうと思いつつ、終了後に一応挨拶に行ったら、兜太はちゃんと顔を覚えていて、私の左腕をがっちり握り、「君か、スピーチ面白かった。ただ句は漢字だとつまらねぇ。全部平仮名の方がいい」と言われた。ここで話題になった私の句は〈皿皿皿皿皿血皿皿皿皿〉という、高橋新吉の詩をもじったもので、さほどの付き合いもなかったのに、いきなり祝辞をお願いした大畑等さんが、私の書いたものを一つ残らず読みこんできてくれて、この句を祝辞の中で朗読したのです。そのおかげでこの句は兜太にとっては最初に音から触れることになったためか、「皿皿皿〜」より「さらさらさら〜」の表記の方がいいという話になった。

兜太のいうアニミズムとか生きもの感覚とかは、音韻、律動の肉体性による交感という感じがするので、この句の場合も意味や文字の視覚性より、音韻重視になったのかもしれません。

兜太の俳句韻律と私の二度の宗左近俳句大賞候補者経験

俳句の若手に対する兜太の影響ですが、作風とか方法論上の直接の影響は、今の若手にはそんなにないと思うんですね。

兜太が審査員長として、俳句甲子園に行った時のことを伝説的に聞いているんですが、優勝常連校の開成高校の句を、兜太がだめだと言っていたらしいんですね。いわゆる伝統俳句的な題材をスマートに詠む、その洗練を競うというような作風だと、兜太とはちょっと好みが合わないのでしょう。

それから、もう一つ若手と兜太のスタイルとの接点で特徴的だったのは、宗左近俳句大賞です。

二〇〇九年の年末に『新撰21』(邑書林刊)という当時40歳以下のアンソロジーが出て、それを黒田杏子さんが宗左近俳句大賞にノミネートしてくれたんですね。兜太も選考委員でした。二〇一〇年新潟で公開選考会があったので私も新潟へ見に行きました。特別賞にでもという流れになりかけましたが受賞には至らなかった。

その二年後、二〇一一年に東日本大震災があって、私の家も屋根が落ちたりしたんです。それも直せずにいるうちに、いろんな人の助力があって、年末頃に私が第一句集『六十億本の回転する曲がつた棒』(邑書林）を出します。

翌年これも宗左近俳句大賞にノミネートされて、また公開選考会を新潟の雪梁舎美術館まで見に行ったわけです。そこで兜太から結構ボロカスに言われました。兜太曰く「この関というのは、才気があっていろいろやっているが、韻文になっていない。散文だ。作者が目の前にいたらぶん殴ってやる」と。私、目の前にいたんですが。

直接何か言われた中では、あれが一番インパクトが大きいものでした。でも直接目の前で兜太の選評を聞いていても、そんなに嫌な感じもしなかった。猪木の闘魂ビンタ的というか。ちなみにこのときの受賞者は「海程」の石川青狼氏でした。

この開成高校的な句への対応と、私の文体に対する対応とではっきりしてくるのは、兜太にとっては、「韻律」が命だったということでしょうね。弾力のある文体、弾む肉体のような文体。というのは、兜太が俳句について原理的な話をしようとする時によく出てくるのが、幼い頃父親が俳人だったので、荒くれた男たちが句会に集まって来て、その独特の知性のある男たちと、彼らの秩父音頭のリズムの話が必ず出て来た。これは必ずしも個人的に懐かしいから幼児体験を話しているのではなくて、荒くれた自然の中の男たちの知性と、秩父音頭に代表されるリズム、音律、これが兜太の俳句にとって何より重要だったということで毎回話されていたんだと思います。

兜太に呼ばれて秩父道場へ講演に行ってきた

それからしばらく経って二〇一五年四月四～五日に筑紫磐井さんと一緒に秩父道場に講師として呼ばれました。そこで兜太が私のことを皆に紹介してくれるわけですけど、その時にこの青年は文学史的な見通しが大変確かだとか言ってくれたので、これはどう考えても、当時私が角川「俳句」に連載中だった時評を読んでの発言なんですよね。よく何でも目を通されているなと思いました。

秩父道場では句会もやるわけですが、兜太は自分が点を入れた句について講評を始めると、何で俺はこんなのを取っちゃったんだろうみたいな感じで、くさし始めることも珍しくなかった。

参加者からしたら当然褒められると思うでしょうから、面食らいますよね。割とその辺、遠慮がない。

逆に、大勢の弟子たちが句集を出していくと、どういう句集であっても帯文などを書いて、ちゃんといいところを見つけて褒める。それで立派な句集に見えるようになる。

秩父俳句道場で社会性俳句について、古沢太穂作品について講演
兜太・関・筑紫　2015年4月　　（写真提供：宮崎斗士）

夕食のときだったか、大広間でみんなで食事なんですが、われわれゲストは兜太と並んで前に座らされていて、兜太はかなり食べるのがゆっくりだったので、最後、大広間に兜太と私だけ残った。私はこの頃には一人でよく官邸前デモに参加していたので、報道が駄目になったので、ツイッターで情報収集しているとかいう話もして、それはどうやるのかと聞かれたりしました。兜太が揮毫した「アベ政治を許さない」のプラカードも、デモ現場でよく目にしていましたが、あれの話は特に聞かなかった気がします。

翌朝だったか兜太が、薬を忘れてきたので、血糖値が下がって、さあ大変だと思っていたら、うまい具合に厨房でおにぎりをもらえた。長生きするやつは運がいいんだなどと言っていたので、聞いている方がゾッとした。

道場二日目は私と筑紫磐井さんの講演もあって、私は当時読んでいた古沢太穂の社会詠の話などしていたのですが、兜太は朝もゆっくりなので、私が半分くらい喋ったところで入ってこられて、後ろから励ますように肩を二、三度叩かれました。全ての日程が終わってお別れの時も両手で堅く握手。こういうスキンシップは俳句をやっていても、他の人とではなかなかないですね。

秩父道場に行った翌年、二〇一六年に兜太が「日刊ゲンダイ」のインタビューで、戦場で人間の体がバラバラに飛ばされるさまを語っていて「男根まで妙にハッキリとポーンと飛んで行く」との鮮烈な言葉が出てきました。それですぐ私は、経済的徴兵制の話題やソローキンの短編「愛」の、語り得ない部分を「……」を繋げて延々と省略する技法と合わせて〈学費にお困りならぜひ…………………戦場に男根飛ぶ〉(「俳句」二〇一六年八月号)という句を作ってしまった。

風通しをよくしてくれた兜太

『新撰21』が出た二〇〇九年あたりまでは、シンポジウムで俳句の世界で対立軸を作ろうとしたら、無季俳句を認めるか否かになることが多かった。さすがに陳腐化して、もうあんまり出なくなった気がするんですけども。

金子兜太と稲畑汀子の両者がテレビの俳句大会でやり合ったりしていて、一番上の世代で俳句の代表者みたいな兜太が無季俳句を認めていたから、兜太がいること自体がわりと風通しが良くなった。そして兜太没後も、その風通しの良さはある意味残りました。

しかし新人賞の選考会などで、一定の部分までは技術的な巧拙で話がついてしまうんですが、それ以上の価値観の軸が、他の選考委員と議論する時、なかなか見えてきません。

兜太が晩年「存在者」とか「生きもの感覚」とかいろいろ言っていたのは、そういうところに対応していたのかもしれません。あの辺は自分でも何か状況を見ながら句を作りながら、手探りでいろんな言葉を出していったんでしょうけど。

兜太は戦争経験の話で、手製手榴弾を作っていた時の事故で爆死した兵士をみんなでワッショイワッショイ担いでいく、それを見て人間っていいもんだと思ったと言っていましたよね。どういう状況であっても、人間っていいもんだとか、生きているっていうのはいいもんだっていう、そういう感覚が根強くあった人なんでしょうけども。そういう生命感に触れているかどうかが、俳句作法的なものとは別な次元での価値観の軸になると考えていたのでしょう。これを他の人が継承できるものなのかどうかはわかりませんが。

秩父俳句道場　関・兜太・筑紫　2015年4月

俳句と生命というか、俳句と人生の話なんですけど、先日あるところで俳句の実益に関する座談会がありました。そのとき気が付かなかったんですが、兜太はすごく俳句から実益を受けている人ですね。俳人として活躍したからとかじゃなくて、兜太が復員後、日本銀行に復職して、しかし組合活動をやっていたから、出世コースからは外され、金庫番をやらされて、一日仕事らしい仕事をさせてもらえない。職業人としてはひどい不毛を強いられているんですけど、代わりに職場で俳句を作っていられた。俳句をやっていなかった場合を考えると、兜太ほど俳句によって生きた人はいないかもしれないと思っています。

兜太俳句の文体はこれから続けられるか

私は今回のインタビューで次の兜太十句を選びました。

青年鹿を愛せり嵐の斜面にて
骨の鮭鴉もダケカンバも骨だ
彎曲し火傷し爆心地のマラソン
銀行員等朝より螢光す烏賊のごとく
無神の旅あかつき岬をマッチで燃し
太平洋抱卵のごとし渚の少女らは
二十のテレビにスタートダッシュの黒人ばかり
人体冷えて東北白い花盛り
積乱雲避難所にうずくまる老女
愛猫シン穴に入る蛇見送りいし

私の句に限らず、今はもっと散文的な文体の句が多いので、大分ゴツゴツして見えます。この他にも〈彎曲し火傷し爆心地のマラソン〉とか、〈人体冷えて東北白い花盛り〉とか、概念的抽象的な漢語が多く使われています。こういう硬い、大和言葉でないものを俳句に入れて、自分の文体を中でちゃんと消化してしまうっていうのは、できる人があんまりいないので、やはりまず文体に注意が行く。普通こんな抽象的な言葉を使ったら失敗しますよね。〈彎曲〉〈火傷〉〈爆心地〉とか。こういう自分の認識や世界観をじかに説明しただけに終わりかねない言葉も使えた方がいい。社会状況的にも、これからまた改憲とか戦争とかいうことになるかもしれませんけども、その中で生きる者が俳句とかかわろうとしたら、こういう言葉も、言葉としてのリアリティをもって使えないとちょっと詠めないことがいっぱい出てくるのではないか。そういう技術を兜太とは別に開発しなくちゃいけないかなっていう気はしますね。兜太の場合はこの〈彎曲〉だとか〈火傷〉だとかでも、その言葉が持っている音韻や韻律で句の中にその肉体的な抵抗感を作りだし、生かせている。そういう例としてこの十句を選んでます。

こういう前衛俳句文体だと、ルサンチマンや不遇意識も入ってきやすくなるんですけれども、兜太の場合、それがあまり目立たないですね。

この十句の中で〈人体冷えて東北白い花ざかり〉、この「人体」もこういう言い方をすると、ちょっと機械に近いような抽象的なものに見えますよね。〈二十のテレビにスタートダッシュの黒人ばかり〉の「二十のテレビ」とか「スタートダッシュ」とかこういうところも単にカタカナの言葉ということじゃなくて、未来派じゃありませんが、機械的なものが持っている美に惹かれている感じがします。〈銀行員等朝より螢光す烏賊のごとく〉の「銀行員」もそうかも知れない。それから〈無神の旅あかつき岬をマッチで燃し〉、この「無神の旅」っていうのも、本当に説明的な言葉のようでもありますけど、機械美的なものとアニミズムの融合体のような気もする。

「二十のテレビ」は二十台同時に映っている。こういうところから機械を通した躍動感、機械そのものが持つ躍動感や生命感、そういうものに触れている感じがあった。それは単純に動物植物に注目したアニミズムよりも、私はちょっと興味があります。

最近だとＡＩ俳句っていうのがちょっと話題になりましたけども、人間ではないものが何か別の生命感を持っているという事象が社会にいっぱいあります。ＡＩだけじゃなく、金融システムとかそういうものもそうかもしれませんけども、そういうものに対して感覚的に反応することができる文体になりかけているんじゃないかという気がするんですね。特にこの句を詠まれた頃は、テレビっていうものもまだ目新しかったんじゃないかと思うんです。その意味では社会風俗的な要素もあって、そっちが先ではあるんでしょう。

電気屋の店にテレビが山積みになってみんな同じ場面が映っているということを表すにあたって、全部テレビ画面に過ぎないじゃないかっていうシニカルな捉え方ではない。高度経済成長で家電が普及し、テレビも出てきたという社会風俗に反応してはいるんだけど、映像の動きと時代の動き自体がテーマでもある。機械を通した、機械と一体の生命感みたいなものに触れている感じがして、そこが今見ると面白いです。

「人体冷えて」の句も、ちょっとスケール感がおかしくなる感じがあって、体が冷えて東北が花ざかりで白いって言うと、自分の体が東北に来て冷えているという簡単な話に見えるんですが、「人体」って言われると、東北地方そのものに見合うぐらいの巨大な人体にも見えるし、東北地方にいる人の体全部を指しているようにも見える。つまり抽象化されているんだけど、そのことによって別の生命感が広がる。そういうスケールを狂わせたり、機械を通して初めて出てくる生命感があったりとか、そういうものが、今自分が書いてるものとの関連からも興味があって、この十句を挙げました。

最後の方は文体がちょっと変わって平易になってきます。造型俳句の頃はメタファーって言っていましたけども、平成以降はだんだん減ってくる。メタファーのおどろおどろしさが薄れて、もうちょっと単純化した明るい世界です。メタファーよりはアレゴリーにシフトしてきています。この〈積乱雲避難所にうずくまる老女〉の句の場合、単なる写生として見れば見れますけれども、この「老女」もさっきの「人体」に共通するような一般化、概念化を被った老女という感じがする。生身の一人の人間であると同時に、そこから抽出された老女そのものというか、全体に通じる「老女」ではあるんですよ。それが積乱雲というものに圧迫されるようにして、避難所にうずくまっている。「積乱雲」は普通だったら「夏の雲」の一つで、生命感がある、明るい逞しいものという読み方をされるのですけど、津波の後という特殊な状況で避難所にいることもあって、明るさそのものからも圧迫される書き方をされている。にも関わらず、すごく弱っている老女っていう感じには見えないんですよ。やはり積乱雲が出るところと避難所に蹲っている老女という二つの要素が関わりあっている。災難に遭って弱っているのは弱っているなりに、その中でしか感じ取れない生命感が、積乱雲との関わりから出てくる感じがします。これもやっぱり「夏の雲」ではなくて、「積乱雲」という科学用語的な言い方でなければ、アレゴリカルな普遍性が出ないんでしょう。〈愛猫シン穴に入る蛇見送りいし〉、これも何か可愛い句なので取っちゃったんですが、普通俳句で「愛猫」を出したら大体失敗する。ほとんど自己愛の延長になるから。この句にある「穴に入る蛇」っていうのは一応秋の蛇でしょうけど、それを見送る。自分と親しい猫という生命体と、また別の生命体との関わりを傍らで見て、その場面全体を包摂するような視線がある。それは特に生き物っていいなっていうことを言っているわけではなくて、すごく単純にその自分の、シンと名前の付いた猫が蛇を見ているっていう、それだけなんです。そこから何か生き物の悲しさというか、そこに対する共感とか、何も説明しなくても出てくる。この場合の愛猫シンも寓話的存在にも見えますが、ただ完全に寓話、童話の世界に行っちゃうと、それはそれで平板化するので、曖昧

「兜太と未来俳句のための研究フォーラム」 津田塾大学にて
関・高山れおな・筑紫 2018年11月17日

なところで持ちこたえていますね。写生とアレゴリーに跨るあたりというか。だから、これが前半の前衛俳句のメタファーの文体から、だんだん平成になってから移ってきて、こうなったっていうところが面白い。というのは、今メタファーをやってもあまり効かないというか、古めかしくなる。兜太はどんどんスタイルが変わっていったというのをマイナスに取る人もいるかもしれませんけれども、これは外界の変化に反応して、その時その時のリアルなものを求めていった結果でしょうね。ここでも動くことが生命に直結している。この変貌の意味をつかまないでなぞると、化石化した前衛様式の再生産に終わる気がします。

それから、兜太は目配りがいい人っていうのと関わるかもしれませんけども、そのスローガン的な句も作ってしまうというのは、兜太が俳句なら俳句を代表してしまう人だったからでしょうね。

岡本太郎とか丹下健三とかみたいに昭和史と絡み合うように大成して、そのことで俳句の世界から外の世界への窓口になってしまい、それを引き受けていた。私が最初に読んだときに健康的すぎて、今一つ馴染め

ないところではそういうところだったのかも知れない。だから兜太が死んだ後、俳句というジャンルの発信力は弱まった感じはします。

おわりに

関氏は、知性的な雰囲気を湛えつつ、時折誇りに満ちた表情で、兜太との出会いと交流の経緯を語られた。氏は二十代半ば、病気の気散じから俳句を開始。前後して第一回芝不器男俳句新人賞城戸朱理奨励賞、第三回田中裕明賞、俳句界評論賞（現在山本健吉評論賞）等を受賞。金子先生からも注目されるようになった。俳句界評論賞の授賞式の時、氏は金子先生に挨拶に行ったら、腕をがっちりと握られ、「君か、スピーチが面白かった。ただ〈皿皿皿皿血皿皿皿皿〉の句は漢字だとつまらねぇ。全部平仮名の方がいい」と言われた。

金子先生の若手俳人に寄せられる暖かい関心と眼差しを実感できたとともに、先生が如何に若手俳人を大事にされ、大きな時代や文化の流れを作り出す名伯楽であったことも改めて知らされた。そして、関氏は「兜太は無季俳句を認めていたから、風通しがよくなった」と、金子先生に対する深い敬意と感謝が伝わってきて、心を打たれた。

董振華

関悦史の兜太10句選

青年鹿を愛せり嵐の斜面にて　『金子兜太句集』

彎曲し火傷し爆心地のマラソン　『〃』

銀行員等朝より螢光す烏賊のごとく　『〃』

無神の旅あかつき岬をマッチで燃し　『蜿蜿』

人体冷えて東北白い花盛り　『〃』

二十のテレビにスタートダッシュの黒人ばかり　『暗緑地誌』

骨の鮭鴉もダケカンバも骨だ　『早春展墓』

太平洋抱卵のごとし渚の少女らは　『旅路抄録』

積乱雲避難所にうずくまる老女　『百年』

愛猫シン穴に入る蛇見送りいし　『〃』

関悦史（せき　えつし）略年譜

昭和44（一九六九）　茨城県土浦市に生まれる。

平成5（一九九三）　二松学舎大学文学部国文科卒業。吉岡実の散文で富澤赤黄男、永田耕衣、高柳重信を知ったことから、現代俳句に触れる。数年後、二十代半ばより、病中の気散じに作句を始める。

平成14（二〇〇二）　すべて旧字、カタカナで記した作品「マクデブルクの館」百句により、第一回芝不器男俳句新人賞城戸朱理奨励賞を受賞。

平成18（二〇〇六）　第一回攝津幸彦記念賞受賞。

平成19（二〇〇七）　共編著・新鋭俳人の現在―『新鋭俳人アンソロジー２００７』（北溟社）刊。

平成20（二〇〇八）　「全体と全体以外―安井浩司的膠着について―」で現代俳句評論賞佳作。

平成21（二〇〇九）　「豈」同人。「天使としての空間―田中裕明的媒介性について―」で俳句界評論賞受賞、「他界のない供儀―三橋鷹女的迷宮について」で再び現代俳句評論賞佳作。若手俳人アンソロジー『新撰21（セレクション俳人プラス）』（邑書林）刊。

平成22（二〇一〇）　共編著『今、俳人は何を書こうとしているのか―新撰21竟宴シンポジウム全発言（邑書林ブックレット）』（邑書林）刊。

平成23（二〇一一）　三月、東日本大震災により、自宅が一部損壊。十二月、第一句集『六十億本の回転する曲がった棒』（邑書林）刊。同著で第三回田中裕明賞受賞。

平成25（二〇一三）　「一〇〇年俳句計画」雑詠欄選者。

平成26（二〇一四）　「クプラス」創刊に参加。

平成27（二〇一五）　「俳句」時評欄を担当（一月～十二月）。

平成28（二〇一六）　俳句甲子園審査員長（～二〇二一年）。

平成29（二〇一七）　第二句集『花咲く機械状独身者たちの活造り』（港の人）刊。論集『俳句という他界』（邑書林）。共同通信社俳句時評「俳句はいま」欄を担当（二〇一七年四月～二〇二〇年三月）、佐藤文香と「翻車魚」創刊。

平成30（二〇一八）　「毎日短歌・俳句通信添削教室」講師。第五回芝不器男俳句新人賞公開選考会で特別賞選者（～二〇二二年、第六回）。ＮＨＫカルチャー青山教室「土曜俳句倶楽部」講師。

令和1（二〇一九）　北斗賞選考委員。

令和2（二〇二〇）　美術家・大岩雄典氏による、コロナ禍を受けて電話で聴くだけの企画展「Emergency Call」（二〇二〇年四月三十日から緊急事態宣言の解除まで開催）に出句。日本現代詩歌文学館評議員。ライブドアニュースのYouTube動画シリーズ「ゲームさんぽ」吟行に出演開始。田中裕明賞選考委員。

令和3（二〇二一）　原爆忌東京俳句大会選者。

第4章

橋本榮治

（二〇二二年六月三十日十四時　橋本氏宅にて）

はじめに

二〇一九年九月二十三日、皆野町で行われた「兜太百年祭」において、橋本榮治氏は十名の来賓の一人として、スピーチをされた。その時、私は観衆席から遠く見ていたので、言葉を交わすことはなかったが、氏が黒田杏子氏主幹の雑誌「兜太　ＴＯＴＡ」の編集委員を務められていることだけは知っていた。

今回のインタビューで、黒田氏の紹介により、初めて橋本氏に電話を差し上げたが、実に快く応じていただけたことはまことに感激した。また、その後、事前に数多くのデータや資料を送って下さり、橋本氏の博学ぶりに感嘆した。お送りいただいた資料を私は取材日までにメモを取りながら精読して準備を進めた。お陰で当日の取材は順調に進行できた。

董振華

挨拶は「おう」でした

金子兜太さんのお名前は前々から存じておりましたけれど、実際にお声を掛けて戴いたのは二〇〇四（平成16）年、「件の会」発足及び「みなづき賞」創設以降です。何かの機会に会の趣旨を黒田さんがお話をすると「俺も同人会費を払って同人になる」と兜太さんが仰ったのですが、「先生が入ると会の性格が変わってしまいます」と黒田さんが意を尽くして断りました。「それならば俺が出席してよい行事がありそうなので、それには他用がない限り参加する」と宣言して、「みなづき賞」贈賞式などに忘れずにおいでになるようになりました。それ以降のことです。

当時、私は「馬醉木」の編集長に就いていましたので、兜太さんの方も私のことは粗方知っておりました。贈賞式受付での挨拶は「おう」でした。片手を肩の辺りまで挙げて「おう」って挨拶する、あの「おう」ですよ。私も「おう」と応えたかどうかは定かではありませんが、多分、そのあとは共通の話題に欠けて、何も喋らずに終ったと思います。目標とする俳句から具体的な教え方まで兜太さんの「海程」と私が属する「馬酔木」とでは全く違っており、話の持って行きようがありませんでした。それ以前は出版社の会や祝賀

平和の俳句　二氏一法人を祝う　第十二回みなづき賞贈賞式にて
司会の黒田杏子と進行補佐をする橋本
2015年7月3日　(撮影：黒田勝雄)

会などで遠くからお姿を拝見しておりましたが、一対一で話したことはありませんでした。

俳句や俳壇の細かいことでお喋りをするようになったのは、金子兜太、いとうせいこう、東京新聞の二氏一法人を祝う二〇一五（平成27）年の第十二回「みなづき賞」贈賞式以降です。過去の戦争体験を反省し、世の平和を願って、新聞紙上に「平和の俳句」を募集している二氏一法人の志に賛同し、「みなづき賞」を受けて頂いたのです。七月三日に行われた贈賞式では花束の代わりにさくらんぼの付いた枝を受賞者に渡すのが恒例となっており、「山廬」の飯田多恵子さん、仁平勝夫人の由花里さん、私の妻の三人がプレゼンターに選ばれ、妻は兜太さんへ渡す役を担いました。

司会は黒田杏子さん、私は全般の進行具合を見つつ指示を出す役でした。妻が兜太さんにさくらんぼの付いた枝を渡したのですが、会場の雰囲気がいまいち盛り上がらなかった。咄嗟の判断で司会の杏子さんに「黒田さん、握手、握手」と指示を出しました。そこで杏子さんが「今、ご亭主の橋本榮治さんから『女房と握手をしてもらって下さい』という声がありまし

た」と兜太さんに握手を求めました。それに対して何を思ったのか、兜太さんは握手ではなく妻をハグしたのです。勿論、大いに受けて会場は拍手で埋まりました。

ところが翌朝、恥をかかせたと兜太さんから謝りの電話が私に掛かって来たのです。会場に集まった方々の前で「感動して涙が出る」と言いつつハグをする即興の演技、人を喜ばせるサービス精神に私は感心していました。さらに言えば、ハグの写真も鮮明に撮れて、次号「件」の話題の一つになると編集者の思考になっておりました。そこで戸惑ってしまって、自分でやったことに対しては自分でお考え下さいという感じで、留守に掛かって来た兜太さんの電話に返事をしませんでした。謝るのならば妻へ謝ればそれで済むと私は考えましたが、大正生まれの兜太さんはそれでは気が済まなかったようですが、場を盛り上げてくださったことに感謝感心していることを追っかけ郵便で伝えました。私としては「金子兜太」がこういうことで謝って欲しくない、理想像と現実の不一致でした。外見や行動からは想像出来ぬ、相手のことを人一倍思いやる方と知りました。その後は「馬酔木」のよく分からない奴というような評価から、良くも悪くも私への見方を変えて下さったようで、種々のことを話す相手に昇格しました（笑）。兜太さんと親しくなったのはそれからです。一応、妻のお蔭です（笑）。

そして三ヶ月後の九月二十三日、秩父の皆野町文化会館の固定席六百がほぼ埋まるほどに人が集まった、「兜太先生96歳を祝う会」の座談会の発言者として横澤放川さんと共に招かれました。放川さんと私は当時、秩父で開く兜太さんの誕生日を祝う会に毎年欠かさず参加するようになっておりました。祝う会の趣向は毎年違い、ある時は兜太さんと私たち二人がＳＬ列車に乗って楽しんだ後、皆野の文化会館で投句の選をし、座談会を持ったり、また、別の時は鉄道会社と皆野町観光協会が主催して池袋秩父間に俳句列車を走らせ、講師の私たち二人が車中で句会を持ち、文化会館ではトーク・ショウを開き、兜太さんを祝いました。その頃の兜太さんは俳壇を超えた人気を持つ方になっておりました。

同じ祝う会の折でしたが、控え室で兜太さんと放川さんと私の三人のみになった時、放川さんと私が親しいのをご存じの兜太さんが「お前たち二人が結社を作って、一緒にやってゆくのが良いと俺は思う」と言われました。時すでに遅し、私は「栅」を立ち上げて

みなづき賞贈賞式で、花束の代わりにさくらんぼのついた枝を兜太に渡す橋本廣子さん　2015年7月3日　（撮影：黒田勝雄）

おり、放川さんは「森の座」に向かって着々と準備を進めておりました。残念ながら、言葉のみを戴いて実現は無理なことを伝えましたが、そこまで考えて下さっていた兜太さんには温かい心を感じると共に、人間関係の親しさが大分近づいた感想を持ちました。とても有り難いことでしたし、嬉しいことでした。お付き合いは兜太さんの晩年、二十一世紀に入ってからのことですが、社会的文学的評価の高い俳人でありながら考えられぬほどに誠実で、柔軟な思考の持ち主であることを知り、貴重な体験でした。勿論、若い頃の兜太さんに対してはまた別で、私の持っているのは父・伊昔紅を通しての兜太間接像が殆どです（笑）。

伊昔紅と兜太の校歌

金子兜太の父親の本名は元春、一八八九（明治22）年に生れ、一九七七（昭和52）年に逝去しています。俳号は伊昔紅、「いせきこう」と呼ぶ方が多いと思いますが、地元の方々は「いせっこう」と促音混じりで言うようです。その元春が幼少の頃、金子家の親戚縁

者の集いで身内に医者がいると何かと心安いという話になり、白羽の矢が立ったのが親戚一聡明な元春、秩父を離れ、東京の獨協中学に入学することになります。一八八一（明治14）年設立の獨逸学協会を源とする獨協学園、その学園を母体とする獨協中学はドイツ語教育を取り入れており、医師をめざす者や医家の子弟が自然と数を占めるようになりました。中には神田三崎町の水原産婆学校の跡継ぎの水原豊、後の水原秋櫻子もおり、元春の同級生となりました。後々のことですが、このことが一九三一（昭和6）年の秋櫻子の「馬酔木」独立に伊昔紅が一役買うことになるのです。

元春は大学受験で一悶着を起こします。政治家になりたかったのか、医学部のない早稲田大学に受験届を出しました。それを知った親戚縁者が騒ぎだす、元春が考えを改めて医学部を受験しようとした時にはほぼ医学部の入学試験は終わっており、唯一残っていた京都府立医学専門学校を受験し、運よく入学できたのです。

京都府立医学専門学校は一八七二（明治5）年に開設された京都療病院を源としています。一八九一（同34）年に京都府立医学校と改称、一八九三（同36）年には京都府立医学専門学校と再び名称が変わりますが、元春はこの医学専門学校時代に入学します。入学の四年後、長年の懸案であった本校及び病院の改築が竣工します。改築落成の祝賀は盛大に執り行いたいという学校側の意向があり、行事の一環として「校歌」を公募することになり、伊昔紅の名で応募した元春の歌詞が当選します。この「校歌」のことは一九六四（昭和39）年発行の伊昔紅句集『秩父ばやし』の後記にもしっかりと書かれており、自慢の一つだったと思われます。

「校歌」と称するからには校庭に碑の一つぐらい建っており、資料が揃っているだろうと現在の京都府立医科大学を尋ねました。

受付で「校歌」の資料を求めたところ、渡されたのは意外にも服部正作曲、伊良子清白作詞の「学歌」でした。

一　比叡は明けたり鴨の水
学城立てり儼として
真理の証神秘の扉

生命の燭火常照りて
星の群花地を灼く
二　鐘鳴る真昼かうかうと
橘井の健児眉昂る

兜太96歳誕生日祝い選句会、右から橋本・兜太・安西・横澤
2015年9月23日　（撮影：黒田勝雄）

制覇の業を受け継がん
豪邁の歌鑠石の
巷の風に轟きぬ
（以下略）

それまでは「校歌」というものがなかった同校で、一九一四（大正３）年十一月二十三日の本校及び療病院の改築落成式典に歌う「校歌」を学生が主体になって公募、当選したのが伊昔紅の「遅日の夢」でした。伊昔紅作詞の「学生団の歌」、すなわち「遅日の夢」の歌詞に移ります。

一　遅日の夢のほの白く
花橘の香に匂ふ
御溝の水の温みては
鴨の川原の月見草
楊花は落ちて杜鵑
平安城を筋違いに
二　夏の火峰に聳え立つ
甍を走る稲妻も

幾春秋を光栄の
歴史飾らん彩にして
降魔の剣抜き放ち
天職に勇む丈夫よ

三　秋の入日に亡びゆく
儚き肉の哀みに
聖も王も現世の
希望を捨てゝ烏波玉
噫そを救ふ術あらば
永久に黙せよ鐘の聲

四　木蔭に残る霜柱
日脚短き人の世の
誰かは起ちて救はずば
いつか龍駕の時やある
常世の春の幸を祝ぐ
我等が使命重きかな

　この歌詞の通りに京都府立医学専門学校（現・京都府立医科大学）は今も鴨川や大文字山の見える地にあります。経緯はわかるとしても、伊良子清白の歌詞よりも「遅日の夢」の歌詞には適度の実感があり、分かり易さがあります。

　清白の歌詞は校歌（学歌）としては「温柔清婉」ゆえに力強さが少々不足しており、「真理の証神秘の扉」（一番）「豪邁の歌鑠石の巷の風」（二番）「永久の学府の栄光」（三番）「生贄の日の曙」（四番）などの観念臭も気になります。それが「美麗美句」にも繋がり、声に出して歌うならば伊昔紅の歌詞に軍配が上がります。力強さ、格調の高さは勿論のこと、春夏秋冬の季節感を巧みに取り込んで、後の伊昔紅作の秩父音頭の歌詞と同様に覚えやすさがあります。「遅日の夢」の歌詞の中には俳句を用いたフレーズもあります。一番の歌詞にある〈ほととぎす平安城を筋違に〉は『蕪村句集』に載る句であり、伊昔紅が当時から俳句に興味があった証左になります。碁盤の目のように整然と区切られた京の町を時鳥が鳴きながら、はすかいに南西の方へ飛び去って行くという句の内容は、常に比叡山から石清水八幡宮の方へ鳴き下って行く（即ち、京都府立医学専門学校の空を飛ぶ）という京都の時鳥の言い伝えを取り入れたものです。

「兜太TOTA」発行を決定した日、藤原書店にて、
発言する橋本氏　2017年6月1日　（撮影：黒田勝雄）

元春は大学を一九一五（大正4）年に卒業、その折の卒業生は八十一名、中に大陸から来た留学生が三名おりました。翌年は二名、翌々年は一名と卒業生の中には常に大陸の留学生がおり、大陸は身近な存在だったのか、一九二〇（大正9）年から満五年の間、元春は上海の東亜同文書院の校医になります。同書院の母体である東亜同文会は国家主義的な団体であり、東亜の大同団結（大アジア主義）の下、大陸出身の留学生の交換や文化交流を目指すなど多彩な活動を行い、日本の中国侵略と深くかかわっていました。書院は同会が一九〇〇（明治33）年に南京に設立した専門学校であり、翌年上海に移りましたが、大陸雄飛を夢見る若者が集まり、卒業生の多くは日本の中国進出を支える中堅幹部になり、経済侵略の尖兵となりました。

伊昔紅の上海行は同文会の国家主義的右派的思想に賛同するものがあったからこそ、と考えるのが自然でしょう。この時代の伊昔紅の考えは悲惨な戦場体験を通じて一人ひとりの命の重さを知った兜太さんの思想とは顕かに異なります。トラック島の経験が俳句を含めて兜太さんを変えたと言うのなら、敗戦が伊昔紅を変えたものとは何であろうか。更に伊昔紅の右傾の思想が兜太さんの晩年の平和主義に影響を与えたことがなかったかどうか、詳しく調べる価値がありそうです。

前述のように伊昔紅が俳句に興味を持つようになっ

たのは遅くとも京都府立医学専門学校在学中、もしくはそれ以前と推測できますが、伊昔紅の名で「ホトトギス」に投句するのは上海の生活の後半からです。

此翁白頭真可憐　　伊昔紅顔美少年

伊昔紅の俳号は劉延芝の「代悲白頭翁」から採っています。「昔紅」は昔、紅顔の美少年であったこと、「伊」は語調を整えるために置かれ、意味はありません。『京都府立医科大学八十年史』二八三頁掲載の口髭と顎鬚を生やした学生服姿の写真と句集『秩父ばやし』の口絵写真を並べてみると俳号の意味の深さが思い知らされます。

一九二五（大正14）年三月、就学期を迎えた兜太さんの環境を整えるために伊昔紅一家は大陸から秩父に戻って来ます。上海から戻った伊昔紅は開業前の短期間ですが、東京大学医学部の産科学講習を受けており、そこで助手をしていた水原秋櫻子と中学卒業以来、十七、八年振りに再会します。伊昔紅の後半生の方向を決める偶然の出会いになり、「馬酔木」への投句が始まります。医業の方は秩父の国神村で開業するのですが、しばらくして皆野町に移ります。

ところで、母校の京都府立医学専門学校の校歌「遅日の夢」を作詞した伊昔紅の才は息子の兜太さんに伝わります。兜太五十歳の折、作詞の皆野中学校校歌の歌詞を紹介します。

一　美の山に朝日生まれ
両神に夕日燃える
大背戸のみどりの台地
遠き日の縄文の人
近き日の祖父母また父母
陽を浴びてここに築きし
剛き意志　深き愛
われらとともに学ぶ

二　連峰に白雲湧き
風早し　武甲の空
音高し　青き荒川
春匂う沢に生いたち
蜩の谷を渡りて

足つよき父祖ら守りし
自由の胸　純なるこころ
われらつどい学ぶ

「兜太　TOTA」発行を決定した　2017年6月1日
（撮影：黒田勝雄）

皆野中学校校庭に碑となって建っています。兜太さんは碑文を揮毫する際に中学生にも読めるように易しく、細心の注意を払ったと言いますが、歌詞自体も自身の俳句とは異なり、中学生に難しくないように一工夫加えています。豊かな自然、人と自然との共生、先祖の生きて来た歴史などを強く感じさせる歌詞ですが、伊昔紅作詞の「学生団の歌」、すなわち「遅日の夢」の歌詞と比べて鑑賞するのがよいと思います。明治と昭和の時代の違い、大学生と中学生の対象の違いを超えた親子の資質（詩質）に共通項が見出せないかと思っています。また、皆野中学校校歌の歌詞は校歌によくある花鳥諷詠に収まらず、新鮮な言葉遣いで秩父の自然と人の営みを讃える才の一端が窺われます。

秩父音頭を愛した伊昔紅と兜太

伊昔紅の「遅日の夢」には力強い詩の形と若者の息吹、また、秩父音頭には自然との融和の姿勢を受け取ることができます。秩父音頭の起源は約二百年前とされ、時代の波を受けて変貌したことは勿論、明治から昭和初期にかけては風俗を乱すとの理由で禁止され、受難の歳月に衰退しかけていた音頭でしたが、伊昔紅は公募や自作の歌詞を加えて、秩父音頭を現在の形に再興しました。秩父音頭とその七五調の詞は伊昔紅を措いて語ることはできません。否、歌詞のみではなく、節回しや囃子も手直しし、振り付けには秩父の主要産業だった養蚕や農耕のしぐさを盛り込みました。

伊昔紅の逝去後、秩父音頭家元兼保存会長は兜太さんの弟・千侍さんが二代目を継ぎましたが、兜太さんの唄や踊りも二代目同様に優れたものでした。兜太さんの打物の技は残念ながら聴いておりませんが、伊昔紅は一九六三（昭和38）年の十一月十五日、蓼科高原で行われた「馬酔木鍛錬会」の余興で檀上に昇り、太鼓を叩きながら八木節を唄っています。その腕前に誰もが驚いたと言いますから、詞、歌、踊り、鳴り物のいずれの技芸も秀でていたのでしょう。現在の音頭の歌詞は秩父の名所案内のように、

鳥も渡るか　あの山越えて　雲のさわ立つ　奥秩父
咲くは山吹　躑躅の花よ　秩父銘仙　機どころ
花の長瀞　あの岩畳　誰を待つやら　朧月
三十四ヶ所の　観音巡り　娘十九の　厄落とし
（以下略）

と続きますが、秩父の盆唄として伝わって来た秩父音頭の元唄は猥歌と言ってもよく、性に関して極めてあからさまな表現をしており、女性の前ではとても唄うことができない猥雑な内容でした。それを先ほど申したように伊昔紅が新たに歌詞を公募し、みずから書き直しました。

作家の五木寛之と兜太さんが対談した折の面白いエピソードがあります。一九二四（昭和4）年、秩父音頭が「秩父豊年踊り」の名称で全国の民謡と共に明治神宮に奉納されることになり、地元の文人（伊昔紅のこと）に依頼して歌詞を改めた。その結果、雅にして情あり、俗にして格調高くなったという話が出たとき、五木が覚えていた一節「秋蚕仕舞うて麦蒔き終えて秩父夜祭待つばかり」を披露すると、「それはぼくの親父の作だ」と兜太さんは破顔一笑したという。どこ

に出しても恥ずかしくないように伊昔紅によって改められた歌詞とは次のようなものでした。

花の長瀞あの岩畳　誰を待つやらおぼろ月
秋蚕仕舞うて麦蒔き終えて　秩父夜祭待つばかり
炭の俵を編む手にひびが　切れりゃ雁坂雪かぶる
咲くは山吹つつじの花よ　秩父銘仙機どころ
宝登の並木で松約束よ　何を長瀞してるやら
一夜泊ればつい長瀞の　味が忘れぬ鮎の宿
さす手引く手の揃いの浴衣　どれが姉やら妹やら
わたしゃ本場の秩父の娘　仇にゃ織らない色模様
主のためなら賃機夜機　たまにゃ寝酒も買うておく
夢も長瀞うれしい一夜　宝登のよいのが忘られぬ
小春障子に影ゆらゆらと　籾をするすの嫁姑
月は傾き踊は果てて　暁のしじまを飛ぶ鴉
月がやぐらの真上に来れば　踊り澄む輪の十重二十重
庄司重忠ゆかりの秩父　今にすたらぬ義と情
わたしゃ中津の炭負い嫁　深山ざくらは遅く咲く
霧に濡れてか踊りの汗か　月にかざした手が光る
踊り疲れて輪を出てみたが　主の音頭でまた踊る
一目千本万本咲いて　霞む美の山花の山

「秋蚕仕舞うて」の歌詞は二番にあり、それを含めて俳人の作と思って読むと納得する点が随所に見られます。数多の季語が用いられており、単なる名所案内から一歩踏み込んで、秩父の四季の景とそこに住む人たちを豊かに描き出しています。十二月の秩父の祭は祇園祭、高山祭と並ぶ日本三大曳山祭として、二千貫の豪勢な屋台の曳き回しで有名であり、現在は違和感なく「夜祭」と呼ばれていますが、伊昔紅の歌詞「秋蚕仕舞うて麦蒔き終えて秩父夜祭待つばかり」が登場するまでは「夜祭」という呼び方は全くなかったと言われています。

秩父音頭の歌詞は伊昔紅作と先に挙げた「鳥も渡るか」で始まる二種があり、生前の兜太さんが歌に入る前に「鳥も渡るか」にするか、「秋蚕仕舞うて」にするか、と迷っていたことを思い出します。単なる歌詞のことを言っているとも受け取れますが、「息子として親父の歌詞を唄うかそれとも……」の意に取れなくもない。音頭の歌詞は一九三〇（昭和5）年より四十二年間公募され、百種ほどの新しい詞が誕生しています。秩父音頭の歌詞に加わったものも中にはあり、現在の秩父音頭を豊かなものにしておりますが、「秋蚕仕舞うて」の詞は伊昔紅作で纏めた秩父音頭の中にしかありません。そこで五木が「秋蚕仕舞うて」の一節を披露したとき、即座に「それはぼくの親父の作だ」と自信を持って兜太さんが答えることができたわけです。なお、「秋蚕仕舞うて」の伊昔紅の染筆は後述する吉見屋の離れの二階に飾ってあります。

晩年の兜太さんは人前で秩父音頭をよく唄いました。二〇一六（平成28）年八月下旬の東奥日報俳句大会七十周年記念大会の打上げ会、秩父皆野町文化会館の自身の誕生祝いの会、秩父宝登山神社の句碑除幕式の直会、翌年の文藝家協会主催の脱原発文学者の会、NHKの会、現代俳句協会の七十周年記念祝賀会ほか、鳴り物も伴奏もなしに音程を外さず、独りで堂々と唄っています。

そのうちの現代俳句協会の七十周年記念祝賀会では特別功労賞を受けた後、大きな声で「ありがとう」と発し、みずから囃しを入れながら「鳥も渡るか　あの山越えて　雲のさわ立つ　奥秩父」と唄っています。対照的なのはその前の「森の座」発足の祝賀会です。兜太さんはここでは祝辞を述べず、歌を口にすることもなく、大きな声で「バンザイ」をしたのみで終えました。多勢が集う大会などでは語ることが老の身の負担になり、軽く唄って済ます手もあるでしょうが、兜太さんにとって関係の深い中村草田男「萬緑」の後継誌「森の座」発足の会で唄わずに「バンザイ」をしたことを考えますと、「バンザイ」も秩父音頭同様に会場に集った人たちをとにかく楽しませようとするサービス精神そのものの発露だったに違いありません。数多の祝賀会での一連の歌唱は秩父音頭の七五調の歌詞が兜太俳句の調べの原点の一つであることをはからずも示しているようです。日常生活の中に五七調があり、その韻律の中で育った兜太さんが「俺が俳句だ」と言い切るには秩父音頭に代表される韻律に囲まれて育った事実があるのです。

伊昔紅句集『秩父ばやし』と兜太さんの跋

兜太・伊昔紅の父子関係を探るとき、伊昔紅の句集『秩父ばやし』（一九六四年・竹頭社）に兜太さんが跋を書いていることがもっと注目されてよいと考えます。この跋で分かるように非常に父親思いであり、父親に対する一方ならぬ尊敬心を感じることが出来ます。軍医が「馬酔木」の愛読者で、この〈河原雪麦の畝まで来て消えぬ〉の句は親父さんの作品でしょうと言ってトラック島で「馬酔木」を渡され、「僕はその本を貰うと、爆撃で荒らされた偵察機の滑走路に沿つて歩きながら、幾度も読んだ」と書いていています。一年後には今日明日の生死も知れぬ絶望的な環境に身を置くとも知らず、しかし、すでに敗戦を意識しつつ、雑誌に載った父親の四句を何度も読み返して父親と故郷・秩父を感じていること、生死に直接関わらぬことに喜怒哀楽を感じていること、即ち束の間の平和にこの文の核心があると思います。勿論、父親の秋櫻子選巻頭の活躍を知って生きる力が湧くこともあるでしょうが、この文には加えて、通常の場所に於ける通常の場合とは違った、日々の食べ物にも困窮し始めた戦場という、過酷な状況にあっての喜びが溢れております。

あとがきで伊昔紅は「最後に愚息兜太の父親観は、句集の中の〈稲架のひまくらしの襤褸が覗かるる〉と云ったような、赤裸の伊昔紅をお目にかけて誠にお恥ずかしい次第ですが、御一読願います」と書いています。この親心にも打たれるものがあります。「誠にお恥ずかしい次第です」と言いつつ、兜太は我が息子です、立派に育った息子が執筆してくれましたので是非お読み下さいと挨拶をしているとも受け取れます。兜太さんは兜太さんで、伊昔紅の句は情愛に関しては客観的と、「父は、自分の肉親に『生まの愛情』を示すことを体質的に嫌つていたように思う」と書いています。大方の伊昔紅の句にあてはまる言葉でしょうが、自分の肉親を詠むときに、生（ナマ）の情愛を敢えて控えることは伊昔紅でなくても多分にあります。俳句形式自体が情愛、感情を断ち切ったところで成り立っているとすれば、〈水脈の果て炎天の墓碑を置きて去る〉という句の中の「炎天の墓碑を置きて去る」と表現する兜太さんは俳句というものは感情を断ち切る詩であることが若くから判っていたことになります。

伊昔紅には三男三女がおり、句集には自分の子供を詠んだ句はなく、妻についても戦後作として僅かに四句があるのみ。明治生れの男の家庭観肉親観が滲み出ています。それについて石塚友二は「令息兜太君を詠まれた句は、集中一句としてないことに留意されたい」と述べています。生死も定かならぬ絶望的環境に身を置いていた兜太さんを案ずる一句だにあらぬところに伊昔紅の壮絶な武士道精神を見ています。この精神が医業では有る時払いの無料往診という形になって現れると指摘しています。この精神も見逃してはいけないことですが、先ずお二人の文章から親子関係の温もりを汲み取って頂きたい。肉親に対してこれほどまでに情を深く表している兜太さんの文章は他を探しても見つかりません。兜太さんの一面を示す大切な跋になろうかと思います。

ところで、伊昔紅が妻を詠んだ句が『秩父ばやし』に四句あり、どの妹かは判りませんが、兜太さんの『東国』には妹を詠んだ句が四句数えられます。四句目からは確かな反戦思想が伝わります。

嫁ぐ妹と蛙田を越え鉄路を越え
耳を病む妹に蚊帳片はずし
妹嫁ぐ
蔵の間にかりがね仰ぐ里帰り
妹、夫と別れ単身朝鮮より帰る
霜の破損車乱離みごもる妹に

十年近く前になるでしょうか、句会仲間と京の祇園近くで飲んだことがあります。吟行帰りで気分は高揚し、話し声が少し昂っていたこともあり、「とても楽しそうですね、何をなさっている会ですか？」と料理を運んで来た女性に問われました。仲間の一人が俳句の会と説明すると、「私の大伯父も俳句をやっておりますので、皆さんの楽しさは実によく分かります」と応えてくれました。その女性は静岡県出身、京大で建築を学び、この店でアルバイトをしていることを仲間の一人が聞き出し、胸の名札は「根岸」とありました。句集『東国』を読んだときに前書「根岸愛允死す」で

〈鶏まるまり人より蒼し死の満月〉があったはずと思い出し、その聡明な女性に「ひょっとして大伯父さんは有名な方？」と当てずっぽうに問うと、「有名かどうかは判りませんが仰る通り金子兜太と申します」と明かされ、一同感激したことがあります。兜太さんに会った時にこの一件を報告すると、根岸愛允は「雁坂」同人で血の繋がりはないが、京大の建築女子は確かに妹の家の子に違いないと応えられて、なかなか会えない優秀な妹の家の子について話され、さっぱりとしながらも情の深さを感じさせる親戚関係の印象を受けました。

また、『秩父ばやし』を伊昔紅の人生の集大成の句集として見ますと、兜太さんを執筆陣に加えたというのは、兜太さんの名を借りるというより、親子の情愛を重んじた結果と思います。水原秋櫻子が序文、金子兜太、石塚友二が跋と、この句集でなければ集まることがないだろうと思われる方々が執筆しており、どの文章も貴重です。序文では伊昔紅と獨協中学で同級(同学年)であった秋櫻子が組は違っていたと先ず断り、自分は副級長をやっと二年間務めたのに、伊昔紅は上級から落ちて来る(落第)連中を統制しつつ、卒業まで正組長を務めたことを明らかにする。伊昔紅は腕力があり、容貌も魁偉であり、中学生らしくない頰髭を伸ばしていたというが、その姿は『京都府立医科大学八十年史』二八三頁掲載の口髭と顎鬚を生やした学生服姿の写真から想像できるようです。

また、跋の筆を執っております石塚友二と金子兜太は内容を擦り合わせるようなお二人ではありませんし、性格も目指す俳句の方向も全く違うお二人なので、どのように紹介されるのか、興味は尽きませんでした。友二は古典的な律格を大事にし、今までの俳句の歴史を確りと受け継ぐ作品を残した俳人です。それに対し社会も俳壇も保守化し、作品が保守化してゆく中、兜太さんは自分一人になっても革新の道を進む気概を持ち、革新的先鋭的作品に成果を挙げていた頃です。性格の極端に違う句を作るお二人の文章を一つの句集に収めようとする企画は無理があろうと最初は思いました。しかし、今読むとすんなりと組み合わさっていて、六十年後の現在、違和をそれほど感じぬ不思議さがありました。お二人の文章が伊昔紅とその俳句を共通の軸として、繋がりが出来ているからでしょうか。それとも、秩父によく通って来た友二と酔って一部屋で寝たとき、熟睡した友二が兜太さんの腹を越し、再び腹を越えて元の場所に戻っていた、という親しい交際があったゆえでしょうか。

友二は石田波郷と多く行動を共にし、波郷亡き後に「鶴」二代目主宰に就いた方ですが、伊昔紅とも友情を交しておりました。二人の初対面は昭和十六年頃、その頃の秩父は「鶴」の支部でも全国一を誇る強力な支部であり、五十人近い会員を擁しておりました。『秩父ばやし』では大戦後の二十年代に前書「石塚友二氏を迎へて　二句」を置き、〈黄菊映え飲酒羅漢は陶然と〉〈朝酒やたゞに冷えゆく菌汁〉と親しみを込めて詠んでおります。交遊の実際を確かめられるのが皆野の鰻屋・吉見屋に残されている短冊や色紙、便りなどの収集品です。伊昔紅・兜太のほか、馬場移公子らの「馬酔木」関係、石塚友二・大石悦子らの「鶴」関係、地元の「若鮎」や「雁坂」関係の染筆や資料が集大成のごとく揃っております。

伊昔紅の金子医院・壺春堂での月例句会が終わると秩父谷の俳人たちは皆野駅前の鰻屋・吉見屋の離れに集まり、二次会を開いていました。吉見屋の主人は日中戦争時に創刊され、僅か数年で廃刊の伊昔紅主宰誌「若鮎」や、その後継誌として昭和二十年十一月復刊の「雁坂」に属し、また「鶴」にも拠り、兜太さんから「秩父の七人の侍」と呼ばれた一人でした。文学志向の強い知的青年たちは句会の有無を問わず毎晩のように集まり、秩父の新しい俳句運動のエネルギーを生み出す場となりました。水原秋櫻子が「ホトトギス」を離れた昭和初期、伊昔紅を中心に知性に飢えた秩父の若者たちの極めて革新的な文化運動が皆野町で展開されていたのです。中には句会に出ずに吉見屋に直行するつわものもいたようであり、鰻を肴に酔って、二次会や歓迎会で短冊や色紙に筆を執るのです。友二の筆もあり、残る数から秩父来訪を如何に楽しみにしていたかが推し量られます。

ところで兜太という名前がどのように付けられたのか、複数の説がありますね。私が聞いたのは、伊昔紅が「馬酔木」自選同人に昇格した頃、秩父の取り巻きから聞いたことですが、伊昔紅は「一九〇五年、日ロ戦争の日本海海戦では、連合艦隊の東郷平八郎司令長官を支えた副官の功績が大なのに、後世に名が伝えられていない。せがれが生まれたら、副官にちなんで『兜太』の名をつけると決めていた」と言ったとのことです。真実かどうかはわかりませんが、当時、右傾思想を持っていた伊昔紅ゆえにありうる話と思いました。秩父出身の信頼が置ける方からも似たような話をお聞きしたことがあります。そこで連合艦隊幹部全ての名を調べました。副官ですから司令部ですよね。第一、第二、第三、特務艦隊司令部の副官の名は違っておりました。副官以外では近いものとして清太、桓太、藤太がありましたが、別の理由でどれも当てはまりませんでした。

伊昔紅のことですが、「馬酔木」の集まりで「あれが秩父のボスだよ」と言われ、姿を見たことがありますが、話を交わしたことはありません。何と言っても「馬酔木」は当時三千人、四千人もの投句者がいたわけですし、同人でなければ唯の人、一方の伊昔紅は古参同人、馬場移公子を育て上げ金子兜太の実父という肩書があり、最後は自選同人にまで昇られた方ですので伊昔紅を雲上人扱いして、顔さえ存じない方が多かったですね。今回、改めて「馬酔木」を開き、伊昔紅の投句と私の投句の重複期間を調べましたが、驚きました。五年間はあると思い込んでいた投句の重複期間が僅か二年間でした。伊昔紅を実際に私が見たことがあるというのも、秩父から来る人から写真を見せられたのかも知れないと、記憶の曖昧さを痛感しております。

兜太俳句の調べ

この度のインタビュー内容の一つに兜太十句選がありますが、選んだ十句がいわば「私の愛誦の兜太十句」になってしまい、他の方と似たような結果になる危惧を抱いております。二、三年前、調べには絶対の自信を持っていたという言葉を探るため、結社の現代俳句勉強会の仲間と『少年』から『百年』までを通読しました。この十句は「これが兜太俳句の調べ」と賛意が多かった中から選びましたが、却って平凡になった恐れがあります。

曼珠沙華どれも腹出し秩父の子
原爆許すまじ蟹かつかつと瓦礫歩む
朝はじまる海へ突込む鷗の死
彎曲し火傷し爆心地のマラソン
人体冷えて東北白い花盛り

前半生の代表的な作品が並びましたが、それらが快いリズム感を伴っているのが分かります。兜太さんの音感を語るには伊昔紅まで溯って考える必要が場合によってはあります。兜太さんが最初に俳句に接したのは伊昔紅の作品でした。つまり、例外もありますけれど、大きな流れで捉えると、伊昔紅の影響の強かった戦前は五七五に収まる作りであり、句の中の景色は在来の俳句とそれほど変わらぬものだったと考えられます。たとえば、〈裏口に線路が見える蚕飼かな〉には社会的リアリズムをぎりぎりで認めることが出来ますが、在来の俳句の調子と内容といえます。〈山脈のひと隅あかし蚕の眠り〉も「馬酔木」の路線に連なると言えばよいのか、伊昔紅を通して馬酔木俳句の影響が窺えます。

戦前の兜太俳句の素材や表現、調べや内容に変化をもたらしたのはトラック島の経験が要因と考えています。ガラッと変わったその代表句が〈魚雷の丸胴蜥蜴這い廻りて去りぬ〉でした。この句でもって何かを捨てて何かを得た。生死をかけたトラック島の戦いを生き抜いて、秩父の土を踏んだ時には兜太さん自身も変わっていたのです。〈水脈の果て炎天の墓碑を置きて去る〉にしても五七五が基本ですが、五八五の字余りと言うには違和があり、「一音」に収まりきれぬものがあります。この句は収まりきれぬ思いが先ずあって収まり切れぬ表現に繋がる、わざわざ字余りを作ろうとしているのではない自然さがあります。

復員後に五七五に挑戦するような態度を貫いた一つには、戦後の俳壇の保守帰りに抗うための武器として字余り・破調と呼ばれる形式は恰好なものでした。もう一つは、育った環境が秩父音頭、村芝居、娘義太夫などの七七調や五七調の世界でありながら、五七五に捉われず、みずからの内なる調べを求められたことにあります。新しい調べを創造する過程の中で意識的にも、無意識的にも字余り・破調を多用したと考えられます。たとえば、〈死にし骨は海に捨つべし沢庵噛む〉に対して、五七五にできるのに敢えて五七五にしないと理屈をつけることは簡単ですが、何が何でも五七五に収めなければいけないと考える方がおかしく、批判は当たらないと思います。

兜太さんは水戸高校の頃から始めて、二〇一八（平成30）年の九十八歳まで作句に励んでおいでですが、兜太俳句の調べが全て新しいのではなく、ある年代のある時期に惚れぼれとするような新しい調べを生んでいます。戦後の昭和年代、年齢で言えば三十代、四十代の句は調べが新しく、独自の工夫があって、今までの俳句では出会ったことのない言葉が加わる、そういう作品が頻発していました。だが、新しい調べの探究が肉体的にもしんどくなって自然に五七五の世界を引き寄せたという感じですね。

兜太俳句の言葉やその使い方の魅力がどこから来るのか、勉強会で討論したことがあります。言葉の荒々しさだけでなく言葉遣いに優しさが籠っているのが魅力であり、生れ育った秩父ならではの土の色のついた言葉、秩父に生れなければ生れてこない作りものではない言葉があるという結論に達した記憶があります。勿論、「俺から秩父というふるさとを除いたら、ほとんどゼロに近いね」（岩波書店刊『いま、兜太は』）と言った兜太さんの意図は「言葉」をも含めた広範囲の秩父を指すと考えられます。

私ごとを申せば、私が俳句を始めた頃は兜太俳句が絶頂期を迎え、強力な吸引力がありましたが、俳句にのめり込むほどの熱を私自身がまだ持たぬ頃でしたので、俳句に対する姿勢が比較にならぬほど違うのに戸惑ったことがあります。秩父は山国ですが、私の生れた地域は漁村です。言葉遣いが荒く、荒さのみを注視すれば秩父の言葉の荒さと共通のものがありました。敬語が殆どなくて、言葉は直截に物事を伝える手立てという点も似ていたことで、自分の言葉遣いを如何に俳句に生かせるか、その答を兜太俳句に求めたことがあります。でも、ふるさとの荒々しい表現を掬い取り、どう作品に結び付けるかは別のことでした。俳句初心の頃は言葉遣いが合わず、句会では鳴かず飛ばずでした。四方を荒々しい言葉の飛び交う地で育った人間が人並みの言葉を使いこなすまでにはある程度の歳月が必要です。たとえ一度覚えたとしても身になじまないこともありますし、今考えると、俳句に用いる自分の言葉に十分に満足しておりませんでした。優しい言葉遣いの過去の自作に会うと自分の言葉ではないと今でも思うことがあります。

再度申しますが、そのような私が選んだ兜太十句です。が、俳句ではなかなかお目にかかれない言葉に魅力を感じます。晩年の兜太さんは『広辞苑』を買ってきて、兜太さんにとって新しい言葉を見つけては俳句を作っておいでだったとお聞きしておりますが、若い時もそういう訓練をしておりましたね。長崎の転勤時代に生まれ、広く知られている〈彎曲し火傷し爆心地のマラソン〉は昼間、長崎の爆心地を歩いて頭の中に映像を収め、夜になってから社宅でその映像を思い出しながら、辞書を何となく捲っていて「彎曲」の語に出会い、映像と言葉が繋がったと兜太さんは仰っていました。「彎曲」は元々自分の持つ言葉ではなく、その場の自分の気持に合う言葉だったのであり、それに反応して一句を成したことが分かります。「彎曲し」「火傷し」「爆心地のマラソン」と三分割すれば顕かですが、これは五七五ではなく、五四十です。だが、五七五のようにすでに存在する調べのような滑らかさがあり、兜太俳句独自の律動ですね。〈人体冷えて東北白い花盛り〉、〈原爆許すまじ蟹かつかつと瓦礫歩む〉、〈デモ流れるデモ犠牲者を階に寝かせ〉などは全て五七五ではない。これらの句を見ると字余り・字足らずの批判は五七五の観点からのものであって、最初から五七五の調べの下にない、一部の兜太俳句に対して言えるだろうかと考えてしまいました。また、「白い花」も「蟹」も有季として扱っているわけではなく、無季と言ってよい句ですけれども、逆にその点に惹かれます。

また、〈梅咲いて庭中に青鮫が来ている〉の句は時代を先取りしていますね。勿論、この句に過酷な戦争体験を重ねるのはそれほど難しいことではなく、青鮫に姿を借りた戦友が庭に集まっているとの解は句の存在価値を高めています。しかし、空想を基本として解き明かそうとする思考はすでに昔風、時代遅れと思います。この句はＣＧグラフィックで加工した映像そのものと言え、映像の先取りをしています。十数年前でしたらこのような絵はあり得ないと言えましたが、現在ではテレビのコマーシャルの動画で流されても違和感のない映像と言えます。よりによってパソコン映像です、兜太俳句は幾つかの路線を踏み越え、いつの間にか新しい兜太路線を走っておいでです。

俳句も詩の一分野であり、韻文としての調べや律動を必要とするのは言をまたぬことですが、「彎曲」とか「人体」とかは言葉が堅く、俳句に使う言葉としては不向きと私たちは教わりました。兜太さんはこのような言葉を遣って自分の句に仕上げていますが、人並み優れた父親譲りの音感と、更に三十代四十代の兜太さんには詩神がついておりました。破調は一句一句の調べを創造・確認しなければならず、続けるには相当体力が必要、長く続けるには厳しい苦業と言えます。もって八十歳、九十歳になると次第に定型に戻ってゆくのは、肉体という生身を持つ人間としては致し方のないことです。

兜太と伊昔紅の俳句の違い

兜太さんの俳句に対する態度は革新的、一方の伊昔紅は伝統を守る保守派と一応色分けできそうですが、その違いは俳句以前の社会や社会生活に対する態度、ものの考えの違いから来ています。兜太さんの根底には厳しい戦争体験と生きて帰って来た人間としての責任感があると説く例がありますが、間違ってはいないと思います。思想、生き方、考え方……言葉を変えて色々と言うことは出来ますが、単純に言えば人間としての背景が違うのです。人が違えば考え方が違う、考え方が違えば俳句が違います。句材の選択、季語の有無、定型の厳守など広範囲かつ多岐に亘る違いによって一人ひとりの心に出現する作品が違ってくると思います。ここではその中の一つ、字余り（字足らず）や破調を取り上げてみます。五七五を基本に置いて字余りかどうかを考え、字余り・字足らずの範囲にとどまらぬ、五七五とは明らかに異なる調べを破調として述べて行きます。

伊昔紅の句集『秩父ばやし』には六九六句が収まります。字余りは上五の助詞の字余りが眼に付く程度、それも三十句は越えません。秋櫻子の指導を墨守した伊昔紅の句に破調などとても考えられません。秋櫻子は軽い字余りは認めても、積極的にも消極的にも破調は認めませんでした。〈伊豆の海や紅梅の上に波流れ〉〈薔薇の坂にきくは浦上の鐘ならずや〉など、名句と言われる字余りの句が秋櫻子自身にもありますが、秋櫻子全句集を俯瞰した印象として、字余りにするときは上五の字余りが多く、字余りを効果的に用いたり、目的意識をもって使った作品は殆どありません。たとえば、伊昔紅の〈河鹿のこゑ聴きをりいつか瀬音なし〉は上六音ですけれど、一音の字余りは字余りとはいえないと秋櫻子は言っております。上五と下五は理論的に一音プラスしても可、中七は二音プラスして九音でもいい。だが、五七五を守って作るのが俳句、そのような発言を認める秋櫻子門下にあって伊昔紅は五七五を守った優等生でした。

　話を兜太句に移しますと、かつては〈魚雷の丸胴蜥蜴這い廻りて去りぬ〉〈二十のテレビにスタートダッシュの黒人ばかり〉と長々と作った句もありましたが、最後の句集『百年』では〈雪の雁坂《かりさか》峠父うるか汁所望して〉のような緩やかな字余りが目に付く程度になりました。

　律動を伴った字余りの句を作るのはなかなか難しい。もちろん芭蕉、蕪村などの句にも字余りはありますが、五七五の調べが日本人には快いことは確かです。兜太句の場合は先ほど申したように始めは自然体だったのですが、何時の時点かは判りませんが、字余りを計算できるようになったようです。〈彎曲し火傷し爆心地のマラソン〉、この句に季語が入っていようといまいと旧来の結社ではこういう作り方は五七五の器とは違うと拒否されるでしょうね。定型という形と音数は厳然として存在しますが、どこまでが字余りでどこまでが破調、どこまでの長さなら許されるかは兜太句を分析しても分からない。字余り・破調を認めるか否かで伊昔紅と兜太さんで違いがあることは否めません。また、兜太俳句の字余り・破調が見事に花開いたのは伊昔紅から伝わったなにがしかの才があったからと推測できます。だが、二人にとって二人の作品の違いよりも、互いの俳句が次第に違ってきているのを認識しつつ、俳句に対する覚悟を共有できたことの方が大きいと思います。トラック島で敗戦を意識しつついたときに、「飛行艇が運んできた父の手紙に『お前は死んでも俳句は残る』という文面があり、その手紙と『馬酔木』一冊を、ぼくはポケットに入れておいて、ときどき開いては読んだ」と句集『秩父ばやし』の跋で兜太さんは書いております。

門前の句碑と二度の来訪（玉宗と兜太）

伊昔紅の医師の句〈山鳥と炭ともて来ぬ薬代〉や〈湯貰ひに来しが柿剝き手傳ひぬ〉などを読むと伊昔紅の人に接する細かな心配りが推察できますが、兜太さんも非常にきめ細かい配慮を持って人に接し、思いやりは人一倍強いものがありました。

二〇〇七（平成19）年三月二十五日午前九時四十二分、マグニチュード六・九の能登沖地震が門前町を襲いました。震源地はかつて北前船の通った船路、門前町からすぐ近くの海底と発表され、震度六強、不気味な地鳴りと共に地面が割れ、道路には陥没や亀裂が走り、海岸の巖は崩落し、町の家屋を押しつぶしました。古い民家や倉庫を主に全壊家屋は八十余り、中に築百五十年の興禅寺本堂もありました。本堂の倒壊の様子は「寺の七人　危機一髪」の見出しで翌日の読売新聞・全国版に大きく載り、庫裡で祭の弁当を準備していた地区婦人会の女性たち七人と住職夫婦が間一髪で危機を免れたと報じておりました。地震の後、住職は能登半島二周りの勧進をして本堂を再建、境内には町の花・雪割草が直栽され、全国俳句の愛好者の詩魂碑である俳句供養塔が建っております。

世に俳句を志す者多し。
然るにその詩魂の拠って来たり、
附して去る処、
之を知る者もまた多からんや。
茲に
俳諧の誠に連なり来たり、
殉じ去りしもの等のために、
且つ、

定型に掬いきれず、
看過忘却されし幾億の詩心へ
供養の真意を顕するもの也。

合掌

この俳句供養塔は興禅寺にやってきた兜太さんの目前で除幕されている。裏面の右文は興禅寺住職の筆跡だが、表の俳句供養塔と書かれた文字は紛れもなく兜太さんの揮毫。供養塔からやや奥まったところに兜太句碑も別にありますが、句碑の方は兜太さんの来訪時には未完だった。

小鳥来て巨岩に一粒のことば　　兜太

巨岩ならぬ小さな石に句が嵌めこまれているのが微笑ましい句碑です。一九九五（平成7）年秋から二〇〇〇（平成12）年夏までの六年間の作品を収める第十三句集『東国抄』（二〇〇一年・平成十三年三月二十五日・花神社）に右の句は収録されています。兜太さんが興禅寺に初めて来たのは二〇〇六（平成18）年ゆえ、句は門前の町で詠んだものではありませんが、興禅寺にこの句碑があると、「巨岩に一粒のことば」が道元またはは瑩山の言葉のようにも、あるいはその道の巨人を前にした興禅寺住職の一粒の言葉にも感じられますので、不思議です。句が所を得たというのはこういうことを言うのかも。兜太さんの句碑が生誕地の山国・秩父に集中しているのはよく知られておりますが、日本海に歩いて行ける距離の興禅寺に建つのは住職の言う「私の宝」の一つ「出会い」によります。

僧になる前の住職は故郷の北海道を出て、放浪の末に埼玉県熊谷の姉の処にたどり着きます。時折、詩のようなものを作っていた弟を見て、姉はお手伝いとして通っている金子家の主人・兜太さんに会わせます。田舎出の青年がいきなり本物に出会ってしまったと当時の印象を住職は語りますが、驚きと感動は如何ばかりであったでしょうか。それからは働きながら兜太さんに俳句の手ほどきを受け、秩父の山荘・熊猫荘へもお供で連れて行っていただけるようになりました。

さらに両親が故郷の北海道を離れると決断した時も、父母の住まいを兜太さんに取り計らってもらっております。それだけでなく二年の後になりますが、兜太さんが身元引受人となって、秩父の観音巡りの寺、いわゆる秩父三十四ヶ寺の一寺で得度をします。両親、姉夫婦、金子夫妻の揃った前でした。まもなく、夜逃げだったと後日本人は言いますが、その寺から忽然と姿を消してしまいます。

生涯の恩人と言うべき兜太さんの前に改めて姿を現したのは一九九五（平成7）年、結社誌「風」の雑詠集の作家として角川賞に輝いた時で、晴れやかな授賞式での十年振りの再会でした。すでに金沢の曹洞宗の大乗寺で修行し、結婚式も同寺で挙げておりました。秩父三十四ヶ寺巡りを構成する寺は曹洞宗が二十ヶ寺、臨済宗が十一ヶ寺と圧倒的に禅寺が多く、再びの修行が曹洞宗の寺であったのは自然の成り行きでした。また、「風」に拠ったのは金沢の地縁もありましょうが、若き兜太さんが同誌に属していたことも幾分かは影響しているかも。

兜太さんが門前の興禅寺に来たのは二度、一回目は能登沖地震の起る前年の二〇〇六（平成18）年。縁のない土地ゆえに興禅寺の場所が分からず、わざわざ祖院に寄って教えてもらい、訪ねている。近くまで来たことは分かりますが、夜逃げをした弟子のその後を気遣って寺まで来た気持に心が打たれます。残念ながらその日は住職夫婦が留守でしたので、会わずに帰りました。二回目は二〇〇九（平成21）年九月二十日、和倉温泉で開かれたＮＨＫ俳句大会の翌日、「玉宗の再興した能登の寺に行ってやりたい。貴方も同行してもらえるとありがたい」と兜太さんは傍にいた黒田杏子さんに話しかけ、杏子さんが同行することになりました。兜太さんは心配りの人、自分の口から皆子夫人の逝去を伝え、夫人に代わって興禅寺の再興をどうしても見届けたかったのであろう。夫人と兜太さんの永別から三年の歳月が経っていました。

「ありがとう。皆子も君がお寺を再建し、立派なお坊さんになってくれたことを喜んでいるだろう。体を大事に、無理なく生きていきなさい。無理なく、自然にな」と僧侶のような悟り切った言葉を残している。興禅寺まで訪ねて来た兜太さんには師弟愛という小さな枠に止まらず、人間愛という大きな心を感じます。それは荒凡夫・兜太が存在者・兜太に変わり始めた瞬間だったのかも知れない。さらに市堀玉宗住職に対し、

「お寺もそうだが、玉宗も月とすっぽん程の変わりようだな」と言いつつ、「もう俺は君を玉宗なんて呼び捨てにできない。玉宗さんと今日から呼ぼう。ともかく、これほど清々しい寺はないだろう。奥さんとあんたの真心がこの寺に宿っているよ」と寺と住職夫妻を褒めました。

一回目の、能登沖地震の前年に来た折の感想が「狸が化けて出て来そうな、古めかしいお寺」だったことと比べると差は瞭然でした。ひと回り小さくなったものの、住職の心と汗が籠もる再建された本堂を素直に称えております。

生涯の恩人の葬儀に駆け付けることのできなかった二〇一八（平成30）年の通夜と葬儀の日、北陸の明けやらぬ空の下で住職は聖観音に向かい回向を続けました。住職の暁の回向同様、この興禅寺の二度の訪問は兜太さんの誠実さを示す行い以外のなにものでもないと感じました。

兜太という人間への評価

まず、繊細で細かいことに気がつく方でした。神経の襞が細やかで、色々なことに気づかれて、外見から想像するのとは全く違っておりました。座談では覚られないように資料を調べて来られる。それを決して表に出すことなく、アドリブが効いた話術で我々を驚かせます。厚い書に付箋を何十ヶ所も付けて忘れないようにすると言っておりましたが、すぐになくなってしまうほど付箋を大量にお使いになるのでは。普通、九十歳を超えると学ぶ体力や気力が失せ、学びを避ける方が多いとお聞きしますが、他の方の必要な発言はその場でメモをお取りにならず、覚え込んでおりました。

座談では話の持って行き方が非常に上手です。苦手な質問事項や事前の勉強が及ばなかったことについて「先生、これについてはどういうご意見をお持ちでしょうか？」と質問を受けると、「（この件について）あんたはどう考える？」と逆に質問して考えを聞き出すと、「俺もその意見に賛成だ」とか、「俺も君の考えに近いなぁ」と言って、自分では全く考えていなかったのに（笑）、普段からよく考えているという感じで、ユーモアたっぷりに喋り出すことがよくありました。他人の質問や知識を自分の土俵に持ち込んで勝負するのが非常に上手でした。若い頃に種々の論争に巻き込まれて身を守って来た経験からでしょうか、ある意味でディベート慣れをしておられた。私から見ると、話術の「護身術」とも言うべきものを持っておられました。

それと、座談の後で「お前らあれでよかったか」とか、「あれはちょっと行き過ぎだったな」とか、ちょっとした短い感想や反省を同席者に口に出されるのです。中には兜太さんを「先生」と思い、集まった誰もが「偉い先輩」と心底認めている。何気なくともそういう方の感想でしょう、兜太さんの先制の一言に衰え知らずの明晰度の高い思考力を感じ、最終的にその考えに賛意を表す力になりました。

誰にでもあることですが、外と内の顔があることはご本人から何度かお聞きしました。家では寝間着でごろごろしていたと仰っているのに、みんなの前に立つと見違えるほどに元気だとか、さっきまで苦虫を噛みつぶしていたのに、控室に入ると苦虫顔がどこかに霧散してしまい、座談を囲むに相応しい晴れやかな顔になっているなど、兜太さんらしいことは数え切れません。実際、ご一緒すると元気とか笑顔とか、自分に今欠けているものを賜るんです。それを知ってか知らずか、祝う会の皆野町観光協会が作ったのが小絵馬や箸袋です。あの兜太さん独特の墨字で絵馬に書かれているのは「命」や「人」の文字でした。SL句碑巡りのときは木製のキーホルダーに「狼」もあったかな……どちらにしてもまともな墨字一字でしたが、箸袋の方が面白くて、「長寿でぽっくり」はぽっくり寺の看板にあってもおかしくないフレーズでした。コースターもあり、それにはずばり「長寿」。聖路加国際病院の日野原重明さんの人気と同じく、兜太さんの場合も人気が俳句の世界を越えて、「長寿の俳人」の「長寿」部分に重きが移り、人気の対象が「長寿」そのものになってゆくのを感じました。

兜太さんにもっと早く近づけばよかったと思うことがありますね。初めは俳壇の重鎮なのでやや畏怖を感じ、何度かお話をすると、何故こんなに優しいのか、何故こんなに物事を細かく考えているのか、思慮深い方でした。勿論、理解しづらい発言には何を考えての今日の発言だったのかを分析したりしました。荒凡夫、存在者などは勿論のこと、兜太さんの言葉は私にとって思考のための根っこでした。「このことは俺が亡くなっても忘れないで覚えておいてくれ」と言われたことが幾つかあります。

その一つが「馬酔木」が「ホトトギス」を離反したことに関してです。今までは花鳥諷詠一辺倒だったけれども、これからは人を表現できる、人の生活や人の行いを表現できる、それが嬉しくて秩父の青年たちは毎回毎回句会に出席して来たと言います。句会では秋櫻子選に何句採られたと競い合い、大騒ぎをして活気に満ちておりましたが、時に殺気を帯び、度を超すと酒の上での喧嘩になり、周りに迷惑をかけることになりました。集まる度に喧嘩になったこともあり、それを母は嫌い、父は殴りつけて収めることもありました。兜太さんが覚えていて欲しいと言ったのは、これからは人が詠めるということでした。

附言しますと、伊昔紅は毎朝五時に欠かさず型を切る馬庭念流の達人であり、伊昔紅の登場で大抵の喧嘩は治まりました。兜太さんの母親の言葉「兜太、俳句なんかやるんじゃないよ。あれは喧嘩だからね」は句会と関わらぬ女性に迷惑をかける実態を言っていると共に、当時の句会の熱気をも伝えていると言います。母親が心配するような事態が実際に起こっております。兜太さんを快く思わない連中がいて、兜太さんが宴会の座興で認めた軸にソースを浴びせたのです。一触即発の事態になったのですが伊昔紅が一切動かず、事件は治まりました。兜太さんが大学を卒業する前のことで、地元では「ソース事件」と呼ばれています。

兜太さんは「馬酔木」と直接の関係はなく、「成層圏」や「土上」に入会し、加藤楸邨が出征壮行会に参加したことから判るように「寒雷」に属し、「馬酔木」については父親の伊昔紅に任せておけばいいと避けていた様子が無くはない。だが、たとえば『水原秋櫻子全句集』未掲載の秋櫻子の軸〈初霜のかがやくみちを征けよ君〉が吉見屋に大切に保管されており、伊昔紅の子息・兜太に対して書かれたものという話があります。そのような話が立つほどの親密な関係が、伊昔紅・秋櫻子間にはあったと認めることが出来ます。

兜太さんは「馬酔木」には何の興味もお持ちでないと勝手に思っていましたがそうでもなく、かつて「馬酔木」系統の人たちと共に句会をしていたこともあり、伊昔紅に繋がる懐かしさをお持ちのようでした。多感な青少年期に「馬酔木」に接した兜太さんは、その内容には新鮮で甘美な上昇気流を感じた。俳句にそのような雰囲気を感じたことはその後の私の作風に大きく影響している。俳句がくすんでも無く、じじ臭くも無く、観念的で堅ぐるしいものでもないという印象を持った、と語っている。秋櫻子の下で熱心に句づくりを励んだ伊昔紅を通し、新興俳句の雰囲気が青少年期の兜太さんにも及んでいたのだろう。一九三二(昭和7)年に県立第二中学校に入学、父の書棚の「馬酔木」や「若鮎」の拾い読みから始まった兜太さんの俳句の歳月を思い、兜太さんに「このことは俺が亡くなっても忘れないで覚えておいてくれ」と何度も言われた言葉の端々に温かなものを感じたのは確かです。あくまで個人的な感慨かも知れませんが……。

おわりに

橋本榮治氏は俳誌「枻」代表、「件」編集発行人でもある。かつて十年間「馬酔木」の編集長を務めておられた。初めてお会いした時、安易にものを喋ったり笑ったりされない感じの方なので、やや怖さがあった。しかし、今回の取材と校正のやり取りを含めて何度かお目にかかりお話しをするうちに、だんだん親しくなり、なんと優しい方だと思いを改めさせられた。

特にインタビューの後半に出てきた、「横澤、橋本よ、お前たち二人が結社を作って、一緒にやってゆくのがよいと俺は思う」と言われた金子先生の優しさと思慮深さに感動した、と語られた時の表情がとても明るかったことを思い出す。俳句の後進に対し大局的な助言を授ける金子先生のお人柄が心に深く刻まれた。

また、「馬酔木」の編集長でもあった橋本氏は、兜太の父・伊昔紅と「馬酔木」の師・水原秋櫻子との関係を探ることで、橋本氏と金子先生の浅からぬご縁も感じさせてくれるお話であった。

董振華

橋本榮治の兜太10句選

水脈《みお》の果て炎天の墓碑を置きて去る　『少年』

原爆許すまじ蟹かつかつと瓦礫を歩む　『〃』

彎曲し火傷し爆心地のマラソン　『金子兜太句集』

デモ流れるデモ犠牲者を階に寝かせ　『〃』

人体冷えて東北白い花盛り　『蜿蜿』

梅咲いて庭中に青鮫が来ている　『遊牧集』

猪《しし》が来て空気を食べる春の峠　『〃』

冬眠の蝮のほかは寝息なし　『皆之』

よく眠る夢の枯野が青むまで　『東国抄』

おおかみに螢が一つ付いていた　『〃』

橋本榮治（はしもと　えいじ）略年譜

昭和22（一九四七）　神奈川県横浜生まれ。

昭和50（一九七五）　京都在住の「馬醉木」同人に俳句の指導を受ける。投句はどこにもせず。

昭和51（一九七六）　福永耕二指導の「青年作家の会」が創会され入会する。同時に水原秋櫻子選・馬醉木集に初投句。

昭和54（一九七九）　馬醉木の新人育成を目的とした「火音抄」（山上樹実雄選）の年間優秀者に与えられる「火音抄」推薦を受ける。

昭和61（一九八六）　四十歳以下の投句者欄「あしかび抄」（林翔選）において第一回「蘆雁賞」を受賞。「馬醉木」新人賞受賞。共著『現代俳句の新鋭』（東京四季出版）刊。

昭和62（一九八七）　「馬醉木」同人。

平成3（一九九一）　「馬醉木」七〇周年記念出版の『秋櫻子歳時記』を担当。

平成5（一九九三）　馬醉木の若手を集め、「朱夏の会」結成。

平成7（一九九五）　第一句集『麦生』（ふらんす堂）刊。

平成8（一九九六）　第一句集『麦生』により俳人協会新人賞受賞。

平成9（一九九七）　「馬醉木」編集長就任（二〇〇七年まで）。

平成11（一九九九）　「馬醉木」九〇〇号記念号を編集。

平成13（二〇〇一）　「馬醉木」八〇周年記念号及び『馬醉木季語集』を編集。

平成14（二〇〇二）　第二句集『逆旅』刊行（角川書店）。

平成15（二〇〇三）　同人誌「件」創刊、発行編集人。

平成16（二〇〇四）　セレクション俳人『橋本榮治集』刊行（邑書林）。〈第三句集『越在』収録・単独未出版〉。

平成17（二〇〇五）　同人誌「琉」創刊代表。

平成19（二〇〇七）　「馬醉木」一〇〇〇号記念号を編集。

平成20（二〇〇八）　『放神』（角川書店）刊。

平成23（二〇一一）　評論集・共著『林翔の一〇〇を読む』（飯塚書店）刊。

平成25（二〇一三）　「枻」創刊・共同代表・発行編集人。

平成26（二〇一四）　評論集『水原秋櫻子の一〇〇句を読む』（飯塚書店）刊。

平成30（二〇一八）　雑誌「兜太　ＴＯＴＡ」編集委員。

令和1（二〇一九）　自句自解『橋本榮治集』（俳人協会）刊。

第5章

宇多喜代子

（二〇二二年四月九日十三時　大阪新阪急ホテルにて）

はじめに

宇多喜代子氏のお名前は、一九九九年、金子先生から頂いた『女流俳句集成』（宇多喜代子／黒田杏子編・立風書房）から知った。金子先生からは、「大変優秀な女流俳人で、日本の稲作の源流の研究のため中国との交流が深い人だ」とお聞きしていた。

実際にお会いしたのは、二十年後の二〇一八年三月二日の金子先生の葬儀の席だった。それもただご挨拶しただけで、その後も結局一対一でお話しする機会は持てなかった。しかし、金子先生と同じく現代俳句協会会長を務めておられたことや、氏の名句〈天皇の白髪にこそ夏の月〉（『夏月集』）などは存じ上げていた。

今回、取材への万全な準備を整えようと、私は新阪急ホテルに前泊した。そして、四月九日十三時、ホテル内の喫茶店で、和やかな雰囲気の中で、宇多氏から『語りたい兜太…』のお話を伺うことができた。

董振華

伝聞の金子兜太のイメージ

私が高校生で、十八歳ぐらいで俳句を始めたときに、伝統的な結社で勉強していたんです。しばらくして、昭和三十一年七月、金子さんが〈銀行員等朝より螢光す烏賊のごとく〉（『金子兜太句集』）の句を作った頃、前衛俳句という言葉が出てきて、話題になりはじめた。その代表として金子さんの句がいつも挙がってました。何がなんか分からなかったんですけれども、分からないながら今までとは違うなんかの空気が流れてきたなぁっていう感じはしましたね。いいなぁと、こういうのもあるんだなぁと思った。これはいけないとは思わなかった。とにかく変わった俳句を作る俳人なんだという認識しかなかったもんです。

そして、私の父はわりと新しいものを排除しないタイプの人だったから、古臭い俳句よりこっちの方がいいみたいなことを言っていた。だから家の中でそういうものを認めていましたから、心地がよかったわね。それでやっぱり若いからかえって季語がなくてもいいんじゃないのかと思いました。無季の俳句も作った時期もありました。でも、だんだん年を取ってくると、無季の俳句に対してエネルギーもなくなりました。

それから私の父が、金子さんの最初のあのヒットした『今日の俳句』（光文社・一九六五年）っていう本、あれを誕生日のプレゼントとして私に買ってきてくれて、「こういう面白い俳句があるよ」って。なんか魅力を感じました。

ところが、私と一緒に俳句をしていた、周辺にいた大人が、明治生まれの人ばっかりで、金子さんみたいな人が出てくると、戸惑うわけですよ。それで私が興味を持つと、変な方に行くと思ってみんなに「あれは悪い本だとか、読むな」っていう話があって、かなり止められていたけど、そうされると余計に面白く思っちゃうのね。

その本を読んだ友達が「海程」に入りましたけど、私はそういうことはちょっと別のもんだと考えて、自分がそこに関わることはなかったんですね。

本物の金子兜太に出会う

金子さんと初めてちゃんとして会うようになったのは、昭和四十五（一九七〇）年ぐらい、現代俳句協会の集まりでしたかね。でも、別に一対一でお話するようなことはなかったです。

私が俳壇の人と関わりができ始めたのが昭和五十年ぐらいかな。そのとき、私はもういい歳した四十代になっていました。しかし金子さんの目から私が小娘に見えたんですね。それが女の子なんですよ。その後、私が五十になっても六十になっても八十になっても、「おーい」「女の子」なんです。何か厄介なことを言おうとすると、「女の子にわかるか」って言われるんですよ。私だけは女の子で、終生に女の子です（笑）。

金子さんが会長のとき、わたしは副会長をしていました。副会長っていうのは会長に何かあったときの保険みたいなもので、大した用事もなかったんですが、いつも喧嘩になるのは、私は第二次世界大戦の時に、内地で空襲に遭ったりしてるんで、被害に遭ってるんですね。そんな話をすると、やっぱり戦地へ出ていった人から見ると、内地で受けた被害の方は「それ、たいしたことがない」って喧嘩になっちゃう（笑）。金子さんは米兵と自ら対面して戦ったわけだから、どうしても戦場の経験が違うわね。いつもあの意見だけは相当いやいやしましたね。

それで私が現代俳句協会の会長になった頃から、ちょっと一人前にして扱ってくれたかな、一人前になったかどうかだよね（笑）。二人でいろいろと打ち合わせをしたり、いろんなことを話したりして、真剣にお話をするようになった。

現代俳句協会会長就任と三大仕事

あるとき、金子さんから突然に電話がかかってきて「お前さん、会長やれ」っていうのです。とにかくそんなことできっこないし、「女の子」がやるような大変なことができない（笑）。固辞してお断りしたんだけれども、後で金子さんが真剣になって、「お前さんは俳句が抱えている厄介なところを避けていこうと思っているのかー」って怒鳴られてね（笑）。

それで条件を付けたんですよ。会長としてしたい事をしても良いか、それと寺井谷子さんを副会長にしてちょうだいと。したい事というのは『昭和俳句作品年表』を作ることだったんです。ちょっとお金がかかるんだけど、やってもいいかって言ったら、やってもいいって言いました。実際に作ってみて、金子さんが「これは良かったです」って。党派関係なく、何々俳句、「伝統俳句」とか「俳人協会」とか、全く垣根なしで、いい俳句を残すということです。

『昭和俳句作品年表』の本は戦前・戦中篇と戦後篇に分けて作られています。昭和という時代は六十四年もあって長かったから、一口で言えないんです。戦争の前と戦争の間と戦争の後と、その三つに分けていますね。前半は戦争があったりして、戦争時はまた戦前と戦後とは違う価値観になりますよね。それで、どういう俳人がどういう俳句を残したかというのをずっと考えていました。そしたらわりと良い本ができて、今昭和四十五年以後は編纂中ですけどね。これはやっぱり金子さんに「そんなのをやってもいいか」って、二つ返事で、「やりたかったらそれをやれ」と言ってくれたお陰です。最初わたし一人でやろうと思った。でも一人じゃできないんですよ。起動力がないし、お金がかかるしね。結局、協会のお金を使っちゃった。それで会長をやってよかったです（笑）。

また、会長になったばかりの頃は、金子さんが「どうせできないっ子だから、安西篤を幹事長としてつけてあげるから、お前は座ってるだけ座ってろ」って言ってね。ところがやってみると、そうはいかないんですよ。私がおもてでやることだけやって、内内のことは安西さんがよくしてくれたので、助かりました。そうしたら、しばらくしてから、金子さんが「初めは無理かと思ったけど、なかなかやるじゃないか、まだ続けてやれ」って言うのです。それで、やりたいことを二つやってたんです。

一つは、さっき言った『昭和俳句作品年表』を作ったことです。もう一つはみんな句集を出したいけど、商業出版社から出すとお金が高すぎるのよ。普通のアマチュアで俳句を楽しんでいる人にしたらお金が高すぎる。まあ、世の中には、豪華な海外旅行をするとか、豪華な着物を買うとかいう贅沢もあるけど、句集を出すのがそういう贅沢と同じになっちゃ困ると思ってね。お金がなくてもまあまあ出せるように、若い人でも出せるようにと思って、営利抜きで現代俳句協会から句集や出版物を出す仕事を作ったんです。そうすると、例えば商業出版社なんかの半分ぐらいのお金で句集ができるんですよね。今でもいろんな人がそれを利用しています。

敢えて三つ目と言えば、青年部を活発にしたことぐらいかな。青年部ってのは、むかし阿部完市さんが立ち上げたんです。その後神野紗希さんがやって、今は黒岩徳将さんがやってますね。これもなかなかいい仕事をしていますね。青年部も良かったと思います。

秩父俳句道場で
「稲の元を訪ねる昆明の旅」を語る

金子さんに呼ばれて、秩父俳句道場には何回か行きました。面白い勉強の場でした。私は講演が一番苦手ですけれども、二〇一四年十月に行った時、中国と稲作の話をさせてもらった。中国と言っても、私が行く中国は雲南省ばっかりです。本当に限られた昆明を中心にしたあの辺だけしか知らない。何十回も行っているのに、北京は知らないし、上海も通っただけです。

雲南省へ初めて行ったときは、一九九〇年代になったんですけれども、まだ毛沢東が中国の主席だと思っているような村人だった。この木は毛沢東主席がここへ来られたときに、植えられた木だとか、毛沢東しか知らない。もちろん毛沢東は詩人だから、彼の詩は迫力があっていいですね。

それで一番はじめに訪ねたのが日本の農水省に相当する雲南省農科院の日本稲科というところです。わたしたちは赤稲をやっている五、六人の稲作グループがあって、稲がどうやって日本へ来たかとか、それがどうやって広がっていったかとか、そういうことをいろいろと勉強しているアマチュアグループです。それが向こう側とコンタクトが取れて、おいでってことになって、それで雲南省農科院に行ったわけです。

稲作発祥の地──河姆渡遺跡

雲南の農科院に行った時、厚遇をしてもらった。私たちが学者じゃなくて、アマチュアだからよくしてくれたのです。学者だとこれはちょっと見せられないけど、アマチュアだから稲の原種をちょっと見せるとかね。そしたら稲の原種のある、もっと上流にあるところへ連れて行くって言って、墨江の向うの奥まで行ってきました。墨江を過ぎると、迷路みたいな山道になって、それを通って二日がかりで、なんとかという保護区にたどり着いたんですよ。要するに、稲の原種のところは関係者立ち入り禁止のような広い保護区になって、犬は放しちゃって、番人たちがその地に住んでいる。そこに沼があって、沼の中に草が生えている。「これが稲の元です」って言われ、そこで初めて稲の原種の草が見られた。なんでこれが稲のもとみたいな草なの、これを何千年かけて栽培するという知恵を持って、稲を作ったんだということですよ。その稲が揚子江を下って、日本に来たわけですね。墨江の向うに行った時に、本当にここは日本人の故郷だなと思うことばっかりでしたね。

それと河姆渡遺跡は広大な遺跡で、稲作の一番の発祥の地ですね。そこで、あの草の実を見ると、稲作っていうのは、一万年から八千年ぐらいの時間をかけて今の米にしたんだなと思うと、また感動しましたね。あの草の実を、例えば犬の毛の中に稲の種が一つ付いても犬が移動すると、そこで稲ができる。

あちらから籾殻一つ持ち出すのも法律違反なんです。それでちょっと悪さをして、違反をしたりね、ポケットの中にちょっとこんだけ持って帰ったってわかんない（笑）。それをもとにして実験田んぼで作りました。農科院の人もお米好きの日本の人の素人、愛好者がすることだから、まあいいやみたいになっちゃってね、助かりました。もし大学の先生とか、専門家とかだったらだめだったでしょうね。米にかかわって何十年、何十回も雲南へ行きました。さっきも言ったけど、同じ中国でも北京も知らないし、上海も知らないし、だって雲南へ行くときは広州を経由して、南方航空で昆明に行ったわけですから。

海程秩父俳句道場で宇多氏が「稲作・中国」等について講演
2014年10月　（写真提供：宮崎斗士）

私の俳句の原点は米、そして水と土

その間、農科院で日本稲を研究している青年が、日本の農林水産省との合同研究事業で筑波大学に研究に来ていた。私はその人の身元保証人になった。彼は十ヶ月ぐらい日本にいたのかな。滞在期間が短いから、いつも夜遅く許されるぎりぎりまで研究所でいろいろ仕事をしていたらしい。ところが、彼が帰るときに「同じ研究をしたんだけれども、日本の研究者は、どうして一つの米を日本人の口に合う、美味しい米を作ることにばっかり研究しているんですか、僕の国は美味しい米よりも、みんなが食べられるようにするために、量を増やすことの研究を重んじる。一つの穂の中に百二十粒が付くところを百五十粒が付く研究をするとか、そっちの方なのに、日本はどうしてそれを八十粒まで減らしても、美味しい米を作ることにあれほど一生懸命になるのか」って私に言い詰めるわけ。私は雲南に行っているから、彼の言うことがよく分かる。

日本だって美味しいお米でないと承知しなくなったのは、昭和の終わり頃からかな。それまではもう食べられたらよかったんですよ。量がまず大事だとどこの国もそうだと思いますね。だって日本のお米だと澱粉があって、ねちゃねちゃしているけど、向こうのはパサーッとしているから、米の粘り気も違うんですけどね。日本人はもっと米を大事にしなくてはいけない。どうしてお米を大事にしないかと思うね。日本に限って言うならば、米さえあれば、塩があって、海なんだから魚が獲れる。それから北海道でジャガイモを作って、四国で果物を作ってみたいにしたら、自給で食ってはいける。

米だけは大事にしないと駄目ですね。私の俳句の原点はそこにあります。俳句の元はやっぱり水と土だわね。日本ほど水に恵まれている国はないのだけれど、誰もありがたいと思わない。水と土、雨と風、これだけに恵まれると、飢えずに生きていける。米は連作が効くし、日本は国土が狭いから、連作ができなきゃ困る。連作って、毎年毎年何千年も同じところで同じものを植えて大丈夫。それと水が一番要るときに梅雨があるし、日照りが欲しいときにカンカン照りの八月があるし、秋になって収穫をして、一番日本の風土に合ってる植物です。それが食料になってるっていうのだから素晴らしい。今の若い人はパンだけあればいいって言うけど、私はちょっと違うと思うね。それから雲南行きはみんな私の田圃仲間で、手で稲を作ってきた仲間です。俳句は作らないし、私が俳句を作ることも知らない。

海程秩父俳句道場にて　兜太・宇多
2016年11月　（写真提供：宮崎斗士）

現地青年の結婚式参加及び句集名『象』の由来

ある時、雲南で知り合った一人の青年が結婚するから、来てくれませんかって言うから行きました。その時はまだ奥地の方で日本人を見たことがないような人たちって沢山いるんですね。そういう人たちは日本っていうのは、昔戦争時代の悪い印象があって、鬼と思ってるわけですよ。そこで私なんか見ながらもう鬼が来たみたいに、居たたまれないのよ。居心地の悪いところに来ちゃって、ちょっと嫌だなと思っていた。そしたら、ちょっと何か言ってくれって言う。日本で言う祝辞だわね。それで「この人は日本のお母さんです」っていうことを向こうの家族に言ってくれたわけですよ。

その日、雲南で珍しいことに雪が降りました。五十年目だそうです。それで私が「今朝は珍しいけど、雪が降りました。日本では何かあったときに、雪が降るのは大変めでたいことです。何故かっていうと、稲の花に見立てるんです。雪が降るっていうことは白い稲の花が咲く、豊作になるっていうんで、雪が降るのをとても期待しています」と話をしたら、一人の村長みたいなおじさんが立ち上がって、「ちょっと待ってくれよ！　日本っていうのは米ができるのか」って言うのです。「日本の人はもう何千年も米を食べている。お米を一番の主食にしていて、家でお米を作っている」って言ったら、「ええっ、お米を作っているのか」と言うのです。なんと思ってたんだろうね。

そしたら、「実はこちらの中国でも、雪が降ると縁起がいいっていう言い伝えがある、同じように豊作になるということは、日本でも同じことを言うのか」と言われると、「はい、言います」って言ったら、そのおじさんはこの話を会場の人に通訳してくれたのね。つまり日本から来た人だけど、日本ってのはこういう国で、同じように稲を作って、同じように雪が降ると目出度いっていうらしいということを会場の人に言ってくれた。すると、会場にいる人が皆ほっとした感じになって、「次にいつ来るのか、今度来たら家へまず寄ってくれ」とか言うわけです。

お米のことだけで、びっくりするほど皆の態度ががらりと変わった。雲南の人はみんな背が低くて、痩せたタイプのおじさんたちなんですよ。堂々とした人がいない。漢の人は堂々としてるのね。その人たちが握手をしに来てくれた。私がそのおじさんたちの手を握ったときに、「ああこれ、日本の江戸時代から明治時代の人の手だな」と思った。機械文明に侵されてない人の手なのね。だから稲作っていうのは素朴だけども、アジアというお箸でご飯を食べるエリアでは、やっぱり繋がってるのね。

雲南と四川の境のあたりは今でもまだ機械が入っていないから、田圃は手で作っています。私が知っている昭和の初めの農業のやり方を今もやっているとの感じです。そこは揚子江以南の地域ですね。揚子江以北に行くと、黄河とか黄土高原とかのあたりは水が少ないから麦になるんですね。稲は水が好きで、麦は水が嫌いです。稲が取れる地域では麦が向かない。

そして雲南省の一番南にあるジャングルの向こうの、ミャンマーが見えるところまで行きました。そのジャングルに行ったときに、一緒に来てくれた地元の人が「一人で歩かないでくださいね、象が水を飲みに出てくるから」って言われたりした。そのときに「象が来ますからね」って言われたら、気配がなんかざわざわってね、鳥がざわざわとしても、象が来たんじゃないかって（笑）。それで私が『象』という書名の句集を作ったのです。

海程秩父俳句道場、宇多・兜太・池田澄子　2017年4月
（写真提供：宮崎斗士）

古来の文明を守る俳句の力

東の沿岸部の上海とかああいうところへ来ると、ニューヨークかどこかかと思うぐらいのデパートがあるのね。しかし、八十年代の終わり頃に、雲南省のシーサンパンナに行ったら、まだ電気がだめですね。週に二度ほど電気の来る日があった。それから七、八年経ってもう一度行って見たら、そこの家の娘が景洪にある師範学校に入学した。入学する前の条件としては、卒業してから村へ戻って地元の子供たちを教えることでした。そしたら、その娘が卒業して村へ戻ってくるとき、パソコンを持って帰ってきた。パソコンというものが村に初めて入ってきたんです。そうしたら、その娘さんがこんなところで学校の先生なんかやってられない。それで浮き足立っちゃって、こんなとこで学校の先生なんかやるより、違う世界があるということが分かってきた。「あなたの村は、ずっと何千年か人が豊かに暮らしてきたところだよ」と、言っても聞

く耳を持たない。

　ある時、私が腕の辺に痒いできものができて、そしたら、そこの家のおばあちゃんが、小さな油の瓶を持ってきて、ちょっとこれを塗ってくださいっていうのです。塗ってみたらたちまち治ったのよ。そういうふうにして、医者はいないけど、そういう民間療法がある。そうやって長年に暮らしているわけだ。だから病気になったら、なんか占い師みたいなのが来てやってたけど。ネット社会っていうのが中国の広大なあの田舎の隅々まで入ってきたら、何千年何万年も生きてきたこの人間の世界がどうなるだろうと思いました。昔の文明が破壊されて再生できるものとできないものがあるからね。再生できるものはまだいいけれども、再生できないようになってしまうと、これからまた何千年何万年、子供や孫が生きていくのにとても責任が重大な時代ですよね。

　そういう意味で、俳句といえども、何か訴える力があるはずなんですよ。金子さんなんかはその最たるもんだわね。金子さんは、俳句は大衆といった普通の人たちが作るもので、私もそのうちの一人であるという意識を持っていた俳人ですね。もしそういう意識が俳人から消えちゃったらもう終わりだと思うのね。俳句は偉い人や特別な人しかやらないものではない。みんなが集まって同じ高さの椅子に座っていないと駄目だと思う。俳句の先生が偉くなりすぎちゃ困ります。

日本の歳時記の元の元は『荊楚歳時記』

　私は日本の歳時記にいろいろと関わっているけど、日本の歳時記の元の元は『荊楚《けいそ》歳時記』です。それを私が今一番身近に感じています。荊州とはいばらの生い茂った国、都からはあまり認められなかったところっていう意味で、そこにも行きました。そこに王様の墓があるっていうので、大阪の弥生博物館の館長が行くって聞いて、そこへくっついて行ったのです。

　『荊楚歳時記』って具体的に言うと、中国南朝梁の宗《そう》懍《りん》が南方の荊楚地方（長江中流域）を中心とする地方の歳時、風物などの年中行事を記録した月令の文集です。元日から大晦日までの二十四の節令や民俗、門神、木版年画、木彫、絵画、土牛、彩塑、切り紙、装身具、刺繍など時俗や民芸美術、楽舞が記されていて、太古から後世に伝えられています。

それを奈良時代に遣唐使や仏教の勉強に行った僧侶が日本へ持ち帰って、日本の朝廷や上流社会に取り入れたらしい。例えば春が来ると、村に高いブランコを作って、そのブランコに娘さんが乗って農耕神事を行う、というような伝承が奈良時代にそのまま日本に伝わってきたりして、日本の歳時記の基盤を作った。

『荊楚歳時記』の中に私の好きな季語がいっぱいあります。例えば、三月三日の桃花節（女児節）とか、五月五日の端午節とか、七月七日の七夕とか、九月九日の重陽節とか、ああいう季語が好きですね。桃の花はやはり娘さんに喩えてるのね、金子さんの俳句の〈抱けば熟れいて夭夭の桃肩に昴〉（句集『詩經國風』）にも桃の花を女の子に喩えていますね。それから、ブランコだって玄宗皇帝が楊貴妃をブランコに乗せて見て楽しんだとか言うんけれども。

それから端午節と言えば、屈原の故事があるでしょう。三峡下りの時も屈原のところに寄ってね、屈原は王に追放されて、愛国心が空ふりに終わり、国の行く末に失望して、最後は汨羅江《べきらこう》に飛び込んで死んだ。人々はその死を大変悲しみ、魚に食べられないようにと、船の上で太鼓をたたき、魚たちを驚かせたりして、また、供養の供え物を投げ入れても、供え物は屈原のもとに届く前に、悪い龍に盗まれることが分かります。そこで供物のもち米を龍が苦手だという楝樹《れんじゅ》の葉で包み、邪気を払う五色（赤・青・黄・白・黒）の糸でギュッと縛ってから河へ投げたところ、無事に屈原のもとへ届くようになりました。毎年、命日の五月五日に、彼の供養のために祭りを行うことが中国全土に広がり、この祭りの日には、粽を川に投げ入れ、国の安泰を祈願するようになり、やがてこの風習が災い、厄、病気を払う宮中行事となっていきました。そして、奈良時代に日本に伝来しました。また、粽に結んだ赤・青・黄・白・黒の五色の糸は子供が無事に育つようにとの魔除けの意味を込め、鯉のぼりの吹き流しの色となっています。

五行と五色は中国の古代世界を形成する大きな要素ですね。古代の五色の青、朱、白、黒、黄は、黄色を除く四色にはそれぞれの方角と季節の意味も持たせてありました。例えば青は東を表し、季節は春「青春」、朱は南を表し、季節は夏「朱夏」、白は西を表し、季節は秋「白秋」、黒は北を表し、季節は冬「玄冬」、こういうことは全部季語になっているからね。当時の日本のインテリたちがそのまま素直に持ち帰ってきました。

だけど、屈原は本当に優れた政治家、思想家、詩人だった。あそこに行ったときに、地元の人が粽をご馳走しますって言ってくれた。それから屈原の記念館なんかあったりして、その機会に現場へ行くと「なるほど」と思うわね。

それから三峡下りは観光で行きました。そこへはやっぱり一人じゃ行けないような屈原のところだとか、白帝城とか、赤壁とか、そういうところにも行けたし。今の中国はみんな文字を横書きでしょう、日本もそうなってきたけど、私は縦しか書けないです。横書きが苦手なんですね。でも私が「朝に辞す白帝、彩雲の間、千里の江陵一日にして還る、両岸の猿声啼いて住まざるを、軽舟已に過ぐ萬重の山」という李白の詩を縦書きにノートに書いていたら、みんなびっくりしてました。日本から来た人が中国の李白の五言絶句の「白帝城」を書いたって（笑）。私は李白が好きです。李白の詩を読むと、最高だね。陸游の詩も好きだね。本当に一日ゆっくりと李白の詩を読んでみたいな。中国はまさに東洋文化の母なる国ですからね。

昔は日本人も漢文の教養が高い方が多くいました。私が俳句を始めた頃、集まって来る明治生まれのおじいさんたちは、誰かがどこかへ引っ越しすると、俳句を作るのではなくて漢詩を作って送別をしました。みんなそういう教養があったのよ。昭和の初期まではそういうことができる人が多くいました。

『源氏物語』を書いた紫式部や、『枕草子』を書いた清少納言とかは、みんな漢籍に通じてましたよね。あの当時の教養として、誰がどういう段取りで持ってきたのか、僧侶が持ってきたんでしょうね。あの船で苦労しながら運んで帰ってきたんだろうけど。でも言葉も違うところへ行って、遣唐使もよくやったものです。芭蕉や蕪村の俳句の中にも漢詩の影響がいっぱい見えますね。とくに蕪村は中国に行ったこともないくせに、思いを飛ばすことができたよね。含蓄が深い。

金子さんだって漢文の教養が非常に豊かだと思いま

す。句集『詩經國風』の一冊もありますからね。

金子兜太の俳句

私は金子さんと同じような俳句の作り方はしないけど、こういう俳句を作る人だと認めていく。金子さんの句はときどきちょっと添削してあげようかって思うね(笑)。なんでここの下五がこれなんだよ。わざわざ五七五を崩してみたり、また二句で分かれての句が多いですね。ここまでは伝統的な俳句の手法だと思ってたんだけど、最後の方になって、なんでこれがここに来るんだよみたいな句ね。

例えば〈屋上に洗濯の妻空母海に〉(句集『少年』)の句だと、「屋上で洗濯をする妻」まではいいのに、なんでその下に空母かなんか持ってくるのよ。なんでここに「風が吹いてくる」とかやんないの(笑)。本当に金子さんの独特の金子流ですね。でも基本的にはやっぱり非常に土俗的な、いや、こってりしたモダンだね(笑)。誰も真似ができない。やっぱり金子兜太は元で持っているものが違う。

金子さんの一つの句で、ある時、金子さんと一緒にいたときに、「俺がものすごい好きな自分の句があるんだ」っていう話をされました。それが〈言霊の脊梁山脈のさくら〉(句集『日常』)だった。私もこの句が好きですね。それから、〈死は眠ることと覚えて春曙〉(句集『東国抄』)、この句も好きですよ。やはり年を取ると考えることは私と同じなんだと思っちゃう。この句はちゃんと五七五になっている。

またあるときに、やっぱり日本の四季っていいねって言ったら、金子さんは「そうだよな」と返事する。また、あるとき、ある人の句について二人で話し合ったとき、「先生、この下五の春の風って、ちょっと弱いな、せめて春曇りとかにした方がいいじゃないかと」って言ったら、「そっちの季語がいい」って。昔、これは金子兜太との会話じゃないですよ(笑)。要するに季語も重要だということがきっと分かっていた。だから、三橋敏雄とか、金子兜太とか、高柳重信とか、ああいう無季俳句をきちんと書く人は有季俳句の効能が本当はよく分かっている。分かりながらやっているのです。だから闇雲に駄目っつんじゃないの。

今度金子兜太十句を挙げた中に〈後鳥羽院椨の秋樹に寄り給う〉という句があります。この後鳥羽院、あまりにも才能があったから、隠岐の島に流されていったのです。私はその人が大好きでね、今でも隠岐へ行くのは後鳥羽院に憧れているからです。金子さんの先生の楸邨先生が隠岐の句〈隠岐やいま木の芽をかこむ怒濤かな〉を作っています。

金子さんは先生が良かった。中村草田男とか、加藤楸邨とか、人間は楸邨で、句は草田男だった、よく分かる。あとは竹下しづの女、あの時代にしてはしづの女は開かれた人でしたね、性格は大らかでした。〈女人高邁芝青きゆゑ蟹は紅く〉〈汗臭き鈍の男の群に伍す〉などの句がいいですね。

いま、私が俳壇のおばあさんになったけど、長い間俳壇を見て来ました。何人か本当に素晴らしい俳句を作っていますね。

金子兜太の人間性

金子さんとは句会などで一緒にやったことはないです。さっきも言ったように、私は初めは桂信子さんのところで俳句を勉強しましたので、「桂信子のところの女の子」だった。その後、だんだんと桂信子さんが取れちゃって、まあまあ、話を対等にするようになってから、「女の子」だけになっちゃった（笑）。「女の子、女の子」と言われながらも、私にとって金子さんはなんとなく俳壇的な保護者みたいな役でしたね。

金子さんはやはり秩父という山の奥の、ずっと長い間都市文化と離れたところで、そこでずっと代々暮らしてきて、その血が継がれている。山国で暮らしてる人は必ず「あの山の向こうはどうなってるんだろう、何があるんだろう」と思いを馳せると思うのよ。飯田龍太もそうだけど、封鎖された世界でありながら、この向こうに何があるだろう、開けた出入り口みたいなものがあるだろうと、やはり出てみたくなるでしょうね。

兜太お別れの会　有楽町朝日ホールにて　2018年6月22日
（撮影：黒田勝雄）

金子さんは秩父でも恵まれた家の育ちだったから、貧農で食うものも食えないということじゃなくて、恵まれた家の子供だったから勉強もできた。そして奥様の皆子さんという女性も優しい方でした。金子さんが亡くなる一年ぐらい前かな、「甲州印伝」の袋を持っておられて、私が「先生、いい袋ね」って言ったら、「これね、今朝皆子が渡してくれた」っていうのです。その時、私は「あれ」って思いました。確かに皆子さんが買ってくれたかもしれないけど、何か錯覚したんですね。あとで子息の眞士さんに聞いたら、「最近時々そうだよ」って。

金子さんの作品の中で、〈夏の山国母いてわれを与太と言う〉という句、あれをわたくしがどっかで見つけてきて、あちこち書きまくったら、金子さんが「お前さんがあればっかり書くから、みんなに知られてしまって、俺は自分の句の中に入れざるを得なくなった」と言ってたけど（笑）、あれはいい句ですね。金子さんはお母さん自慢でしたからね。お母さんを詠む句も結構多いし、女の人に優しい人でしたよ。

金子さんはフェミニストですよね。弱い人とかに非常に優しい、本当に心の優しい人だった。荒っぽく見えるけど、実は非常にデリカシーのある人だったと思いますね。なんだかかんだかと言いながら稲畑汀子さんが好きでね、「ありゃいいよいいよ」って言ってて。

兜太お別れの会　左から寺井谷子・中村・宇多・宮坂
有楽町朝日ホールにて　2018年6月22日　（撮影：黒田勝雄）

稲畑さんと私も長年の友達だけど、稲畑汀子っていう人は素敵な人です。俳句観はもちろん全然違うんだけど、金子さんは「高浜家の女の人たちって皆いいな」って言ってた（笑）。

稲畑汀子さんは、秩父の、ああいう山国のところの土俗性のないような育ちをしてる人でね。季語の話になると、稲畑さんが徹底的だからね。高浜家の所の女性たちは、いい意味で皆サバサバしていて、ネチネチしてなかった。星野椿さんもそういう感じを残している方です。俳句をする人はネチネチすると俳句に向かない。俳句ってぱっぱとした人じゃないといけません。
金子さんは素敵な人ですよ。最晩年は黒田杏子というプロデューサーがいてくれて良かった。賑やかに金子さんを引き出すように、非常にありがたい。普通の人ではとてもできない。

おわりに

宇多喜代子氏は伝統俳句や新興俳句、前衛俳句のそれぞれの良さを受け入れ評価しつつ、俳句を伸びやかに育まれた。氏は農事や歳時、日本文化や民俗の探求に強い関心を持ち造詣も深く、種々の著作を発表されていると同時に、俳句史や俳句評論分野の著作も多い。

氏の中国との交流は長く深い。中国雲南省を度々訪ね、日本の稲作の源流調査をはじめとして当地の人々と密接な交流を続けてこられた。さらに『荊楚歳時記』の研究のため荊州にも訪問を重ねられた。兜太先生と同様、中国への関心と関わりの深さに、私は温かな親しみを覚えた。

「金子さんは素敵な人ですよ」との最後の一言は、私の心に大きく響いた。また、「俳句ってぱっぱとした人じゃないといけません。ネチネチする人は俳句に向かない」とのお言葉からは、氏の人柄と性格がよく分かり、大変魅力を感じた。もっと早くお会いしたかった、と思った。

董振華

宇多喜代子の兜太10句選

水脈《みお》の果て炎天の墓碑を置きて去る　『少年』

妻にも未来雪を吸いとる水母の海　『〃』

原爆許すまじ蟹かつかつと瓦礫歩む　『〃』

夏の山国母いてわれを与太《よた》と言う　『皆之』

じつによく泣く赤ん坊さくら五分　『東国抄』

死は眠ることと覚えて春曙　『東国抄』

暁闇を猪《しし》やおおかみが通る　『〃』

後鳥羽院椨《たぶ》の秋樹に寄り給う　『〃』

言霊の脊梁山脈のさくら　『日常』

被爆の人や牛や夏野をただ歩く　『百年』

宇多喜代子（うだ　きよこ）略年譜

昭和10（一九三五）　山口県徳山市（現・周南市）に生まれる。

昭和28（一九五三）　石井露月門下の遠山麦浪を知り俳句を始める。

昭和31（一九五六）　武庫川学院女子短期大学家政学科卒業。

昭和37（一九六二）　麦浪が没し前田正治主宰となった「獅林」に入会。

昭和45（一九七〇）　桂信子に師事。「草苑」創刊に参加し、同誌編集長。

昭和51（一九七六）　坪内稔典編著の「現代俳句」に参加。

昭和53（一九七八）　「草苑」編集担当となり、「獅林」退会。

昭和55（一九八〇）　第一句集『りらの木』（草苑発行所）刊。

昭和56（一九八一）　「未定」に参加。

昭和57（一九八二）　第二十九回現代俳句協会賞受賞。

昭和59（一九八四）　第二句集『夏の日』（海風社）刊。

昭和60（一九八五）　大阪俳句研究会創設に参加し同会理事。

昭和61（一九八六）　坪内代表の「船団」に参加。

昭和63（一九八八）　第三句集『半島』（冬青社）刊。

平成4（一九九二）　第四句集『夏月集』（熊野大学出版局）刊。

平成6（一九九四）　評論『つばくろの日々』（深夜叢書社）、『イメージの女流俳句―女流俳人の系譜』（弘栄堂書店）刊。

平成7（一九九五）　エッセイ集『ひとたばの手紙から』（邑書林）刊。

平成9（一九九七）　評論『篠原鳳作』蝸牛社（蝸牛俳句文庫）刊。

平成10（一九九八）　句集『宇多喜代子　花神現代俳句』（花神社）刊。

平成12（二〇〇〇）　第五句集『象』（角川書店）刊。

平成13（二〇〇一）　句集『象』にて第35回「蛇笏賞」受賞。

平成14（二〇〇二）　紫綬褒章を受章。同年、エッセー『私の歳事ノート』（富士見書房）刊。

平成16（二〇〇四）　桂信子が没し、「草苑」終刊、新たに「草樹」を創刊、会員代表となる。同年、『私の名句ノート』（富士見書房）、二〇〇九年、改題加筆『名句十二か月』（角川学芸出版）、『里山歳時記田んぼのまわりで』（日本放送出版協会）刊。

平成18（二〇〇六）　現代俳句協会会長に就任（二〇一一年退任）。

平成19（二〇〇七）　『古季語と遊ぶ―古季語・珍しい季語の実作体験記』（角川学芸出版）刊。

平成21（二〇〇九）　『旬の菜時記』（大石悦子・茨木和生共著）朝日新聞出版（朝日新書）刊。

平成23（二〇一一）　第六句集『記憶』（角川学芸出版）刊。

平成24（二〇一二）　句集『記憶』で第二十七回詩歌文学館賞俳句部門受賞。『戦後生まれの俳人たち』（毎日新聞社）刊。

平成26（二〇一四）　第七句集『円心』（角川学芸出版）、『宇多喜代子俳句集成』（角川学芸出版）刊。第十四回現代俳句大賞受賞。

平成28（二〇一六）　日本芸術院賞受賞。『俳句と歩く』（角川学芸出版）刊。

平成30（二〇一八）　第八句集『森へ』（青磁社）刊。

令和1（二〇一九）　第十八回俳句四季大賞受賞、文化功労者。

令和2（二〇二〇）　第六十一回毎日芸術賞受賞。

第6章

宮坂静生

（二〇二二年四月三十日十三時　「岳」事務所にて）

はじめに

宮坂静生氏のお名前はかねてから金子先生より伺っていた。現代俳句協会会長も務められた。これまで直接に言葉を交わす機会を持てなかったが、何度か公的な場でお姿を拝見したことがあった。まず、二〇一六年、氏が企画なさった金子兜太・大峯あきら対談を同年七月号の「俳句」（角川文化振興財団）で読んで感慨深かった。次に、二〇一八年三月二日、氏が現代俳句協会会長として、金子先生の葬式で深い感情のこもった弔辞を述べられたシーンに大変心を打たれた。そして翌二〇一九年二月二十日、日本記者クラブで、兜太逝去一周年記念記者会見の会場で、朗々かつロジカルに発言された時の姿も印象的だった。

今回、氏に取材を快諾いただけたのは幸いだった。四月三十日、松本へ赴き、氏の主宰誌「岳」の事務所でお話を伺うことができた。更に取材後、松本市の西洋レストランで夕食をご馳走になったことは忘れられない思い出になっている。

董振華

金子兜太に作品を依頼したのち、その作品を注目するようになる

私は一九五一（昭和26）年、新制中学二年、国語担任の三溝伍介先生の記憶比べの授業から作句を始めたのです。当時「ホトトギス」初期の諏訪の俳人・両角竹舟郎句集『立科』を暗記させられたことがあります。そこから「俳句」のコツを学び作った〈からたちの若葉の下や濁り水〉の処女作が褒められました。高校時代には藤岡筑邨先生から俳句の添削を受け、五十四年、俳誌「龍膽」に入会しました。五十五年、十八歳の時、富安風生主宰の「若葉」に投句、加倉井秋を、加畑吉男に魅かれましたね。

私が初めて金子兜太にお手紙をさし上げたのは一九五六（昭和31）年で、その年、私は旧制松本高等学校を引き続いた信州大学（実家から十分ぐらいのところにある）に通う大学一年生でした。大学で勉強をしながら、「龍膽」の編集をやっていました。そこで、この雑誌の巻頭に今俳句界で活躍している十人ぐらいの俳人に六句依頼し掲載する企画があり、そのうちの一人が金

子兜太でした。それは私が初めて金子兜太に手紙を出したことで記憶しています。

そうしたら、金子兜太から〈強し青年干潟に玉葱腐る日も〉など六句が送られてきた。中でもこの句は私が非常に意識し、いい句だなと思いましたね。この句を金子兜太はどこでどういう時に作ったか私にはよく分からないけど、初めて金子兜太からこの句を貰って発表したというのは「龍膽」の一九五六年六月号じゃないかと思いますね。

兜太から句を貰った時、私は十九歳で極めて若いが、まだ兜太と一度も会っていない。兜太も〈強し青年〉の句を意識して送ってくれたとは思われないが、どきどきして、私宛に貰ったような気がしましたね。これは兜太の入門書『今日の俳句』で添削例として兜太がもっとも取り上げている問題作です。その句に出会ったことを後に知り、大変驚きましたね。

第一句集『青胡桃』で兜太からの感想文をきっかけに交流開始

私が兜太に初めて葉書を頂戴したのは、作品依頼から八年後の一九六四（昭和39）年で、私が二十七歳、処女句集『青胡桃』（龍膽俳句会）を出した時でした。その少し前に戦後の民主化運動が盛り上がった一九六〇年安保があります。その時、私は俳句を作っていたのですが、混乱の最中でした。その頃まで十年ぐらい富安風生先生について、きわめて温和な句と言いますか、自然を大事にする俳句を作っておりました。しかし、六十年安保の直前から、どうも自分の自然オンリーの美しい句をなぞるような作り方ではだめだと感じておりました。けれども、どういう俳句を作っていいか分からなかった。

折から私が高校教師として赴任した小諸は、戦時中高浜虚子が疎開した地で、下宿先が高浜家と昵懇にしている。しかも小諸時代、虚子が地域の若者たちに句会を持った離れのその部屋に下宿したんです。毎晩虚子の亡霊に慰撫され続けたような感じでした。

なぜ俳句か、突き詰めて考えないまま過ぎてきた青春の自堕落な古風さに一区切りをつけるために、ともかく正直に自分をさらす意味から、私の二十代、二十七歳のときに句集を纏めたい思いが生まれていたわけです。それで処女句集を出しました。限定三〇〇部ですから、高名な俳人には数名贈呈しただけでした。兜太には送っています。見てもらいたい思いがありました。

そうしましたら、『青胡桃』全部を気持ちよく読ませてもった。面白い。きびきびと率直な書き方が気持よく、いかにも若者の句集の印象です。好きな句を書き留めてみた。これでいけ。後半やや落ち着きすぎの感じも出ていますが、フレッシュなリリシズムは失われていません。あくまでもフレッシュに」というふうに書いてくださったんです。その四百句ぐらいの中から、三十七句を選んでくれた「大日向開拓地」詠の〈ぐうぐうと電柱うなる樹氷咲かせ〉〈あへぎゆく汽笛を刻に雪野人〉〈月に一度町へ正装キャベツ抱き〉等です。

それが兜太との一番の付き合いでした。それから五十四年間ずっと付き合いをしていただいた。実は兜太俳句は当初、好きじゃなかった。あんなごつごつした句は日本の俳句界で一番下手な俳人じゃないかと思っていまして。俳句は水原秋櫻子の〈梨咲くと葛飾の野はとのぐもり〉とか、富安風生の〈みちのくの伊達の郡の春田かな〉とか、こういう句が俳句だと十年ぐらい思っておりました。ところが、六十年安保の時から、どうもこれはきれいごとだ。こんなきれいごとで二十代の若者がずっと俳句を作っているなんてことではだめだ、しかし、そうかと言って、金子兜太のごつごつした俳句をまねるなんてことはできない。困っていた最中に、出した句集にたまたま返事をいただいた。それからですね。なんとなく下手な俳句を作るけれども、兜太には人間の優しさがある。あの優しさに私は魅《ひ》かれましたね。人間の優しさこそ、俳句を作る根っこだと気付いたんです。俳句は個性がありますから、自分にぴったり合うなんてことはない。しかし、なぜ俳句を作るか、それは人間の優しさを身につけるためなんだと、悟ったような気持ちになった。これが兜太から学んだ一番基本で、大事な点ですね。多分、この考えは生涯変わらないと思っています。

〈人体冷えて東北白い花盛り〉の「人体」なんていう言葉を使う。六〇年安保後のこれからは人間の身体感覚に迫る俳人の生き方が身近だ。ぐっと来る。それから初めて兜太俳句を真剣に読みましてね。この句を中心に兜太論を書き、『俳句からだ感覚』（本阿弥書店）に収録しました。詳しくは同書を見て頂ければと思います。

その後、私が手紙をやると、すぐ葉書にマジックで返事を書いてもらいましたね。だから金子兜太とやり取りした葉書を私はかなり沢山持っています。

ここに私の処女句集の序文について、話を少し加えておきますが、富安風生先生はご存じの通り、高浜虚子の高弟で、かつて郵政政務次官を務めておられた。一九二八（昭和3）年に「ホトトギス」系の「若葉」という雑誌を出していた（二〇二二年の終わりで終刊になる由）。私自身は高等学校の時に入った「若葉」という雑誌に合わないと感じていましたが、中では建築家で如何にもフレッシュで若々しい句を作る加倉井秋を先生が好きで、時々加倉井先生について一緒に俳句を作ったりしていた。最初は序文を風生先生に書いてもらおうと思ったが、先生は当時もう七十二歳ぐらい、私はまだ二十七歳の青年で、あまりにも年齢の差がありすぎるから、もっと若い先生に書いてもらった方がいいというんで、加倉井秋を先生に書いてもらったわけです。これは素晴らしい序文ですね。その後も、加倉井先生からいろいろ教わった。

前にも言ったように、句集は金子兜太のほかに、加藤楸邨先生も讃えてくださった。また「若葉」の先輩・加畑吉男は「私は四季の移り変わりがもっとも美しい高原の地で、戦争の傷跡など微塵も感ぜられない中で、時が過ぎれば忘却してしまう戦争の深手を絶えず考えようと努めた」のあとがきを抜き出し、季題の中に埋没しないで、「歴史的社会的連繋の下に、あえて自己の立場を設定しようとする静生に拍手を送る」と深く共感し、満州移民の悲劇を纏めた〈大日向開拓地〉また松本五十連隊兵舎跡など社会詠、さらに佐久の風土に塗れて働く定時制学徒詠などを掲げ、その追求に何よりも思考の眼が光っているとの指摘がとても嬉しかったです。

中でも、敬愛する野見山朱鳥が『青胡桃』の底流に「高原派的透明な詩質」ともすこし違う『薄明の憂鬱』を指摘した上で、破綻なくできている割合に「一筋の道への徹し方が未だ真実一路ではないため」「全体的に茅舎、たかしの後を追うところまでは行っていない。すべてこれからの精進にかかる人である」（『俳句独語49』菜殻火・昭和三十九年十一月号）と川端茅舎や松本たかしを挙げて激励していただいたことが望外の喜びでしたね。

『今日の俳句』——兜太から学んだこと

一九六五年九月に兜太が書いた俳句入門書『今日の俳句』を光文社が出版しました。それを読み、金子兜太が例句を挙げて説く俳句の曖昧さの指摘に大変な衝撃を受けました。そこで初めて俳句は明晰さより曖昧さが必要だと教えられましたね。私は二十八歳、それ以前十数年学んだ俳句作りとはほとんど反対の考え方だった。それまでは、俳句を作るには、分かりやすく書いたり話したり、明晰さこそ最良の論理で、疑った事は全くなかった。兜太さんの挙げる例句を示すと、

原句　青年強し干潟に玉葱腐るとも
推敲　強し青年干潟に玉葱腐る日も

原句は、都市近郊の干潟風景。干潟の汚染など気にも止めないで潜水かサーフィンに興ずる個の青年像を描き、明晰だ。が、兜太はそこを推敲した。上五を「強し青年」と青年像へ普遍化し情感を加え、主題を強調し、以下に「腐るとも」と理屈っぽい言い方を消し、「腐る日も」と時間を加えた。この推敲により、一句は「あいまい」になって、完成したというんです。意味よりも、イメージの働きが広がるので、想像力が必要になる。そこに詩想が形成されるのね。

飛躍したいい方ですが、戦後をいかに捉えるかが、兜太の課題でした。それは戦後的な光景「干潟に玉葱腐る日」という充たされない日常に青年がどう立ち向い、新たな生き方を模索するか、マニュアルのない曖昧さを生き甲斐に奮闘したわけです。

省みると、兜太の生涯はその節目ごとに青年像を描くことで時代の問題意識を闡明《せんめい》しました。俳句初学の頃交わった故郷秩父の「知的野生」の青年たち、戦時中、二年八ヶ月西太平洋のトラック島で生死を共にした海軍土木作業隊の工員たち、戦場から帰国後、戦後社会で兜太と第一線を走り続けた意欲に燃えた青年俳

人たち、いずれも兜太のいう曖昧さを支え、大地から触発された「純粋衝動」を与えてくれた青年たちだった。例句を挙げますと、

夏の山国母いてわれを与太と言う　『皆之』
水脈の果て炎天の墓碑を置きて去る　『少年』
彎曲し火傷し爆心地のマラソン　『金子兜太句集』

いずれも、俳句を詠まれた地から立ち上がる作句意図が深く詠み手の心を揺する。「夏の山国」は母を介した産土秩父への無限の親愛の情が伝わる。「水脈」は捕虜暮らしを終え、トラック島からの帰国詠。夥しい非業の死者への鎮魂の句です。「彎曲し」は原爆の地、長崎詠。火傷し頽《くずお》れんとするマラソン選手像が永遠に走り続けるようです。

兜太が心の奥底で求め続けたものは何だったのか。そこに兜太のいう「曖昧」の根っ子があるような気がします。兜太のいう曖昧さこそ、後に私が「地貌季語」と称して掘り起こしたい土地の素顔から顕ち上るものでした。

猪が来て空気を食べる春の峠　『遊牧集』
おおかみに螢が一つ付いていた　『東国抄』
おおかみを龍神と呼ぶ山の民　『〃』

近年の研究では、古代日本語は縄文語であったアイヌ語が弥生時代に渡来してきた人々の言語と接触し、クレオール（融合した言語）として成立した可能性が考えられるという。（瀬川拓郎『アイヌと縄文』ちくま新書）。猪も狼も蛍もともに縄文時代以来の生きものです。アイヌは縄文時代の「イノシシ祭」を「熊祭」（イヨマンテ）として変容し受け継いでいることは知られていますね。

兜太俳句が後世に遺した最大の贈り物は現代俳句の風貌を持ちながら、このような縄文以来の列島の人々の曖昧な美感を掬い上げたところにあるのではないかと私はそんな気がしますね。

私は二〇一八年四月八日「産経新聞」朝刊に『今日の俳句』について、「明快さよりも曖昧さを抱えるには、辛抱強い、人間の大きさが問われる」と記してい

ます。同じ頃、同書を読んだ感動を「俳句は老人や病人の慰みに止まる、といった消極的な通念に大転換を与えるとともに、既成の権威に風穴をあけた衝撃の名著、待望の復刻。〈自由な自己表現〉の体現者として戦後俳句をリードしてきた兜太は、〈俳句は詩であり、詩は肉体である〉と主張する。この言葉は、今日、益々輝きに満ち、〈生きること〉への感動と喜びを新たにしてくれる」と、こんな風に敷衍しています。半世紀前からの出会いを顧みて、兜太さんの大きさ、優しさを嚙みしめています。

「鷹」を経て、「岳」を創刊する

一九六八年に藤田湘子先生に出会い、湘子の都会的で明るい句に憧れ、「鷹」という雑誌に入った。その「鷹」は水原秋櫻子の「馬酔木」の系統です。秋櫻子は元来「ホトトギス」の俳人でしたが、「ホトトギス」を批判して、新興俳句の先駆者となった。藤田湘子は「馬酔木」の編集長をやった俳人です。

私は「鷹」に二十九年間おりまして、そのうち十年間同人会長を務めました。一九七八年に「鷹」の長野県支部誌「岳」を出したわけですが、「岳」がどんどん大きくなって、大体「鷹」が六百人くらいの時に、「岳」は半分ぐらいの人数になった。一九九五年『鷹』をやめてくれ」と湘子に言われて、やめたわけです。九五年以降はもちろん「岳」一本だけですね。NHK俳句選者で「澤」(二〇〇〇年創刊)を主宰する小澤實や今年の四月一日から朝日俳壇の選者になった小林貴子、「都市」を主宰する中西夕紀、「鷹」の岩永佐保などもみな「岳」に関わっています。貴子は現在も「岳」の編集長をやっています。

そういう経緯があって、藤田湘子の「鷹」に入ってましたが、私はずっと兜太に関心がありました。金子兜太が持っている物の見方の広さと社会的な物の言い方の広さに憧れ続けていた。藤田湘子は現代俳句協会に入って幹事長を経て、副会長までやっています。私も湘子が幹事長をやってるときに、協会に入りました。

湘子が現代俳句協会の幹事長をやってた時、会長は横山白虹でした。その後兜太が会長になった。兜太が現代俳句協会に入ったのが一九五三年で、飯田龍太も森澄雄も同じ年に入ったんです。この年は協会にとり大きなエポックですね。

「俳句の現在」――「岳」創刊二十周年大会における金子兜太の講演

一九九八年五月、「岳」が創刊二十周年を迎え、金子兜太に講演をしてもらいました。前半は季語、五、七、五の最短定型、無季、自由律などについて、仲間との実体験を通してお話をされましたが、後半は小林一茶についてお話を進めました。

後半で兜太が言ったこと、それは兜太の自然観、究極に言うとアニミズムです。つまり、兜太の自然観の根底にあるのはアニミズムだと、ああ言ったのは私が初めてではないかと思います。「静生さん、そうだ、俺のアニミズムだ」と、兜太が応えてくれた覚えがある。

特に兜太は小林一茶に関心があって、新宿の朝日カルチャーで一茶の講義をずっとやっていました。もちろん兜太の一茶に関する著作は岩波からすでに出ています。それを読めばわかるように、あの中で、心（ひとりごころ）と情（ふたりごころ）という表現が出ています。「情」というのは「ふたりごころ」だと兜太は言っています。それは兜太の一茶に関する言い方としては、本当に独自なものだと考えます。どうして、小林一茶に興味を持つようになったのかについて、兜太と話したことがあります。それは、中学の頃から相馬御風の著した一茶に関する書籍をほぼ読んで、一茶に興味を持つようになったということです。私もその後、相馬御風の書いた一茶論に兜太が興味を持って、どういうふうに一茶を考えていたかについて調べたことがあります。

兜太と一茶の「荒凡夫」

一茶が使った「荒凡夫」という言葉があります。これは一茶が六十歳、ちょうど還暦の時に、「自分は荒凡夫」と言ったのですが、その言葉を大変気に入って、「俺も荒凡夫だ」と言ったのが金子兜太で、やはり丁度六十歳のときです。

簡単に一茶のことをお話しますと、一茶は三歳でお母さんを亡くし、その後、継母が来て二歳下に弟が生まれました。一茶をバックアップしてくれるお祖母さんが亡くなり、十五歳の時、長男でありながら、柏原から江戸へ出されます。十年間は何をしていたか分からない。その間、寂しさの中から俳句に、当時は俳諧ですが、馴染んだんでしょうね。

私の独断が入りますが、どこかに寂しさとか、自分の中に満ち足りない不安とか、挫折感とかそういうものが意識されないと俳句には馴染まない。明るく、天気晴朗、いつも秋晴れだというような人はどうも俳句はだめですね。「人には言えぬことばかり」ですから、人には言えないけれども、自分の中に挫折感がわずかにないと、俳句という詩型との出会いはないんじゃないか。しかし、挫折意識がない人、人生を寂しく感じない人は誰もいませんから、誰も俳句に出会うというチャンスはある。そういう感じを受けますね。

一茶が江戸へ出て来て十年間、寂しさの中で俳諧に出会ったが、ところで一人前の俳人になるには、芭蕉が「おくのほそ道」で行った象潟へ行かなければなりません。そういう風潮が一茶の頃までには出来上がっていた。象潟というところは日本海側の北の端です。芭蕉は「おくのほそ道」で五句、象潟の俳句を揃えています。俳諧師になるにはここを巡礼する必要があります。象潟を俳諧のメッカに仕立てたのが芭蕉です。

芭蕉が細道の旅から帰って来てからちょうど百年目に一茶が象潟へ行きました。象潟から帰って来て、一茶は三十歳から七年間、今度は大阪、中国、四国、九州を修行します。

当時は田舎俳諧と、江戸俳諧、つまり都市俳諧がありました。田舎俳諧の一番は美濃を中心にした支考の俳諧、それから、伊勢を中心にした涼菟（江戸中期の俳人）の俳諧、もう一つは江戸郊外の葛飾を中心にした、一茶が属する二六庵の俳諧です。ルーツは芭蕉の友人で、甲斐の小淵沢出身の山口素堂という〈目には青葉山ほととぎす初鰹〉の作者です。一茶は江戸市中とはちょっと違った田舎俳諧の俳人として、二六庵竹阿先生の地盤を七年間かかって回り、江戸へ帰ってきます。

一方、金子兜太が「俺も一茶のように俳句専門、業俳としていよいよこれから生きるぞ」と宣言したのが六十歳の時です。定年で日銀を辞め、それから五年間、群馬の上武大学の先生を務めた後、師の加藤楸邨から譲られた、新宿の朝日カルチャーの講師になり、「俺はこれから俳句一本で行くぞ」と言って、秩父に俳句道場を始める。

日銀時代はうまいものばかり食べていたもんだから、痛風になりました。また歯槽膿漏になって、全部入れ歯になりました。そこで〈酒止めようかどの本能と遊ぼうか〉という句を作る。酒止めようかどの本能と遊ぼうかと思っても、人はこんなことは詠まない。ところが、詠むというところが如何にも金子兜太らしいですね。そういう中で、「流体感」、自分の人生は流れゆくままに生きていくようだという思いを持つのです。その根底には一茶とか山頭火への関心があったのでしょう。

しかし、この「流体感」は一見、日本の古典を貫く無常観と似て紛らわしい。兜太の流体感はむしろ、土へのふるさと意識を呼び出すもとになったのではないか。その点が後で掲げる飯田龍太や森澄雄の古典回帰の動きとは違うことを指摘しておきたいですね。

戦後を考える上で、六十年安保は忘れがたい。ところが、日米安保再改正の条約が成立した後は、民主化とか、革新的な動きが見事に、潮が引くように後退しましたね。

そういうなかで、「社会というようなものは限定的なものであって、古典からの不易の流れをしっかり勉強しなきゃいけない」ということで、例えば、飯田龍太、森澄雄を中心にして、評論家・山本健吉が言い出して、今まで金子兜太らが進めてきたような「社会性の時代」は終わったんだ、もっと日本の長い歴史の中で俳句を考えないといけないという動きになっていく。

しかし、兜太が戦後俳句の際立つ特長に社会性の問題を掲げて、「社会性とはひとりひとりの態度の問題だ」と、イデオロギーという限定した見方を取らなかった点は時代を超えた普遍性があったのではないか。

兜太も古典の回帰の動きに影響されなかったわけではありません。一九六七（昭和42）年、四十八歳の時に、熊谷に土地を求め、そこにお宅をつくり、熊谷に定住しました。出身は秩父ですから、故郷の秩父へも近い。それには「土」への意識と言いますか、故郷回帰ですが、この点はさきほど指摘した飯田龍太や森澄雄とは違うところです。

　直接には高度成長期にかかる昭和四十二年に熊谷に家を作ったころから、仲間の俳人たちの古典回帰ではなくて、産土、生まれ故郷を大事にする、それを故郷意識とか原郷志向、定住漂白、アニミズムといった言葉を使っていますが、つまり「土」に足をつけて生きなきゃだめだという、そういう思いが強くなる。

　もう一遍言いますと、飯田龍太、森澄雄などが「古典へ戻る」と言いましたが、その「古典」の一番中心の考え方は「無常」です。「時はすべて流れゆくものだ」。時はどんどんどん流れていくものだという考え方。ところが兜太は、「時が流れゆく」ということは意識しながらも、「土に足をつけて俳句を作る、生きるということが大事だ」という言い方をするわけです。この点は山頭火よりも一茶的。そういう中で、兜太は「無常」よりも一茶の「愚」ということに共感したと言います。

　では、兜太は愚をいかに制御したかと言いますと、一茶の『おらが春』から阿弥陀如来との「ふたりごころ」、宗教的な意味で「私を救ってほしい」と一茶はいう。それは兜太にはない。宗教心がない。それに代わるものが、戦場体験、死者への償い。つまり戦後の世の変遷をしっかりと見てやるという、難しく言うと「社会化された私」の意識でしょうね。トラック島で亡くなった人たち、トラック島から帰って来て、戦後の俳句運動を一緒にやって亡くなっていった人たち、更には故郷で野性的な金子兜太と親しんだ友人たち、一口で言ったら、戦争をしない、平和への思い、それを日常で積極的に進めるという、その考え方がはっきり表れたのが、二〇一六年一月二十九日に朝日賞を貰った時の言葉です。

「私は〈存在者〉というものの魅力を俳句に持ち込み、俳句を支えてきたと自負しています。存在者とは〈そのまま〉で生きている人間。いわば生の人間。率直にものを言う人たち。存在者として魅力のないものはダメだ。これが人間観の基本です」

　私もその場に居りました。これを聞いて大変感動しました。もう一つ兜太に関し、触れておきたいのは、俳句の「社会性」について。これは、究極的には兜太のアニミズムに収斂されますが、「戦後の俳句の特徴は、一言で言うならば、俳句に〈社会性〉をいかに取り込むかに俳人の営為が終始した」。それを兜太は〈造型俳句論〉という言葉で纏めました。それは個の私べったりではなく、作り手を意識する。私の中に読み手を設定することです。だけどこれは、考えてみれば、俳句の方法論です。わかりやすいけれども、方法論で、金子兜太自身がここにいるわけではない。

「社会性は態度の問題だ」という言い方もよく分かる。しかし戦後という時代が過ぎてしまうと、「社会性は態度の問題だ」と言ったのは平凡です。その当時はなるほどと思ったけれども。当然だと思います。

そして一茶の「荒凡夫」「生のままの生き方」、飾らずに生のままの生き方に共鳴した。それを「生きもの感覚」、即ち「本能に導かれた物と心との出会いだ」と言ったのも分かる。

けれど、兜太のそれを通して縄文的なアニミズム、日本という国ができる前、歴史の時代になる前、今から三千年前から、一万年くらい前の縄文時代への憧れ、「そこには人の命ばかりでなく、生きものすべてのものの命は不滅と信ずる日本人が古来漠然と持続してきた生命輪廻の思想がある」と。つまり生命不滅という考え方です。

兜太は、肉体は滅んでも生命、魂というものは滅びない、これはつまり縄文人の考え方ですが、その考え方に自分は極めて近いということを言っています。だから、金子兜太は亡くなったけれど、魂はまだその辺に来ている、こういう考え方です。〈おおかみに螢が一つ付いていた〉『東国抄』の句を残しました。しかし、この句にしても、社会性は態度の問題だとか、アニミズム、生きもの感覚というふうな言い方をしたけれども、まだ曖昧だと思う。

ところが、「存在者」ということを言われ、初めて分かった気がする。要するに情（ふたりごころ）だけではなく、よくものを考えた「思索知」、これが大事。現代俳句は情だけではなく、情と知が一つになる。それが「存在者」という言葉です。

本当の究極というか、それはやはり兜太の「存在者」、即ち「俺が存在する」という、そのこと、その人間的な魅力がなければ、俳句というものは面白くない。この「存在者」の宣言というか、これは大変迫力があると私は思っています。あれこれ、解釈ではない。自然のように、そこにでんと「存在」するということ。兜太という「存在者」が自然と同じように、そこにある。それだけが問題だというすごい考えです。

金子兜太と大峯あきら対談
――兜太の宇宙・あきらの宇宙

私は戦後の俳人としては俳句が持っているキャパシティの広さ、大きさから言ったらね、一番は金子兜太だと思う。飯田龍太もすごく堅実で、俳句の礎を固めるという面の第一人者。そして、飯田龍太にしても森澄雄にしても、それは俳句のうちへうちへという俳句のきめを細かくする、俳句の密度を高めることには大変貢献している。しかし、戦後という時代を考えて、外に対する、ほかの文学ジャンルに対するアピール性から、或いは俳句性というよりは、俳句を一つの文化という観点から、ほかの短詩形や現代詩や散文と肩を並べるような厚みと広がりを作り出したのは断然金子兜太だと思います。要するに戦後の俳句は金子兜太の出現で変わりました。どういうふうに変わったかというと、俳句というものを通して一番大事なテーマは生と死の社会性ということに変わりました。つまりアニミズムに現代の息吹きを吹き込んだことですね。一茶も山頭火も巻き込み、永遠的な大きなテーマの生と死をぐっと身近な問題としたのは、金子兜太です。特に兜太の場合は自分のトラック島の戦争体験、即ち戦争の現場にあっては生と死が紙一重のような体験をしながら、現代俳句の一番のテーマは生と死だということを考えたわけですね。ただし、戦後とか現代俳句という時代の限定を超えた存在を考えれば、飯田龍太や森澄雄や大峯あきらの存在がクローズアップされますね。

中でも、飯田龍太や森澄雄とは違った形で俳句性を考えたもう一人は大峯あきらだと思う。大峯あきらは吉野山の麓に住んでいたお坊さん。大阪大学の宗教哲学の先生で、ドイツの観念論の哲学者フィヒテの世界的な研究者です。

大峯あきらが亡くなる前に、一度金子兜太と会わせて、とことん胸中を曝し、語っておいていただかないと現代日本の俳句界に心棒がないと私は考えていました。なぜなら、喩えは平凡だが、後世の人たちから、洋菓子のマシュマロのような手ごたえの無さが、昭和・平成時代の俳人の思想だとその脆弱さを指摘されるに違いないと痛感していたからです。そこで私が角川本社で対談してもらうことを企画したんです。ちょうど三・一一の後だった。私が事情を申し上げたら、兜太がやってもいいと言い、大峯あきらもやるっていうもんだからね。

ところが前の晩になると、兜太が「やっぱりできない、ダメだ、明日はできない。俺は大峯ほどにものを深く考えてない。だから大峯とやれば必ず大峯のペースになっちゃって、俺は何も主張できない」っていうんです。

大峯あきらも「明日俺できるかな、心配だな。どうも俺は心配で、金子さんとはできないんじゃないかな、合わないんじゃないかな」って、一遍だけ角川へ電話したらしい。彼は前の晩に吉野から角川が用意した東京のホテルに来ているんだよ。

私はこれをやればもう世紀の対談だと思ったわけですよ。ことは的中、本当に丁々発止だった。大峯あきらはそんなに喋る人じゃなくて、じっくり考えて淡々と受け答えする。兜太の方が興奮しちゃって。というのは大峯あきらは三・一一に関して、〈はかりなき事もたらしぬ春の海〉の一句しか作らなかった。出来なかったという。三・一一では二万五千もの人間が亡くなったね。ああいう大変な自然災害でありながら、ああいう中で、「あなたはね、一句しか俳句ができないっていうことはどういうことだ」と、金子兜太が責めるわけ。大峯あきらが「俺はどう考えてもできなかった。あの一句で震災に関する自分の考えをごまかさずに言ったつもりです」という。

金子兜太が大峯あきらを責める気持ちはわかるけどね、大峯あきらの態度も「存在者」の自覚だと思う。大峯あきらは「ホトトギス」系の俳人だから、季語というものを大事に考えながら、自然界を広く宇宙と据えて、生と死のことを言っているわけです。金子兜太は季語を大事に考えないわけじゃないけれども、諸に生と死を問題にしている。

大峯あきらは幼い頃、体が弱くて、吉野に住んでいた。十三歳のとき、病体でふっと見上げたら、降るような銀河だった。その時、俺の頭の上には銀河があるが、地面を掘ってゆけば、地面の下の方にもあるんじゃないか。銀河にまかれてこの中に自分が生きている。確かに南半球から北半球まで、地球というものをそういうふうに感じたという。それから以降、金子兜太のように、この地に住んでいるという意識より、地球というものが宇宙の中の一つの星だという考え方、〈虫の夜の星空に浮く地球かな〉という考え方です。大峯あきらは浄土真宗の坊さんで、さっきも言いましたが、フィヒテ、自我、自分というものを研究している哲学者で、どこかに阿弥陀如来が俺を迎えに来てくれるという思いを信じる。宗教学者ですから、この地球上にある人ではなく、阿弥陀如来にすがるという空間の思いが大峯あきらの中にあるのです。

さらに花鳥諷詠に代表される自然の視点から言うと、大峯あきらはたまたま吉野の麓に住んで、お寺のお坊さんです。だから、まず桜の花について、例えば、平安貴族の考える花の「本意」っていうのは、満開じゃなくて、桜の花がチラチラ散る。散ることに対する寂しさ、それが桜の本意だっていうんです。しかし、江戸時代は町民社会になり、町人が経済的な実権をとるようになってからは、桜の花というものは満開に美しく、咲いたところが桜の本意だと、満開の美しい桜を詠う。そのように本意は変わってくるわけです。ところが明治以降になってくると、もちろん初めに言ったとおり、西洋の考え方が入ってきて、今「花」の本意はどう考えるかということを大峯あきらが言うわけです。〈迷ひたる如くに花の中にをり〉っていう大峯あきらの代表句がそれだという。つまり、花に人間の生死を託して、人間はどこから生まれてきて、どこへ行くだろうかっていう一番の問題を、桜を通して考える。つまり花は人間の一番大事な生死を考え迷う手引きをするもんだ。それが花の詠み方だって大峯あきらは言うわけです。

一方、金子兜太は縄文的な土を信じて、この世に徹底的に生きる生き方がいいと言った。けれども「あなたは本当に信じているのか」と。「産土」という土の意識を徹底的に信じる金子兜太と、そんなものは仮のもので、永遠にはあり得ない、地球は宇宙の中の一つの存在なので、宇宙のどこか違うところから阿弥陀様のような人が来て、救ってくれる。そういう考え方以外に、この地上の人々が幸せになるのはないんじゃないかという考え方とは水と油ほど違うのです。

しかし、大峯あきら自身も本当に阿弥陀如来を信じているのか。もう一遍金子兜太に大峯あきらが「存在者というものを信じているのか」と言ったら、黙ってしまうように、大峯あきらも黙ってしまうでしょうね。人間が生きていく上での二つの考え方の違いということです。

結局二人とも作句の究極のテーマは生と死だということを考えている点で共通している。どっちがスケールが大きいかといったら、どっちとも言えない。私の言葉でいうと、金子兜太は地貌的な考え方、大峯あきらは宇宙的なものの考え方でしょう。合体してはじめて一つの物の見方の持ってる生死に関する重層的な考え方ができたなあと思う。対談の様子は「俳句」(角川文化振興財団)二〇一六年七月号に掲載されています。多くの人がすごい対談だ、世紀の対談として残るって言った。いやなにも語っていないじゃないか、あたり前のことをいっただけだという評者もあります。私はこの両者の違いが真剣な対談の中で明らかになったことだけで、すごいと思っている。この対談をやってよかったと改めて思いますね。

現代俳句協会創立七十周年記念と私的戦後俳句総括

二〇一七年十一月、私が現代俳句協会の会長をして三期目の年に、帝国ホテルで「現代俳句協会創立七十周年」の記念式典を開催しました。それが現俳の歴史の中で最高のときだったんだね。式典の前に記者会見があって、私と宇多喜代子、安西篤三人で「戦後俳句の出発点」について、それぞれのテーマと課題を述べましたが、私は俳句から見た戦後の日本社会について話をしたと記憶しています。つまり、戦後の俳句に関して、桑原武夫のいわゆる第二芸術論、まあ、これは終戦直後の一九四六(昭和21)年一月に岩波の「世界」に発表となりまして、大変反響が大きく、そこから戦後の俳句界が始まったという気がします。

桑原武夫の第二芸術論の趣旨に関しましては、簡単に言いますと、戦後は西洋の近代思想、芸術などに漲る進取な精神を、教育や生活に取り入れることが必至なのに、俳句や俳句界にはそれがない、現代俳人の俗人性や俳人集団の徒弟的な前近代性、俳句の持つ無思想、退嬰性などは、現代人が心魂を打ち込むような芸術とは言えない。

第二芸術論に対する反発を底流に持ちながら、現代俳句協会が一九四七（昭和22）年の九月に、戦後の俳句の出発点として、三十代の十五人、四十代の二十一人、五十代の方は二人、合わせて三十八人、まあ三十代、四十代という、要するに戦後の俳句界の中堅俳人、評論家、俳文学者が加わって、そして戦前の新興俳句運動の推進者、人間探求派俳人、無季容認俳人など、そこには戦前の高浜虚子とか、富安風生とか、水原秋櫻子というような老大家を除いた中堅の俳人たちが、石田波郷、西東三鬼、神田秀夫というような三人が、発起となりまして、協会を作ります。

趣旨としましては、会員の原稿料とか、講演料など生活圏の用がまずありまして、と同時に勿論現代俳句の詩的向上を目指す、ということを考えます。そのために、時代が戦後ですので俳誌を出し、懇談会を設けて、結束をしよう、ということになります。中堅俳人ですけど、エリート俳人の旗揚げという感じであります。それから八年くらい経って、一九五三（昭和28）年、戦後世代の俳人が出揃った形で、私は現代俳句協会の復興期、この年が復興期にあたる。金子兜太（三十四歳）、飯田龍太（三十三歳）、高柳重信、それから石原八束、佐藤鬼房、原子公平、森澄雄、桂信子などが入会して、大変現代俳句協会が盛り上がった時です。

同じその年に中村草田男が会員でしたけれども、『銀河依然』という句集を出されまして、その跋でこれから戦後俳句の主要なテーマというのは思想性、社会性、つまり散文的要素と同時に、感性による純粋な詩性、詩的な要素と結合した形で戦後の俳句というものは作られるべきだ、これも大変斬新な意見を出されております。それから俳句における社会性、まあ、これが戦後俳句の重要なテーマになってゆくことになります。その時に沢木欣一が社会主義イデオロギーを根底に持った態度で俳句を詠むことが必要だというい方をしますが、その主張をめぐって、社会性をそのように狭く限定する必要がない、といって評論家の山本健吉などは反対する。金子兜太さんなどは、いやいや、社会性は日常の態度の問題だ、と言う形で支持する。この論争が広がりまして、金子兜太が俳句を創る意識を鮮明にした造型俳句論を発表する。ただ風景を描くというものではない、やはり意識的に自分の思想、考えによって、造型するものだという論を展開致します。これが戦後における一つの俳句論として、かなり影響を与えたことになるかと思います。

現代俳句協会70周年記念式典でスピーチする宮坂会長
2017年11月23日　（撮影：黒田勝雄）

　そして、一番注目するのは、一九六〇（昭和35）年の六十年安保の年が戦後俳句の曲がり角だったのではないかと思います。象徴的なのは、それから四年くらい経ちまして東京オリンピックを迎え、新幹線が走り、テレビ、洗濯機、炊飯器などの電気製品が売り出され、それまでのわれわれの生活ががらりと変わる。そのひとつの前兆のような形で、六十年安保があったと思います。

　それまでを振り返ってみますと、昭和二十年代と言うのは、俳句の根源論争という、俳句とは何か、その根源をいかに摑むか、昭和三十年代では、さきほど申し上げました社会性俳句論議が盛んになっている。昭和四十年代になりますと、正に安保条約の再締結を境に、伝統回帰、もう戦後ではないと言う意識が飯田龍太の〈一月の川一月の谷の中〉という極めて単純明快な句（時空の存在を捉える）が再出発を象徴するかのように詠まれます。昭和五十年代になりますと、確かに五十二年だと思いますが、高齢化社会世界一の日本は、高齢社会へ。日常の重視、軽みという形で、今まで戦後俳句は何か重い、一つの思想性を背負ってきましたが、日常が大事だという中で、老大家の虚子の俳句の評価が始まります。山口青邨（九十六）、富安風生（九十五）、阿波野青畝（九十三）というような高齢で亡くなる俳人が多いわけですが、その中で宇多喜代子の、〈天皇の白髪にこそ夏の月〉という句、一番天皇が苦労をなさったと総括されて、次の天皇、平成天皇ですね。天皇が句材になるのも軽みでしょう。象徴的な句が出されます。

先述した昭和三十五年、六十年安保の時、私も自覚的に俳句をここから作っているものですから、昭和三十五年の六月十五日、樺美智子が一人で亡くなるという、大変な衝撃を受けました。この樺美智子の死をいかに昇華して俳句に生かすことができるかと、かなり悩みまして、私の自覚的な俳句の歩みが始まっていたようです。私は軽井沢にある大日向という戦前満州開拓へ一村上げていった開拓地へ入り、いろいろと開拓地の現状を俳句にしたのが、私の自覚的な俳句の出発です。〈白萩や妻子自害の墓碑ばかり〉、そんな句を作った記憶があります。

それからは安保以後、ポスト戦後という形で、一九六一年十月の現代俳句協会の分裂、十一月の俳人協会の発足も考えられるのではないか。鷹羽狩行に代表されているような軽快な俳句、それから俳句の言葉の本意を追求する長谷川櫂に代表されるような俳句、さらに俳句の大衆化、全国的な広がりの中で、自分の住んでいる土地に根付いた、京都なら京都の人、沖縄なら沖縄の人、北海道なら北海道の人、東北なら東北の人、そこの根付いた言葉という物を発掘する必要があるのではないか、それにこそ時間が篭もるのだ。歳時記の季語を都合よく嵌めるパズル俳句ではだめだと言う主張がじっくりと根強く広がりを見せます。東北の佐藤鬼房、新潟の斎藤美規、私は長野ですが、関西の茨木和生とか、沖縄や北海道など地域の俳人たちが静かに立ち上がったような気がします。

今日、俳句がアニミズム、人間中心ではなくて、環境を構成しております全ての物に対する暖かい愛情を注ぐ、このアニミズム志向というものは俳句の世界に大事な考え方として広がっております。

長い年月の間には、戦災があり、国外でも、満州、シベリアをはじめ多くの地で戦没者、広島、長崎の地では原爆犠牲者があった。そして阪神淡路大震災、更には三・一一の東日本大震災、福島の原発災害、というような形で夥しい死者が存在する。水俣では工場排水による犠牲者がいる。今日生存者も死者もともに存在するという一つの生死の境をとっぱらって考える。そんな一つのテーマ、命をそう考える、私の属しております俳句誌にこんな俳句があります。〈満里子勝也黄砂となりて帰りしか〉渡辺真帆という新潟県の俳人の句ですが、名前が妹の満里子、弟の勝也、みんな満州にちなむ名を付けて貰い、その地で亡くなった。いま春になると、満州から黄砂になって、ふるさとに帰ってきているのではないか。痛烈な思郷の句です。

それから三・一一、東北の照井翠の句〈双子なら同じ死顔桃の花〉。同じ地域での山背の中での除染作業詠、福島の伊藤雅昭の句〈除染とは地べた剝ぐごとやませ来る〉。水俣の石牟礼道子の句〈祈るべき天と思えど天の病む〉。多賀城の高野ムツオの句〈泥かぶるたびに角組み光る蘆〉。いずれも痛烈な社会詠が残されています。

そして、私の限られた視野からの戦後俳句の総括として、一番大事なことはともかくも戦争がなく、平和であった、このことが一番大事な、誰も彼もが心に思っていることだろうと思います。

混沌たる明晰——金子兜太への弔辞

二〇一八年二月二十日、兜太さんは九十八歳で他界されました。その前年、二〇一七年十一月、現代俳句協会の創立七十周年記念式典で、兜太さんを特別功労者として、心の通った全国から集まった八百人がお祝いをした。その折、兜太さんの表情は人生最高の喜びに満ち溢れていました。

そこで突如、唄うかといって、十八番の秩父音頭「ハアーアーエ鳥も渡るかあの山越えて鳥も渡るかあの山越えて（コラショ）雲のナアーエ雲の沢立つアレサ奥秩父（ハヨイヨイヨーイヤサ）」を喉から声を絞り出すように、懸命に唄われました。絶品、いや絶唱でした。

みんな泣いていました。時と所に合わせて人の心を摑む、それが自然体。天才です。

協会の七十周年の祝いも、帝国ホテルの場も一堂に会した人々もすべてを包み込むように、産土秩父に魅

兜太先生宅にて、右から宮坂・兜太・黒田　2017年9月2日（撮影：黒田勝雄）

き付け、父伊昔紅作詞の歌詞「秩父夜祭待つばかり」の文句と、「ハヨイヨイヨーイヤサ」の囃子からの土のにおいがする懐かしさこそ、兜太さんが体に沁みついた魅力でした。秩父「七人の侍」をはじめ「知的野生」の秩父の青年たちも、のちに戦時中二年八カ月太平洋のトラック島で生死を共にした海軍土木作業隊の工員たちも、兜太さんの持って生まれた土のにおい〈曼珠沙華どれも腹出し秩父の子〉の懐かしさに本当の人間味を感じたのでした。

二〇一六年の朝日賞受賞の折の言葉「生の人間が生のことばで率直にモノをいうこと」。これがまず人間兜太の自由人として目指したところであり、俳人兜太の戦後社会に生き、常に第一線を走り続け、矜恃を保った原点に当たる特色でした。兜太さんによって俳句史は生きた人間の心の表現史に書き換えられました。

「おくのほそ道」に「生のことば」を求めた芭蕉にしても、「生の人間」として放縦に生きた一茶や井月や山頭火も、兜太さんほどに徹底することができなかった。トラック島で五万人の兵士のうち三万人以上が餓死や戦死した同朋のためにも、戦争のない真の自由と

平和の堅持こそおれの生きる途だと信じ、嘘いつわりを「許さない」の精神で生きてきました。このような兜太さんを一言でいうと私は、「混沌たる明晰」と捉えます。

現代俳句協会70周年記念式典で兜太さんを特別功労者として表彰し、祝辞を述べる宮坂静生会長　2017年11月23日
（撮影：黒田勝雄）

旧制水戸高校でのデカンショ暮らし「デカンショデカンショで半年暮らしヨイヨイ」の近代の知性、デカルト・カント・ショウペンハウエルを読み、草田男のニーチェ的苦悩にも共感しながらも。初めての一句が〈白梅や老子無心の旅に住む〉という老子の中国文人に共感する。大きな息の吸い方となって蘇っているのではないか。

二〇一七年九月、十一月、二回、貴重な兜太インタビューでの私の実感は兜太さんのやさしさ、繊細さに感銘したことでした。与太息子を信頼しきった父母、最愛の皆子奥方、千侍さんはじめ仲のいい兄弟、兜太いのちの恩人眞土・知佳子夫妻。私がいつも頂戴するおたよりの最後は、奥さんによろしくでした。愛は人間ばかりではなく、存在するものへの魂・スピリットを信じる生きもの感覚、アニミズムの世界まで及んでいる。「他界しても人間の魂は消えない」という兜太さん。兜太さんに会えるならば化けてでも出てきてほしい。

化けて出る愉しみ残し朧の世　静生

せめて、狼の後に付いた「蛍火」となって、ぽっか

現代俳句協会70周年記念式典にて　兜太先生の背後は宮坂会長
左は黒田杏子　2017年11月23日　（撮影：黒田勝雄）

り大きな穴が開いた俳句界に出てきてほしい。そして兜太さんは永遠だといつまでも信じさせてほしい。

これから、俳人金子兜太とはなんであったのか、その検証が始まる。そんな期待を持ちながら、兜太像を振り返り二点を述べて、今日の取材を終りたいと思います。

一つ目は告別式で兜太に捧げた言葉「あなたによって俳句史は生きた人間の心の表現史に書き換えられた」とのささやかな感慨である。少し強調するならば、言葉が記号化し、生きた日本語表現の情感が消されてゆく中で、記号化できない日本語の「曖昧さ」「難解さ」を大事に抱え込む度量の大きさが必要なことを私たちに気づかせてくださった。「おくのほそ道」に俳言を生かし、新たな季語や方言に実感を込めた芭蕉の表現革新、「生の人間」として放縦に生きた一茶や井月や山頭火の自由なありかたなど、彼らすべてから兜太は徹底してエキスを学び取っている。

二つ目は秩父の「山国の田舎っぺ」の兜太さんが土に培われた「美の型のようなもの」に俳句表現の源があると気づかれたこと。雪月花以前、いまだ混沌たる季節感、それは朧げで、五七五のリズムと結ぶかどうかさえも判然としない、けれどもわが花綵列島の人々が大事にしてきた歓びのリズムを掬い上げたい、日本人の美を探り当てる。その探求であった。

以上二点への着眼こそ、大胆かつ繊細な気配りの詩人、人間・金子兜太が我々に遺してくださった、何よりも素晴らしい大業であったのではないでしょうか。正に懐かしき「混沌たる明晰」です。

金子兜太お別れの会・右から金子眞土・知佳子・宮坂静生
宇多喜代子・中村和弘・寺井谷子・高野ムツオ
2018年6月22日　（撮影：黒田勝雄）

おわりに

宮坂氏が兜太の告別式で述べられた「あなたによって俳句史は生きた人間の心の表現史に書き換えられた」という言葉は、その時の私の心にも刻まれていた。この言葉の真意が、「俳人金子兜太とはなんであったのか、その検証が始まる」という思いと共にあることを今回のお話で知り、改めて深く考えさせられた。

また、インタビューの場所として宮坂氏が「岳」の事務所を指定したのは、目を見張るほど、そこに様々な資料が整っているうえ、また、必要な紙資料もすぐコピーできるからだった。本書の取材に関する宮坂氏のお話も充分に聞かせて下さったが、俳句史に関する貴重な記録資料も存分に拝見する機会に恵まれた。感激するとともに、「岳」誌の底力を改めて知る機会ともなった。特に〝地貌季語〟については大変勉強をさせていただいた。

董振華

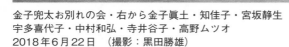

宮坂静生の兜太10句選

曼珠沙華どれも腹出し秩父の子　『少年』

水脈《みお》の果て炎天の墓碑を置きて去る　『〃』

銀行員等朝より螢光す烏賊のごとく　『金子兜太句集』

強し青年干潟に玉葱腐る日も　『〃』

彎曲し火傷し爆心地のマラソン　『〃』

霧の村石を投《ほう》らば父母散らん　『蜿蜿』

人体冷えて東北白い花盛り　『〃』

左義長や武器という武器焼いてしまえ　『日常』

われは秩父の皆野に育ち猪が好き　『百年』

河より掛け声さすらいの終るその日　『〃』

宮坂静生（みやさか　しずお）略年譜

昭和12（一九三七）　十一月四日長野県松本市生まれ。

昭和28（一九五三）　長野県立松本深志高等学校在学中、藤岡筑邨に作句を添削を受けて、翌五四年「龍膽」に投句、五五年富安風生の「若葉」に投句。加倉井秋をに親炙。

昭和31（一九五六）　「龍膽」の編集を務める。金子兜太に作品依頼。

昭和39（一九六四）　四月、第一句集『青胡桃』（龍膽俳句会）刊。金子兜太から感想文をいただく。

昭和43（一九六八）　藤田湘子に出会い「鷹」に入会、翌年「鷹」同人。「若葉」を退く。加藤楸邨来松、以来知遇を得る。

昭和53（一九七八）　二月、「岳」創刊、現代俳句協会会員。

昭和55（一九八〇）　七月、『現代俳句研究―藤田湘子』編（高文堂出版社）刊。九月「鷹」同人会長、爾来十年間。

昭和61（一九八六）　一月、「鷹」俳句会賞受賞。以後無鑑査同人。

平成7（一九九五）　一月、「鷹」を藤田湘子の要請により退く。二月、第四十五回現代俳句協会賞受賞。

平成10（一九九八）　五月、「岳」創刊二十周年、金子兜太記念講演。

平成15（二〇〇三）　三月、信州大学教授定年退官。第八句集『鳥』（花神社）刊。評論集『俳句地貌論―21世紀の俳句へ』（本阿弥書店）刊。信州大学名誉教授。

平成18（二〇〇六）　九月、評論集『語りかける季語　ゆるやかな日本』（岩波書店）刊。

平成19（二〇〇七）　二月、『語りかける季語　ゆるやかな日本』が第五十八回読売文学賞（紀行・随筆部門）受賞。

平成21（二〇〇九）　四月、現代俳句協会副会長就任（任期三年）。十月、『季語の誕生』（岩波新書）刊。

平成24（二〇一二）　三月、現代俳句協会第六代会長就任。七月、『雛土蔵』により第二十四回俳句四季大賞受賞。

平成25（二〇一三）　五月、「岳」三十五周年大会、シンポジウム「三・一一以後」（柳田邦男・宇多喜代子・小島ゆかり・いせひでこ・宮坂）が特別企画「いのちの詩―三・一一以後の俳句と短歌」（「俳句」九月）。

平成26（二〇一四）　一月、「俳日記―前書のある日録」（「俳壇」）一年間連載。九月、「大正俳句の特徴―実感尊重と地貌の発見」（「俳句界」九月）。

平成27（二〇一五）　三月、『東日本大震災を詠む』（俳句四協会編・朝日新聞出版）刊。「沈黙から立ち上がったことば」（毎日新聞出版）刊。五月、第十一句集『草泊・二〇一三俳日記』（本阿弥書店）刊。

平成28（二〇一六）　一月、「楸邨永遠」（「寒雷」一月）。七月、特別対談・金子兜太・大峯あきら・司会担当（「俳句」七月）。九月、第十二句集『噴井』（花神社）刊。

平成29（二〇一七）　五月、「草田男・兜太の徒―鍵和田秞子小論」（「未来図」四〇〇号記念・五月号）。

平成30（二〇一八）　第五回みなづき賞受賞。

令和元（二〇一九）　第十九回現代俳句大賞受賞。

令和2（二〇二〇）　第十三句集『草魂』（角川文化振興財団）。

令和3（二〇二一）　句集『草魂』により第三十六回詩歌文学館賞受賞。

第7章 横澤放川

（二〇二二年五月四日十三時　中野にて）

はじめに

かつて、中村草田男と兜太は俳句の歴史に残る大論争を展開した。横澤放川氏はその草田男の師系を継いでおられる方。

私が横澤氏に始めてお会いしたのは、二〇一九年九月二十三日、兜太の思い出を語る「金子兜太百年祭in皆野町」の時。兜太先生の健康管理の話や成田千空が蛇笏賞受賞した時の感想の中で、千空氏の「兜太は未完であった」という人々を感動させるエピソードがとても印象的だった。この日、控室で会釈を交わしただけなので、私に対する氏の印象はなかったと思う。

今回の取材で事前にこの本の主旨と私の履歴書を送り、後に電話で確認した折、氏は大学での授業や新聞、雑誌の俳句選者などで、多忙にも関わらず、快諾をいただいた。そしてインタビューをきっかけに、原稿校正や共通する友人のお誕生日祝い、有志による少人数の句会など、何度もお目にかかり、親しく交流させていただいている。

董振華

金子兜太と交流を持った経緯

僕は長いこと、兜太さんとは何の縁もなかったんですけど、今から三十年程前になるのかな。今は廃刊になったけれども、その頃「俳句文芸」という総合誌があったんです。そこに僕は平成五年頃から、隔月評、つまり月々の総合誌に発表される作品の批評を五年間ぐらい書き続けていたんです。俳論をかねたような文章でしたが、それを兜太さんがちゃんと読んでくれていたみたいです。それである時、「俳壇」という総合誌があるけれども、そこの兜太さんを中心にした対談（一九九九年）に「お前ちょっと出て来い」っていうようなことで、いきなりお呼び出しがあったんです。復本一郎さん、ふけとしこさんと一緒でしたかね。その時に気づきましたが、兜太さんっていう人は何か行き当たりばったり、好きなことを喋ってるような印象をみんな持ってるみたいだけれども、実際には非常に緻密な方です。努力家、勉強家なんですよね。気になるものはそのままにしないで、よく読み込み読み直す。白水社が出してくれた『金子兜太戦後俳句日記』を読んでみれば、日頃どんな努力をかさねていたか直ちに分かります。僕は同じ兜太の『わが戦後俳句史』も好個の戦後史記録だと思っている。昔のことを非常に細かいところまで覚えてるんですね。やっぱりそういうところは、一種の繊細の精神っていうかね、根本においては非常にセンシティブな人なんです。それは感じましたね。だから僕のような者のことを記憶にとどめておいてくれたのは、やはり僕の俳論に中村草田男の弟子という趣きを感じとって、それでちょっと注目してくれたんじゃないかと思いましたね。

僕はあんまり俳壇なんていうところには出ていかない人間だったんですけど、平成十年五月に、成田千空が第四句集の『白光』で、第三十二回蛇笏賞（角川文化振興財団主催）を受賞した。千空は草田男の「萬緑」の第一回萬緑賞受賞者、僕の大先輩です。この年は兜太が選考委員だった。それで授賞式が終わった後の祝賀会で、また久しぶりに兜太さんと言葉を交わす機会を得たわけです。そしたら「お前ちょっと来い」っていう。何なのかと思ったら、黒田杏子さんのところへと連れていかれたんですよ。それで、兜太さんが「この横澤放川というのは書くものは硬いけれども、骨のある文章を書く本物の草田男の弟子だ。しかしながらこの男は社会的な練成度に欠けている。だから〝クロモモ〟（黒田杏子）よ、お前少し教育してやってくれ」っていうことでね（笑）。それで、僕は黒田さんの下でそれ以来、人生修行をさせられているんです。俳壇におけるいろんな催事や、ドナルド・キーンさん、雲英末雄さん、陶芸の辻村史朗さんや大徳寺典座の山田和尚さんと、優れたみなさんに出会う機会をつくってくださった。常に杏子さんに引っ張ってもらってきたわけです。黒田さんは兜太さんの世話をずっとつづけてましたから、必然的に僕もそのようにして兜太さんに関係する催事にお付き合いするような状況になったんです。

それによって、秩父との関係もできた。最初は秩父で兜太さんの誕生日って催しをやるのですね。兜太さんの誕生日は九月二十三日の丁度文化の日ですね。それで最初に兜太さん、杏子さん、それと僕の三人でお祝い鼎談みたいなことを、秩父でさせてもらいました。

件サロン　兜太・磐井・仁平勝・放川シンポジウム
この頃兜太さん顔面神経痛　それでも平然と公の場へ　2007年

皆野に「味の店ヤマブ」というお味噌屋さんの講堂があるけれども、社長さんがずいぶん便宜をはかりつづけてくれましたね。その後も西武鉄道や秩父鉄道の協賛でSL列車を出してね、その車中で当日の参加者にまず最初の句会をやってもらうようなこともしましたねえ。丁度曼珠沙華の盛りの頃ですから、皆野まで車窓の風景を楽しみながらなんです。そして後は皆野観光物産館でお祝いの催しをもち、あるいは参加者全員の作品を兜太さんと一緒に選句する。兜太さんの父親の伊昔紅さんが地元の句会場というか、溜まり場にしていた駅前の吉見屋さん、そのご主人の塩谷さんのところで鰻をいただくなど毎年の楽しみでした。それが兜太さんとの普段のお付き合いでした。また、兜太さんは僕らの「件の会」の代表顧問みたいなもんで、毎回必ず出てきてくれました。花のある、いや花といっても強烈な個性ですけれど、大事な存在だったなあ。

　それともう一つ重要なことは中村草田男句集、これを文庫版で出したいという企画があって、これは僕が「萬緑」の最後の選者として、草田男文学のための最後の奉仕をするということで、十年がかりで立てた計画のうちの一つなんです。草田男句集を岩波文庫に入れておけば、ただ一回だけで絶版になることはないでしょう。それで僕は岩波と交渉したんですけど、僕では編者としてネームバリューが足りない。結局は金子兜太編ということで出したいってことになったんです。それで兜太さんにお願いしたんですけど、実はずいぶん悩みましたね。何といっても草田男が大論争を交した相手ですから（笑）。草田男はその論争のあと神経を痛めて、久我山病院に長く入院しています。〈ラザロの感謝落花の下《もと》に昼微睡《まどろ》み〉というのが退院時の嘆息ですよ。さらに本復すると〈彎曲し凍傷し宝玉値のバナナ〉なんていう痛罵の句をのこしたりしています（笑）。だから草田男の家族にしてみれば、草田男の神経を痛めつけた張本人ですから、恨み骨髄かもしれません。でも、僕は兜太と草田男ってそんな悪い仲だとは思ってないんです。むしろ歴史的な和解というのもいいではないかと思った。兜太さんが草田男を尊重して編者になってくれるんでしたら万々歳じゃないですか。それで版権者である草田男の三女の中村弓子さんと相談をして諒解を得たんですね。文庫本ですから句数は大体三千句ぐらいに絞らなきゃならない。その仕事はとうに果たしたんですけども、最終的な体裁は当然のこと岩波の方と相談しながらやればいいと、そんなところまでは進行していたんです。

さろん ど くだん2015　兜太・澤地久枝さん

　序文を兜太さんに書いて貰えという書店の要望があったので、最初は「件の会」の席上で、それから熊谷の兜太さんの家まであらためて相談に赴いたことがあるんです。しかしいくら時間が経っても兜太さんが全然序文を書いてくれない。弱りましたね。あとで分かったことですが、ま、あんまり言うべきことじゃないかもしれないけど、ご子息の眞土さんの話ではもう書ける状態ではなかったようです。僕らとしょっちゅう会ってるときは、精神状態も非常にはっきりしてた

兜太を祝う会皆野2015　式の前に皆野の吉見屋にて昼食
（撮影：黒田勝雄）

んですよ。いろんなことを正確に思い出すしね。だから僕は何の心配もしていなかった。ところがやっぱり眞土さんから見ると、もう日常生活では全然駄目だってことで、結局そのまま荏苒《じんぜん》と時間が経ってしまってねえ。それで僕も最後にしびれを切らして、亡くなった年の前の歳晩に兜太さんのところに伺って、僕が下書きをするからっていうことで、承諾をもらったんです。兜太さんの文体は僕もさんざん読んできたものだからね、それを真似ながら、兜太さんだったらきっとこういうふうに反発と共感のなかで草田男を評するだろうというね、そういう下地の文章をまず僕が作成しますから、それをもとにして序文をと頼んだら、それだったらやるっていうわけなんです。

　ところが、年を越して、僕の方は大学が年度末の講義の追込みの時期ですし、数百人の学生のレポートを読んで膨大な数の採点をすませなければならない。今でもまだ四コマばかりの講義を担当してます。それで追われちゃって、そして「萬緑」の仕事やら後継誌のための準備やら何やらに翻弄されているうちに、下書きは始めていたんですが、兜太さんの訃報を聞く二月になってしまったんですよ。結局この岩波の企画もお流れってことになってしまった。その後僕は岩波と話をしましたけども、編集長がもう怒り心頭です。あなたの怠慢ぶりはもはや信用ならないというわけです。

当然でしょう（笑）。データは僕が持っているんですから、他の編者を立てていただいてという提案もしたんですが、とにかく放川は全面的に手を引けということになりました。折角杏子さんが教育してきてくれたのにねえ。甲斐のない人間です。

その後ずいぶん時間が経って、杏子さんや宮坂静生さん、長谷川櫂さんたちに推薦状を書いてもらったりもしましたが、岩波の前の編集長だった方のご示唆で、長谷川櫂さんに接触をしてもらったんです。そうしたら、今度の編集長は草田男句集を出す意向が十分にあるって言うんです。長谷川さんは岩波でいろんな仕事をしているから、長谷川櫂さんに編者になってもらえば文句ないでしょう。だから僕ももう一度折を見てお願いに行って参ります。これはもう兜太さんとは関係のない話だけれども、おおざっぱにいうと、兜太さんとはそういう繋がりでしたね。

「兜太　TOTA」創刊の経緯

兜太さんがまだ健在の頃、僕らの結社誌「萬緑」はずいぶん以前から終刊が決まっていました。「萬緑」は経営が行き詰まって駄目になったなどと書いた人がいましたが、終るときにも二千万円近い運営費をもっていた結社ですよ。俳壇っていうのはそういう無責任なことを言う人も出てきますし、権力沙汰の騒がしいことも起きるわけです。だから将来そんな愚かなかたちで草田男の名誉が失われるようでは弟子として面目もない。やっぱり俳句は一代なんですよ。だから「萬緑」は後継主宰など置かなかった。代表が草田男の代理で雑詠選を担当するというかたちをとってきた。しかし草田男先生の記憶を持っている僕ら最後の世代までいなくなったときには、これはもう後顧の憂いを残してゆくわけには参らない。ですから止める時機っていうのはとうに計画してあったんです。成田千空の雑詠選が終了するときです。しかし継続を求める声の多さに、発行人の中村弓子さんが配慮してまた十年延長していたんです。で、その十年が過ぎる今度こそは絶対にここで止めなければならない。「どうして潰すんだ」と僕もずいぶん同人の人たちの顰蹙《ひんしゅく》を買いました。でも弓子さんとも諮《はか》って完遂しました。

その前にこの「萬緑」終刊の計画を兜太さんに伝えたんですよ。そしたら兜太さん、それこそ憤然として、俺の青春を奪う気かっておっしゃった。草田男と兜太とは大変な論争があったわけですけど、しかし文学に

「兜太　TOTA」発行を決定した日　藤原書店にて
発言者：横澤放川　2017年6月1日　（撮影：黒田勝雄）

おける論争というのは世俗の権力争いなどとはまるきり違う。同じ文学意識を持っている同士の論争というのは、敵だの味方だのということではないのです。兜太さんは一時期までは草田男を季題宗だなどと盛んに批判していましたが、でもその後は草田男がもっとも信頼できるもっとも好きな作家だということを明言していましたね。だから草田男の文学観とのやりとりの中に自分の青春があった、大切な場所である「萬緑」を潰すとは何事だって怒ったんです。

そういうこともあって、僕はある時ふっと兜太さんの体調もやっぱり気になって、仮に兜太さんの具合が悪くなったときに、「海程」の他の幹部たちはどういうふうに動くのか、「海程」はどうするのかということを黒田さんとお話したことがあるんです。僕なんかもうはっきりしてましたもん。「海程」も名前からして、これは兜太一代で誰かがその後を継ぐなんてものじゃない。そしたら黒田さんが兜太さんに引導を渡してくれたんです。「海程」もおしまいにすべきことは、それを兜太さんも自分の体力からみてもう分かっていたんですね。それで二〇一七年に、翌年の九月をもっ

て「海程」を終刊とすると宣言したわけです。「萬緑」も同じ年の三月に終刊しました。だからこれで万々歳だなと思いました。

しかしそのあと、はっと気がついて、じゃ、兜太さんはどこで作品を発表するか、それでまた黒田さんと話をしたんですよ。まずいことになりました、そこまで考えなかったっていうね。そしたら、黒田さんが藤原書店と話をしてくれて、兜太のための雑誌を出しましょうという話になったんです。それで僕もそこに参加してね、あの雑誌の名前なんかも、最初はシャシャップなんて変な何か果物の名前ですね。蔓茘枝《つるれいし》ですか、それをあっちではシャシャップっていうんです。たぶんトラック島で密かに食べていたらしい。それを思い出したと兜太さんが言ってました（笑）。でも最終的には僕の意見が通って、もろに「兜太」とだけでいいと、そしたら筑紫磐井さんが英語版でも「TOTA」っていうのがありますよっていうんでね、その二つくっつけりゃいいじゃないかっていうんで、「兜太　TOTA」になったわけです。ところが、雑誌を出すことになった矢先に兜太さんが亡くなりましたね。それでも四号まで行きましたから、あれだけで一つの仕事を果たしただろうなと思いますね。兜太さんとのお付き合いっていうのはそんなところです。

「兜太　TOTA」創刊号のためのインタビュー　熊谷の兜太邸にて
2017年　（撮影：黒田勝雄）

兜太と草田男――共感と反発と

つづいて、兜太と草田男との関係について僕は「共感と反発」という言葉を使っています。つまり草田男に対する共感と、それから反発ですね。具体的には、兜太さんの著書『わが戦後俳句史』（岩波新書・一九八五年）を読むとよく分かる。戦争が終わったときに、草田男はこういう句を作りました。〈烈日の光と涙降りそゝぐ〉〈切株に据《きょ》し蘖《ひこばえ》に涙濺《そ》ゝぐ〉〈空手《くうしゅ》に拭ふ涙三日や暑気下し〉の三句。戦争に負けたといって、ある意味では手放しで泣いてるわけですよ。日本の民と文化のもっとも良いものがこれでもう滅びていくんじゃないかっていうようなね。戦時中、師だった高浜虚子が小諸に疎開していて、そこに勤労動員先から帰京する用があったついでに立ち寄って挨拶に伺ったことがあるんですね。その時に草田男が、もう戦争の先行きは見えている、敗戦のあかつきには日本の最も選良なものが永遠に失われていくんじゃないかという恐れを虚子に告げるんだね。すると虚子は「私はなるようになる、とそう思っている」って答えたという。虚子っていう人は平畑静塔さんが書いてますけども、「戦争までもこと俳句の天地ということに限っては雲烟視《うんえんし》する。」雲か霞のように、いずれ消えていくような無常の歴史事象だというわけです。あの「俳人格」っていうやつですね。

草田男はちょっと違うでしょう。草田男の社会意識というものは、そういう東洋的な「無」のような、「なるようになる」という考えにつくことはできない。そういう意識がこういう終戦時の句の中にも現れてきてね。だからもう悄然となって泣いてるわけです。暑気下しっていうのは夏バテになったときのお薬ですね。兜太さんはこういう手放しで敗戦を嘆く草田男の感情の激しさっていいますかね、それは一般庶民と共通するものであって、まあいいだろうとは言う。いかにも明治生まれの人間の正直な吐露だろうと。ところが、それから三日もしないうちに、草田男は〈戦争終りたゞ雷鳴の日なりけり〉〈陽が欲しや戦後まどかな月浴びつゝ〉〈夜長し四十路かすかなすわりだこ〉というような感慨をもらすようになる。敗戦に対しての痛哭の気概などは初めの三句、ことに力感においては、初めの二句に当てはまることで、後はにわかにいかにも寛いだ、ふやけたような印象に変貌する。痛哭は「三日」間だったのか、などと皮肉の一つも言いたくなるというわけです。「戦争終り」といい、「戦後まどかな月浴びつゝ」などと、あっさり転じてゆくのを読むと、この人の今次の大戦への姿勢は、草田男自身が痛烈に批判した加藤楸邨以上に肯定的、むしろ協力的だったのではないかと兜太さんは言う。皮肉ですけれど。こういう兜太のことばでいうならば、受容的な全体観。

〈飴なめて流離悴むこともなし〉これは楸邨さんの句ですね。楸邨の方は戦後、ただ混沌として悩んでるんですね。楸邨という人は決断力がないっていうか、どろどろとしたいつまでも割り切れないところがあるんですね（笑）。むしろこっちの方が正直まともだっていうわけですよね。『わが戦後俳句史』に書かれていることは草田男と兜太との間の論争の本質関係を端的に表しているだろうと思います。結論を先に言っちゃえば、草田男は明治生まれの人だよね。草田男の世代の幼児期の記憶なんていうのは日露戦争でしょう。乃木大将っていうのが旅順を攻略したあとでも敵のステッセル将軍を辱めることなく寓するという立派なことをやったとかいうような、いわゆる明治人の本物っていうようなことですね。そういう環境の中で草田男も当然、精神を作り上げてるんですね。

夏目漱石が『趣味の遺伝』という文章を書いていますけど、趣味っていうのは誰もが持っている歴史が培った美意識ですよね。それは遺伝するものだっていう。何だか知らないけども新橋の駅頭で出征してゆく兵隊さんたちの壮行式が行われている、そういうところにさしかかると、なぜか涙が出てきて仕方がないという、これが「趣味の遺伝」だって言うんです。それは端的に明治生まれはみんな明治天皇さんが好きなんですよ。〈降る雪や明治は遠くなりにけり〉あれです。明治が遠くなって、兜太のようなとんでもない人が出てきたっていうそんな感じですね（笑）。これが兜太さんとの、お互いに一番根本的にずれちゃってるところだろうと思います。

昭和二十二（一九四七）年、草田男句集『来し方行

方』が刊行されました。そして翌昭和二十三年六月に、沢木欣一が草田男を金沢に招き、自身の勤め先だった石川女子師範学校で講演をさせ、さらに主宰する「風」の大会に招いている。草田男は沢木のお宅の二階に泊めてもらって、翌日は犀川大橋を渡って金沢の中心街へと入って行ったんですね。金沢町には犀川から水を引き込んで門清水といっていいような風情の疎水が流れています。特にあの武家屋敷の並ぶあたりがねえ、景観が綺麗に保存されています。たぶんそのあたりでしょうが、〈ほそやかな洲なども置きて溝清水〉というような句を草田男は残しています。あるいは、沢木家界隈での作ですか〈故郷めく町山水めきし井戸清水〉といった懐旧の思いも含んだ六十六句を作って、「指頭開花」と題して「萬緑」誌上に発表したんです。

ところが、こういう句に注を付けて、徳田秋聲の一作品中に「山水のやうな井戸水をかなだらひに汲んで」というようなくだりがあったというのです。秋聲は金沢を代表する明治大正以来の文人ですけれども、どうも兜太はそんな注の言葉の響きに嫌悪感を感じています。それで兜太はその沢木欣一主宰の「風」という雑誌の中でさんざん貶しているんですよ。まあ、草田男という一人の人間が故郷を思い出して、ノスタルジックな句を作ったたって別に悪いことでも何でもないんだけども、それに兜太が嚙みつくわけです（笑）。中産階級がそのまま中産階級として自得しているような鼻もちならぬ弛み。ただの知性の浪費、こんな懐古趣味はもうたくさんだと兜太さんはいうのです。

そしてこの年の十一月の初めに、兜太さんは同じ金沢へと赴いて、さながらに草田男の足跡を追体験しているわけです。それから草田男のこの六十六句の全体的な印象をまずは不景気に語り始めるんです。歴史的仮名づかいと新仮名づかいが混然とした文章ですが、兜太のその後への過度期といった趣きも思わせないでもないから、そのまま引用してみます。

「最初発表された頃読んだとき、金沢を知らない僕は中野重治の親不知の詩を思ひ浮かべたりして勝手に日本海を想像し、海辺の俳句を多分に感情的に受けとつて、自分なりの感動をでつちあげていた訳だが、その時も俳句は小さいと感嘆し、金沢やその附近の海を知らないでは到底充分には理解出来ないといふこと自体を疑問にしたりした。そして、若しここからその作者の立つていた場を抜いて、作品そのものから、直接に感動を受けようとすると、もうほとんどそれに値する作品はないといふことを、僕は妙に淋しく思ったりした。これは馬鹿々々しいことなのだらうか。然し、草田男の九十九里の作品は、作品から逆に九十九里が展開していた。ところが、この六十六句は金沢や日本海をあらかじめ予定しないと全く平凡に終わってしまふのである。草田男は疲れているな――僕はさう思つた」

草田男の九十九里行というのは、十年以前の昭和十三（一九三八）年の作品です。第二句集『火の島』に収録された「犬吠行」四十一句に次ぐ二十四句です。「犬吠行」には〈蒲公英のかたさや海の日も一輪〉〈冬濤の湧かんかあはや鷗発つ〉なんていう傑出した作品が含まれている。それにつづく「九十九里行」もまた〈九十九《つくも》潟近づく霜と氷かな〉〈冬濤幾重階為す九十九里の間〉さらには、〈冬浜を一川の紺裁ち裂ける〉などですね。それこそ予備知識や先入主を必要としない緊迫した句が立ち並んでいます。

金沢行の群作にその緊張の見られない印象を兜太は、草田男は疲れていると形容するわけです。〈溝清水塀下出づる此の人気《ひとけ》〉〈旅の身は電柱に倚り鯉幟〉〈犀川を見送り様《ざま》に梅雨濡れ日〉といった金沢の景の「把握の正確さ」には兜太も唸っているんですが、しかし、「これでは結局旅の身の心情の表出に過ぎない。この風土と季節に妥協した心情に止まっている」という。「草田男は〈故郷めく町山水めきし井戸清水〉と徳田秋聲を思い出しながら、どつと疲れを出し、その疲労感のやるせないような擽りに身を委せてしまふ」という。その草田男の懐古的な口吻に兜太はことさらに反発を感じているんですねえ。

だから、金沢の文化を離れた海辺に至って、草田男はややに蘇るとも見ています。〈砂丘の合歓花枝低まる衣かければ〉〈合歓の梢《うれ》砂あがき出て花咲かす〉などに濁りのない一種のリアリティを感じ取っている。そうしたリアリズムの精神が後退する大きな理由は「まだ尚、文学を生活的なリアルのものから切り離したところに置くからではないだらうか」。厳しいですね。作家が自身引きずっている歴史や社会観、これ趣味の遺伝ですか、それに対して、自ら不断に抵抗を続け、旧套との妥協を全身に許さない、そこに文学の根本条件があるというように兜太は言い及んでいる。僕はこういう兜太が好きですね（笑）。

だから、今回選んだ兜太十句でもやはり戦争から帰ってきてからですよね。〈水脈の果て炎天の墓碑を置きて去る〉から始まってね、ここから兜太が始まってるなと思います。それ以前にも『少年』の中にはあれこれ取り上げてもいいような句はありますけども、やはり兜太が自覚的に兜太になったのは、このトラック島から帰ってからですね。草田男との角逐《かくちく》も兜太が兜太になってゆく重要な契機だったという気がします。ある意味では草田男に共感し反発しながら兜太は自己形成をしてゆく。

本当は兜太は草田男が好きなんですよ。草田男の社会性云々を超えた天真爛漫な俳句は、兜太は大好きなんですよ。しかし一旦社会批評の問題になったときに、彼はかなりの反発を感じてるんですよね。それでいいだろうと思う。草田男と兜太は分かり合えるんだ。そういう意味で逆に現実の二人は和解する必要ないんですよね。だから早く岩波文庫版草田男句集を出せば良かったんだけど（笑）。

〈きょお！と喚いてこの汽車はゆく新緑の夜中〉っていう句があるでしょう。僕はこの「きょお！」は歓喜であるとともに怒号だなという話を兜太さんにしたことがあります。そしたら兜太さんは「そうなんだ、その言葉を俺がもらう」って言いましたね（笑）。

兜太さんは自分で構成云々なんて言っておきながら、だいぶ無意識なところがある。〈梅咲いて庭中に青鮫が来ている〉の句もそうでしたね。この句もなんとなしに自分のイメージで兜太さん作ってるんですよ。ところが、それをみんながトラック島の海で犠牲になった日本の兵隊のことを言ってるんでしょうなんて言い出すから。多分それは考えてなかったよ（笑）。そういうものも当然無意識のうちにあるんだろうけれども、それを意識して作ってはいないよね。もっとそれ以前の原始感覚ですよ。みんなに周りから言われて、そうかもしれんって言い出すことになった。兜太の作品をなんでもかんでもかまわず社会性に結びつけて考えない方がいいと思う。そんなことやってると兜太の句の、僕は肉体感って言ってますけれども、言葉の持っている肉体性っていうようなものは忘れられてしまう。

僕が最初に兜太さんに引っ張り出されて座談会に参加したときには、兜太さんはまだ草田男の季題観の悪口を散々言ってたんですよ。でも座談会が終わっちゃった後で、僕の方もいささか閉口して、「兜太さんは結局のところ草田男の弟子じゃないですか」と口を滑らせた。そしたら兜太はしばらく黙っちゃって、それから膝を叩いて、「そうなのだ、そうなのだ」っていう。あの頃からですよ。人間のせせこましさはどうも好かないけれども、作品は草田男がやっぱり随一だと、どこでもはっきり宣言するようになりました。それで兜太の作品を見ていても、やっぱり草田男の影響っていうのは深いところにあるなあと感じますね。特に社会性を離れた兜太のいわゆる言葉の肉体感みたいなものが横溢するような作品は草田男とどこかで共通してるなあと思いますね。

兜太と草田男とのもう一つの争点は季題論

あっ、季語の問題もあるね。草田男との対立の大きな問題も季題論だったのね。兜太は草田男を季題宗だって。つまり季題の宗教、季題に金科玉条としがみついていると腐す。でも兜太自身が「俺は草田男から一度直接に聞いたことがある。季題は方便ですよと草田男自身が言ってたんだ」と言ってました。要するに季題は手段だと草田男自身が認めていたというんです。「本当か」って思ったんだけど、兜太の前で草田男はそういうことをいうかなって、ちょっと首を傾げたんだけども。

草田男の俳句に対する根本姿勢から言うと、そんなことを言うはずがない。でもねえ、何としても味方につけたい（笑）。それは兜太の気持ちの中には、伝統的な季題趣味に対する強烈な反発がある。だから、できれば兜太は草田男が季題宗でない方がいいわけですよ。近代詩の世界の中で、そんな手垢に塗れたような趣味がいつまでも制約してるのは駄目だよ。なのに季題というものが草田男にとって訳の分からない、一つの意固地な態度になっていると、兜太はそう見てましたね。

黒田さんと一緒に無季歳時記を作りました。季題に代わるものとしてドラム缶とかの言葉を使う、それはほとんど意味がないじゃないかっていうふうに僕は思いましたが。渡邊白泉がかつて、僅々四五文字で季題に匹敵する言葉はと悩んだことがありますが、それは容易な課題じゃないですよ。季題に代る強烈な力をもった言葉、うんこですか（笑）。

でも兜太も晩年になるにしたがって、季語が持っている働きっていうものは自在に取り入れるようになったね。さっきの肉体性ということと同じで、季語自体の中には趣味的な因習といっていいようなものを払ってしまえば、依然として肉体性を保証するものがある。それを一時から信用するようになってきたんじゃないかなと思う。〈梅咲いて庭中に青鮫が来ている〉にしてみても、これが生きてくるのはやっぱり「梅咲いて」ですよ。その時に梅というものが持っている、伝統的な情緒があるけれども、それを何かの形でひっくり返すのもまた凄い威力を発揮し出すんだと、そういう俳諧の根本ともいえる手応えを感じたのではないかと思う。「青鮫」ではやっぱり「梅」ですね。「桜」だと絶対ダメだ。梅というのは、まだ寒いうちに「白」の中に蒼褪めたものを持ってる花ですよね。そして静かであんまり「桜」のように騒がない、黙ってひやひや咲いているような。青鮫は自分が持っている潜在意識の中の一つの、歴史観も含めたものであることは間違いないんだけれど、そういうようなものとちゃんと交信しあうんだということを感じ取っているだろうと思う。そういう意味では、兜太も季題宗になったのかな（笑）。

〈おおかみに螢が一つ付いていた〉もやはり螢が強烈に効いている。もちろん、これは季題だと言う必要はないとしても、でもやっぱり自然物が持ってる強力な存在感みたいなものです。こんなちっぽけな螢が狼と対抗してね、こういうかたちでもって句の全体を覆い、生き生きとしたものにしてくれるっていうのは、僕らはやはり螢を季語として捉えますよね。

この句ができるときに兜太は狼が冬の季語だ、螢は夏の季語だなんていう、そんな意識は持っていないでしょう。それこそ構成かもしれんけども、狼という山の恐ろしい神様に対して、一番小っちゃな、しかもピカッと光るような存在を一つくっつけてみたいっていうのは勲章なんですよ。自然というものに対する一つの勲章をここにつけてやりたい。そういう意識で作ってるだろうと思う。だから結果としては螢が季語だって言われれば、季語だっていうことになるんだけども。もちろん自分で季語のある句を作ろうなんていう意識で作ってないのは間違いないです。なんとなしに作ってるとちゃんと季題が入ってる（笑）。要するに自然そのものですから、その力っていうものはやはり一句の中では中心的な働きを示すことは間違いないね。解釈としても、狼が主ですか、螢が主ですかっていうふうに言ってるよりは、やっぱり螢を真ん中に置いた方が一句は安定するんですね。

これはむかし日野草城とか山口誓子、それに中村草田男も絡んで、有季無季論争があったんですけども、あの中で日野草城という人が有季無季どっちも許すっていう立場だったのね。兜太も結果としてはそうですよ、有季も無季も許す。しかしそれは作句の根本姿勢としてってていうんじゃないですね、結果としてそうなっている。

日野草城の〈月明や沖にかかれるコレラ船〉という句があります。隔離された船が沖合に繫留されている。兜太のさっきの句で、もし狼が冬で螢が夏というのと同じように行けば、草城の月明は秋でコレラは夏の季題なんですよね。じゃ、どっちなのってね、僕らはこの句は良い句だなと思って読むのは、やっぱりコレラが夏のものだと感じている。暑い中でコレラ船も苦しんでるだろうけど、そこに月光が静かに注いでるっていう一種の慰めみたいなものね。そういうようなものを季節感の中から感じるんだよね。それは日野草城の場合にはどっちも許容して作りますなんていう曖昧な態度だったんだけども、兜太の場合には初めからそんなものを趣味として持ってるんじゃなしに、何度も話したけど、自然の中の力っていうものに感応してるんですよね。感応して出来上がってみるとちゃんと季題が入ってる、それでいいと思う。四時の循環というような無常とも結びついた情趣がそれに先行しているわけでは全くない。

草田男もそれですよ。角川から『季題別草田男全句』という本を出したんですけど、その中でずいぶん悩んだことがあります。例えば〈鷹消えぬはるばると眼を戻すかな〉という句。「鷹」は冬の季題なんですよ。ところがこの句は九月一日に信州へ行って作ったのよ。あるいは〈蒲公英のかたさや海の日も一輪〉という句。蒲公英は春の季題でしょう。ところがこの句は真冬に九十九里浜へ行って作ってるんです（笑）。これを春冬どっちに持っていくのか、春の部で蒲公英っていう季題の方に句を入れるか、それとも作った季節に従って、これは冬蒲公英とでもいうような新しい主季題を作っておいて、そこに入れるべきなのか、ずいぶん悩んだ。「硬さや」っていうところに冬がある。まだ縮こまって蒲公英が咲いているのね。だから太陽もいささかかじけて一輪なんです。それを感じ取るとこの句はやっぱり冬なんだよね。

草田男も兜太もこの点では同じところにいる。初めからこういう季題を入れてなんていうのではなくて、目の前にそれがあるからそれを詠んでるだけなんですよね。それは冬なのか春なのかなんて分類には全然お構いなし。そういう句が随分ありますよ。だから基本的に兜太と同じようなとこはあるんだよ（笑）。歳時記があって作品があるのではない。作品があって、そのあとで必要というんだったら季節分類がある。それだけのことでしょう。

兜太の主張する俳句の構成というのは要するに持ってきた材料を組み立てていく。兜太は自句自解の中でも言ってるけど、〈彎曲し火傷し爆心地のマラソン〉の句も家に戻って辞書を開いてたら「彎曲」という言葉が出てきた、「あっ、これがあれだ」ってふうに気がついたと、それでこの一句が出来上がったんだってて言ってるわけね。そういうふうに自分が集めてきたイメージというのをもう一回組み立てていくときに、いい言葉に出会うような形で一句が完成する。これは多くの人も多分同じようなことをやるんだろうけれども、兜太の場合には構成の意識の中でもって、特にあの句は長崎時代の作品で、むしろ再構成を意識的にやってたわけだよね。

草田男のは違うんですね、その場で作っちゃう。完成しないものでも、次の機会に同じような光景を見てたときに、「あっ、あれはこうだ」っていうかたちで完成するっていうのはあるんだね。あの〈冬の水一枝の影も欺かず〉なんかもそうです。あの句でも「冬の水」という言葉に最後に至るまでに大分悩んでるんですね。句帳の中にいろんなフレーズがあったものを、それを武蔵野探勝会のおりに立川の普済寺というお寺の下の水溜りを眺めているうちに、ぱっと出来上がったっていう。そういう意味でこれもやっぱり現場主義で、構成じゃないんだよ。

兜太と千空と

続いて兜太と成田千空についてお話したいですが、兜太には、〈涙なし蝶かんかんと触れ合いて〉という句があって、千空には〈葬ひの鉦かんかんと水澄めり〉という句があります。ここには兜太と千空に共通するものを感じますね。千空はいわば草田男の一番弟子ですね。一種の対抗者みたいな感じで、兜太はむかしから千空をちゃんと読んでいる。僕も晩年の兜太に「成田千空と金子兜太というのが草田男の一番弟子なんじゃないですか」って煽ったことがありますが、彼はそれを拒否しませんでしたね。成田千空は津軽の人ですから、そこから離れなかった人ですから、やっぱりそういう言葉の持っている容量っていいますかね、内包量っていいますかね、たっぷりとあるんです。そういうものは兜太もずいぶんと気にかけていてね、単なる社会性であるというよりも言葉が持っている生命、肉体の根本の力ですよね。これはやはり成田千空のことは注目していたんじゃないかと思う。

兜太は『今日の俳句』の中で、千空の句〈野は北へ牛ほどの藁焼き焦がし〉を採りあげています。この句と兜太の〈人体冷えて東北白い花盛り〉は同じ頃の作なんです。昭和四十二（一九六七）年、八戸在住の豊山千蔭が現代俳句協会賞を受賞します。千蔭は「寒雷」の同人でもあったから、この年の五月、兜太は受賞祝いに青森まで行ってるんです。そのときに成田千空に案内されて、北津軽を一緒になって歩いてるんですよ。この〈人体冷えて〉は十三潟あたりの印象であることは兜太自身が自解で語っています。同じ時期に千空は

〈野は北へ〉を作っているんです。兜太はそれを知っていて、『今日の俳句』の中でそれを挙げて、ずいぶんと共感こめて称揚しています。少し長いがここで引用しておきますか。

「野原には何もない。収穫のあとであろうか、何もない。その一箇所に、藁が積まれて、焼かれている。その焼かれ方は、ぼうぼう燃えるのではなく、周りは黒く、中は赤く、積まれた形を崩すことなく、中へ中へと燃えてゆく感じである。だから、「牛ほどの藁」という形容が生まれてくる。積まれて、しかも黒くくすぶっている形が、まさに牛のように見えるのである。大きさも牛ぐらい。

煙は、北へ流れゆく。野を這い、横切って流れてゆく。そして北空に終わる。ここでも「北へ」という想いのこめられた積極的な言葉づかいがみられる。絶対に「北に」ではなく、「北へ」である。

いま私は、想いが込められている、と言ったが、この作品は、まさに想いを込めている作品である。この景の背後には、冬の来る大地、暗い空が見え、その土地の人びとの農耕の生活が荒々しく蘇ってくるのだ。そこまで言うべきかどうか知らぬが、そこに大地と空と生活を、私は、東北地方のそれと受け取る。この暗さ、この荒々しさには、まぎれもなく東北がある。しかも、作者は東北に限定しないで、普遍性を持った景に仕上げ、そして、その景を迎える人の想い――情念の激しい波打ち――として、読む者の胸に叩き込むのだ。

その想い、情念の激しい波打ちは、「北へ」とともに、「牛ほどの藁」にもある。つまり、両方ともに実際のこととしても、それを俳句のなかの〈事実〉とするためには、作者の決断が要る。その決断のなかに想いがこもる。「牛ほどの藁」など、やはり、東北の農村生活のただなかにいないと出てこないし、それを言葉として定めるためには、感覚の働きにたよっているだけでは、だめなのだ。それにしても、この牛、耕牛であり、牛のように鈍重で粘り強い農民であり、作者の重い心の姿（心象）である。それが火をこめて焼き焦げ、煙は北空へ流れる」

こういう千空なんかとの対質をすすめながら、さきほど言った言葉の肉体性みたいなものに次第に関心を深めていくことになったんじゃないかと思うんですよね。ただの社会性じゃないですね。ただの社会性では

第一回みなづき賞　兜太・杏子・放川・受賞者 千空　2004年

スローガンになっちゃうだけです。それが実質的な人間の言葉になるかどうかっていうのはまた別の問題ですよね。

僕は平畑静塔の存在も大事だと思っています。静塔は俳句弾圧事件で苦しんだ人ですよね。それで人間の自由っていうのは一体何なのかということを随分生涯を通して考えていた人で、もう隠退していい齢になってから、宇都宮の病院へ院長さんになっていって、あそこで患者さんとの事件があったりして、ずいぶん悩んだ人です。俳句弾圧事件で検挙された人ですから、中国戦線では前線へ出された人なんですよ。彼は軍医ですから、直接の戦闘はしてないんですけども、思想犯ですから昇級なんてこと全然ないわけです。でも彼は仕事だけは、傷病兵たちの世話や後方への移送などを徹底的にやる。そしてそこから一時解放されたときには、大陸の夜空を見ながら、手明りの中で読んだヤスパースの「精神分析論」、彼は精神科のお医者さんですから、そこに初めて自分のなにものにも侵害されない自由があったというんです。リゴリズムの最たるものでしょう。

ところが、関西から宇都宮へ移ったときには、あの辺には縄文時代の遺跡がたくさん出てくるんですよね。そういう荒々しい土器などとのお付き合いを始めたときに、言葉の本源って何だろうっていう問題にあらためて突き当たった。静塔は「リズム考」という評論を書いてますけども、体ってリズムそのものなんですよね。「きょお！」だってそうでしょう。これリズムなんですけどね。兜太の句にはどんなに破調みたいになっていても、必ずリズムがあるわけです。リズムは直接に肉体と結びつく、肉体が精神を揺さぶって言葉がそっから立ち現れてくるっていうね。こういうことに対して、静塔もずいぶん考えるようになったんですね。僕は兜太が静塔の「リズム考」を読んでるんじゃないかと思う。

兜太は風土という言葉を嫌いました。成田千空が風土俳句だって言われると、「俺はそんなんじゃない」ってね。風土という言葉が嫌いですよ。つまり風土っていうのは素材として扱われる方が多いわけですね。土地土地の珍しい風景だとか、行事だとか、文化とか、そんなものを素材にして仕上げていくと、これ風土俳句になるんですね。兜太はそんなふうに自分の句を見られるのは本当に嫌だと言っていましたね。つまり素材としての風土なんてものには何の興味もなかった。そうではなしに、生命の内部から湧きあがってくるようなリズム感のことを風土だと思ってたよね。だから誤解を招くような風土という言葉は使いたくなかった。僕もずいぶん前からそれは肉体としか言いようがないんじゃないですかっていう話を兜太さんにしてたんだけども。

そういう中から兜太の句、〈谷に鯉もみ合う夜の歓喜かな〉なんてちょっとエロチックな句ですね（笑）。また〈猪が来て空気を食べる春の峠〉なんてのもそうですね。こういうような句の発想の中にある、肉体で持っていくような、この力はもう構成と言えないんですよね。兜太としては、これも構成だって言うかもしれないけども、構成以前に出来上がってるんですよ。「空気を食べる」なんていうことは、そういう素材を組み合わせて構成していく、そういう問題とこれはちょっと違うんですね。だから非常に平明になってきましたね。なんか小学生でも作れるような、それぐらい平明ですね。〈おおかみに螢が一つ付いていた〉なんて、これは言葉づらだけだったら幼稚園の子だって作れって言えば作れるかもしれない。フレーズそのものの平明さ、内容は別としてね。そういうことを平気でやるようになった。それはどこか自覚的に言葉の持つ肉体感というものを信じてゆこうという気持ちがあったんだろうと思いますね。

「兜太は未完ですね」——成田千空の言葉

前に言った成田千空が蛇笏賞を取ったときのことですが、千空は受賞挨拶で自身については碌に語らなかった。終始と言っていいほどに、この蛇笏賞選考委員として、目の前の委員席にいた兜太に語りかけたのです。「兜太は未完ですね」と言うんです。兜太のあの頑丈な頸がむっくり起きたのが後ろから眺められました。僕はそれこそ萬緑門ですから、千空や兜太を望むべき峰々の一つ一つとして見やり続けてきた人間ですから、千空の言わんとすることをすぐに直覚しました。千空らしい、兜太を認めていればこその共感のフモール（ユーモア）の表現なんです。おそらく訝しい顔で見上げた兜太に向かって、そのこころはとばかりに千空は言い足しました。「草田男も未完でした」と。

千空が言いたかったのは、草田男と兜太にはどこか共通点があるということでしょう。どれほど両者が論争しようとも、それで優劣をつけ割り切ることなど決してできないデモーニッシュな詩精神を二人が持っていると見ていたはずです。式後の宴席で僕は、未完と言われましたねと、兜太さんにいささか揶揄の言葉を投げてみました。そしたら憤然として兜太が応じた。「千空ごとき小成に甘んずるものではない」。七十七歳と七十九歳のこの二人の掛け合いの場に僕はむくむくと湧き上がってくるようなおかしみを覚えましたね。同時に、羨望というに近い不覚の感情の起るのも覚えました。

「兜太は未完でした。草田男も未完でした。」これいいメッセージだなと思いました。それはむしろ千空が兜太に対する大いなる祝福の言葉だったね。兜太が最後まで未完であったということは間違いない。だから定住と漂泊だとかね、いろいろなスローガンになるよ

第一回みなづき賞贈賞式　兜太・杏子・千空　2004年

うな言葉をいつも探してたね。それはただのスローガンではなしに、自分の作句の新たな局面を開くものとして、何かある、何か俺の本当に求めているものがあると、絶えずそういうようなものを探していた。あれは確かに未完だなと思う。

これは草田男も全く同じだった。一時期から、つまり兜太たちとああいう激しいやりとりがあった後、草田男は見捨てたように俳壇へ出ていくことも全部やめてしまいましたね。そして「萬緑」という結社の中でのみ終始して作品営為をつづけていた。そういう時期からの草田男の作品というのは、世の中の多くの人にちゃんと分かるような作り方もさらさらしない。汾湧と自身表現するほど多産でしたが、自分の表現したいこと、すべきことだけを徹底的に表現していく。自分を攻めて攻めてゆく。

だから俳壇では草田男の後半生っていうのは評判が悪いですよ。でも、僕らが見てる限りにおいては、死ぬまでおそろしい、文芸というよりも魂の苦闘努力がつづけられていくんですねえ。思想というものが絶えず深く深く掘り下げられていく、そういうのを僕らは見てきました。やっぱり未完だ。詩人というのは、天地のあわいにあって常に未完の者のことをいうんでしょう。

そして、未完というのは、いつまでも文学的な精神が枯れていないという意味にもなるわけですね。俳句もやはり一時期ちやほやされても、小さく固まっちゃう人が殆どなんですね。大御所という言葉があるけども、俳壇の大御所になった人たちは結局、ある程度の段階まで行ったところでもう横にすっと流れるだけなのね。草田男の言葉で言うなら、名声得て仕事せぬ人です。そういう面は兜太と草田男の二人にはなかったんです。どこまでも変貌を遂げていくというバイタリティのことを肉体性と呼びたいね。草田男の言葉の肉体性は兜太とはだいぶ違う内容のものだけれども。おそらくはその肉体性の違いが兜太コントラ草田男の起動因なんですけれど、でもやっぱり全体的には兜太は草田男が好きなんだよね。だから僕は二十年早く生まれたかった。当時に生きてたらあの二人のやりとりがどれほど面白かっただろうと思うわけです。

兜太さんと話をしていたときに、兜太さんの句の言葉の発し方を荒川に喩えたことがある。荒川って秩父の山渓から細い谷間を通って、谷を削りながら、次第に長瀞のあたりから勢いを増して、そして熊谷あたりの平野部へと出ていって、それから大きな流れになっていく、あれと同じですね。兜太さんの句の願いっていうのは、いつもそういうところにあったんじゃないかっていうね。旧制水戸高校で作った最初の句〈白梅や老子無心の旅に住む〉。はっきり言って大変つまらない句なんだけども、でも兜太さんにとってはあの句は大事なんです（笑）。そういうのがやっぱり中国の『詩經國風』とか、一種の民衆詩に憧れるような素地が端からあったのでないかと思う。それは李白や杜甫のとは違うでしょう。あの國風のような俗謡のリズムが間違いなしに兜太のリズムだなと思う。日本なら文学というより民謡や梁塵秘抄みたいな、どっこい生きてる俗謡の世界なんだ。伊昔紅の編纂した秩父音頭などにいろいろと拘るのもそういうリズムだよね。これから先の人たちが兜太さんの俳句精神や人間性などを、もっともっとそんな精神史的規模で深く解明してくれる時代がきっと来るだろうと僕も思っています。

おわりに

金子兜太先生の誕生日は九月二十三日、文化の日。晩年は毎年秩父で誕生祝いの会をやるようになり、金子先生、黒田杏子氏、横澤放川氏の三人鼎談の形で始まった。

二〇一七年、横澤氏は黒田氏主幹の雑誌「兜太　TOTA」の編集委員も務められた。また、『草田男句集』を岩波文庫から出す企画を立て、草田男と兜太との歴史的な和解として、金子先生に編者及び序文をお願いし、承諾されていた。しかし二〇一八年二月、金子先生の突然のご逝去により実現できなかった。このことが、横澤氏にとって一番の心残りだと語る。兜太先生が存命のうちに実現できなかった仕事があることの氏の痛切な悔しさに、私も強く共感した。

更に、今回の取材で横澤氏とは初めて言葉を交わしたわけだが、かねてからの旧知のような親近感を受けた。氏は終始して笑顔で淡々と、また記憶正しく兜太を語り、大変な知識人且つ勉強家、実に繊細な精神を持つ方だと感服した。

董振華

横澤放川の兜太10句選

水《み》脈《お》の果て炎天の墓碑を置きて去る　『少年』

きょお！と喚いてこの汽車はゆく新緑の夜中　『〃』

原爆許すまじ蟹かつかつと瓦礫歩む　『〃』

銀行員等朝より螢光す烏賊のごとく　『金子兜太句集』

彎曲し火傷し爆心地のマラソン　『〃』

人体冷えて東北白い花盛り　『蜿蜿』

谷に鯉もみ合う夜の歓喜かな　『暗緑地誌』

梅咲いて庭中に青鮫が来ている　『遊牧集』

猪《しし》が来て空気を食べる春の峠　『〃』

おおかみに螢が一つ付いていた　『東国抄』

横澤放川（よこざわ　ほうせん）略年譜

昭和22（一九四七）　静岡県に生まれる。

昭和49（一九七四）　「萬緑」に入会、中村草田男に師事。

昭和61（一九八六）　萬緑新人賞。

平成4（一九九二）　萬緑賞受賞、同年より「萬緑」編集に携わる。

平成6（一九九四）　句集『展掌』刊。

平成15（二〇〇三）　俳誌「件」創刊同人。

平成20（二〇〇八）　より五年間、日本経済新聞の「耳を澄ましてあの歌この句」欄に連載。

平成21（二〇〇九）　「萬緑」同人欄選者。

平成22（二〇一〇）　成田千空の後を継いで「萬緑」最後の選者になる。

平成29（二〇一七）　「萬緑」の後継誌「森の座」を創刊・代表。この間に中村草田男第九句集『大虚鳥』、講演集『俳句と人生』、精選句集『炎熱』、『季題別中村草田男全句』など草田男の文業を編纂刊行することに専念。

平成30（二〇一八）　雑誌「兜太　ＴＯＴＡ」編集委員。


現在、俳人協会評議員、毎日新聞房総文園選者。日本経済新聞俳壇選者。東京カトリック神学院教授。

第8章

筑紫磐井

（二〇二二年四月二十一日十三時　中野にて）

はじめに

筑紫磐井氏のお名前は、金子先生から聞いており、雑誌「兜太　ＴＯＴＡ」の編集長を務められたことも知っていた。また、兜太亡き後の二〇一八年十一月十七日、津田塾大学（千駄ヶ谷キャンパス）にて「兜太と未来俳句のための研究フォーラム」が開かれたおり、氏は実行委員の一人だった。私は第二部「兜太俳句と外国語」に参加したため、発言内容、プロフィール等の打ち合わせで、事前にメールのやり取りを行い、当日開会の司会等を務められた氏に初めてお目にかかった。かつて文部科学官僚であったこともあろうか、氏は厳しくも暖かく律儀な方だと感じ取った。当日は多忙のため挨拶のみで、突っ込んだ交流は無かった。

今回の取材をきっかけに、「豈」への原稿執筆や『兜太を語る――海程15人と共に』の帯文の依頼、校正原稿を自宅まで届けに行くなどして交流が増え、親しく接して頂いていることが嬉しい。

董振華

ライバル心を持ち合う登四郎と兜太

私が最初に思い出す生《なま》の金子兜太といろいろと話をした場は、「俳壇」という雑誌の座談会です。一九九九年九月に若手俳人のインタビューシリーズというのがあって、これはちょっと驚くようなことですけれども、金子兜太が司会をして若手俳人にインタビューするのです。あんな御体がこんな若造相手にインタビューしてくれるなんて、これは非常にありがたいことだと思ったんです。そのときにだいぶいろいろ話をしたことがあります。

ただ、もう少しさかのぼると、実は兜太さんと私自身というよりは、兜太さんと私の俳句の先生との因縁というものがあるんです。能村登四郎という「馬酔木」系の俳人が「沖」という雑誌を創刊して、私はその俳誌に投句をしてたんです。能村登四郎は金子兜太と因縁のある人で、現代俳句協会の協会賞を登四郎と兜太の二人で共同受賞しています。また、その直後角川書店の「俳句」という雑誌が受賞者にそろって長編論文を書かせるという企画があり、そのときに、金子兜太が書いたのは「俳句の造型について」で兜太の中で一番有名な評論です。その時同時に能村登四郎が「諷詠論」を発表しています。編集者は「造型」と「諷詠」を対照させたつもりだったのでしょう。もともと、「馬酔木」と「寒雷」の作家ですから、波郷の弟弟子、楸邨の弟子ということでいろいろ因縁があるわけです。その意味で非常に面白いことだと思ってましたが、そのずっと後「兜太　TOTA」という雑誌で、兜太さんに「登四郎の印象がありますか」って聞いたら、「そうだな、屁みたいな人だ」って言ったんですよ（笑）。要するに、匂いはするけど、あまり実害がないとか、どんな意味なのかよく分かりませんでした。褒めているのか、貶しているのかもよく分からないですが。ともかく意識はしていたみたいです。その一方で私が「沖」にいるときに、能村登四郎に話を聞いてみると、むしろ非常に兜太のことをライバル視してたんです。

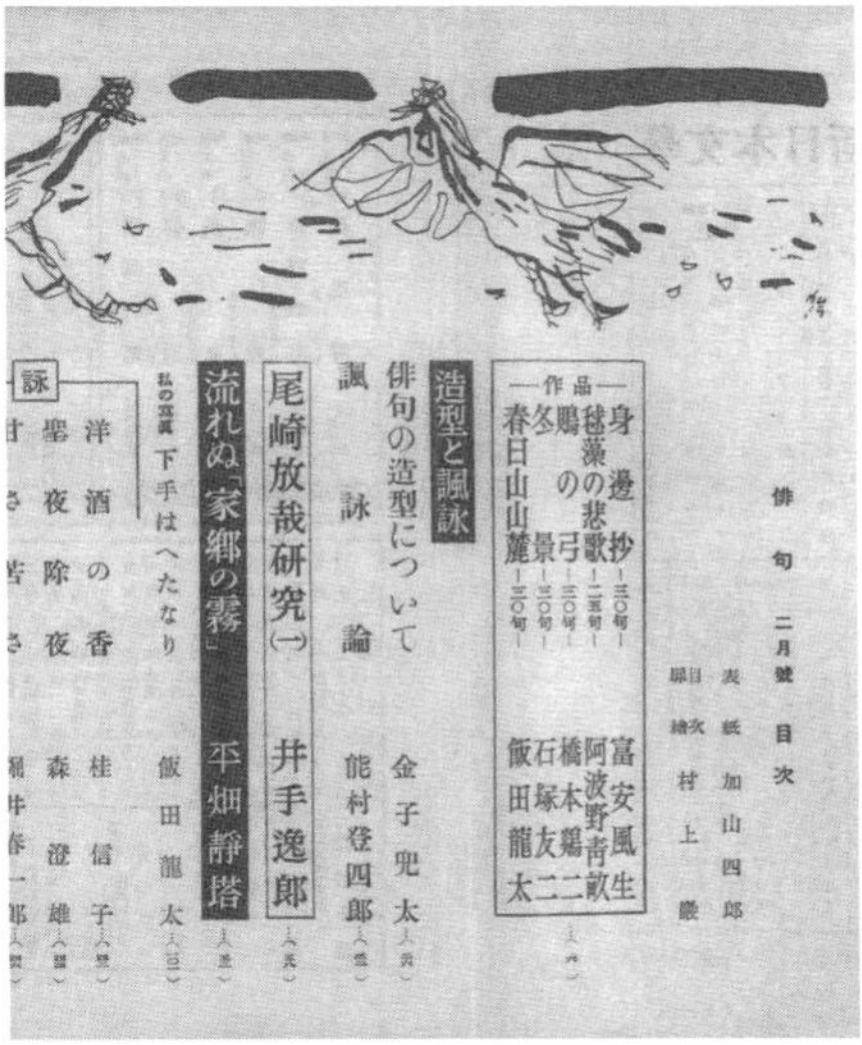

俳句　二月號　目次

表紙　加山四郎
目次畫　村上巖

—作品—
身邊抄　富安風生
毬藻の悲歌　阿波野靑畝
鵙の弓　橋本鶏二
冬景　石塚友二
春日山麓　飯田龍太

造型と諷詠
俳句の造型について　金子兜太
諷詠論　能村登四郎

尾崎放哉研究（一）　井手逸郎
流れぬ「家郷の霧」　平畑靜塔
私の意見　下手はへたなり　飯田龍太

詠
洋酒の香　桂信子
聖夜除夜　森澄雄

「俳句」昭和32年(1957年)　2月号目次
金子兜太「俳句の造型について」と
能村登四郎「諷詠論」

　能村登四郎という人は、他の人に言わせると穏やかな人だっていうことですが、実はかなりライバル心を持っていてね。昔だと金子兜太、その後は、鷹羽狩行、さらにその後は、角川春樹にずいぶんライバル心を持ってましたね。私が知ってるのは、鷹羽狩行とか角川春樹の時代ですけれど、句会が終わった後お茶を飲みながらいろいろと話をするんですよね。例えば、狩行さんと一緒に色紙の展示会をやったんです。そしたら「私の方がたくさん売れたんですよ」って嬉しそうにいうわけです（笑）。

　わりと素直にその敵愾心を表してくるっていうこと

で、そういう意味では非常に兜太さんのことを意識していたし、なんとなく私もその後いろいろ勉強してみると、能村登四郎の歩いた道筋というのは、兜太さんがいたからできた道筋だと思います。つまり、高速道路の隣に普通の通用道路ができるような感じで、隣を見ながら自分の道筋を通ってきたんじゃないかと思います。考えれば、同じ受賞して執筆したのに、「造型俳句論」は今や誰でも知っているけど、登四郎の「諷詠論」は本人ですら忘れちゃっていたようですよ、自分で書いた詳細年譜にも載っていなかったようですから（笑）。

あの頃は今の現代俳句協会と俳人協会と違って共存しており、例えば現代俳句協会の中で伝統派と前衛派を並べて顕彰していくことが多かったのです。兜太・登四郎の次の年には鈴木六林男と飯田龍太が受賞してるんですよ。だから戦後派の双璧みたいな人たちがペアで次々受賞しているんで、その意味では非常に開かれた時代だったと思います。そういう中で、現代俳句協会で兜太も登四郎も幹事となり、協会の運営を巡って二人でもいろいろ議論したり、対立するところもあったけど、一方でお互いよく知っているという感じであったんじゃないかなと思います。そんなことがあったので、私としては金子兜太は、私の先生の能村登四郎のライバルだったんだなあという意識を常にもっていろいろお付き合いさせていただいたんです。

「俳壇」の座談会で兜太と初対面

「俳壇」の座談会に戻ると、テーマは「俳句の広い流れ（第九回）――無季の可能性について」でした。何で私がこの座談会に引っ張り出されたのかというと、たぶん二つ理由があったと思います。

一つ目は、当時、現代俳句協会で「現代俳句歳時記」（一九九九年六月出版）という歳時記を編纂したんです。現代俳句協会が作る「現代俳句歳時記」だから、現代俳句協会の会員が編集すると思ったら、たまたま俳人協会だった私が呼ばれて入ったのです。どうも舞台が違うんじゃないかと思いましたけれど、よく知った人たちがいたんで――当時は宇多喜代子さんとか、津根元潮さんというような重鎮とかが委員でいて――

1999年「俳壇」での座談会
左から　三村純也・小林貴子・兜太（司会）・筑紫
（写真提供：本阿弥書店）

三年か四年ぐらいかかって編纂したんです。それのトップに名目上は兜太さんがいて、だから、人選には兜太さんが多少与かってたのかもしれないなとは思ってます。そんなこともあって、多分私の名前も覚えていただいて、それで座談会のときに呼んでいただいたんじゃないかと思ってます。

二つ目は、これもう少し前に『飯田龍太の彼方へ』（一九九四年・深夜叢書社）という俳句評論を書いたんです。言ってみれば、龍太を四分方褒めて六分方批判しているという本だったんですよ。龍太批判は俳壇で声になりにくいけれど、龍太批判をしたというところもあって、俳人協会では新人賞をくれるということになったんです。あとで聞いてみると、兜太さんもかなり龍太は意識してるんで、そういう「龍太論」みたいなものはいろいろ丹念に読んでいたみたいなんですよね。だからこの座談会のときも、「あなた龍太の本も書いたでしょう」って言ってるんですけど、やっぱ何かそういうところを意識して、殊更私をこの場に呼んでくれたんじゃないかなというふうに思っています。

座談会のときの感じはなんていうかな。兜太さんは松本たかしと中村草田男、川端茅舎が好きだというのです。草田男は分かりますよね、兜太にとっていろいろ恩讐の彼方の人ですからね。しかし草田男以外の松本たかしと川端茅舎って全然違う傾向じゃないですか。このおじさん、いい加減なんじゃないかなという気が最初はしましたけれど（笑）、ただ司会者ですから、上手く話を持っていかないといけない。この三人というのは、三村純也さんが伝統俳句協会、小林貴子さんが現代俳句協会、それから私が俳人協会とバラバラな人たちですから、いろいろな話を引き出すために、関心がなかったとは言わないけれど、「いや私も大好きだった」とか、そんなこと言いながらで、話を進めてたんじゃないかなというふうに今は思います。

座談会ではそのうち、今言った『飯田龍太の彼方へ』の話題になって、結構乗って二人で龍太のことをけちょんけちょんに言ってます。龍太はご存命で、これの七、八年後に亡くなっていますからまだ元気ですよね、もし読んでるとしたら、かなり怒ってたんじゃないかな（笑）。ただ、私は六分方龍太批判だったたし、兜太さんもやっぱり龍太なんぞと思ってるような人ですから、そこは話がうまくあいました。龍太の俳句を「痴呆俳句的」って言ったら、「そうだそうだ」って言った。だからそこは非常に意気投合したような感じになりましたね（笑）。そういう意味では非常に面白かったです。ただこの時の話題は無季俳句が中心でした。このことはあとでまとめて述べます。

生《なま》の兜太に初めて会ってみると、意外なところがいろいろあって、この座談会の後、編集部の人が会食を用意してくれるんですよね。簡単に食事をしながらもまた雑談する。その時、呼ばれたわれわれ若手三人とも飲み食いしてたら、兜太さんは「いや、私はね、酒は飲まん」と言ってた。その時、完全に自己抑制で、健康のためには一切お酒は飲まないという生活を続けていたみたいですね。大体私が知ってる老人の方っていうのは、みんなもう飲んべえというかね、ほとんど酒乱に近い人たちが多かったから、やっぱりちゃんと自分をコントロールできる人だということで、これはすごく感激しましたね。それが大体きっかけであったというふうに思ってます。

テレビ講義の芭蕉の『野ざらし紀行』から「馬酔木」や「沖」に入会

前に言った座談会冒頭、兜太さんが三村さんと小林さんと私にそれぞれどういうきっかけで俳句を始めたかということを聞かれています。三村さんが松本たかし、小林さんが三橋鷹女。私は芭蕉と答えていますが、今から考えると気障《きざ》ですよね（笑）。しかし、これは事実なので仕様がありません。大学の頃、テレビで臼井吉見が芭蕉の講義をしていたのを聞いたのです。それまでは俳句というものが全然分かりませんでした。芭蕉は偉いんだということは聞いていたのですが、臼井さんの話を聴いて目から鱗が落ちるような思いがしました。その時感じたことはいまの自分の俳句にも共通点があるなと振り返って感じます。

このとき、臼井さんが話していたのが『野ざらし紀行』です。いまも『おくのほそ道』より『野ざらし紀行』のほうが私は格段に面白いと思います。粗削りの所からちゃんと蕉風が確立する過程が見える。いまはあまり高い評価がされていないかもしれないですが〈つつじいけて其陰に干鱈さく女〉〈馬をさへながむる雪の朝哉〉とか、江戸時代の人でああいうことば使いができるのはすごいなと思いました。その意味では、今の俳句を自分ながらに考えると、そこらへんに行きあたる気がします。

そういう見方が出来てしまったので、私は「馬酔木」や「沖」に入りましたが、師事するという感じよりはむしろ、そこでいろいろな俳人の作品を見てきたという感じで、それほどそれらの作品が今の自分に決定的な影響を与えているわけではないと思うのです。

その時に気が付いたのですが、短い五七五の中に言葉が急に生きだすところが芭蕉の俳句にはあるわけです。あとから見ると、蕪村とか一茶とか、その他の俳人が到底できなかったような、言葉の発見みたいなものをやっているような気がします。当時の感慨を思い浮かべ、自分の俳句の原点みたいなものを考えているんです。そしてこの最初の座談会が、兜太さんと私との交流のきかっけにもなっているようなものです。

このインタビューがあるっていうんで、グーグルで金子兜太と筑紫磐井の名前を並べて検索してみたんですよ。私が書いた本とか、兜太さんが帯文を書いてくれたとかっていうのは、別にそんなに不思議じゃなかったのですけれど、突然、学士会館でやった講演というのが出てきました。その中で「実はこの間、筑紫磐井という男の講演を聞いてたら、芭蕉のことについてこう言ってた。全く私と同意見なんで感心した」とか言ってるんですよ。どういうことだったかというと、先に少し触れたように、私は芭蕉に関心があり、芭蕉の特に『野ざらし紀行』という一番初期の紀行文を読んだら、この紀行の中で少し内部構造が変わっているのが見えるのです。江戸から故郷・伊賀上野まで旅行し、句を詠んでいますが、それを時系列で追ってみると、突然芭蕉はテンションが上がるんですよね。それがどこかと言うと桑名なんです。ここで芭蕉は作風の転換が図られたのです。

例えばそこで詠んだ句〈明ぼのやしら魚しろきこと一寸〉とか、有名な句が占めているけど、桑名に着くまではわりとつまらない芭蕉でいたんですが、桑名に着いた途端にものすごくハイテンションになっていました。あんまりそういう発表をする人がいなくて、例えば『おくのほそ道』とか、みんなそういうものばかり論じているのですが、兜太さんはやはり私と同じ『野ざらし紀行』に関心があって、途中で芭蕉が旅の延長してることも薄々気づいてたみたいで、私がやっていた講演をどこかで聞いて、筑紫磐井がこんなこと言って俺が全く同感だとかいうふうに言いました。兜太といえばまず一茶ですけれど、それなりに芭蕉について考え抜いて、行き着いたのが一茶ではないですかね。その意味で芭蕉と兜太という関係もゆるがせにできないものだと思うのですよ。平成九年の「情（ふたりごころ）――芭蕉と一茶」という兜太の講演がありますが興味深いですよ。

ただいずれにしても、どこの馬の骨ともつかない若造が行った講演ですけど、そこで出た話をピッと感じ取ってすぐ自分に咀嚼するってのはやはりものすごい人だなあというふうに思いましたね。私のことをそんなふうに褒めてくれる人は兜太さん以外誰もいない（笑）。だいたいまず、ほかの人は私の書いた本を読まない（笑）。兜太さんはかなり読んだかもしれない。そこはやはり特に若い人間が何をやってるかっていうのは、ものすごくアグレッシブに知ろうとしたと同時に、若干若い人間が何をやっているかわからないという恐怖心もあるのでしょうね。「兜太」のインタビューの時、まだ語られていない戦後俳句史があるのではないかと意地悪く聞いたとき、「おれはね、あんたがそれを言い出すと怖いんだ。ほんとに怖いですよ。何かあんたから出てきそうな気がしてね。この人から新しい戦後史が」と言ってもらえました。

そういうのも合わせて、常にアンテナを張って、どういう動きがあるのかといったことを捉まえていたというのはあるのではないかと思います。これはやはりそんじょそこらの俳句作家じゃいないだろうなと思います。みんな大体偉くなると排斥しちゃいますからね。

悪口として何か兜太変節とか言われてるけど、私は変節が悪いとは思わないのです。変節するということは、周囲の状況が分かっていて、それに合わせたり、変形したり、新しいものを作ったりしてるということです。それができないのはもう固定観念や花鳥諷詠に凝り固まっている証拠ですものね(笑)。そういうことが全くなかったというところは、やはり兜太という人はすごかったんじゃないかなと思いますね。

季題・季語・季感・季重なり

「俳壇」の座談会で兜太さんとした議論の大半が季語をめぐるものでした。お互い少し意見はずれていましたが、季語に関心があるという点では一致していました。前衛といわれる兜太さんが季語に関心があるというのは面白いでしょう。ちょっと今までお話したのと離れる部分もあるかもしれませんが、そのとき、私自身は「季語」と「季題」には関心があったということを申し上げました。なぜなら現代俳句史はそういうものを中心に考えていかなければならないと思っていたからです。

例えば、高浜虚子等を考えていくと、どうしても「季語」と言わないで「季題」となりますね。今この二つはムード的に使い分けられているようですが、厳密に「季語」と「季題」の違いというと、季題の方が古いわけです。歴史的に見ると、明治の最初に出てきたのは「季題」です。句会をやるときに兼題でやりますよね、あれを「季題」と考えればいい。「季語」というのは、例えば吟行に出て、目についたものを読み込んでいくとかすると「季語」になるけど、「季題」というのは題詠句会で題を設定して、その題の中で俳句を作らないといけないという句会システムがあって、そこで使われる季節の題が「季題」なんですよね。

明治の初めは雑詠というシステムが存在しなくて、新聞にしろ「ホトトギス」にしろ題詠です。次回はこの題で俳句を詠んでくださいと。だからそのシステムに適っている季節の言葉を季題と言ってるわけです。もちろん中には「空」とか、「青」とかっていう題を出すこともたまにありましたけれど、本流はやっぱり「季題」だったんですよ。「季題」があると便利なのはなぜかというと「季題」で詠んだ句を季題別に分類するとすぐ歳時記ができます。それから、明治に流行った題別句集というのもある。個人の句集を、今は時系列で並べてますけど、明治以前は開くとみんな題ごとに作品を並べています。そういう句会全体をコントロールする季節の言葉が「季題」なんですね。ただそれを使ってるうちに、例えば吟行で作るのもありますし、触発されて作る場合もあるし、そもそも季節の言葉で何で必要なのかっていうのを考え出して、発見された言葉が「季語」だったんですね。だから季語の場合がいくらでも増殖できる。発見者によって新しい季節感が出てくればいくらでも季語が増える。だけど季題は句会を主催する人が題と決めない限り、新しい「季題」はできないわけです。「ホトトギス」の場合は典型的です。「ホトトギス」の使える季題というのは、虚子が決めたから、虚子編の「歳時記」に出ているものに限られます。ただ一方で、虚子の胸先三寸なわけでもあるんですよね。

虚子がフランスまで海外旅行したんです。その時、帰路、東南アジアで「ホトトギス」の有力作家たちがいて、南の地域で現在の「歳時記」が便利ではない、何とかしてくださいっていう陳情をされたことにより、虚子は熱帯季題というのをずらっと決めたんです。それを第二版の「歳時記」に突っ込んだので、いきなりたくさんの季題が出て来ました。多分熱帯でたくさん日本人がいて、俳句を作ってるってのはご承知の通り、日本が向こうに進駐していたからですよね。戦争に負けた途端にその人たちは皆内地に戻って来た、ということは熱帯季題を使う必然性がなくなったので、戦後の三版の「歳時記」では虚子がそれを全部削除しました。だから、そこで突然変なことが起こってしまった。ある時期は季題だったけど、今では無季になっているんです。

また、虚子の有名な句には〈川を見るバナナの皮は手より落ち〉という少しナンセンス風で有名な句がありますけども、いいか悪いかは別にして、あれは熱帯季題だったからバナナが季題です。虚子が戦後バナナを季題から削ってしまったから、今は無季俳句になっています（笑）。季題と季語は、私の理解ですが、そんなものではないかと思います、そうすると非常にわかりやすくなる。「季題」と「季語」を使い分けると、面白いのは「季題」を主に使っている「ホトトギス」のような結社だと、季重なりは存在しないんですよ。だって題で作るから、題二つなんてそんな作り方ないですよね。ところが「季題」否定派・「季語派」の「馬酔木」俳句っていうのは、「季語」は大事なんだけど、「季語」よりさらに季感というのが大事だということになる。

そうすると、夏の季感を表すのにいろんな季語を使ってもよかったのです。あるいはちょっとずれていたって、全然気にしないとか。そういう季重なりを許す許さないというようなところに違いが出て来ますね。季題季語ってなんとなく同じだと思ってるけど、元々ルーツをたどると、そういう違いがあるから、結構実作で変な指導をされたりするとかということが出てくる、そんな気がしてるんですよ。「海程」だとあまり季語にこだわらない人が多いから問題がないですが、「季語」にこだわっていて季感派の雑誌「馬酔木」なんか見ると、本当に季節感をもっぱら謳う詩を俳句だと理解すれば、どんなやり方だっていいし、新しい発見でいろんな季語を使うのはそれはそれでいいではないかと言われ、ごもっともなところがあるんですよね。確かにそのやり方で行くと新しい季語も生まれ、新しい俳句の可能性も広がるんですよね。

一例を挙げると「原爆忌」というのは今は季語になってますよね。これを単一で使って俳句は成り立っていますけれど、歴史をたどると原爆がなければ原爆忌って生まれないでしょ。だから明らかに原爆忌っていうのは昭和二十年以降のことなんです。それでも、それからしばらくは原爆忌っていう言葉はないんですよ。何故かと言うと、ＧＨＱが検閲して、新聞から雑誌から、そういう言葉を削ってしまったのですよ。だからＧＨＱがいなくなってから――つまりサンフランシスコ条約が発効して日本が独立国になった後、急に原爆忌の句ができて来ました。ただ原爆忌というのは新しい言葉ですから、季語にするかどうかということはみんなまだ迷ってるわけです。そのとき原爆忌の一句を作る場合どうしてるかというと、夏の季語に、例えば向日葵に原爆忌と、そうやって配合して使ってるんです。やがて社会性俳句の影響もあって、原爆忌の句もたくさんできて来ました。そうすると、夏の季語を入れなくても原爆忌というのが夏か、秋かというのは微妙なところがありますが（今は原爆忌は立秋の前後に当たることから、俳句では夏または秋の季語として取り上げられている）、それでも「原爆忌」というのは独立の季語で定着しました。だからそういうふうに出来上がってくるプロセスで、季重なりっていうのは結構ある。まだ季語として使うのに冒険的だと思うときは、季重なりで作っていってしまえばいいと、そうやって、日本の現代俳句の季語ってのは、だんだん増えてきているっていうところもあるんですよね。

それに関連して「福島忌」ですが、こういうプロセスは出ていないんじゃないかと思います。今は季節の言葉があれば季語に使ってしまうというふうになってるけど、原爆忌の場合はちゃんと原爆のことを考えた作品が蓄積として溜まっていて、それで季重なりから外していくっていうことで、季語の独立性は保証されたんです。今の福島忌や東日本震災忌とかっていうのはまだ成熟してないんのではないかという気がします。詠みたかったら別に季語なしで、それだけで詠めばいい。東日本大震災の理不尽さを詠む句があればいいのではないかなとは思いますけどね。

もちろん私は俳句がスタートの時点から、「沖」に入ったけど、「沖」の源流は「馬酔木」なんです。それはどちらかというと季語派・季感派ですよ。だからさっき言ったように、季感さえあれば、たくさん季語を盛り込んでもいいという考えがありますし、季感さえあれば季語になってないものを使ってもいい句ができていればいいっていうところもあるんですよね。だから「馬酔木」派から無季俳人が出たっていうのもそういうところがあります。そういう無季の意識があるから、無季俳句を作ることにはそんな抵抗感はなかったです。それからもともと何が季語かよく分からなかったというところもありますからね（笑）。これは変な話ですけど、無季俳句を作りはじめて、有季のことを勉強し始めたっていうところあるんですね。それをやっていくと、「季題」と「季語」が何で違うのかとか、そういうところまで関心が移って来ました。その意味で言うと、わりと早くから無季俳句に対しては肯定派です。だって自分の気持ちが詠めない俳句っていうのはどんなに立派だって、それが文学と言えるかどうかという気がしますね。

花鳥諷詠と俳諧自由は思想の対立ではなく流儀の違い

枝道に入って行ってますけど、調べていくといろいろ面白いんです。例えば吟行というのは今はどこの結社・句会でも盛んにやっていますけど、たくさん俳人が集まってどこか名勝旧跡に行って、ぐるぐると回ってそこで見てきたものを次々に詠んで句会をするっていうでしょう。ところが最初の吟行は違うんですよ。最初の形ある吟行を始めたのは虚子なんですが、その時のやり方は、吟行に行ったら何時何分に句会をやりますという予告があって、題が出されます。吟行なのに題詠なんです。明治・大正時代の「句会」は題で初めて成り立つわけですから、そういうやり方になってきてしまうのです。だから句会というと題がなければ駄目だということがしばらくの間は続いていました。それがだんだんと雑詠みたいな格好になってきた。

そういうことで、特に「季語」とか「季題」とかの歴史を辿ってみると、季語に関してみんなが言ってることはかなり嘘ばっかりじゃないかって思えてきました（笑）。それで極めつけは、二〇一三年の『伝統の探求〈題詠文学論〉』で書いた時で、虚子のことを書いたせいもあるんですけれども、虚子ってどういう俳句の作り方をしてたかについて、明治以来から亡くなるまでの俳句を丹念に見てみると、九五パーセントぐらいの句は題詠句会で作っていたんです。

虚子の句日記を見ると、何月何日作った俳句が載ってる。必ずそこで題が出てるわけです。そう多くはないけど、その句会で虚子がどういう心理状況でこういう俳句を作ってたかというのを自分で書いてるのが何点かあるんです。それを見ると題があって、それもじっと題だけ見て、物は見ない、言葉の意味も関係ない。あれこれ空想して俳句ができる。だから題のために最適な句を作るというのが「ホトトギス」流の句会です。

虚子は一時期正岡子規の影響を受けて、客観写生を言ってました。それが途中からぱたりと花鳥諷詠に変わるんです。花鳥諷詠というのでみんなが花と鳥しか詠めないんですかって言ったら、「いや、そうじゃない、これは季題諷詠ですよ」と答えています。季題諷詠って何なのかって、虚子の俳句の作り方を眺めて考えてみるとまさに題詠なんです。だから虚子は生涯題詠で俳句を作っていた。だけどその題詠から素晴らしい句ができるんですよ。〈帚木に影といふものありにけり〉という句があります。これは「箒木」という題を与えられてじっと考えてその中の一つがこの句らしい。

あるいは後藤夜半の〈滝の上に水現れて落ちにけり〉という句もあります。日本全国の名勝で詠んだ句を虚子が選んで出版した『新名勝俳句』があります。句集を見ると、全部で滝、山などの句が並んでいる。滝の項目を引いてみると、確かにこの句は素晴らしいんだけど、ほとんど同じ類想句がいくらでも出てくるんですよ。滝があって水が落ちてきて、その構図は全然変わらない。だからこれをやっぱり滝っていう季語、これを見つめていて、多分付け加えていくよりは削ぎ落とすほうが題詠方式としては名句ができる可能性が高いと思うんですね。だから出来上がる名句というのは滝と水だけしか書かないですね。これはやっぱり他のやり方ではできない作品です。配合主義の子規や碧梧桐とは全然違う詠み方です。

虚子の論について、虚子の弟子だった深見けん二さん（二〇二一年逝去）と仲良くなったので聞いてみたんですけれど、深見さんはどういう詠み方をするかというと、二通りあって、確かに物を見て詠むのもあるけれど、多くの場合その時そんないい句はできないんでね、あるいはあらかじめ題を頭の中に入れて、四六時中考えて詠んで句会に行ったときそれを出すというやり方をしているわけです。深見さんあたりになると、別に吟行のときは題が出てるわけではないですけれど、吟行に行ったらこの句を詠む、この題で詠むというのを決めて、それで出かける。私がこの『伝統の探求』で実は季題というのは、題詠の題であり、題詠句を勧めているのだと言ったので批判されるかと思ったら、まさに「私もそれでやってます」と肯定してくれたんですよ。「馬酔木」や「海程」とは違うかもしれませんけど、「ホトトギス」の俳句の作り方というのは、題詠で究極の名句を作ることなんです。究極の名句ができるかどうかといえば、実際たくさん究極の名句が今言ったようにできてきてるわけです。

そういう俳句の作り方は、多分ほかの文芸ジャンルじゃあまりないかもしれないけれど、ただ連綿と大昔から続いてきている作り方ではないかと思います。だから、花鳥諷詠と俳諧自由は思想が対立してんじゃなくて、流儀が違うだけだと思うんです。題詠方式でやるか、それとも目で見たやり方でやるかと。要はどちらがいいかではなくて、どちらが素晴らしい句を作ったかということではないかと私は思っています。

だから、まずいい句ができていて、それを辿ってみたら題詠だったり、あるいは社会性俳句だったり、前衛俳句であったり、それはそれでいろいろな作り方もあるでしょう。だから、こっちだからいい、あっちの作り方が良くないとかではないわけです。

例えば古沢大穂の〈白蓮白シャツ彼我ひるがえり内灘へ〉という句で、あれは名句だと思うんですけれど、絶対題詠じゃないんですよね。実際内灘に行ってみて、たくさんのデモ隊の仲間たちに囲まれて、気分が高揚している中で目についた風景というのを点描しながら詠んだ句です。これは題詠ではないけれど、つまらない句かと言ったらそんなことは決してない。だからそういう俳句を作っていれば別に前衛派、新興派あるいは客観写生、花鳥諷詠とかと言って、それの是非を論じてもしょうがないので、まずいいと思った句を並べてみましょうということです。その上で、それがどこから生まれたかというのを議論することが俳句を作る上で進歩につながります。それを勉強するのはいいでしょうが、だからといってあっちがいけないとか、こっちがいけないとかというのはちょっとおかしいのではないかという気がします。

前衛派の人が虚子を素晴らしいと褒め称えてることもあってもよいのではないですか。例えば阿部完市が〈白牡丹といふといへども紅ほのか〉という虚子の句を激賞しているのですけれど、ちょっと見るとおかしいと思えるかもしれません、虚子の題詠句を絶賛するってのは。ただ、やはりそれぞれの立場の向こう側にいい俳句という――これは定義できないものですけど――いい俳句というのが厳然とあると思うのです。それを作っていくプロセスが様々なやり方なんで、それはその人その人の流儀なんだと、そういうことではないかと思ってるんです。多少なりとも私が本を書くにあたって調べてみた結果を考えると、私は別に花鳥諷詠もいいし、前衛俳句もいい、しかし、いい俳句は何なのか、それを判断する基準というのはどこにあるかというのはやはりなかなか分からないですね。「いい俳句は何なのか?」、これがすべての答えであるように思います、そんな感じです。

金子兜太「第三回正岡子規俳句大賞」を受賞

話を兜太に戻すと、座談会の後、結構いろいろお会いする機会がありました。二〇〇〇年から始まった、愛媛県で「正岡子規国際俳句賞」の選考をやるのに私も関わって、結局それの上位の選考委員と、それから予選委員みたいのに分かれて、予選委員にあたるところに私が入って、それから上位選考委員会には四つの協会のトップ、金子兜太、稲畑汀子、鷹羽狩行、有馬朗人の四人の方、さらに詩人や研究者が加わるという、そういう会合だったんですが、愛媛でやるものですから全員松山に必ず行くんですよね。だから、兜太さんも稲畑さんも来ているし、われわれも行く。それでこの正岡子規国際俳句賞大賞が続いている間、ずっと兜太さんと一緒にその会場に行って話したり、表彰式やシンポジウムなんかも一緒になったんです。正岡子規国際俳句賞大賞は四年に一遍だから、オリンピックみたいなものなんですが、全部で三回やったから、三回行ったことになりますかね。

その時、表彰式もあり、選考委員もあり、それから祝賀会ありというのが一連でずっと続きます。最後の三回目の大賞は兜太さんが受賞したのです。日頃から罵り合ってるのに、最終の選考委員会に稲畑さんがよく許可したなと思ってますね。もちろん、みんなの総意で決めるわけですから、予選委員会の方はもうそれでいいじゃないかという話になったんです、ただ最後は稲畑さんが反対投票して多数決でぎりぎりで決まるのかなと思ったら、わりとすんなりと決まってしまったので、これはちょっとびっくりしましたね。だから、喧嘩相手というのは、憎さも憎し懐かしし、いなくなっちゃうと寂しいなという感じもあるんじゃないかと思いましたけどね（笑）。ともかく、この正岡子規国際俳句賞大賞は初回がイヴ・ボヌフォワというフランスの詩人、二回目がゲーリー・スナイダーというアメリカ人の詩人でした。そろそろ日本人を、と考えたときに、有馬さんは「もう兜太しかいないだろう」というふうに言って、それがみんなの総意になったということだと思います。

『伝統の探求』に兜太反発

二〇一三年に、私が『伝統の探究〈題詠文学論〉』という本を出したんですね。これは戦後俳句史を調べていくと、伝統派とアンチ伝統派の対立で戦後俳句というのができている。そのアンチ伝統派の頭目が兜太さんです。そこで、伝統派のこともよく分からないと、やはり戦後俳句が語れないっていうことで、伝統というのがどこから起きたのかというような話をいろいろ考察したのがこの『伝統の探求』だったんですが、どうしてもその中心には高浜虚子が来るわけです。かなり厖大なデータなんかを処理して、なんとなく虚子のイメージが湧いてきたんです。そのときに虚子を書くにしても、虚子だけを素晴らしいって書いても評論集にならないから、それと対比する意味で、兜太という作家を入れて書いたんです。まあ虚子の引き立て役といったところでしょうか。

もちろん、虚子の俳句を考えると、ある意味で一つの典型を作った、飯田龍太もそういう典型を引きずっているところがあるような気がするんです。一時期、虚子の俳句は「痴呆俳句」なんて言われました。山本健吉が「現代俳句」の初版ではっきり虚子のことを「痴呆俳句」と言っています。その後、削ってしまったのはずるい(笑)。先ほど言ったように龍太の句もよくよく見ると、「痴呆俳句」に見える瞬間がありまして、龍太の自然の見方とかはいろいろ学ぶところはあったと思いますが、痴呆性を表に出した俳句がいくつか見られるような気がしまして、そういうのを比較したり、龍太はどんな手法を使っているのかを見ていくと、けっこうそれが当たったような、類型的な表現がたくさん見つかりました。だが、その結果、類型的な表現が果たして悪いのかという、逆に調べていくうちに自分の価値観の転換もありましたし、それをやっていくと、龍太を見ながら自分をもう一度見直しているようなところがあって、あれはけっこう長い評論でしたが、非常に面白くやりました。

「痴呆性」の説明になるかどうか分かりませんが、文学的な俳句、草田男とか、楸邨とか、意図してそういう俳句を作っている作家に対して、そういう問題意識みたいなものはすっかり忘れてしまい、虚子が「俳句は第二芸術じゃなくて第十芸術くらいでいい」と言ったとか、そういう言い方に通じるような開き直りやふてぶてしさがあります。表現も類型的なものが多いですね。ただ類型的な作品を百句作って、その中で一句でも名句が残ればいいと言う、それは痴呆俳句、類型俳句の開き直った一種の極限みたいなものではないかという気がしました。

巡り合わせで非常に面白いのは、昭和十年ころ、「第二芸術」の桑原武夫が東大の新聞で虚子の文章を褒めているんです。そのことを虚子はこれまた非常に喜んで、その文章をそのまま「ホトトギス」に転載しているんです。だから、「第二芸術」で喧嘩する以前には、桑原武夫は虚子を評価し、虚子はそういう鑑識眼のある桑原武夫を評価していたという資料がありまず。『飯田龍太の彼方へ』を書いている途中でそういうのを見つけて、テーマには関係なかったのですが、俳句のお互いの関係の面白さを感じました。

この『伝統の探求』は伝統派のことを書いたものだから、おかげさまで翌年俳人協会の評論賞をいただいたんです（笑）。

それが済んだ後で、どこかの新年の祝賀会に行ったら、そこでも兜太さんが壇上に立って挨拶しています。頑張っているなと思ってたら、はっと目の前に兜太さんが立ってたんですよ。あれは瞬間移動です（笑）。それで「あんたの『伝統の探求』という本を読んだけどね、まあ、いいところもあるけどね、どうもわしゃ気に食わないんだ」って笑っていましたね、喧嘩を売りに来たんですよ（笑）。そう言ったって、私は最終的には「戦後俳句史」を書くんで、いろいろな構想があるから、伝統について書いたとなれば、虚子について書き、その敵役で兜太さんのことを入れたって、それはそれでしょうがないんじゃないですか。「今度は虚子を除いた戦後俳句の主流だった人たちを中心にして書きますからね」って言ったら、「そうか、頼んだぞ」とか言う（笑）。

『戦後俳句の探求』は兜太推薦

その約束どおり、二〇一五年に『戦後俳句の探求』という本を書いたんですね。兜太、龍太、狩行を書いたものです。このうち俳人協会は狩行さんですけど、この本には狩行さんのことは全体の中で少ししか書いてないので、これはさすがに俳人協会評論賞を取れなくてね（笑）、その代わり図書協会の推薦書にはなったりして結構図書館でさばけたみたいです。

この本を執筆したときは、兜太さんにはかなりお世話になりまして、長編の評論ですから、どこかで一回連載モードで構想を温めないと厚い本になかなかならない。その予行演習を「海程」でやらせてもらいました。

『戦後俳句の探求』の目次を見てみると（一緒に本を見ながら）、第一部が金子兜太で全体の半分の頁、第二部が飯田龍太、第三部が鷹羽狩行、第四部が戦後俳句の視点、という構成になっています。こうして見ると、圧倒的に兜太を書いてるわけですよね。これを見せたら、兜太さんがものすごく気に入ってくれましたね。それで「じゃあ、出版社も売りたいというから、先生の帯文を書いてください」って言ったら、「いいよお」と言って書いてくれました。

「戦後俳句の全貌を表現論を梃に見事に整理してくれたのが、この本。著者は初めての本格詩論『定型詩学の原理』で注目を集めた、俳壇を代表する評論家。料理の腕前は冴えている。――金子兜太」

そのとき、実は出版社と少しやりとりがあって、ここでは「定型詩学の原理」を引いてこれで気に入ったんだって書いているけど、筑紫さんが最初に書いたのは飯田龍太批判でしょう、ここを変えないといけないんじゃないですかと、出版社のAさんが言ってきたんですよ。兜太さんにそれを伝えたら、「駄目だ！　これでいいんだ！　俺は飯田龍太なんて認めてない、こっちの本がいいから」といって、『定型詩学の原理』をえらく気に入ってくれたことが分かりました。『定型詩学の原理』は兜太さんと宗左近さんの二人が強く推薦してくれて、「戦後史で初めてだ」とまで褒めてくれて、正岡子規国際俳句賞ＥＩＪＳ特別賞を受賞したのですが、その結果を帯文に書いてくれたのです。あとで、『戦後俳句の探求』を差し上げましたら、つぎのような礼状がファックスで来ました。

「貴評論集の出版、お目出とう。喜ぶ人が多いでしょう。小生の如きは、小生の『表現』に目配りしているものが多いので、喜びひとしお。まとめて復習できます。文の内容の『定型詩学の原理』から始めたことは、この評論（論文と申すべし）が小生にとって大きな刺戟だったが故で、宗左近とどうやら五七調最短定型の『論』が出た、と話し合ったことを覚えています。Ａ女史は龍太についてのものから、と不平そうでしたが、無邪気なんです。とにかくお目出とう」

『定型詩学の原理』というのは、私の二番目の評論集で、日本のあらゆる定型詩を分類して、どういうふうな構成になっていて、どう発展したかを書いた本で、その中で短歌や俳句も取り上げてるという形をとっています。そういうマクロな見方の中で俳句を位置づけるというのは、確かにおっしゃるように誰もあまりしてなかったような気がするんですね。その意味で、気に入ってくれて私のデビュー作として位置づけてくれたんじゃないかなと思います。

青年の敵——秩父俳句道場回想

兜太の最晩年の数年間、私はよく会い、語り合いました。「海程」の秩父俳句道場に二〇一〇年四月と二〇一五年四月の二回招かれて講演したことがあります。特に二回目に呼ばれていただいた時は関悦史さんと共に参加したのです。講演で用意したテーマは『海程』の未来」でした。「海程」は兜太だけの雑誌ではない。他の多くの優れた同人会員がいたと述べたのですが、その例として阿部完市を上げました。この講演は「海程」五一五号に連載されています。

秩父俳句道場講演　兜太・筑紫　2010年4月
（写真提供：宮崎斗士）

阿部完市はミステリアスな作家で、評論家でもありました。作品からも俳句論からも、高柳重信の影響を受けていると思います。私も注目している江戸時代の国学者・富士谷御杖を阿部完市も関心を持っておりますが、完市が教わったのは重信からだったと書いています。にもかかわらず、完市は重信の「俳句評論」ではなく、兜太の「海程」に参加しています。これは多くの人が不思議に思っていることです。私は、完市は兜太の「海程」であったら自由に羽ばたけるが、重信の「俳句評論」ではつぶされると考えたのかもしれないと推測しました。これは当人の心理だから、事実とはまったく関係ありません。然し兜太さんにはそういう雰囲気があることは間違いないと思います。似たような例は兜太さん自身にもあったのではないかと思います。兜太さんは戦前、中村草田男の指導した「成層圏」に参加していましたが、戦後創刊された「萬緑」には参加せず、草田男が戦争責任を追及した相手の楸邨の「寒雷」に残りました。どうも腑に落ちないことですが、私は完市の例から、兜太は楸邨の「寒雷」であったら羽ばたけるが、草田男の「萬緑」ではつぶされると考えたのではないかと思いました。そしてこうした（期待した兜太の不参加という）失望から草田男は兜太に、その後必要以上に絡んでいるように思われます。現代俳句協会から、俳人協会が独立した遠因はここにあると思いますね。つまり前衛対伝統の対立などではなかったと思うんです。

秩父俳句道場の時、兜太主宰以下、「海程」の幹部や、同人・若手会員のいる前で、兜太の社会性俳句・前衛俳句時代と伝統俳句との軋轢の話をした後、黒板に「老人は青年の敵　強き敵」という金子兜太と前書を書いた私の句を書きました。そしたら一瞬緊張感が走ったような気がしたんです。そこで私は少し補足しました。

この句を読むと、老人が兜太で、海程の青年はだらしない、と揶揄した句と理解されるかもしれない、しかしこれは、作者の意図を誤解したものだ、「老人」は兜太で、「青年」は海程の作家というのは一つの読み方に過ぎない、実はいま講演した戦後俳句史で分かるように「青年」は兜太で、「老人」とは中村草田男のことなのだ、至る所で草田男は兜太を批判し、最後は卓袱台返しのようにして現代俳句協会から反兜太派を引き抜いて俳人協会を作ってしまった。このときの兜太の率直な感想が、「強き敵」という讃嘆の言葉として、よくあっているのではないかと。この解説で大喝采を受けましたが、とは言え、老人は兜太との解釈も別に悪くないと思っています。

その場でまたいろいろな新しい人を紹介してもらったりして、「海程」の人たちとは仲良くなったんです。そういう意味では、わりと機会をたくさん作っていただけたと思っております。多分私が今現代俳句協会に入ったのもそういうような兜太さんの流れの中で、入ってもおかしくないということで、誰かが推薦してくれたんだろうと思います。

ちょっと話を戻して言うと、私が兜太と付き合うときは、どうも他の人、例えば「海程」の人とかが特にそうかもしれないけど、わりと金子兜太という作家を絶対視してるところがあるんじゃないかと思います。

秩父俳句道場　左から、安西篤・筑紫磐井・金子兜太・関悦史
背景のホワイトボードには「老人は青年の敵　強き敵」が書いてある
2015年4月　（写真提供：宮崎斗士）

絶対視したら素晴らしいことばかりなるに決まってます。もちろんこれだけ沢山の業績があるんですからそれはそれで正しいのでしょうけれども。けれど私の場合は出だしからやや相対化して兜太を見てるところがあります。だから、一番最初が能村登四郎と金子兜太ですよね。その次は虚子と兜太、それから龍太、狩行、完市となるというわけです。それは別に兜太さんを貶めてんじゃなくてね、逆に言えば相対化してはじめて本当の姿が見えてくるということもありますよね。誰かと比較しないと、その人の最終価値は決まらないと思うんです。それをやった上で、相対的に見てもやっぱり素晴らしければそれこそ本当に素晴らしいということになる。そうすると、わりと金子兜太という人の本質も見えてくるのではないかなという気がするんですよね。

雑誌「兜太　TOTA」創刊

『戦後俳句の探求』の本を出して以降はずいぶん兜太さんと親密になって、『いま兜太は』とか、『存在者金子兜太』とか、本をまとめるとき必ず私を入れていただくようになったり、それから二〇一八年、雑誌の「兜太　ＴＯＴＡ」創刊の時は、私が編集長をさせていただいたりとかしました。ここら辺は黒田杏子さんの力もありました。私はそれまではあんまり黒田さんとの付き合いが深くなかったんです。もちろん全く付き合いがなかったわけじゃないけど、あんまり親密にはなっていなかったです。むしろ兜太さんがいたおかげで、黒田さんとは非常に親密な話が進むようになりました。だから、私から言えばやっぱり大恩人であると思います。私と兜太さんの関係から言うと、そんなところが結構柱になってるということですね。

兜太の朝日賞贈呈式　2016年1月29日　（撮影：黒田勝雄）

兜太の代表句にかかわるエピソード

兜太の代表句というと、初期では必ずあの〈彎曲し火傷し爆心地のマラソン〉が挙げられますね。でも私はあまり分からなかったんです。何故かと言うと、「彎曲し」って鉄骨、「火傷し」って被爆で焼けただれている人ということ、そうすると原爆ということになり、つきすぎじゃないかと（笑）。

そんなこともあって、先ほど言った正岡子規国際俳句大賞の第三回に金子兜太が選ばれたときに、主催者から金子兜太の略伝、業績、それと十句を挙げてくれ

「兜太TOTA」編集会議　2017年6月1日　（撮影：黒田勝雄）

と言われて書いたんです。表彰式で表彰状も賞金も渡されて、プロジェクターで兜太の代表十句を映していたんです。その時、私は「彎曲し」の句を挙げなかった。ところがパーティーになったら、またつかつかと兜太さんが来て、「あの、〈彎曲し〉が入ってないんだけど」って、ちょっと不満だったんでしょうね（笑）。

で、実は正岡子規俳句大賞は知名度を高めるために、松山で最初の表彰があると同時に、一、二ヶ月経ってから東京でもやるんですよ。東京では確かに椿山荘でやったんですね。私はもう当日の仕事がないから単に行ってお祝いだけ参加してたんだけど、式としてはまた同じことをやるんですよ。で、経歴、業績、私が書いたものはそのままですけど、代表十句っていうのを見たら、「彎曲し」が入っています。これは兜太さんが強引にねじ込んだんじゃないかなと思います（笑）。

私から見ると、俳句としてみた場合、「彎曲し」「火傷し」って原爆で一気に結論が出てしまうではないですか、何か意外性がないし、「造型俳句」とちょっと違うんじゃないのかなという感じは持っていて（笑）。ただその後、私は同感できないんですけど、兜太の代表句として特に海外でこれだけ知り渡ってしまうとなにかやはりいいところはあったんだろうなという気になってきますね。それを考えると、「爆心地」に「マラソン」が出てくるところこそむしろポイントなんで

「兜太　TOTA」編集部による兜太へのインタビュー
兜太自宅にて　左から１人目　磐井　2017年12月13日
（撮影：黒田勝雄）

はないかなという気がしてきたんです。
それは何故かというと、今回のインタビューのために、私が選んだとりわけ大好きな句が〈朝はじまる海へ突込む鷗の死〉という句、これも有名なんですけれど、私自身はこれが兜太さんの中で屈指の句ではないかと思っているのです。兜太さん自身がこれは特攻隊が海に突っ込んでいくような句とか自解していますが、それは兜太自身が最初から言ってたんじゃなくて、途中から他の人たちが言ったのにお付き合いしてる感じがしました。私が最初からこの句ってすごいと思ったのは、これ、舞台が神戸ですよね。港へ行って散歩しているうち、「朝はじまる海へ突込む鷗」まではほとんど見たままの写実ですよね。虚子でもできる（笑）。これの一番すごいのが、「の、死」。ここでガタンと黒から白に背景が変わってしまうようなショックを受けましたね、この「の」でポジとネガの二つを結びつけてるっていうところが造型俳句でもあり、兜太の前衛俳句でもあるのではないかなと思います。前衛俳句というのは誰が何を解釈してもいいから、ま、特攻隊だと言ってしまってもいいかもしれないです。しかし、特攻隊っていうお題でこの句を作ったと言われても何も面白くないですよね。やっぱり神戸の港に来てから風景を見てて、平和な鷗の一日の活動が、突然死に変わるって見えてくるというのは、これは特別な文学者でないと見えてこない風景ではないかという気がするんです。だから、この「鷗の死」の「の」に相当する部分に比べて、「彎曲し」の方は視点がずれるにしても緩いところがあるのではないかなという気がしたんです。だから鷗の句には、先ほど述べた芭蕉の『野ざらし紀行』と出会った時のような体験を感じたのです。

もちろんこれは私の勝手な解釈です。あとは大体皆さん方がよく選ぶような句と重なってるところがあるかもしれませんが、ただほとんど他の人たちが取り上げていない句でいくつか選びました。〈青く疲れて明るい魚をひたすら食う〉とか、〈海を失い楽器のように散らばる拒否〉とか、〈ある日快晴黒い真珠に比喩を磨き〉とか、意味はありそうだけど、みんなズタズタに切れていて、だけど言葉が調和してるって言うところは、やはり兜太の造型俳句というのはこういうところだったのではないかなと思います。兜太自身も他の人からあんまり評価されないと胸を張って見せないです。私としては私の好きな句と言ったらこういう句ですね。意味が辿れないし、特段のメタファーもない。ただ、こういう無意味の中の一種の意識の流れみたいなものを提示するところに、本当は兜太がかけていたのではないかと思うんです。もちろん無意味だけじゃなくて、意味もあってもいいんですけどね。なにか兜太らしさを考えると、私はここら辺の句をついつい思い出してしまうんですね。

そして、もう一句〈おおかみに螢が一つ付いていた〉の誕生については、非常に面白いエピソードがあります。

「兜太　TOTA」の編集の件で兜太さんに何回か会うとき、しばしば「金子直一を知っているか」と聞かれたことがあります。当然知っているだろうという前提で質問されたのですが、私も知らないし、他の編集メンバーも知らない、後日「海程」の方々に聞いても誰も知らないのです。結局ミステリーのまま、兜太さんは亡くなりました。私は何となく気になるので、「兜太」の編集と併行しながら調べてみるととんでもないことがわかりました。

金子直一は、兜太さんの親戚で、それも皆野町の兜太の実家の二軒隣りの住人で、小さいころからとりわけ親しくしていた人です。ただ親の伊昔紅とは非常に仲が悪かったらしいです。家に殴り込んできたという話を兜太さんから聞きました。直一は、東京帝国大学英文科を卒業したインテリで、教師をするかたわら、詩や小説を書き、特に郷土史をモデルにした小説で受賞もしています。郷土史とは秩父困民党事件です。

平成八年、兜太さんは現代詩歌文学館賞を受賞して、北上市にある日本現代詩歌文学館に行ったわけです。その時、北上市長が金子直一の教え子であると告白され様々なエピソードを聞きます。これは奇跡に近かったですね。

帰郷してから、一応知っていた直一のことを詳細に調べ、その作品集を読み直し、直一を賞賛する評伝「金子直一粗描」(平成十年十二月)まで書いています。この過程で直一の「狼」という詩を発見します(金子直一『風の言葉』38年刊所収)。これに触発されて、一連の狼の句が生まれ始めたのです。

この〈おおかみに螢が一つ付いていた〉は、第十三句集『東国抄』(平成十三年・花神社刊)の狼二十句中の一句として詠まれたものです。直一を知る以前には狼の句はありません。そして狼の句の狼は、直一がイメージしていた狼を引き継いだものとなりました。それは、秩父困民党事件の叛徒の精神です。

「狼は、私のなかでは時間を超越して存在している。日本列島、そして「産土」秩父の土の上に生きている。「いのち」そのものとして。時に咆哮し、時に眠り、「いささかも妥協を知らず(中略)あの尾根近く狂い走ったろう。」(秩父の詩人・金子直一の詩「狼」より)」。(『金子兜太自選自解99句』二〇一二年角川学芸出版)

要するに金子直一という詩人は兜太さんと同じ秩父の出身で、直一の「狼」の詩は秩父事件以来の反骨精神が生み出したものであり、また兜太の「おおかみ」の句は、直一の「狼」の思想を引き継いだものに違いないということです。だから金子直一という無名の詩人の名前が、皆との座談も含め、最晩年の兜太の記憶に突然登場してきました。

直一は平成三年に亡くなっていますが、このように兜太さんには生涯忘れがたい人物であったし、晩年の作品に大きな影響を与えたようです。実は私にとっても劇的であったのは、こんなエピソードを執筆した後、兜太百年祭で皆野に行ったとき、地元の方から直一の息子さんを紹介されお話を伺ったことです。私の直一の旅はここに終わることになったのです。

俳壇において兜太の逝去により一つの時代が終わった

兜太さんは戦後、俳句の活動をしてるときに、たぶんものすごく自分自身に歴史的な意識というのを強く持ってたと思うんですね。要するに、いい俳句だから残るだろう、ではなくて、俳句は文学としてどういうふうに移っていくのかというのが、輪郭として見えていたんですね。だから「造型俳句について」を書いた。あれも前半がほとんど歴史書ですよね。そういう歴史意識に基づいてやっているつもりだったと思います。自分の歴史に関する考え方を批判されたとしても、別の見方というのは当然ありえるので、それでお互いに丁々発止とやり合って間違った方が消えていく、正しければ生き残っていくと考えていたのでしょう。だから私が兜太史観の批判をしても、「ほう、それは面白いなあ」ということも多かったです。兜太さんも全部が自分のカラー一色で染めてしまおうと思ってなかったんじゃないかと思うんです。そういう意味では、特に最晩年は「海程」と関係ない人たちといろいろとわいわいがいがいやっていました。「兜太　ＴＯＴＡ」という雑誌も実は「海程」が終わった後に、兜太さんを柱にして出そうということで勧めたら、「ま、そうかな」とかまんざらでもない様子で言ってましたね。だから前の「海程」みたいに自分が前面に出るってわけではないけれども、(自分の名前を使って雑誌が出ることは躊躇していましたが)毎号自分の作品をそこに発表するとか、インタビューを受けるとか、兜太関連の記事を載せるとか、必要だったらいろいろデータもあげるよと、そんな感じで言ったんです。

「海程」以外の、どこから来たかも分からないような人も含めて、兜太はどうのこうのって言ってくれている人が広がるっていうことは、兜太さん自身にとって決して不幸なことじゃなくて、むしろハッピーだと思うんですよね。多分そんなことをやってるうちに、もうちょっと長生きしてたらノーベル賞も取れたかも知れないですね（笑）。その意味では、私自身は割合い戦後史みたいのものに関心が高かったし、別に兜太さんの批判をしないわけではないけど、だからといって、兜太は駄目で、もう歯牙にもかけないなっていうつもりはなくて、いいものはいいという態度です。そういう目で見ていくと、兜太さんの歴史観の再評価みたいなものは、私なりにできるんじゃないかなと思って、それでいろいろ兜太論を執筆させていただいたところがあるんですよね。

兜太さんと私はどのような関係だったんだろうかと、現在は非常に濃密な関係だけど、どこからどういうふうに始まったのかというのを改めて整理してみました。だってはじめから兜太さんと付き合うなんて思っていないですものね。まずは能村登四郎がいて、それからわりと近しい俳人協会系の若い人たちとお付き合いをして、それから更にだんだん輪が広がっていくけど、なかなか兜太って遠い存在じゃないですか。みんなに聞くと、なんかややこしい人だとか、いろいろ言われてますからね。自分から進んで付き合うという話はあまりなかったけど、成り行きからいくと、——何なんでしょうかね、組織の中で育っていく人間ってあんまり兜太さんを好きじゃないんじゃないかな、という感じですね。むしろ、少し羽目を外してるような人間の方が気にかかると。それが利用できるかどうかは別にしてね。組織の中で内紛を起こして反主流派になってるとか、そういった人たちにわりと共感を持ちやすいところがあるんじゃないかという気がしたんですよね。その意味では、私は非常にラッキーだったと思います。こういう性分だともう二度と日の目を見ない存在だったけど、たまたま兜太さんから目をかけていただいて、いろんな場に次々呼んでいただいて、最後はなんとなく兜太の総括みたいな仕事までさせていただいたんです。ま、みんな偶然ですけどね。だけど面白かったです。

私が現代俳句協会に入って役員になったから、俳人協会を辞めないといけないのかと、そのときの役員に聞いたら、「いや、辞めさせる規定がないから」っていうのです。ただなんとなく獅子身中の虫という口ぶりでしたけれど（笑）。だけどどうせこれから俳句人口っていうのは増えていくわけではないしね。一方で誰でも知ってる作家というのが、昨今次々に亡くなられている。そのあと、あまりカリスマ性のある人もいないですよね。その意味ではこれからこんな小さなコップの中の争いをしてもしょうがない。特にそれも二つじゃなくて三つもあったりするとね。ただ何か変わりそうな気がします。ちょうど折しも、稲畑さんが亡くなったし、鷹羽さんもほとんど活動されていないですし。そうすると、どこをどう見まわしても、かつて協会の会長・名誉会長を担った兜太、稲畑、鷹羽さんに相当するような人って見えませんね。その意味ではやっぱり新しい時代が来るんじゃないかと思います。稲畑さんと兜太さんはほとんど同時期に亡くなられ、朝日俳壇から二人が消えてしまったということは何かシンボリックにこれからの俳壇を表してるような気がします。

特に金子さんの場合は、稲畑さんが一つ下の世代だから、同世代と競い合って生き残り、それから下の(稲畑)世代と競い合ってほぼ同じ時期まで生きて二世代分の活動をしたけれども、まさに活動をしながら亡くなったという、そんな感じの人です。そういう意味でやはりちょっと誰も兜太の後を継げるような人はいないのではないかな。

朝日俳壇を継いだ小林貴子さんが稲畑汀子になることはないし、高山れおなさんが金子兜太になることはないし、やっぱり兜太と汀子の二人は時代を作ったということは言えると思うんです。小林さん、高山さんの二人は汀子、兜太の後継者ではなくて全然違う役割があるはずです。

そして、草田男の「萬緑」は二〇一七年すでに終刊し、同じ年、「海程」も翌年の二〇一八年九月には終刊すると宣言しました。その後継誌を「海原」と決めました。しかし、それに先立って兜太さんは亡くなりました。そんな折、楸邨の「寒雷」も終刊すると発表した。まさに一つの時代が終わったような気がしたんですね。

おわりに

筑紫磐井氏は文部科学官僚である一方、俳人・評論家の肩書を持つ。俳誌「豈」の発行人でもある。氏は一九九九年九月、「俳壇」座談会（兜太司会、三村純也、小林貴子、筑紫磐井）への参加から、金子先生との交流が始まった。二〇〇四年、金子先生の推薦で『筑紫磐井集』により、第九回加美俳句大賞スウェーデン賞、第三回正岡子規国際俳句賞EIJS特別賞を受賞。また、二〇〇八年、兜太第三回正岡子規国際俳句大賞受賞の際、兜太業績と代表句選を担当。そして、二〇一五年、金子先生の勧めで、『戦後俳句の探求』を執筆。更に、二〇一七年、雑誌「兜太　TOTA」の編集長を務められた。

今回の取材に当たって、筑紫氏から数多くの貴重な俳句史資料を頂いただけでなく、金子先生との交往事跡を詳細かつ丁寧に紹介してくださった。氏は金子兜太という作家を絶対視すべきではなく、相対化してはじめて兜太の真の姿と最終価値が見えるとの考え方を示された。その視点に私も強く共鳴できた。　董振華

筑紫磐井の兜太10句選

曼珠沙華どれも腹出し秩父の子　『少年』

縄とびの純潔の額を組織すべし　『〃』

罌粟よりあらわ少年に死を強いた時期　『〃』

朝はじまる海へ突込む鷗の死　『金子兜太句集』

青く疲れて明るい魚をひたすら食う　『〃』

海を失い楽器のように散らばる拒否　『金子兜太句集』

ある日快晴黒い真珠に比喩を磨き　『〃』

暗黒や関東平野に火事一つ　『暗緑地誌』

骨の鮭鴉もダケカンバも骨だ　『早春展墓』

おおかみに螢が一つ付いていた　『東国抄』

筑紫磐井（つくし　ばんせい）略年譜

昭和25（一九五〇）　東京都豊島区に生まれる。

昭和45（一九七〇）　一橋大学法学部に入学。

昭和46（一九七一）　大学在学中、「馬酔木」に投句開始。

昭和47（一九七二）　「沖」に入会、能村登四郎に師事。

昭和49（一九七四）　四月大学卒業後、科学技術庁に入庁、同時に俳人、俳句評論家として活動。

平成1（一九八九）　句集『野干』（東京四季出版）刊。

平成2（一九九〇）　「豈」に入会。

平成3（一九九一）　「豈」編集長。

平成4（一九九二）　句集『婆伽梵』（弘栄堂書店）刊。

平成6（一九九四）　俳句評論『飯田龍太の彼方へ』（深夜叢書社）刊。同書で俳人協会評論賞新人賞。

平成7（一九九五）　現代俳句協会、現代俳句歳時記編集委員。

平成11（一九九九）　九月「俳壇」座談会（金子兜太、三村純也、小林貴子、筑紫磐井）。

平成12（二〇〇〇）　正岡子規俳句賞選考参加。

平成13（二〇〇一）　「豈」発行人。同年、俳句評論『定型詩学の原理―詩・歌・俳句はいかに生れたか』（ふらんす堂）刊。同書で加藤郁乎賞。

平成15（二〇〇三）　『筑紫磐井集（句集『花鳥諷詠』所収）』（邑書林）〈セレクション俳人〉刊。

平成16（二〇〇四）　『筑紫磐井集』により第九回加美俳句大賞スウェーデン賞（兜太推薦）、第三回正岡子規国際俳句賞EIJS特別賞（兜太推薦）、同年、『近代定型の論理　標語、そして虚子の時代』（邑書林）。

平成18（二〇〇六）　『詩の起源―藤井貞和『古日本文学発生論』を読む』（角川学芸出版）、『標語誕生―大衆を動かす力』（角川学芸出版）〈角川学芸ブックス〉刊。

平成20（二〇〇八）　兜太第三回正岡子規国際俳句大賞受賞、業績と代表句選。

平成21（二〇〇九）　高山れおな・対馬康子等と『新撰21』編（邑書林）刊。

平成22（二〇一〇）　『女帝たちの万葉集』（角川学芸出版）。高山れおな・対馬康子と『超新撰21』編（邑書林）刊。

平成23（二〇一一）　『相馬遷子　佐久の星』編（邑書林）刊。

平成24（二〇一二）　『伝統の探求〈題詠文学論〉俳句で季語はなぜ必要か』（ウエップ）刊。

平成25（二〇一三）　『伝統の探求〈題詠文学論〉』により、第二十七回俳人協会評論賞。『21世紀俳句時評』刊。

平成26（二〇一四）　句集『我が時代』（実業公報社）刊。

平成27（二〇一五）　『戦後俳句の探求』（兜太推薦執筆）刊。

平成28（二〇一六）　共著『いま、兜太は』（岩波書店）刊。

平成29（二〇一七）　『季語は生きている』（実業公報社）、共著『存在者　金子兜太』（藤原書店）刊。

平成30（二〇一八）　『虚子は戦後俳句をどう読んだか』（深夜叢書社）刊。「兜太　ＴＯＴＡ」編集長。

令和3（二〇二一）　現代俳句協会副会長、同年、令和三年度春の瑞宝中綬章。

第9章 中村和弘

（二〇二二年五月十七日十四時　中村氏宅にて）

はじめに

兜太亡き後の二〇一八年十一月十七日、津田塾大学（千駄ヶ谷キャンパス）にて、「兜太と未来俳句のための研究フォーラム」が開かれた。夜の懇親会で初めて中村和弘氏とお目にかかった。また氏と同じテーブルだったので、少し言葉が交わせた。

氏はかつてクルーズ客船の俳句講師で世界四十ヶ国に寄港された。また、中国を始めとして、インド、東南アジアにもたびたび訪問されたという。そのためもあってか、氏は大変博学で温和、且つ立ち居振る舞いも上品である印象を受けた。

今回の取材までは、中村氏とはその一回しかお会いする機会が持てなかった。にもかかわらず、インタビューは中村氏のご自宅までお招きいただき、行うことになった。これが実現できたのは、黒田杏子氏のご紹介があっての事で、お二人には大変感謝している。

董振華

金子兜太先生とはいろいろな意味でご縁がありました

私は昭和四十八（一九七三）年、田川飛旅子主宰の「陸」の創刊同人として入会し、いきなり編集を担当することになりました。私の俳句の先生は田川飛旅子ですが、田川先生は加藤楸邨主宰の「寒雷」の同人でもあるから、私も「寒雷」の東京句会には時々出席しました。

そこで、金子兜太先生とはいろいろな意味でご縁が出来ました。田川飛旅子と金子兜太は若いころから「寒雷」の友人でした。金子先生が一番最初に出したのは『少年』という個人句集でしたけれども、実はその前に、金子兜太、田川飛旅子、青池秀二の三人が合同句集『鼎』を出しております。「これを読め」と言って田川先生よりいただいたのが『鼎』という句集です。そして私が初めて金子兜太の句をある程度まとめて読んだのはその句集でした。それでかなり好きになりました。

また、この『鼎』の句集は画期的な句集だけれども、戦後早い時期でしたから、あまり知られていません。その後、みな個人句集に移行し、金子兜太は『少年』、田川飛旅子は『花文字』を上梓。そんな縁があって、早くから私は『鼎』を通じて、金子兜太の初期の句を読んでいました。それが入門書の一冊になったということがあります。

それから、私の句を初めて毎日新聞の俳句の囲み欄に取り上げていただいたのは金子兜太でした。毎日新聞に「今日の若手」という俳句の囲み欄だったと思います。五、六人の若手の作品を、一人に一句ずつ紹介して、ちょっと批評を書いてくれました。当時私は三十二歳頃じゃなかったかと思います。初めてそういう公の場で自分の作品が取り上げられて、そうして褒めていただいたということで、それは当然嬉しいね。

兜太先生に取り上げられた句は確か〈椿トンネルバスの一人が後ろ向き〉という句だったと思う。大島なんかに行くと、藪椿の並木が道路の両側にあって、トンネル状になってるわけです。そこを日常の通勤、通学用のバスが走ってる。普通バスに乗っている人はみな前を向いて並んで乗ってるでしょう。しかし後部座席で一人の人はバスが椿トンネルを過ぎてゆくのをじっと見つめてるっていう光景です。

私の第一句集『蠟涙』（角川書店・一九九八年）には四十歳以上ぐらいからの句しか収録してないもんだから、二十代、三十代の句はまだ句集にしていません。後の句集は全部二〇〇七年以降の出版なので、この句はどの句集にも入っていませんね。

私が「寒雷」の句会に出席するようになった頃、金子兜太先生もたまに時間があるときは出てこられて、句会で選評をしたりして、さらに親しみを覚えました。

そしてもう一つ親しみを感じる理由があります。金子兜太先生の弟さんの、金子千侍さんが「陸」の同人でした。今私が「陸」の主宰だけど、あの当時、主宰は田川飛旅子でした。千侍さんは田川飛旅子の作品が好きで、兄である金子兜太さんのところには入らないで、「陸」に入会しました。

千侍さんは秩父音頭保存会の会長をしていました。「陸」で周年行事があると秩父音頭保存会の皆さんも同行、懇親会の時に、秩父音頭を賑やかに披露されました。そんなことも重なり、金子千侍さんとも親しくなりました。吟行句会でお宅のほうに訪れたことがあります。金子千侍さんはお医者さんで、実質的に医業を継いだのは金子兜太先生ではなく、金子千侍さんなんですね。千侍さんは非常にヒューマンな方です。秩父のお医者さんでしょう。いつでも足まめに往診に行ったりね、もう亡くなるに近い頃まで、往診に行ったりして、地域の医療に大変尽くされた立派な方です。そういう事もあって、さらに金子兜太先生との距離が縮まったというのかな。でも兜太先生は当時日銀で転勤したり、忙しいから、私みたいな若手の連中を相手にしている時間もない。でも当時私はよく兜太先生の評論や句集等を読んでいましたね。

その頃、批評だとか評論が非常に盛んでした。若い人が果敢に評論を書いていました。「寒雷」の平井照敏編集長に何か書けと言われて、兜太先生の「造型論」と私が過去読んだ「映像論」などを参考にしながら、「寒雷」誌に〈心象のリアリティ〉っていう小論文を書きました。当時「海程」の編集長であった大石雄介さん、理論家でもあり作品もかなり前衛的でしたね。彼が私の文章に注目してくれて、「俳句研究」の「俳論月評」で取り上げてくれました。半分褒めていただき、半分金子兜太の「造型論」に比べると甘いというような批評でした。そうしたら、なんと金子兜太先生はだいぶ後年になってから「究極して、俺は映像を一生懸命に書いているんだと。……技術論を言っているようじゃ駄目なんです」（『いま兜太は』青木健編）と自身の書いている「造型論」を否定するかのようにも取られかねない述懐をしている。つまり俳句は映像に近いということを言っているんです。

「陸」創刊三十五周年記念講演
――『詩經國風』について

「陸」の三十五周年（二〇〇八年）に私が兜太先生に講演をお願いできないかということで電話をしたところ、「おうーいいよ、いいよ、君のところだとぜひこっちがしたいくらいだ」ということで、二つ返事で引き受けてくださった。そして兜太先生の方から、どういう題がいいんだということで、逆に向こうから何を喋ったらいいかという質問がありました。

兜太先生の出された句集の中で、『詩經國風』とい

「月曜会」お祝い会　金子兜太先生をお招きして　2005年

う句集があります。中国の『詩経』と、それから日本の『万葉集』以来の古典的風土と、それを対比させるようにして編まれている句集です。どういうわけか、この句集はあまり取り上げられていないですね。兜太先生自身もあまりこの句集に触れたがらなかった。それを私は不思議に思っていました。金子兜太の生涯を通してみると、前半と後半の境目にある句集です。これを境目にして、金子兜太の作風が変わっていきました。どうして金子兜太は自分の『詩經國風』のことについて触れたがらないんだろうかと、不思議に思っていました。他の句集のことはペラペラとあちこちで話をしてるんだよ（笑）。だけど『詩經國風』だけは、どういうわけか抜かしちゃってる。人もあんまり触れない。ただその中の作品の何句かは、いろんな人が批評したり、好きな句とか取り上げているけど、句集自体のことはどこも取り上げてない。それを私は不思議に思ったもんだから、兜太先生に話していただこうと。だから私は即座に『詩經國風』のことについてお願いをしました。そうしたところ、兜太先生がそれまで『詩經國風』について触れたがらなかった理由がその講演の中で話されています。その講演録の一部を抜粋します。

「どうも結局私が『詩経』の言葉というもので句を

作ろうとした、その魂胆の中に非常に安易なものがあった。要するにただ言葉だけを借りて来て、古い言葉で面白いから、中国の言葉ですから、それだけ安易なものがあって、一茶のように、もっと何か腹

「陸」創刊三十五周年で講演する兜太

の据わったものがなかったかという、じゃあ一茶の腹の据わったものって何だろうと思ったら、〈抱けば熟れて夭夭の桃肩に昴〉の句にあるように、誰もがいいとするものに対して、逆転の劇を演じて見せるという、その度胸というのはどこから来るのかというと、これが『詩經國風』の作ってきた、つまりあの民謡を作り出してきた黄河流域の黄土民族の民衆の心情ではなかったかと（中略）。

一茶は奥信濃の男で、農家の出ですから、おのずから民の持っている暮らしの匂いと苦しみというものが分かっていたんで、よけい『詩經國風』を自分のモデルにしようと思い立ってやっている面があったと。私がまず言葉を借りていろんなものをやってみようなんていって〈夭夭の桃肩に昴〉なんてやってたんじゃあ、これはだめだと。

それでごまかしに『万葉集』の長歌の後にこう返歌を出すように、自分の句を後ろへ『詩經國風』を借りて作った自分の俳句の一群の、その後へ自分の日本列島で作った句を、これは直に触れて作った句をひょいっと置くと、それでやっとつじつまが合わ

せようとしたんだけど、あまり評判が良くなかったですな。

だから、中村さんが見てて、非常に怪訝に思っていたんじゃないかと思います。それが私にしゃべれ

「陸」創刊三十五周年祝賀会にて　兜太と中村

という理由だと思います。

（中略）

自分で自信がなかったということもあるし、お前の『詩經國風』のトライアルは、実験はそういう失敗の例なんだというふうに自分で自分に言い聞かせるようになっちゃったんですよ。だから、てめえの句集が失敗だなんていうのは、癪に障るから言わないんですけれども、それで私はこの句集についてはしばらく語らないで来ているんですけれども」。

私が指摘したことを兜太先生が自ら話しているんだと、これを指摘したことは私が初めてじゃないかと思う。そうしたところ正直に自分の気持ちを込めて話をしていただいた。兜太先生の特別講演より私の質問に対しての答えがちゃんと出ているんです。

私はその時にこの講演を人に任せないで全部リライトしました。『詩經國風』について本人が白状しているのは、この文章しかないと思う。だからあなたにもぜひ読んでほしいと本人が言ってんだからね。これは大事だと思います。

この講演で私の『詩經國風』に対する疑問がかなり解けた。中国の詩経を題材にした句集、そしてこの『詩經國風』の國風の中には、日本での作品も入ってるわけです。何よりも当時私はこの句集が非常に好きだった。『詩経』というのは、ホメロスの詩よりもかなり古いと言われている世界最古の詩集です。そして『詩経』にはドラマがある。それぞれが短い詩なんだけども、どれもドラマと言っていいのかな、現代にも参考になるようなドラマがある。そして、兜太先生がこの詩経を題材にしたのは、どういう意図かと思っていました。

まず一つは『詩経』の中の庶民詩、官僚とかそういう作品ももちろんあるんだけれども、夭夭の桃に代表されるように、ごくごく庶民の、底辺の人たちの作品が入っています。もう一つは、兜太先生がどうして『詩経』を学ぶようになったかというと、小林一茶が介在しているからだと思うんですね。小林一茶を研究していたら、小林一茶が『詩経』を学んでいるんだ。一茶の作風の中には『詩経』の庶民詩の影響がある。兜太先生は一茶を読み込んでいくうちに『詩経』に至ったわけです。そして、『詩経』を読んでいるうちに中国の広大な自然と宇宙空間というのかな、一茶にないものを『詩経』から見出したんだと思います。それがこの句集『詩經國風』の中の作品に表れています。

さっき兜太先生の話にも出てきた〈抱けば熟れて夭夭の桃肩に昴〉っていうところは一茶にはないもんです。自然の中で、昴っていうのは星ですよ。〈肩に昴〉という宇宙空間、広大な大地の中で生きている、若々しい女性という一見すれば欠け離れているようなんだけど、一つの映像世界が現れてくる。比喩としても優れているんですね。それは一茶にはない。後の句集に広がりというか、じわじわ出てきている。従来の兜太作品を飛び越してくる、その境目にあるのはこの『詩經國風』だと私は思う。誰もこんな試みをしてないよ。俳人は作品をうまく作ろうと思っている。ところが、金子兜太は上手に作ろうとは思っていない。自分の心を持って、真実に迫ろうと思って作品を作っているんです。

兜太の遺志を受け継いで現代俳句協会国際部をより活発に活かす

一九八〇年代、私がまだ四十代の頃、兜太先生が現代俳句協会の会長の時代には、日中俳句交流が盛んでした。しかし、年が経つにつれて、兜太先生の世代の人たちはだんだん高齢化が進み、まだ若かった私に日中友好俳句交流会に「君、出ろ」と言われましたが、だけど私は中国語が分かんないんですけど、「いや、分かんなくたっていい、俺だってようわからん」と兜太先生が言うので、私は日中友好俳句交流の懇親会に出席しました。そこで中国の方といろいろ意見を交換しました。場所は代々木青少年センターでした。中国の俳人は漢詩がベースにあるせいか、その席で詠みあげられた作品がどれもレベルが高く刺激になった。

日中俳句交流を金子兜太先生が熱心にやったにもかかわらず、その後、両国の政治状況の悪化で途絶えてしまいました。しかし国際交流は今後も欠かせない、そして今こそもっとも大事だろうと思っているんです。だから現代俳句協会の国際部を活発に推進しようと考えています。

金子先生のいわゆる「マーケティング」の意味と応用

二〇一七年に現代俳句協会創立七十周年記念大会が帝国ホテルで行われました。当時私は副会長で、七十周年記念事業実行委員長を務めていました。大会が行われる二年前かな、これから準備に取り掛かろうとする時に、兜太先生が現代俳句協会の名誉会長なわけだから、ちょっと兜太先生にご挨拶しようということで、先生の所に電話しました。本来だったら私がお宅に伺って、どうぞよろしくというべきであろうけれども、兜太先生はご多忙であり、そしてご高齢でもあったから、電話で「現代俳句協会の七十周年記念大会、よろしくご協力お願いします」と話しました。

その折、「マーケティングが大事だよ」と言うんで、私はびっくりしました。なぜびっくりしたかというと、大体作家とか俳人とかが普通はマーケティングなんて言葉を使わないんですね。何かというと、季語や有季定型などという当たり前のことしか言わない。しかし、

現代俳句協会創設70周年記念式典で挨拶する中村氏
帝国ホテルにて　2017年11月23日　（撮影：黒田勝雄）

兜太先生はそうじゃなくて、「マーケティングが大事なんだよ」と。その時、私は「おやっ」って思ったんですが、考えてみると、ある意味では金子兜太先生は元々経済人なんだ。東大の経済学部を卒業して、日銀に入って企業とも密接な関係を持っているわけで、金子兜太先生に助けられた企業がどれぐらいあるかということにその一言で思い至った。

つまり経済人であるから、日本の経済的な動きだとか、政治的な動きだとか、敏感なんですね。これは若い頃、経済学部で学び、それから日銀というところに勤めて、経済動向を見てきているからだと思います。だからその感覚がどっかにあるわけで、それがぱっと出てきた。大会などでいろいろな事業をやるには、事前のマーケティングが必要だよと言われた。ただ私としてはびっくりしたわけです。そんなことを俳人から聞いたことはない。

もう一つ、これははっきりとは見えないけども、いつも経済欄政治欄みたいなものに他の俳人とはちょっと違って目を通したところがあったと思いますね。

その後、電話したりお目にかかったりするたびに、何度か言われましたから、よく覚えている。そして、私は広告会社の出身で、自分自身がマーケティングしていたわけだから、マーケティングと兜太先生に一言いわれればピンときて、こういう文化団体で応用してやるということもあり、別に意識しなくても自然にそういうふうに頭の中では考えていますね。

師とは何か、弟子とは何か
――加藤楸邨と金子兜太

私の直接の師は田川飛旅子ですが、加藤楸邨、金子兜太もまた師です。二〇一九年九月二十三日兜太先生の誕生日に合わせて出版された句集『百年』の一句に兜太先生が、〈飴なめて流離悴むこともなし〉という楸邨の初期のとてもいい句を下敷きにして、〈飴なめて師の流離あり敗戦忌〉を作っています。師とは何か、弟子とは何か、改めて考えさせてくれる句ではないか。

そして、兜太先生がトラック島に生きていたということを知ったときの楸邨の喜びよう。〈はるかより朝蜩や何につづく〉と作っています。一句としては、やや言い過ぎの感がありますけれども。兜太先生が俳壇のある側面を非常にリードしてきた。(何につづくと)、楸邨はその時、もうすでに金子兜太の将来を予感していたような句を作っているということであります。

二〇一九年六月三十日、ゆいの森あらかわ「ゆいの森ホール」で第四十三回現代俳句講座が開催されました。そのとき、私は「加藤楸邨のヒューマニズム」を演題として話をしました。たまたま、当日会場に来られた人が加藤楸邨の句集『野哭』を持ってきました。その『野哭』のなかにある「野哭抄」の部にさっきの兜太先生を詠んだ句が入っています。前書きは「兜太トラック島に健在の報あり」でした。

兜太現代俳句協会新人賞設立にあたって

現代俳句協会創立七十周年記念行事を準備するにあたって、いろいろ相談することがあって、何度か兜太先生に電話をしました。その時、金子兜太の名前を取った賞を現代俳句協会で作れないかと思いました。現在「兜太現代俳句新人賞」というのがあります。これは現代俳句協会幹事会の同意を得て設けた賞で、今年で四回目かな、最終的にはこうなったんだけど。最初は兜太現代俳句大賞っていうのが念頭にあった。電話で「兜太現代俳句大賞という賞を作りたいんです」というようなことで話をしたら、兜太先生はあんまりいい返事がなかった。「俺はそんな偉くないんだよ。兜太大賞なんて、そんな大仰なことはとんでもない」と。「あっ、そうだ。金子兜太っていうのはそういう人なんだな」と私はその時ちょっと悔いた。そんなことは投げかけるべきじゃなかったなと思ってね。

それから多分現代俳句協会創立七十周年記念が行われる直前だったと思います。兜太先生は俳句の新人の育成に熱心だったから、「〈兜太現代俳句新人賞〉だったらどうでしょう」と、もう一度兜太先生に相談しました。そうしたら、新人賞の方は感触が良かったんだ。「新人賞だったらいいだろう」ということでした。それを私は確認しといて良かったと思います。なぜかというと、兜太先生が翌年の二月に亡くなられたからです。ご長男の眞土さんの了解を得ればいいんだけども、兜太先生自身の了解を得たっていうことが大事で意味があると思っています。

それから、長瀞の長生館で「海程」の人たちが中心になって、兜太先生のお墓参りを兼ねた少人数の集まりがありました。現代俳句協会からは宮坂静生会長と私が行きました。私は自分の挨拶が終わった後、ちょっと席を外して、外の喫煙コーナーに行ったところ、兜太先生のご長男である眞土さんがおられた。

その時、私が気にかかっていたことが一つありました。兜太先生からはあの新人賞を設けることの了解を得ていた。しかし、先生が亡くなった今、その話はまだ生きているかと。そこで、たまたま喫煙所でご長男の眞土さんと立ち話になりました。

私は「生前兜太先生に『兜太現代俳句新人賞』を作りたいとお願いしたところ、ご了解はいただいているんですが、また眞土さんのご協力もお願いしたい」と申し上げたところ、「それは兜太から聞いています、ぜひ進めてほしい」と逆に眞土さんから言っていただきました。私は眞土さんが知らないものとばかり思って話をしたんですよ。それで私は気が大きくなったね。だって兜太先生が了解してくれても、眞土さんのところに話が行っていなければできないでしょう。この話はほんとに兜太先生が亡くなる数ヶ月前のことだから、私は亡くなった時点でこの話は立ち消えになったものとばかり思ったんです。それで眞土さんに逆にプッシュされて安心しました（笑）。賞が実際できたのは兜太先生が亡くなったあくる年です。兜太先生の名前を残しておきたいということ、当然ながら現代俳句協会の会長を長らく務め、その後、名誉会長は生涯ずっとしていたわけだからね。そして眞土さんが兜太先生の色紙を受賞者にあげてください、ということで、「兜太現代俳句新人賞」の一回目からずっと贈ってくれています。新人賞の裏側にはそういう経緯があってできたということです。新人賞に関して、それぞれの考え方があるけれども、その年によってレベルのでこぼこが多少あっても兜太現代俳句新人賞はいい。兜太先生はずっと昔から若い人の育成に熱心だったから。その志をこめて兜太現代俳句新人賞はさらに発展的にと思っています。

金子兜太お別れの会・朝日ホールにて

おわりに

中村氏のお宅に伺い書斎に入るなり、本棚が壁一面に並べられ、「汗牛充棟」と言えるほどの蔵書の多さにあっけにとられた。その書斎にて、穏やかな雰囲気の中でインタビューが始まった。

氏は一九九六年、第四十七回現代俳句協会賞を受賞。一九九九年、師田川飛旅子の逝去に伴い、「陸」俳句会の主宰を継承。二〇一八年、現代俳句協会会長（第七代）に就任された。会長在任中、兜太現代俳句新人賞の設立、現代俳句協会国際部の活発化、金子先生の提案された「マーケティングの視点から協会の活性化」などにおいて、大きく尽力されている。同時に、国際俳句交流協会副会長も務められ、国際俳句の交流にも熱心である。今回の取材では、田川飛旅子と兜太との関り、中村氏と金子千侍との関係、楸邨と兜太の感動的な師弟関係、さらに中村氏と兜太先生との「ご縁」を、多角的且つ情を込めて語られ、中村氏の兜太先生に対する敬愛の念を直に感じ取ることができた。

董振華

中村和弘の兜太10句選

曼珠沙華どれも腹出し秩父の子　『少年』

朝日煙る手中の蚕妻に示す　『〃』

人体冷えて東北白い花盛り　『蜿蜿』

暗黒や関東平野に火事一つ　『暗緑地誌』

梅咲いて庭中に青鮫が来ている　『遊牧集』

麒麟《きりん》の脚《あし》のごとき恵みよ夏の人　『詩經國風』

どどどどと螢袋に蟻騒ぐぞ　『〃』

冬眠の蝮のほかは寝息なし　『皆之』

おおかみに螢が一つ付いていた　『東国抄』

河より掛け声さすらいの終るその日　『百年』

中村和弘（なかむら　かずひろ）略年譜

昭和17（一九四二）　静岡県湖西市鷲津に生まれる。
昭和36（一九六一）　上京し、シナリオ、広告理論等を学ぶ。
昭和43（一九六八）　俳人の田川飛旅子に師事、飛旅子の紹介で加藤楸邨にも学ぶ。
昭和48（一九七三）　「陸」創刊より平成十一年まで編集を担当。
平成8（一九九六）　第四十七回現代俳句協会賞を受賞。
平成10（一九九八）　句集『蠟涙』（角川書店）刊。
平成11（一九九九）　田川飛旅子の逝去に伴い「陸」俳句会主宰を継承。
平成19（二〇〇七）　句集『黒船』（角川書店）刊。
平成21（二〇〇九）　句集『中村和弘句集』（ふらんす堂）刊。
平成24（二〇一二）　句集『東海』（角川書店）刊。
平成30（二〇一八）　現代俳句協会会長（第七代）に就任。

現在、現代俳句協会会長、国際俳句交流協会副会長、日本文芸家協会会員。

第10章

高野ムツオ

はじめに

（二〇二二年六月十日十六時　多賀城にて）

近年、高野ムツオ氏をよくテレビの俳句番組等で拝見している。同じ「海程」出身だったので、おのずから親しみを覚えていた。しかし、今回取材するまでお目にかかる機会はなかった。二〇二二年三月にはじめて電話を差し上げた時、「これから一カ月ほど、病院で療養してくるから、四月十四日以降もう一度電話してくれませんか」と言われた。四月中旬、再度電話を差し上げると、六月十日、多賀城で会うことが決まった。

いよいよ取材の日がやってきた。朝七時三十二分の小町五号にて仙台へ赴く。午前中、私と従弟鄒彬の二人で多賀城廃寺跡、東北歴史博物館を見学した。十三時に、高野ムツオ氏と合流。療養明けにもかかわらず、自ら運転して、沖の石、末の松山、兜太句碑、荒浜小学校跡などをご案内してくだった。その後、ゆっくりとインタビューを行わせていただいた。

董振華

「駒草」を経て「海程」へ

私が俳句を始めたのは、十代の小学生の頃。また、コンスタントに句会に出るようになったのは中学生ぐらいです。そして、高校の頃から「ホトトギス」系の阿部みどり女主宰の「駒草」に投句して、そこで学ぶようになりました。「ホトトギス」系と言っても、阿部みどり女の俳句は非常に叙情的で、写生を基本にしながら、主観や想像力を生かし、柔軟な発想を持つ自由自在な俳人でした。

一方、同じ町の句会に父親の友人で、松本丁雨という俳人がいまして、彼は中島斌雄主宰の「麦」の所属で、社会性俳句を作っていました。私はこの人からもいろいろと教えてもらったんです。当時、確か「麦」から『三十代作家特集』という新書版の本が出てまして、それを借りてきて読んだ記憶があります。特集の中に、飯島草炎の名前だけは今でも覚えています。そういうわけで、高校生の終わり頃から、社会性俳句、新興俳句に興味を持つようになり、同時に「ホトトギス」の写生的な、自然を謳う俳句にはどこか物足りないと、何となく感じるようになりました。それから、私は詩にも関心があったので、もっと自分の思いを自由に且つ直接表現したい欲求が強まってきたわけです。なにしろ右も左も分からない十代の若者ですからねえ。

その頃、角川の「俳句」はよく通っていたお寺の書棚をかき回しては読み耽っていました。その中で、金子兜太、高柳重信、飯田龍太の三人の俳句を読むことができ、大きな魅力を感じました。

私は高校三年生の時、生意気にも高校の文芸誌に「現代俳句小論——季を中心に」という一文を書いたことがあります。今、振り返って読むと、本当に拙いもので、論なんて代物ではないですが、その中には金子兜太の〈死にし骨は海に捨つべし沢庵嚙む〉〈粉屋が哭く山を駈けおりてきた俺に〉や林田紀音夫の〈舌いちまいを大切に群衆のひとり〉などを引用して、無季俳句について書いているんですよ。なんにも知らないくせにね(笑)。その頃から無季俳句など新しい俳句に関心を持つようになったということです。

高校卒業後、神奈川県の平塚に赴き、土木事務所の職員として就職しました。測量や現場監督が仕事です。それから、一年過ぎて、ある程度軌道に乗ったと同時に、夜間の大学にも通うようになりました。そうしたある日、町の本屋で一冊の本を見つけた。カッパ・ブックス『今日の俳句』(一九六五年・光文社)、著者は注目していた金子兜太です。しかも、その本はそれまで自分が手にしていた俳句の本とはずいぶん違って、どこか新しい雰囲気があったんです。「古池の『わび』よりダムの『感動』へ」というキャッチフレーズ、表紙に掲載されているカラー印刷の句の数々。装丁もとてもよかった。後で知ったのですが、装丁を手がけたのは田中一光というロングピースのデザインなどを手がけた売れっ子のデザイナーです。すぐさま購入し、一気に読了しました。そこにはそれまで自分が目にしたことのない俳句の世界が展開されていた。今振り返ると、私がその本でもっとも惹きつけられたのは、造型俳句という考えより、こうした新しいことを主張する金子兜太という人間の魅力と可能性でした。古い権威に挑戦する姿勢が格好良かったということです。

そこで私はそれまで自分を育ててくれた「駒草」を

離れ、「海程」に入会しようと決心したわけです。若いことは特権だよね。ある程度分別がつくと、なかなかこうはいかない。何も知らないから思い切ったことができるわけです。もちろん迷いがないわけではなかった。みどり女先生の句も魅力的でしたし、飯田龍太と高柳重信もよかった。飯田龍太の抒情にはとても惹かれましたね。「雲母」で学ぶのも一つの道かとも考えました。でも、今まで学んできたみどり女の俳句と龍太の俳句と、どこまで違いがあるのかというと、やはり伝統が大事で方向は同じです。金子兜太の俳句みたいに目立って、インパクトのある世界ではないわけです。だから、新しい俳句を求めるなら、金子兜太であろうというふうに、『今日の俳句』を読んだ時に決めたわけです。さっきも言ったように、高柳重信にも触れておかなくてはならない。詩にも大きな関心がありましたので、俳句という形式に捉われない実験を試みるなら、高柳重信を目指すことも悪くないといった他愛無い考え方でした。ずいぶん単純な捉え方だけど、二十歳の若者だからしょうがないですね。多行形式は魅力があります。今でも惹かれています。でもどこか美意識が強すぎる。人間が直接出てこない。出てきても、どこか格好良すぎるんだよね。まあ、たいして重信の魅力を知らないので大きなことは言えません。今から思えば、単純に私自身が臆病で多行形式にまで飛び込めなかったというのが本当のところでしょうね。

そこで、金子兜太の「海程」を選びました。同人誌という俳誌の在り方も気に入っていたけれども、おそらくは俳句は人間の表現であるという、それまで私自身が漠然と培ってきた志向が、「海程」を選ばせたような気がします。やはり松本丁雨に俳句を教えてもらったことが影響しているんですね。

兜太の暖かい人間性と「海程」仲間の激励

思い切って葉書で「海程」への入会を申し込みました。すると、思いもがけず兜太自ら返事が来ました。大いに期待するとありました。顔も知らない若者への、この激励は本当に嬉しかったです。最初に申し込んだのは、「海程」三十三号からでしたが、続いてすぐに三十一号が送られてきました。読んで学べということだろうね。これは「海程」の一九六七(昭和42)年四月に発行された五周年記念号で、開くとまず「『日本の詩』の中で」と題した、これからの俳句のビジョンを探る座談会が掲載されていました。出席者は金子兜

佐藤鬼房顕彰全国俳句大会にて　兜太とムツオ　2008年頃

太、安東次男、それに島津亮ら六名。安東次男の「〈自由詩に移った理由を金子兜太に問われ〉十七文字というやつで、何から何にまで表現するのに慣れるのがいやだったんだな(後略)」の意見がとても痛快で、どの発言も刺激的でした。もちろん、難しいことは分からないんだけどね。私の中での俳句は、まずその表現に慣れるもの、字余り、字足らずはともかく、俳句は十七音で表現するもので、それは議論の余地のない、当然すぎることだったのですが、安東次男の前ではそんな小さな考えはあっという間に粉砕されてしまったわけです。しかし、それは実に痛快でした。重要なのは形式とかジャンルではなく、表現すること自体です。そのためには、あらゆる角度から俳句を考えることが必要だと教わったのです。いろんな表現形式を知らないと俳句は語れないわけですね。

「海程」は私にとって魅力的な俳句に満ち溢れていました。二十代三十代の活きのいい作家も多かった。しかも金子兜太がそういう温かい気持ちで若者を迎えてくれる。それで投句もし始めました。最初は自分の作品が果たして評価してもらえるのか、不安もあったわ

けですが、初めに「海程」に載った時は嬉しかったですね。こんな句もちゃんと認めてくれるんだと喜んだわけです。せっかくだから紹介しておくと、

茜の都心暗き掌《たなぞこ》皆持てる　高野睦夫
熱帯魚群暮春の空を上昇す

など四句でした。しかも、金子兜太は投句するたびに葉書をくれるんです。始めのうちは半年ぐらいは、毎回頂いたような気がします。私にだけ書いたわけでないでしょうし、受領書への添え書きというのもあった。手元に残っているいちばん古い葉書の消印が一九七〇（昭和45）年です。七月と九月の二枚あります。七月の方には、

コーヒー飲む粘つく鳥のはばたき飲む　ムツオ
ぼくの唾ずり落ちる愛のように

などを取り上げて、波郷の『胸形変』（松尾書房・昭24）に触れながら、「この身軽で自在な表現を身につけ、振るまったらいかがでしょう」とある。今もちっとも身軽じゃないですがね。もう一枚の九月の方には、

泥酔われら山脈に似る山脈となれず　ムツオ
痛むばかりふるさとどこも水あふれ

などに触れて「表現者、発表をためらうことなかれ」とあります。本当に嬉しくて、そのまま「海程」に投句を続けました。そうそう、うろ覚えですが、こうしたこともありました。確か「ミセス」だと思いますが、そこで最近の俳句を紹介するコーナーがあって私の句、

触覚欲しく揺れる棒状の他人

を取り上げてくれたんです。これも嬉しかったですね。当時は無季の句を意識的に作っていたせいもあって、内心不安だったんですが、これでいいと励まされた気持ちにもなりました。そのせいで私の第一句集『陽炎の家』の前半は無季が多いんです。

「海程」入会と時期を同じくして、私は国学院大学の夜間部に入学しました。でも残念ながら夜間部には俳

句のサークルはなかった。それで現代詩研究会というサークルに入りました。ある時、その研究会で俳句にも関心を持っていると話しましたら、上級生の反応は優しく諭すような口調でしたけれど、そんな時代遅れの定型詩など、若者が取り組むものではないというんですよ。もう半分馬鹿にしたような辛口の内容でした。でもそんな不満を程なく解消してくれたのが、昼間部にあった俳句研究会です。その機関誌「国大俳句」に初めて作品が載ったのは一九六八（昭和43）年で、大学一年ぐらい過ぎ、仕事との掛け持ち生活にも慣れた頃でした。

わが船出の夜もむんむんと新樹群　ムツオ
週末の僕ら河口へ陽を埋めに
樹の上で少女すっぱくなる日暮れ

今読むと恥ずかしくなるような句ですが、初々しさだけが取り得の他愛のない俳句を作っていました。国学院大学は角川源義や飯田龍太ら多くの俳人が卒業生であるだけあって、俳句研究の活動が盛んで、発行している機関誌も当時すでに八十号を超えていました。しかし、私の期待に反して、伝統俳句を重んじる手堅い句づくりの学生がほとんど。最初は私の無季も混じえた俳句は不評で、視線も冷たいものでした。金子兜太からは先ほど述べたように時折、励ましの葉書を貰っていたので、それは支えになってはいましたが、眼前にいる同世代から共感してもらえないのは、なかなか厳しいものでした。そんなある日、しばらくぶりでサークルの俳句研究会に行くと、皆の視線にそれまでと違ったどこか親しげなものがあったんです。同学年の一人が笑いながら話しかけてきた。俳句研究会のOBの一人が私の俳句を褒めていたというのです。「俳句そのものより、俳句に向かう若さ溢れる態度がいい、このような挑戦する精神が今の国大俳句に欠けていると我々も諭された」と笑顔でいうんです。こういう評価はうれしいですよね。おおげさにいうと金子兜太についで、今の自分の俳句の方向を肯ってもらった瞬間でしたね。一人で俳句を作っているというのは、孤独そのものだからね。そのOBとはとうとう一度も会えませんでしたが、記憶に間違いがなければ、確か詩人でもあった深谷守男ではなかったかと思います。以来、俳句研究会の仲間とも、より打ち解けあうようになった。もっともだんだん私の方が辛口になって、言いたい放題になりましたけどね。

これに意を強くしたわけではないですが、「海程」の東京例会にも顔を出すようになりました。金子先生と初めて会ったのは同じ一九六八年でした。場所は東京家庭クラブ会館の「海程」の東京例会であることは確かです。会った日のことをよく覚えていないのは、多分ろくな挨拶もしなかったせいでしょう。写真で目にしていた金子兜太像のイメージがよく重なっていたこともあるような気がします。そこでは今まで私が知っていた田舎の句会とはまったく様相を異にした会が展開されていました。選句、披講までは普通でしたが、作者名を伏せたまま合評に入る。それも高得点であるかどうかというよりも、問題作を巡って、遠慮無用に貶したり褒めたりする。いやそうじゃない、この句はこうだああだと、甲論乙駁が延々と続くんです。句会の中心メンバーが三十代四十代ということもあったかな。稲葉直という口語俳句の大ベテランも奈良の方から来ていた。阿部完市もいました。そうした面々が年代超えて論を闘わせる。句会の最後は、金子兜太が締めくくるのですが、その話も含めて、最初はびっくりしたけど、これが本物の句会だと感動もしましたね。この例会のさまざまな意見交換は私の当時の俳句の考え方に大きな影響をもたらしました。同時に、どんな俳句が自分に合うのか、自分がどんな俳句を選んだらいいのか、ということを散々悩みましたね。でも、やっぱり、当たり前のことでしょうが、金子兜太の考えが本当にいちばん説得力があった。

今でもよく覚えているのは、森田緑郎を始めとした若手は、「俳句は感じるものだ。見るを超えるのが感覚、言葉に感覚を乗せて世界を切り開いていくものだ」という考えを主張する。これはおそらく阿部完市の俳句に影響を受けて、金子兜太の俳句の主張である「視ること」をさらに発展させようとしたんでしょうね。金子兜太はそういう考え方自体を一応受け入れながらも、「俳句は物の力だ、物象感だ、存在だ。さまざまあっていいが、この砦を外してはいけない」と力を込めて述べていました。

阿部完市の句、

三月の紙でつくった裏あける　完市

天の原白い傘さして三月

の二句が句会で俎上に載ったことがあります。二句のどちらがいいかという議論ですね。若手の多くは前者の方の表現の新しさを支持したと覚えています。私も一緒になって「三月という時期を紙の質感でとらえ、さらにその時間の裏を感じさせるところが新しい」などと生意気に述べたことを覚えています。実際はもっとたどたどしくて、聞いている方は何言っているか意味不明だったでしょうが。森田さんはじめ酒井弘司や谷佳紀も「三月」の方がいいと言ったんじゃなかったかな。記憶があまりあてにならない。少なくとも私は「紙」の方の発想の新しさに惹かれたわけです。金子兜太は後句の「天の原」の方が、共感できると言い始めました。空を〈天の原〉という古い言葉でイメージ化し、そこに「傘をさす」自分を据えることで「三月という時間の気分が出ているんだ、このもやもやとした気分が物の存在なんだ」といったようなことを述べたのを記憶しています。一生懸命聞きながら、ああやっぱり、どんなに新しい素材を使ったりイメージ世界を広げても、最後はやっぱり俳句は「物」、「存在感」なんだと改めて思いました。阿部完市が自身の評論で俳句は「気分」の詩だと主張したのは、この前後からではなかったでしょうか。具体的な場面はだいぶ忘れましたが、「視ること」「存在感」「物」「物象感」と繰り返していた金子兜太の説得力のある太い声だけは今も耳に残っています。

例会に顔を出すようになってまもなく、こんなこともありました。同じ年の十二月例会の時です。定刻ぎりぎりにやってきた金子兜太が、入り口近くに座ってた私の顔を見た途端に、「よお、高野、阿部みどり女に会ってきたぞ、お前は阿部みどり女の孫か」っていうんです。もちろん年齢的には孫のようなものなんですけど、びっくりしましたね。「いや、とんでもありません。孫じゃありません。みどり女は私が俳句をはじめた頃の俳句の先生です」としどろもどろで返事しました。そうしたら、金子兜太は「おう、そうか、俺はてっきりお前の祖母さんと思ったよ」と納得したように笑いました。金子兜太が五十歳になったばかりで、阿部みどり女が八十代の頃です。松島芭蕉祭全国俳句大会の選者として松島に行ってきた時のことです。みどり女もその大会の選者でした。瑞巌寺だと思います。初めて対面したときのことです。「みどり女が俺の前に出てきて、両手をついて高野ムツオが「海程」でお世話になっています。どうぞよろしくお願いします。というんだ。そうか、孫でなかったか」とまた笑うのです。私はまだ二十歳ぐらいだから、なんで阿部みどり女先生、そんなことまでして、恥ずかしいと思いながら聞いていました。でも、今となって振り返ると、師弟とはどんなものであるのかを私に教えてくれた、かけがえのない出来事であったわけですね。恥ずかしいなんて大それたことです。齢八十を過ぎた虚子直門の女流大家が、「駒草」の俳句が物足りなくなって、たった三年で辞めるとも言わずに飛び出して、そしてまったく違う傾向の「海程」に入った、そんな取るに足らない恩知らずの若者のため、前衛俳句の旗頭とはいえ三十歳も年下の息子のような俳人にそういう礼を尽くした挨拶をした。これって、どんなすごいことだったのか、今となって改めて思いますね。あの世にいったら三つ指ついてお礼申しあげなくてはならないですね。みどり女は「海程」が届くたびに私の俳句をまず探してどんな俳句を作っているのか見守ってくれていたようです。これはあとで矢吹湖光という「駒草」の編集長や蓬田紀枝子さんに伺いました。

一九七一（昭和46）年の三月、私は大学を卒業します。就職先は未定でしたが、故郷へ帰ると決めて、仙台へ向かうことにしました。その一ヶ月後の五月に大学の俳句研究会の仲間が、機関誌「零」に私の卒業特集をしてくれた。実際に雑誌を手にとったのはまだ在学中の三月でした。二十頁の薄っぺらなものでしたが、とても嬉しかった。なにしろ巻頭には「ひとこと」と題した金子兜太の言葉が掲載されていた。私に内緒で、仲間の大塚青爾が依頼したものです。あいつめ、とんでもない迷惑を先生にかけて、と思いながら読みました。出だしはこうでした。「高野ムツオを励ますコトバを書け、という大塚青爾からの依頼である。高野は励まさなければならないほど脆弱とはおもえない。その点では、むしろ逆である。だから励ますとすれば、彼の弱さに鞭をあてるのではなく、彼の強さに更に刺戟を加えることになるだろう。つまり、あまり励まし甲斐がないのである」と。私は投句を休むことも多く、私ぐらい怠けもので、あてにならない若者は「海程」にはいないと思っていたので意外でした。それから金子先生の文は次のように続いています。「表現というものは自信である。おのれの無知を恐れず、おのれの実感や体験を信ずることである。間違いをおそれず、間違いを間違いのままに曝けだすことの意義を信ずることである。正確無比のまえにオタオタせず不正確を敢えて冒すことである。何かが、おのれの感応と思索のなかにあるはずだ、と信ずることである。」これを読んだとき、自分に欠けているのは、これだと悟ったんです。俳壇や他人の評価など気にすることはないんです。自分の目指す俳句を、自分のペースで進めればいいんです。間違ってもいい。無視されてもいい。しかし一歩一歩目指そうと決心したんです。迷い迷いつづけていた詩作もやめて、俳句一本にしぼることも決意しました。誰に認められなくとも、金子先生の言葉通り。自ら信ずる表現の道を進むしかない。私はこの時はっきりと心に決めたのです。そういう大きな指標となる言葉を二十そこそこの年齢で頂戴できたというのは幸せとしかいえません。

ああ、そういえば、こんなことも思い出します。大学四年生の時、私は新橋の日通だったか、航空サービスの会社でバイトしていました。ある日、金子先生の職場の日銀に伺いました。訪れるとすぐ通されたのは屋上でした。「俳句の話をするのはここがいいんだ。中で俳句の話をするとやっかむやつがいるんでな。仕事も金庫番だから、少しぐらい席を外しても大丈夫だ」と金子先生がそう言った。短時間だったが、俳句の話をいろいろとしてくれました。ただ肝心の話の内容は記憶にないんです。

それから一年後、大学を卒業して故郷の仙台に戻り、そこで中学校の教師に就きました。その夏だったと思います。「海程」の編集長大石雄介に誘われて、熊谷の兜太居つまり熊猫荘へ遊びに行ったことがあります。金子先生のお宅を訪れたのは、あとにも先にもこの時一回だけです。大石雄介は金子先生の後を継ぐのではないかというぐらい嘱望されていた人です。怠けがちな私を絶えず叱咤激励してくれました。私にとって本当に兄貴のような俳人でした。その夜は、雨の降りしきる蒸し暑い夜だったんで、私は遅れて一人で熊谷駅からタクシーで兜太宅にたどり着きました。そしたら、奥様の皆子先生のご案内で部屋に入り、居間には金子先生が大石と二人で待ってくれた。「おう、高野、よく来たな」と声をかけてくれていた金子先生の姿を見たときにはびっくりしました。うわさには聞いていたんですが、ふんどし一つなんです。この時にはまだ、出征時の送別会で父の金子伊昔紅と真っ裸で、秩父音頭を踊ったエピソードは知りませんでした。本当に自然児、野生そのもの、俳句と一緒だと思いました。たちまちに気を緩め、俳句はもちろん、とめどもない話が夜更まで続きました。金子先生はその頃まだ日銀に勤めていたから、「俺はもう寝る」と言って席を外し、少し早めに就寝したんです。私と大石はしばらくの間お酒を飲みながら歓談していた。やがて就寝時間になり、皆子先生に客室へ案内されるときに、ちょっと書斎らしいところを覗いてみた。そしたら、金子先生が一生懸命俳句の仕事をしているんです。あっ、俳句の仕事をするために席を外したんだと、その時気づきました。

翌朝、金子先生も大石も仕事で早く家を出かけました。私は勝手なもので遅く起きてきては、皆子夫人の手を煩わせました。朝食の際、何気なく庭に目をやると、一面に林なんです。そういえば、竹本健司だったか、確か熊猫荘の庭について「自然そのままの庭であることに感動した」と書いた一文があったことを思い出しました。その通りの手付かずの林がずっと続いている。そして、その向こうに昨日までの雨は止んで青空が広がっていた。その青空の色と梢を渡る風の音に、ここが金子兜太という俳人が定住の地として選んだところだという思いが胸に迫ってきました。やっぱり俳人の原点は自然なんだ。金子兜太の俳句も生もまずは自然なんだということに若者なりと気づいたのです。同時に自分は宮城に戻り、なんとか教師の職を得たものの、それはあくまで仮のもので、この先のことは不安定そのものでした。自分も早く居場所を確かなものにしなければならない。生活が落ち着かなくては、腰を据えて俳句に取り組むことはできないとの思いが胸を過りましたね。そういう私の心境を見透かしたのでしょうか、「自分に自信を持って、一歩一歩進むことですよ。大丈夫、いい俳句が作れますよ」と励ましてくれた皆子夫人の言葉が身に沁みました。『定住漂泊』を手にしたのは、その翌年です。

「漂泊とは流魄《るはく》の情念であって、山頭火や放哉の場合は放浪を伴ったが、必ずしも放浪を要しない。さすらいの現象態様ではないのだ。そうではなくて、反時代の、反状況の、あるいは反自己の、または我念貫徹の定着を得ぬ魂の有り態であって、その芯に〈無〉がある。無は諾《うべな》う対象としてあり、あるいは、絶つべき対象としてある。人さまざまだ。〈中略〉諾うにせよ、絶つにせよ、気分の無と争うとき、流魄の情念は燃える。精神と言えるものがその争いのなかに見えてくるとき、流魄は求道のおもむきを具える。私は、この争いのなかの流魄の情念を定住漂泊と呼ぶわけだが、その有り態は一様でない。一様ではないが、共通して言えることは、日常漂泊のように日常性に流れないことだ。逆に日常のなかに屹立するのである。屹立させるものが、その者の心機にある。そこに詩もある」

と綴っています。これだ、この精神だとその時直感しましたね。昨年見た自然林のままの庭は、そのまま日常に屹立する精神のありようだったのです。

一方、教職という仕事はやりがいはありましたが、忙しかった。二年目の勤務校からはバスケットボールの顧問も引き受けたので、その練習や試合に土日なしの生活となった。それは以後、二十年以上も続くことになります。そして、仕事に熱中するのと引き換えに、「定住漂泊」の思いも、どこかに棚上げされ、日常に流される日々が続きました。句作そのものも疎かになってゆきます。それでも翌年（一九七二年）の七月、「海程」新人賞の準賞をもらったので、なお、自分自身に油断していたところがありました。その時の選考委員の一人だった佐藤鬼房の「集中的持続力が欠けていた」とか佃悦夫の「欠稿が何回かあったのが、かなりのマイナス」という苦言が私の慢心を裏付けられています。国学院大学で一年下の島谷征良が同級だった森岡正作と二人句集を出版したときも、焦ることすらなかった。ただ単純に懐かしみながら喜んでいただけでした。本来なら先を越されたと悔しがるべきなんでしょうが、自分が求めるものに、がむしゃらであること、一途であるという強固な精神はこの頃の私には希薄だったようです。あれだけ卒業のときに金子先生に励ましてもらっておきながら、いつの間にか忘れている。そんな有様ですから「海程」への作品発表が一年近く途絶えるような年もありました。それでもどうにか俳句に繋がっていたのは、一にも二にも金子先生と大石雄介のお陰でした。手元に残っている仙台一年目のはがきには俳句に簡単なコメントをつけてくれたのちに「仙台の街の灯をゆく貴公をおもう」とあり、一九八二(昭和57)年に頂戴した返礼の賀状に「貴句がないのが淋しい」とあります。俳句を作らねばと深く恥じました。大石雄介はそんな惰性な私にも関わらず、特別作品や特別作品評などのエッセイの原稿依頼をよく送ってくれました。原稿締め切りを守らないでいるわけですが、その性は今も治りません。彼はしぶとく、あきらめず私の入稿を待ち、そして、次の課題を用意してくれました。何をおのれの俳句に求めていったらいいのか、文章を書き、考える機会を与えてくれていたのです。

秩父俳句道場と「みちのく勉強会」

私が金子兜太の原郷秩父をはじめて訪れたのは、今から三十年も前のことです。「海程」の鍛錬会に参加するのが目的で、一人で秩父鉄道に乗りました。この鉄道は、山へ向かって走っていきます。ほどなく山並みが車窓に迫ってきます。私のこれまでの経験では、普通、電車はそのまま山中へ入り、しばらくすると、平地に出ます。しかし、秩父鉄道は両側に山が迫る谷間をいつまでも延々と走っていくのです。山は次第に重畳と聳え、いつの間にか、電車ともども地中の別世界へと潜りこんでしまった錯覚に捉われます。私は暗澹たる思いになりましたが、同時に、この山々の鬱然たる力と、どこか懐かしい安らぎをも感じていました。そして、ああ、これが金子先生が言う秩父つまり膣部なのだなと一人、合点していたのです。山影の詩想というものですね。初めて秩父の風土に触れた思いでした。

金子先生指導の鍛錬会は「俳句道場」という名で、秩父のある民宿「きりしま荘」を会場に年に三回ほど開いていました。夜と朝の二回の句会を経て十句ほどの作品を作るのです。私も二回ほど参加しました。久しぶりの句会で私は随分興奮していました。夜更けるのも忘れ、谷佳紀さんや木田柊三郎さんといった同世代の仲間と俳句の話に花を咲かせていました。その夜明け間近に生まれたのが、

夜は聾するほど硝子戸に春の魂　ムツオ

です。部屋を出てすぐ目の前に硝子戸がありました。何か見えそうな気がして、鼻先を硝子戸にくっつけるようにしながら目を凝らした。当然何かが見えるはずはない。しかし、三月の山々の気配が周囲一帯に感じられて、目には見えないけれども、何かそれも無数の得体の知れないものたちが、周り一面にびっしりと迫ってきているように思われたんですね。掲句はそれを「春の魂」と捉えたものです。「春の魂」はすぐに浮かびました。でもかなり観念的な言葉です。わかってもらえるか、心もとなかったのですが、金子先生が「春を迎えた山国のもやーとした気分が出ている」といったことを選評で話してくれました。自然との交感で句が生まれた、そういう喜びでありましたね。一九八三（昭和58）年のことです。

もう一つは、翌年の福島での経験。「みちのく勉強会」と名を打った句会が飯坂の不動湯温泉というところを会場に二泊三日で開かれた時です。夕暮れになると、十一月のみちのくの山の冷えが宿をすっぽりと包んでいた。その時の一句に、

眠れば部屋へ夜の紅葉の大きな手　ムツオ

があります。その二日目の夜、寝る間際にできた句です。紅葉の「大きな手」は少し安易かとも思いながら、しかし、その夜の実感だったので投句しました。自分としては「大きな手」は楓のみではなく、次から次に伸びてくるような感じられた楢や櫟など様々な枝々のイメージのつもりでした。賛否の批評が交わされたあとの「伝達ということを考えるなら、これくらいの言葉への負担のかけ方が負荷が少なく共感を得やすいということだな」との兜太の言葉が心に残っています。あとでまた触れますが、私の第一句集の序文で兜太は、この俳句について「足下の谿深く、紅葉の樹林に吾妻、

安達太良の山山が連なっていた。そんなところでないと、『紅葉の大きな手』の実質感はあり得ないだろう」と指摘してくれています。今振り返ると、この二つの鍛錬会で俳句における風土の大切さと言うものを、学んでいたんだと思います。

「小熊座」への参加と「海程」からの自然消滅

金子兜太を語るとき、私にとって欠かせないのは佐藤鬼房の存在です。昭和六十年五月のある日、私の元に一冊の薄っぺらな俳誌が届きました。開けてみると佐藤鬼房が主宰を決心した俳誌「小熊座」の創刊号です。私は「海程」に鬼房の句集『地楡』の句集評を書いたのをきっかけに翌年の一九七七（昭和52）年あたりから、鬼房宅を時折訪れるようになりました。「主宰誌は持たないのですか」と不躾に伺った時も笑いながら「まあ、同人誌ぐらいならやるかもしれないが、主宰誌はね」と答えていたので、「小熊座」の創刊号が届いた時は、意外に思ったのを覚えています。鬼房のことを初めて教えてくれたのも前にも触れた松本丁雨です。高校生の頃から鬼房の俳句にも関心を持っていました。今は住まいも近い。新しい俳誌というのも魅力的だ。鬼房は「海程」の同人だったし、金子兜太と俳句の考えた方も似ている。「海程」との両立も可能だと思いました。そこで「小熊座」に自分も投句しようと思っていると訪問した際に切り出すと、鬼房先生の返答は「いやあ、もう少し様子を見てから」というものでした。なんだか出鼻を挫かれた感じでしたが、その言葉に従うことにしました。鬼房は慎重なんですね。ちょうど一年後あたり、「小熊座」に何か書かないか、毎月二頁、連載期限も好きなくらいでいいというう誘いのはがきを頂戴しました。最初の連載原稿が完成したのは締切の一日遅れだから、七月二十一日ですね。締切守れないのは相も変わらないです。自宅に届けに行きました。ところが、鬼房先生は留守でした。まだ入院中なので病院に届けてほしいとの奥様の話でした。びっくりはらはらしながら、坂病院という塩竈の病院へ夜九時ごろ伺いました。もう手術を終えて一ヶ月ほど経ったあたりです。四、五人の大部屋に移っていて、部屋に入ると、鬼房先生のベッドだけ煌煌と電気が灯っていました。先生は私を一瞥すると、表情を変えないまま「もう来ないのかと思った」と一言だけぽつりと呟きました。いやあ、恥ずかしかったですね。静かな口調でしたけれど厳しく私の胸に深く突き刺さったのです。なにしろ、詳しくは後で知ったのですが、ひと月前に胃の四分の三と膵臓や脾臓の切除という大手術を受け、やっと粥が喉を通るようになったばかりの人が、深夜、病室で原稿や本の山に囲まれながら、俳句の仕事に打ち込んでいるのです。俳句に取り組む姿勢に、私とは天と地の差がありましたね。また、俳句はこんなにまで心魂を傾けることのできるものなのだと知らされた思いになり、恥じ入るように私は立ち竦むばかりでした。同時に鬼房先生のためにこれは何か手伝わなければならないと思ったわけです。まず「小熊座」の校正を手伝ってほしいとのことでしたので、以後、毎月鬼房宅を訪れるようになりました。当時電車で通勤していたので、その退庁後に校正を次号の自分の句稿などとともに届けたのでした。鬼房宅は東北本線の塩竈の駅から徒歩十分ほどの高台でした。梅雨時など、その線路沿いに歩くと、草むらで蛙の鳴き声がして、鬼房の、

夜蛙や沿線に子を産して住む　鬼房

の句がすぐさま脳裏に浮かんだこともありました。先生の句作の現場に立ち会っている思いがして感動したわけです。

その年の八月二十四日、奥松島で吟行会が企画されました。鬼房先生の快気祝いも兼ねて、みんなで先生を囲もうという企画でした。場所は松島四大観の一つ富山観音です。松島湾を一望できるところです。

海の燦の一片となりウスバカゲロウ　ムツオ

はその時の句です。鬼房の句は、

梵鐘を出て深谷へ黒揚羽　鬼房

私の句も決して悪くないとその時は思いましたが、こうして並べるとスケールの大きさが全く違いますね。私のそれまでの句作りはどちらかというと、いわゆる机上派です。それは今も変わりがないのですが、目前にしたものと自分の想念の出会いとでもいえばいいで

しょうか、イメージ重視です。鬼房の俳句は物重視ですす。梵鐘と深谷と黒揚羽の質感ですね。静と動の対照でもあります。句の重さが全然違う。そういう貴重な俳句創作の現場に立ち会っている思いでした。そういえば金子兜太の、

暗黒や関東平野に火事一つ　兜太

も「海程」の例会で出合いましたね。私はその時は、どこか寓意が強過ぎる気がして批判的なことを述べた記憶があります。でも、後で「暗黒」「火事」が象徴する言葉の重さに気づいた時、その世界の深さに驚きましたね。しかも時代の暗さも暗示させる。この句も実際の車窓風景からの発想と知った時、俳句創作の秘密を垣間見た思いでした。出会った瞬間をどう言葉で摑むかが大事なんだなと思いましたね。「馬上、枕上、厠上」も兜太の好きな言葉ですね。その想念の大前提として「物を視る」ことがあったんです。「視る力」はこのように働くのだと再認識しました。「視る」って感覚を総動員することなんですね。

何度も繰り返すようですが、私は怠け者の塊みたいな男ですから、俳句も寡作なのです。しかし、その中で、毎月校正で鬼房宅に顔を出すわけだから、俳句も毎月持っていかなければいけないでしょう。十句から十五句くらい持っていくわけです。すると、それが一月で精いっぱいですから、「海程」に俳句を出すことがだんだんなくなってくる。鬼房の病気のことを知っている金子先生からは、「鬼房をちゃんと手伝え」と励ましも飛ぶ。そんなことで次第に「海程」から遠ざかって行くわけです。そのうち「海程」も届かなくなる。まあ、私が会費を納入しないせいですが、そのままにしてしまうわけです。金子先生からの歳暮の返礼はがきに「貴公、海程にも句を出し、外にも進出せよ」と叱咤されたこともありましたけど、当時はそれに応えることはなかった。本当にけしからん弟子だったと恥じています。

第一句集『陽炎の家』

私は最初の句集『陽炎の家』を昭和六二年に刊行しています。「小熊座」に参加して一年ぐらい後のこと

です。牛歩のような句づくりに自分でも開き直っているところがあったので、句集などはまだいいとも思っていました。金子先生から電話が来たのはそんな折でした。突然のことでした。もう単刀直入でしたね。受話器を取るなり「よう高野よ。安価なシリーズがあるからどうだ。お前さん、句集を出さねえか」というのです。加えて「もうそろそろ句集を出す時期だ。序文は俺が書く」との後押しもあって決断したわけです。初めは実に安易でした。「海程」以前の作品は習作として句集からまず除外することにして「海程」に参加してからの作品を、金子兜太と佐藤鬼房に目を通してもらって、それを全部纏めればいい、多分選も重なると気楽に構えたのです。

しかし、事情は違っていましたね。二人から送り返された句稿を見ると、評価がまるで違う。戸惑いました。でも、ほどなく当然のことだと悟りました。いかに社会性俳句や前衛俳句といった戦後俳句の同じような道筋を歩んできた者同士であっても、それぞれが優れた個性で、確たる価値観があるわけです。それが拙い若者の句の選でも当然違いが現れるのでした。浅はかにも二人に選を仰いだことを後悔しました。どうするか迷いましたが、こうなれば、自分が取る道は一つだけ、つまり自分で選ぶしかない。そう覚悟しました。ただし、それはただ気に入った作品を選ぶとは本質的に違っていました。なにしろ、金子兜太、佐藤鬼房に二人の選を得た後の作業です。悩み苦労しました。選はこれからの自分がどんな俳句を目指すか、考えることでありました。今振り返ると、少しこだわりすぎて、一句一句悩みました。残そうか、捨てようか、一句一句悩みました。今振り返ると、少しこだわりすぎて、句数を削り過ぎたかなとも思います。その反動で第二句集は多くなりすぎました。句集を編むというのは、本当に大変です。この句集が出来上がってすぐ、鬼房先生のもとに届けた時のことです。先生は繙きながら「ああ、明るい句が並んでいていいね」と呟きました。それまで私は自身の俳句は暗く、当時の青年らしい明るさに満ちた句とは無縁と思っていましたので、余りの意外さに驚きました。それでも、そのうち感想を記してくれた幾人かの書状から同様の指摘を受け、次第に自分の句の内包する明るさに気づくという有様でした。「東北地方の明るさを湛えた俳句」という言葉にだんだん嬉しくもなりました。

金子先生の序文は、さらに私のその後の方向を決定するものとなりました。大学卒業の際の激励の一文を踏まえながら、最後に「高野が季語や最短詩形そのものへの関心を募らせていることも、そうした経緯と高野の資質から見て当然のことと思われてならない。高野の青春の抒情が、東北は宮城の地に現実を得、風土をも体感しつつ、リアリティに具象性を加えてゆく時、俳句の〈古き良き資質〉をも取り込もうとする意思が生まれてくることに態とらしさがないからである。高野はじっくりとここまできた。これからもじっくりとゆけ」と結んでくれました。そうだじっくりだ、じっくり、この地に足をつけて、句を作り続けるんだと読みながら、自分に言い聞かせました。たくさんの俳人が金子先生に序文を書いていただいていますが、私が書いてもらった序文が一番いいんじゃないかなというふうに思いました。まあ、これは書いてもらった人がみんなが自分のがいちばんと思っているでしょうが。

「小熊座」への金子兜太の講演

金子先生の講演は何度か聞く機会がありました。そのうち心に特に残っている二つを紹介します。一つは一九九〇年に日本現代詩歌文学館で行われた「わが俳句人生」という詩歌文学館賞贈賞式における講演です。俳句部門の受賞者は佐藤鬼房でした。講演の内容はタイトル通り、秩父の思い出から始まり水戸高校時代の俳句の縁について語ったのですが、こういう流れでは必ず秩父音頭の話題が出るのですが、ちっとも出てこないのです。何を私が期待しているかというと現在の秩父音頭は金子先生のお父さんの伊昔紅が作詞したもので、とても親しみやすい歌なんですね。ところが、その元歌はかなり野卑で露骨な性の場面そのものを面白おかしく表現しているんです。それを金子先生が紹介してくれる。節をつけて歌ってくれるのが、たまらなく愉快なんです。講演の最中、その歌が出るのを、今か今かと待っているうちに終わってしまった。後のレセプションでそのことを切り出すと、「あれはもう止めた。もうああいうのを口に出す歳でなくなったな」というのです。「それは残念ですねえ」と笑って応えると、切り返すように「高野よ、お前の俳句にはまだまだ色気が足りねえな。俳句は色気だよ」と付け加えるんです。また笑ってごまかすと、そばで佐藤鬼房がまさにいいことをいうと言わんばかりに大きく頷いている。そのときになぜか私の脳裏に、

陰に生る麦尊けれ青山河　鬼房

が浮かんできたんです。確かに、こうした豊かなエロスは私の句にはないんです。金子兜太の句も女陰とか男根とか、かなり露骨な言葉を用いながらも野卑とは縁遠いエロチシズムに満ちた句が多い。不意を突かれるというのはこういうことですね。ちょっと面白く話題を振ったつもりが核心を突く槍となって返ってきたわけです。俳句の色気は今でも私の中の大きな課題となっています。生き物にはみんな色気があるんですね。

もう一回は鬼房が亡くなったあとに仙台文学館で「佐藤鬼房展」を開催してもらった時です。二〇〇六(平成18)年、亡くなってから四年後ですね。その時の講演のタイトルは「鬼房俳句の真髄」でした。話は二人が初めて会った福島のことから始まりました。兜太に会いに鬼房が福島に出向いていったんです。昭和二十六年十一月十五日のことですね。鬼房は当時社会性

佐藤鬼房の詩歌文学館賞贈賞式にて　兜太とムツオ
1990年

俳句を求めて俳句を一人で作っていました。東北ではそうした俳句を作る俳人は誰もいなかった時代です。兜太はレッドパージの煽りで左遷同様、福島に赴いていました。共に俳句を語る相手に飢えていたわけです。ふらり出かけて一晩泊めてもらった。そして、帰る日の夕方まで、朝、阿武隈川をちょっと眺めたのと厠に立った以外は何時間も俳句の話が途絶えることがなかったそうです。ふらり帰ったと金子兜太は語っていました。ちょうど鬼房が第一句集『名もなき日夜』を上梓したばかりで、その句集が大阪の「夜盗派」の俳人たちにあまり評価されなかったらしい。そんなことも話題に出たんでしょうね。当時の俳人には詩人や小説家を目指していた人が多かった。たとえ目指さなくとも自由詩にコンプレックスを抱いていた。俳句形式を軽く考えていた。しかし、鬼房には俳句の形式への信頼感、誠実さがあると金子兜太は強調していました。

その時、頭に浮かんだのは、

切り株があり愚直の斧があり　　鬼房

の句でした。愚直は芭蕉の「ついに無能無才にして、ただこの一筋につながる」の精神に繋がりますね。兜太は「孤立の闘い」とも言っていました。五七五という短詩形に対する力を信じることと、その力を、自分のものにしようという粘り強さが孤立の闘いなんですね。そして、そこにこそ俳句への愛情があるんです。鬼房はかつて「小熊座」の私との対談で俳句を続けた理由として「俳句が好きでねえ。楽しいんだよね」と芯からうれしそうに語っていました。俳句を楽しむというのは努力し苦しむことです。五七五と格闘するところに面白さも喜びも生まれます。講演では秩父音頭の元歌を披露してくれました。詩歌文学館では聞けなかった歌ですね。「おめこひっくりけえして、なかよくみれば、いろはむらさき　どどめいろ」です。私の要望を覚えてくれたわけではないでしょう。俳句はこうした猥雑な世界から七五調、五七調という日本人の体に染み付いたリズムによって生まれくる。こういう猥雑な世界にこそ本当に人間の生きる姿、おかしみや悲しみがあるということを伝えたいがために、笑いを誘いながらも紹介してくれたわけです。講演は、さらに、そうした日常を、考える日常としてとらえ、食べる、飲む、おならする時も、思想的になる時も意識的になる時もみんなひっくるめて書くことが俳句で、鬼房はそういうことをひたすらやってきたと説くのです。命の営みを生活という場でまるごと書き続けてきた、しかも、俳句形式と格闘しながら、俳句を通して自分の生死を見つめながらです。その実直な体現者が鬼房だと強調します。聴きながら、これは金子先生のことでもあるなと気づきました。そして、もしかしたら、この講演はふらついてばかりの私へ向かってのメッセージなのかもしれないと勝手に思いながら耳を澄ませていました。

あとで知ったことですが、この講演の五日後に皆子先生が他界されました。いかに大切な時間を割いて、仙台までお越しいただき話をしてくださったのか、感謝の言葉もありませんでした。同時に、俳句に懸ける金子兜太の生き様の一端を垣間見た思いにもなりました。俳句こそ、五七五こそ命懸けの韻律であったわけです。俳句形式と火花を散らし渡り合って俳句を生んできた盟友のために、あえて仙台まで足を運んでくれたのです。ここにも俳句に生涯を懸けて生きてきた人間の姿があると感動しました。今も昨日のことのように覚えています。

秩父道場で二回講演

東日本大震災後、被災地の俳人に話を聞きたいということで「海程」の仲間に呼ばれて、二〇一一(平成23)年十一月と二〇一二(平成24)年十一月の二回、秩父道場を訪れました。会場はいずれも秩父長瀞の養浩亭でした。一回目は金子先生が胆管癌手術のためお見えになられませんでしたが、大震災のことを皆さんにお伝えしながら、そこで生まれた俳句について話をすることができました。

一日目は「東日本大震災」をテーマに句会がもたれました。翌日「私の見た東日本大震災」という題で私の体験談を中心に大震災の中で俳句や阪神淡路大震災の際の俳句などについて話をしました。話をするというのは本当に不思議なもので、話している最中でも自分なりの発見があります。大震災の「あの時」とはどんな時で、今の私に何を教えてくれたのか、話すたびに新しい視座が生まれてくるのです。俳句は現実と分かちがたく結びついている芸文。そのことを理屈としてではなく、実感として受け止めることができたのです。金子先生は戦後トラック島から帰る途中、自身の戦争への関わり方を反省し、それまでの生き様を「船酔い」としながら、「これからは現実の闇の部分を視てゆこう、「視る」ということに徹底していこうと思ったと述べていました。状況はまるで違いますが、ここ七十数年、私たちは経済最優先の社会の中で生きてきましたが、果たして現実を直視してきたかどうか、ただ安閑と俳句という形式を楽しんできたのではないかと反省する。こうした視座が生まれたのも大震災以後のことです。なにも、かつての社会性俳句に戻れと言っているのではありません。自然、いや、この地球に生きてある一員として、その真実のあり様を俳句の十七音で視てとることが、俳人の仕事であり、本物の俳句はそこにしか生まれない。そんなことを思いながら大震災の被災や私の体験、そこで生まれた俳句を皆さんに聞いていただいたのです。実に有意義でした。

翌年も同じ十一月に秩父長瀞を訪れました。金子先生が無事回復されて、会場の養浩亭に姿を見せてくれました。控室で体調のことを伺うと手術では腫瘍をすべて取ることはできなかったが、あとは様子を見ながら治療してゆけばいいと医者に言われたとおっしゃる。少し心配でしたが「まあ、良い医者がついているから大丈夫」との言葉に胸を撫で下ろしました。そして、久しぶりに兜太節が聞けると喜んで一日目の句会に参加しました。主に昼間の吟行を元にした句です。次の句は私の秩父への挨拶、秩父事件を背景にしたものです。

額に秋日ありしか決起せし時も　ムツオ

他の参加者からは好評でしたが、先生からは「秩父事件を身を以て受け止めてきた私からいうと、こんなのは表面だけの薄っぺら」という内容の評を頂戴しました。確かにその通りである。もともと挨拶で軽く題材にするような内容ではない。その土地に深く参入しないと迫ることができないテーマなのです。

翌日は金子先生と私の対談形式で俳句論議を行いました。金子先生の「震災を現地の俳人がどう昇華しているのか聞いてみたかった。宇多喜代子さんから『現

海程秩父俳句道場　兜太とムツオ　2012年11月

地の句は色がひとつ濃い。高野さんの句も濃いが、金子の句は薄い』と言われた」の言葉を皮切りに話が始まりました。私は被災地の俳人もそれぞれで詠っていいかどうか迷っている俳人もいることに触れながら、現地にいるかどうかは作品の評価とは関わりがないのではないかということを述べました。

津波のあとに老女生きてあり死なぬ　　兜太

の句をとりあげながら、この句はテレビで見た俳句だが「死なぬ」には、生死の別れ目を自分の総量を懸けて見つめている人間としての眼差しがあり。物の捉え方が問われるのであって物理的な距離は関係がないのではないかと答えました。金子先生が、戦火想望俳句のほとんどがスケッチ俳句だったことに触れ、同じような危惧を震災俳句にも感じると警鐘を鳴らしていたことが心に残りました。俳句という短詩形が何でもすぐ受け入れることができるゆえの危惧なのでした。他にも多くの示唆を頂いた俳句道場でしたが、もうひとつ、対談後の句会で感銘したことを紹介しておきましょう。実は金子先生の隣席で句会に臨むのは初めてのことでした。若い時は常に末席の方でした。自然と選句の途中で金子先生の様子を窺います。そこで気づいたのですが、選句がまことに丁寧なのです。いつものフェルトの赤ペンを用いて、一句一句を目で追いな

海程秩父俳句道場　兜太とムツオ　2012年11月
（写真提供：宮崎斗士）

がら○やちょんちょんを点けてゆく。さらには良い表現、考慮すべき表現に棒線や波線を引いてゆくのです。集中力は途切れることはありません。私が二、三十代の頃、先生に句稿を添削していただいた時とまったく同じ方法です。一句一句を決して疎かにしないのです。少し方法は異なりますが、佐藤鬼房の場合と同じなのです。どんな俳句に対しても深い敬意と愛情が払われているのです。俳句かくあるべしと肝に銘じました。

当日の金子兜太作は、

峠恋う山影に人虫鳴かせ　　兜太

秩父山中に生きる孤影。その太い生きる意思に満ちている句でした。

兜太から学んだこと

角川「俳句」の二〇一五（平成27）年八月号は「戦後70年戦争と俳句」の特集号でした。特別企画は「平和への願いと俳句」と題して金子兜太と宇多喜代子の対談でした。司会は私が担当しました。「一回は金子兜太をぎゃふんと言わせてやりたいね」と宇多さんが悪戯っぽく笑っていましたので、どうなるやらと楽しみに臨みました。話題は金子先生が沖縄を三月に訪れたことから戦時中の体験に話が及びます。宇多さんが本土防衛の銃後の女性の苦労や悲惨に触れ、焼夷弾の恐ろしさを話すと金子兜太は「何か牧歌的だ」とことごとく退けるのでした。いくら宇多さんが反論しても金子先生は全然とり合わない。確かに戦場体験と戦争体験は違いますが、どちらも悲惨だったのではと戦後生まれの優柔な私は金子兜太の頑迷さを不思議に思っていました。しかし、実はこの頑迷こそ金子兜太なのでした。「戦争とは殺すことなり」とも断言します。その言葉の重さは体験の重さと表裏になっているのです。戦争体験こそが現在只今の自分の存在意義であるとの信念がそのまま頑迷につながるのです。そして、その信念を支えてきたのが俳句という言葉なのでした。金子兜太は生涯が果てるまで戦争の俳句を作り続けました。そして、今はその俳句の中に生き続けているのです。「俺の句は、

　水脈の果て炎天の墓碑を置きて去る　　兜太

だけ残してもらえればいいよ」座談会の終わり頃、そう一言付け加えました。この覚悟が金子兜太そのものだったのです。

おわりに

取材の場所を多賀城にしたのは、私の要望だった。一つは高野ムツオ氏が病気療養から自宅へ戻ってきたばかりで、遠出をしていただくのは心苦しい。二つ目は黒田杏子氏が「多賀城は芭蕉ゆかりの地で、末の松山、壺碑など多くの文化財があり、よく見て勉強されたらよい」と。三つ目は、金子先生の〈新秋の陸奥一百社鳥集う〉の句碑も見たい。更に四つ目は、二〇一一年、東日本大震災に見舞われた現場、高野氏の詠まれた震災句〈泥かぶるたびに角組み光る蘆〉の現場を自分の目で確かめたいということ。高野氏のご案内により、私の望みを全部叶えてくださった。

そのあと、高野氏が金子先生の思い出をゆっくりと語られ、耳を傾ける私も氏の話に夢中になり、あっという間に別れの時間になってしまった。限られた時間ではあったが、真に実り豊かな取材になった。多賀城見学のご案内、「亀喜寿司」でのご馳走と焼きたての牛たんのお土産は望外の喜びだった。

董振華

高野ムツオの兜太10句選

水《み》脈《お》の果て炎天の墓碑を置きて去る　『少年』

彎曲し火傷し爆心地のマラソン　『金子兜太句集』

霧の村石を投《ほう》らば父母散らん　『蜿蜿』

人体冷えて東北白い花盛り　『〃』

梅咲いて庭中に青鮫が来ている　『遊牧集』

冬眠の蝮のほかは寝息なし　『皆之』

よく眠る夢の枯野が青むまで　『東国抄』

おおかみに螢が一つ付いていた　『〃』

津波のあとに老女生きてあり死なぬ　『百年』

青春の十五年戦争の狐火　『〃』

高野ムツオ（たかの　むつお）略年譜

昭和22（一九四七）　宮城県岩ケ崎町（現栗原市）に生まれる。本名は高野睦夫。

昭和32（一九五七）　十歳の頃、初の投句が句会で来町していた阿部みどり女選に入る。中学時代、「河北新報」のみどり女選の俳句欄に投句、高校時代、みどり女主宰の俳誌「駒草」に投句。

昭和42（一九六七）　金子兜太の「海程」に入会、同時に神奈川支部にも出入りする。神奈川県の地方公務員として勤務。

昭和46（一九七一）　国学院大学文学部文学科卒業。宮城県へ戻り、仙台で中学校の国語科教諭として勤務。

昭和47（一九七二）　海程新人賞準賞を受賞。

昭和60（一九八五）　佐藤鬼房の「小熊座」が創刊、翌年より校正に携わる。

昭和62（一九八七）　金子兜太の勧めにより第一句集『陽炎の家』刊。

昭和63（一九八八）　第二十四回海程賞を受賞。

平成5（一九九三）　第二句集『鳥柱』刊。

平成6（一九九四）　宮城県芸術選奨、第四十四回現代俳句協会賞を受賞。

平成8（一九九六）　第三句集『雲雀の血』（ふらんす堂、〈21世紀俳人シリーズ〉）刊。

平成14（二〇〇二）　佐藤鬼房の逝去ののち、「小熊座」を主宰。

平成15（二〇〇三）　第四句集『蟲の王』（角川書店、〈小熊座叢書69〉）刊。

平成19（二〇〇七）　咽喉癌手術を経験。同年、『高野ムツオ集』（邑書林〈セレクション俳人10〉）刊。

平成23（二〇一一）　東日本大震災に直面し、以降積極的に震災詠を作る。

平成24（二〇一二）　『NHK俳句　大人のための俳句鑑賞読本　時代を生きた名句』（NHK出版）刊。

平成25（二〇一三）　第五句集『萬の翅』（角川学芸出版）刊、〈四肢へ地震ただ轟轟と轟轟と〉〈車にも仰臥という死春の月〉〈みちのくの今年の桜すべて供花〉等の句を収録。同句集により、第六十五回読売文学賞（詩歌俳句賞）、第六回小野市詩歌文学賞、第四十八回蛇笏賞。蛇笏賞は戦後生まれで初の受賞者。また深見けん二（『菫濃く』）と同時受賞であり、二作受賞は三十一年ぶり。

平成28（二〇一六）　第六句集『片翅』（邑書林）刊。

平成30（二〇一八）　『語り継ぐいのちの俳句―3・11以後のまなざし』（朔出版）刊。

令和2（二〇二〇）　『鑑賞　季語の時空』（角川文化振興財団）刊。

令和3（二〇二一）　『あの時―俳句が生まれる瞬間』（写真・佐々木隆二、朔出版）刊。

現在、蛇笏賞選考委員、河北俳壇選者、熊日俳壇選者、日本現代詩歌文学館館長。

第11章

神野紗希

（二〇二二年六月二十八日十四時　神野氏宅にて）

はじめに

金子先生の話の中で、神野紗希氏のことに触れるとき、いつも「神野くん」と、また、黒田杏子氏や宇多喜代子氏の話の中では「紗希ちゃん」と呼ばれるので、まだ一度もお目にかかったことがない私もついつい親近感を抱くようになっていた。

また、二〇一九年、私が句作を再開したとき、様々な俳句入門書を購入して読んでみた。そのうち、神野氏の著した『30日のドリル式 初心者にやさしい俳句の練習帳』（池田書店）が分かりやすく面白かった。書中には俳句を詠むにあたっての基本のあれこれを、三十回に分けて詳しくまた易しく解説していることが私にとって大変勉強になった。

今回神野氏のご自宅に伺ってインタビューを行ったが、書斎に入るなり真っ先に、本棚の蔵書の多いことに驚嘆させられた。

董振華

兜太を「俳句甲子園」で知り、「十七音の青春」で会い、「俳句王国」で親しくなる

一九九九年、私が十六歳、高校に入ったとき、放送部に所属しました。アナウンスの練習をしたり、番組を作ったりする部活だったんですが、大会に向けてアナウンス原稿を書かなければならないので、ネタを探していました。地元の高校生に関する内容であれば受けがいいと部活の先生に指導されたんですね。悩んでいたら、数年前から俳句を始めていた母が「どうやら新しく俳句甲子園というイベントができたらしいよ」と。私の故郷である愛媛県松山市は、正岡子規や高浜虚子をはじめとして俳人を多く輩出する俳句の町です。俳句甲子園は、そんな地元らしさもあり、何より同世代の高校生も関わっている。これは原稿を書くのに大変相応しいという邪《よこしま》な気持ちで見に行きました。

壇上に居たのは、同世代の高校生です。彼らが真剣に俳句について語り合っていて、そこで出てくる彼らの俳句が、教科書の俳句とはまた全然違う。「私のこと」を詠んでいるって思える俳句だったんですよね。

俳句って、昔の詩や古典というだけじゃなくて、ちゃんと今の詩なんだなっていうことを気づかされて、私も作ってみたいなと思いました。俳句甲子園は地元の人たちの支援で始まった大会で、発案に携わり運営の中心人物だったのは、夏井いつきさんでした。俳句甲子園に出ていた高校生にインタビューをして、その縁でいつきさんが自宅で開いている句会にも誘われ、参加するようになったのが私の俳句の滑り出しでした。

当初の俳句甲子園は愛媛県内だけのものでした。私が見に行った時は第二回大会だったので、まだまだ規模が小さかったのです。私が高校三年生、第四回大会の時からずいぶん大きくなって、東京の開成高校をはじめ県外の学校も参加するようになったんですね。

当時、私の母は、兜太さんのお弟子さんである相原左義長さんが主宰する「虎杖」という愛媛の結社に入っていました。母は左義長さんを通して「海程」にも繋がっていて、兜太さんの句集が出たらいつも買っていたみたいで、家の本棚には『東国抄』とか『日常』とか、その辺の時代だったんですけれども、兜太の句集が置いてありました。家にあった数少ない句集が、兜太さんの句集です（笑）。表紙のあの太々とした字を見て、やわらかい瀬戸内の愛媛にはない、土の匂いがするエネルギッシュな字だなあと。兜太のエネルギーを目の当たりにしたのは、句集の表紙の直筆の文字が最初でした。

二〇〇一年、私が高校三年生のとき、神奈川大学で「十七音の青春」という高校生の俳句大会があって、高校生が三句セットで応募する大会だったんですが、金子兜太さん、宇多喜代子さんなど五人の選者がいました。そこで宇多さんが私の三句を推してくださって、兜太さんも「自分を出す作品がいいね」って言ってくださったのが、〈寂しいと言い私を蔦にせよ〉っていう若い恋の句だったんです。それで、高校を卒業する三月、受賞者の高校生が集まる表彰式があって、そこで初めて、選考委員の兜太さんとお会いしました。兜太さんは八十二歳、私は十八歳でした。以降、六十四歳も離れた私のことを、兜太さんはいつも「神野くん」と言ってくれました。「紗希ちゃん」とファーストネームで女性的に呼ばれることが多かったんですが、兜太さんは、神野くん、神野くんってなんだか同じ俳句を愛する者同士、後輩のように扱ってくださったのがとても嬉しかったです。

二〇〇三年、私が二十歳、大学三年の春から、NHK-BSで放送されていた「俳句王国」という番組の司会を担当することになりました。「俳句王国」は愛媛県松山市から発信される全国放送で、全国から一般の俳人の方が毎回集まって、ただただ淡々と編集なしで句会をするのを放送する、とても贅沢な番組でした。毎回、著名な俳人が一人、主宰として来てくださり、私はそこでアシスタントとして一緒に俳句を出して句会に参加するいう感じでした。その「俳句王国」の第一回の主宰が金子さんだったんですね。そのとき番組で実際に使用した句会の紙を今日持ってきたんですけど。一人の主宰につき、全部で句会四回分を一度に撮影します。つまり、四月十日の生放送の分は午前中に前半・後半の二回、句会をします。その午後に、次回四月二十四日放送の分を、前半・後半の二回、さらに句会をします。前半は兼題が出て、後半は自由題で、一人一句ずつ持ち寄ります。

四月十日放送の句会で、金子兜太主宰が出した兼題は「草餅」です。兜太の句は〈天《あま》つ日に鴉騒ぐぞ草餅食べろ〉、後半の自由題の兜太の句は〈春闌《た》けて尿瓶《しびん》親しと告げわたる〉、そして、四月二十四日放送の兼題は「蜂」で、兜太の句は〈蜂に覚め二キロ殖《ふ》えたと気にしている〉、後半の自由題の兜太の句は〈曇る日は連翹ことに顱頂《ろちょう》に染《し》む〉でした。「尿瓶」が出たら、みんながこれは兜太さんだと分かったみたいですけど、当時まだ二十歳の大学生の私は兜太さんのお家芸を知らなかった（笑）。私の草餅の兼題の句は〈トンネル長いね草餅を半分こ〉で、兜太さんも取ってくださった（笑）。第一回目の収録だったので、私はとても緊張していたのですが、兜太さんは「いいんだ、そんなに気にしなくても、俳句は十七音にぶっこみゃいいんだよ」っておっしゃって、励ましてくださった。なるほど、ぶっこみゃいいのか（笑）と分かったような、分からないような気持になったんですけれども、笑って肩をたたいて下さった兜太さんの手の感触、今でも覚えています。兜太さん自身が俳句という詩型と格闘して、正に自分の魂を十七音にぶっこんできた人だから、これだけ年の離れた若者にもストレートなアドバイスをくださったのだと思います。

兜太さんの句はとても自由ですね。「二キロ殖えた」こととか、「尿瓶」とか、非常に個人的なことだって、象徴的に作品に詠み込むことができるんだなあと思いましたし、以降さまざまな価値観の俳人と句会を重ねてゆくにあたって、緊張していた肩の力がすっと抜けたのが、初回の兜太さんとのインパクトたっぷりの会でした。

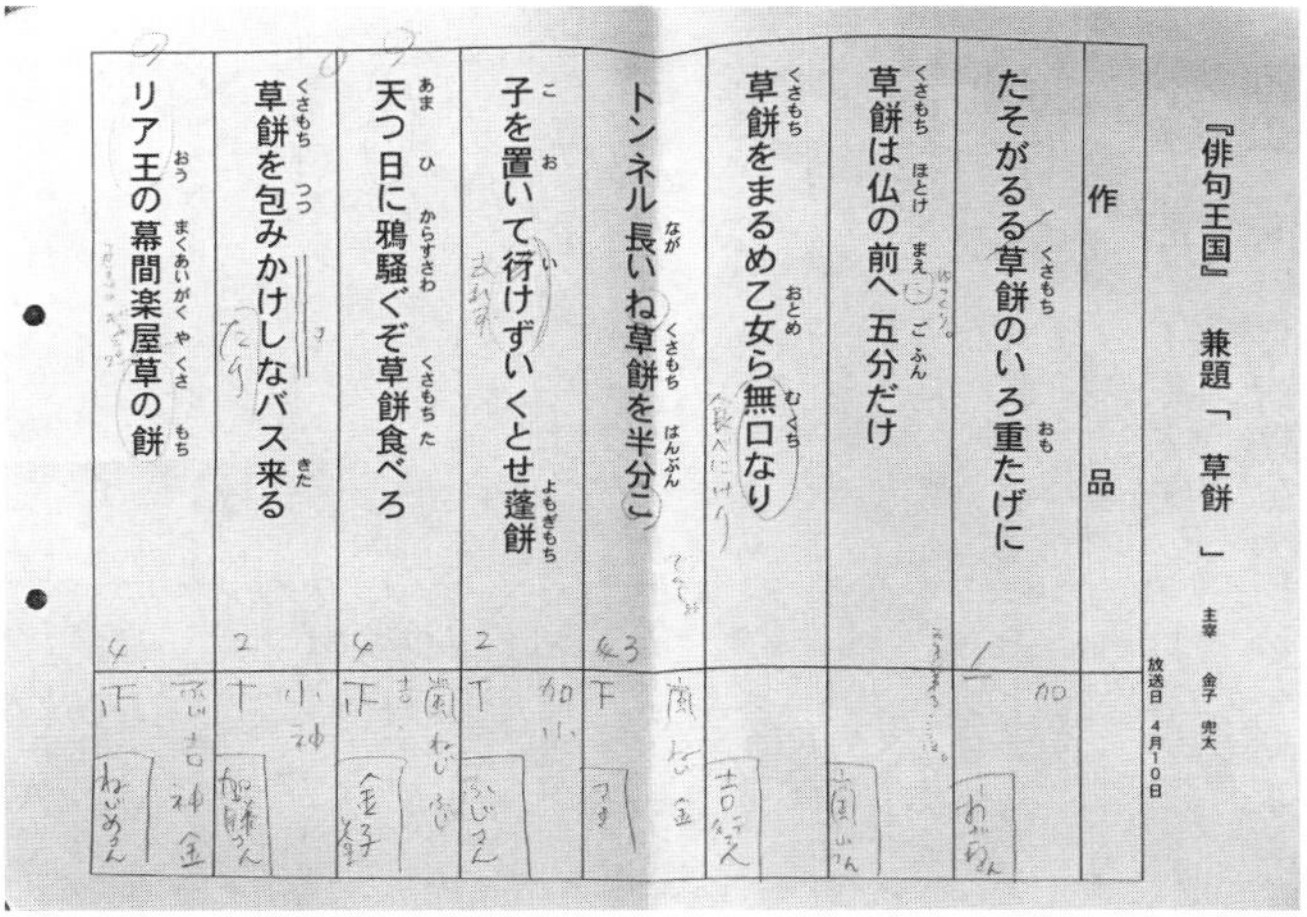
『俳句王国』　兼題「　草餅　」　主宰　金子　兜太
放送日　4月10日

作品

たそがるる草餅《くさもち》のいろ重《おも》たげに
草餅《くさもち》は仏《ほとけ》の前《まえ》へ五分《ごふん》だけ
草餅《くさもち》をまるめ乙女《おとめ》ら無口《むくち》なり
トンネル長《なが》いね草餅《くさもち》を半分《はんぶん》こ
子《こ》を置《お》いて行《い》けずいくとせ蓬餅《よもぎもち》
天《あま》つ日《ひ》に鴉騒《からすさわ》ぐぞ草餅食《くさもちた》べろ
草餅《くさもち》を包《つつ》みかけしなバス来《き》る
リア王《おう》の幕間楽屋《まくあいがくや》草《くさ》の餅《もち》

「俳句王国」の句会投句一覧　2003年4月

兜太さんは「俳句王国」の句会に出ている時も基本的に謙遜しないのです。たいていの人は、自分の句については「ダメですなあ」とか、「ここはちょっと」と謙遜する方が多いですが、兜太さんは選ばれたら「いや、てめえでも大したもんと思っとるんです」といった感じで堂々としているし、選ばれないと「なんで選ばないのか、ここにいる人は見る目がない」みたいなことで腹を立てるし（笑）。でも、自分の作品に自信をもつことが俳人としての矜持であり、謙遜せず堂々と振る舞うことが俳人たるべき姿なんじゃないかと見せてくださっていたのだと思います。ついつい謙遜しがちな日本人ですが、動じずに自分の句に胸を張っている姿は、兜太さんが常に俳句と格闘してきた証なのだと感じました。兜太さんの詠んだ俳句もまた、一句一句が胸を張っているような立ち姿があります。

「俳句王国」の司会は六年間つとめました。私はちょうど就職氷河期の最後の最後の世代でしたから、就職活動をしても安定した職に就けるとも限らない。就職したら「俳句王国」はやめざるを得ないでしょうから、「俳句王国」の句会を続けたくて、大学院への進学を決めました。さらに、修士の卒業も迎え、博士課程へ……結局、他に就職せず、「俳句王国」に就職したということなんでしょうね（笑）。

主宰の先生は、それぞれ年に一回来るんですけど、兜太さんは特番の句会のときにも来ていたので、大体年に二回、ご一緒していました。全部で十回ぐらいは、一緒に「俳句王国」の会をさせてもらいましたね。そこでの兜太さんに関するエピソードもたくさんあります。

「俳句王国」の収録前夜には、皆さんと食事をしながら句会に向けて親睦を深めるんですが、兜太さん、ある時、宴席になんと私物の尿瓶を持ってきたんです。「今、私はこれを使っています」みたいな感じでバーンと取り出して見せて、生の兜太の生の尿瓶ですから、他の俳人たちが「きゃあー！」と言いながらも、じーっと見ている（笑）。私には今六歳の息子がいるのですが、おしっことかうんちとか、やっぱり大好きですよね。兜太さんはそういう子供の心を持っているんだなと。おしっこもうんちも、生きるエネルギーそのものですから、エネルギッシュな兜太さんらしい話で、懐かしいです。

これも宴席の場でのエピソードです。その日初めて会った人たちが、翌日には句座を囲むわけですから、互いにもっと来歴や人柄を理解できるよう、順番にスピーチしましょうっていう時間をいつも設けていたんですね。主宰も私も含めて、みな近況や俳句をはじめたきっかけなどお話するのですが、あるとき兜太さんが、立禅をやってるんだっていう話を皆さんにされました。これまでお世話になり、もう亡くなってしまった人の名前を、立禅しながら順番に唱えるんだっていうお話をされて、もう一〇〇人ぐらいになったかななんていうことを当時おっしゃっていたんです。その一〇〇人のはじめのほうには、戦地で時間を共にした友人や先輩もいるんだと教えてくださいました。

それから「俳句王国」の司会を辞める時に、主宰の先生方が皆さんご自分の句を書いた色紙をプレゼントしてくださいました。そのときに兜太さんが書いてくださったのが、「俳句王国」の句会で「子馬」の兼題を出したときの、兜太さんの句〈子馬が街を走っていたよ夜明けのこと〉でした。私は、番組のスタジオで初めてこの句を見たときから強く惹かれて、句会の中でも選んでいて、熱く選評したら、その内容を兜太さんはとても喜んでくださった。もしかしたらそのことを覚えていて、この句の色紙を書いて下さったのかなと思います。私がリクエストしたわけじゃないんですが、思い出深い大好きな句で、この色紙は大事な大事な宝物です。何か、老いてない感じでしょう。俳人は年を重ねると、老いの軽みみたいないわゆる俳諧的なものに偏っていくことが多いんですけれども、兜太さんの俳句は、晩年まで瑞々しいポエジーに満ち溢れていて、本当に素晴らしい俳人だなと思います。

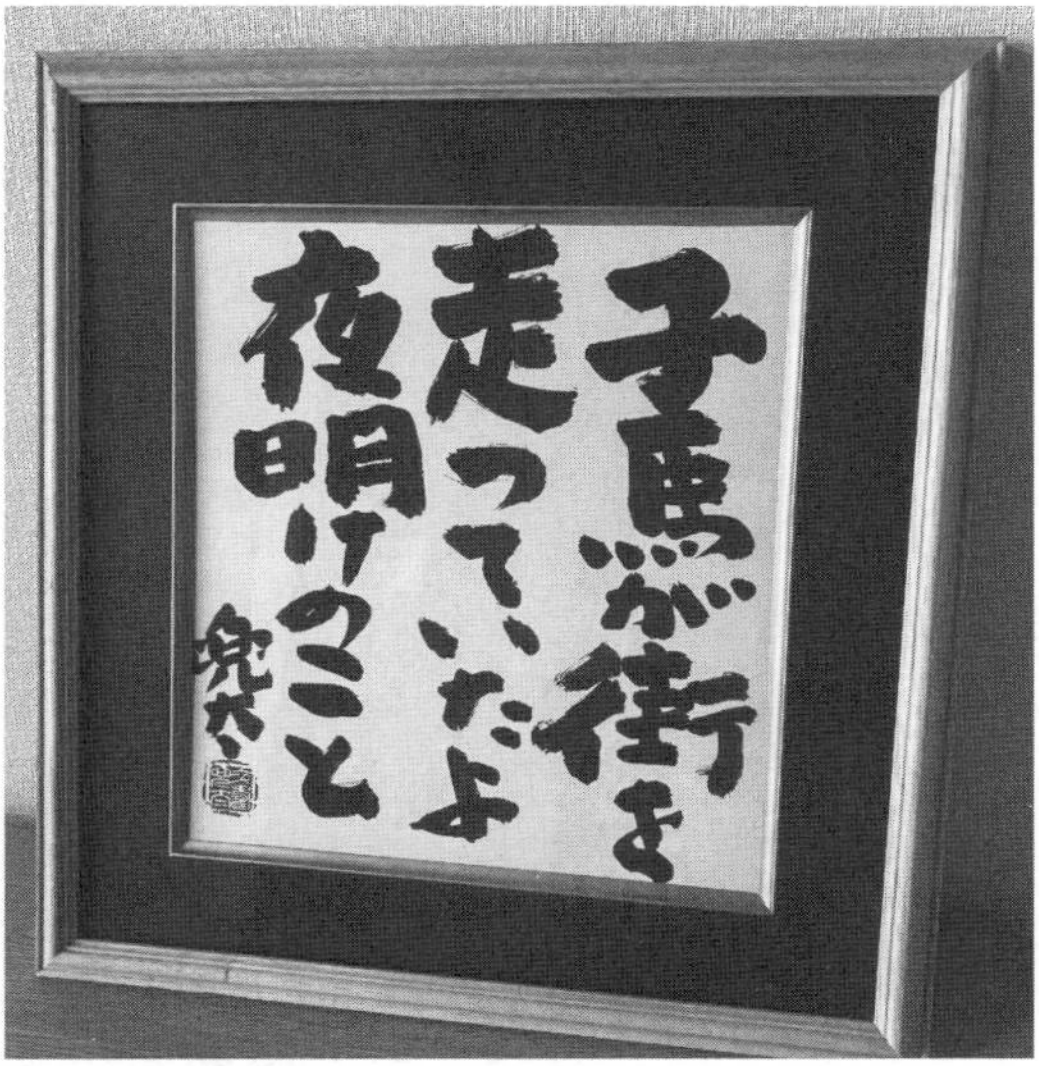

兜太直筆の色紙

兜太俳句の中の無季俳句について

私は俳句を作る時に、季語の力を生かして作る有季定型の方法を基本にはしていますが、無季の俳句も作りますし、ルールとしての季語を絶対視するということはありません。好きな俳句には無季俳句、季語のない俳句がたくさんあります。俳句に季語が必要なのはなぜなのか。俳句だからという思考停止の理由ではなく、この短い詩型にとって、季語が必要な理由を考えるようにする。すると逆に、では季語をどんなふうに使うべきなのかっていう展開も生まれてきます。

大学では近現代詩を記号学的に研究している大塚常樹教授のゼミに所属し、宮沢賢治をはじめとして詩や小説の象徴性について学びました。例えば、赤という色にはどういうイメージがあるのか、朝とはどういうニュアンスを帯びた時間なのか、言葉そのものの持っているイメージがどう作品に採用され生かされているかを分析する研究をしていたので、兜太俳句のもつ暗喩的な造型は、記号学に近い感覚がありました。

朝はじまる海へ突込む鷗の死　　兜太

朝が近づき、空が白んで海がじんわりと輝きだします。さっき現れた白い飛行体は斜めに視野を横切り、海へと消えていきます。海鳴りに消されて、落ちた音も聞こえません。体も、もう見えません。ぎらぎらと照りつける日差しが新しい一日の到来を告げている、変わり映えしない、しかし輝く海辺の景色があるのみです。一羽の鷗が死んだ、ただそれだけのこと。世界はいずれ昼となり、夜を迎え、また新しい朝が訪れるのでしょう。鷗の死は、大きく繰り返される地球の時間の、一瞬の、一部のことでしかないわけです。

そんな誰も知らない鷗の死を、兜太は記述せずにはいられなかった。海へ墜ちて屍も見つからない鷗の死に代表される、誰も知ることのできない死が世界には満ちています。その死のひとつひとつは、ちっぽけで、とても些細に見えるから、どんどん忘れられてしまう。そんな、忘れられやすい、もしかしたら発見すらされない死のことを一羽の鷗の死を暗喩的に抽出して、兜太は書いておきたかったんじゃないかと思います。

句の背景に第二次世界大戦の零戦部隊への思いがあることは、作者自身『私の戦後俳句史』で語っています。また、初出の角川「俳句」昭和三十一年七月号では、〈銀行員等朝より螢光す烏賊のごとく〉などサラリーマンの労働を詠んだ社会性俳句の冒頭に置かれることもあって、「鷗」は労働者の暗喩として受け取られることもありました。

それでも、この句の中で、鷗が、或る別のものの代用としてあるとは思いたくないという私もいます。鷗の死は鷗の死です。どの死も、他のものではけっして代用できないソリッドなものであるように、鷗の死は他のさまざまな死を思わせつつも、鷗の死でもある。

そう思うとき、鷗の肉体を通して、命の手触りがより強く迫るように思います。

冒頭の「朝はじまる」は、喪失後をそれでも生きなくてはいけない私たちに前を向かせる力強さがあります。「突込む」には、最後まで必死に生きた命の尊さがあります。この句は、とある一羽の鷗と、全ての「誰も知らない命」を弔う、大きな挽歌です。

この句には季語がありません。でも、季語がなくても何も問題がない俳句ですよね。「鷗」という一つの命があり、それが象徴的に海へ突っ込んで死ぬ。それと引き換えのように朝が始まっていく。この象徴性と具体性が「鷗」や「朝」という言葉の中にある。季語を使ったときに俳句が獲得する象徴性と具体性が、鷗や朝といった言葉を通してちゃんと句の中に屹立しているから、季語がなくても問題がない、俳句としての強度を保っています。季語が絶対だから季語を使うという思考停止ではなく、季語の持っている詩の言葉としての力を信じているから季語を使う。だから、無季の俳句を読んだり詠んだりするときにも、季語の力と同様の象徴性や具体性が別の形で働いているかに注目しています。

豪快と繊細を兼ねた優しい兜太

私は二〇一五年から二〇二〇年まで、現代俳句協会で青年部長をつとめていました。その頃、兜太さんはすでに会長を退いて名誉会長でしたし、私自身は「海程」の所属ではないので、兜太さんとの接点はそこまで多かったとは言えません。それでも、角川「俳句」の新年会や結社の記念大会などでは、兜太さんも私も呼ばれていたりしまして、そのときに言葉を交わす時間が大切でした。そういった場でも、いつも「神野くん」と呼んでくださいました。お席までご挨拶にいって、「おうおう、神野くんか」と肩を叩かれて、最近の総合誌に掲載された俳句の感想などお伝えしたりしました。雑誌に載る兜太さんの作品は、いつも楽しみに読んでいましたから。兜太についての文章や句の鑑賞も多く書いています。活字を介して、たっぷり対話をさせていただきました。

兜太さんは本当に豪快な人で、こんなハプニングもありました。「俳句王国」のある句会で、兜太さんがすごく絶賛した句があったんですね。それで、作者を明かす段になって、こんなに兜太が褒める句は誰の句なんだろうと、みんなきょろきょろ見回すんですが、誰も名乗り出しません。そのうち、ざわざわとし始めて、スタッフが慌てて殴り書きのカンペを出して「兜太さんの句です！」(笑)。兜太さん、なんと自分で自分の句をとっちゃったんですね。普通、句会では、自分の句は取らないのが前提条件なんですが、その禁忌を大胆に破ってしまった。番組用に俳句を送ったのは数か月前のことだったらしく、出した自分の句のことを忘れて、いい句だと思って選んじゃったわけです。でも、自分の句をそんな風に愛せるのって、素敵ですよね。作家として芯が通っています。

で、兜太さんはその時、何と言ったかというと、「はっ、はっ、はっ、俺の句か、道理でいい句だ」と笑い飛ばされました。その会はたまたま収録でしたから、スタッフも、撮り直しましょうか、編集しましょうかと聞いたんですね。そうすると、兜太さんは「いやいや、そのまま出してください、俺もぼけたな、句会は生もの、こんな回があるのも面白いでしょう」と笑ってくださいました。ご自身のハプニングも自分で楽しんでしまわれる、本当に豪快な方でした。

それで、さっきの「子馬」句が出た回のことです。その春、兜太さんは顔面麻痺に襲われて、右側の顔の筋肉がうまく動かなかった時期があったんですけれども、兜太さんはただでは転ばない人なので、その日の冒頭の挨拶でも〈わたくしの顔が曲がって桜時〉みたいな挨拶句を詠んだりして、和ませていました。その場にいる人たちや番組を見ている人たちの心配する気持ちを和ませる、兜太流の気遣いだと思うんですね。豪快な方の印象がありますが、実は細かな気遣いを忘れなかった優しい方でもありました。

その日の兼題が春の季語の子馬、兜太さんが出した兼題でした。その投句一覧に先程の〈子馬が街を走っていたよ夜明けのこと〉がありました。その日も大変人気だったのですが、ゲストの劇作家・渡辺えりさんが名解釈をされたんですね。戦争か何かで日本がもうだめになってしまった、滅びてしまった、もうだめだという時にどこかで生まれた子馬が廃墟の中をさっと走っていく。瓦礫の中の命の息吹だというふうにおっしゃいました。それを聞いた兜太さんは、「今の解釈で合っているでしょう」と、何となく満足げに頷いて「私の句です、ありがとうございました」（笑）と。いつも「ありがとうござんした」と言うんですけど、そうおっしゃいました。兜太さんが見つめて来た昭和、平成、それから戦争と平和の時代の希望を求める思いがぎゅっと詰まった俳句だと感じ、この子馬をぎゅっと抱きしめたくなりました。

兜太さんはその時、子馬という兼題を出した理由を聞かれて、こんなふうに答えました。「だって、生きものが生まれるっていうのは、気持ちいいじゃない」。兜太さんは今きっと何も縛られない夜明けの子馬となって、どこかの街を今も駆けていることと思います。

兜太さん、新しい時代の俳句を見ていてください、と言いたいです。

『新興俳句アンソロジー』刊行、新興俳句の影響を受けた兜太

大学院に入ったときに、もっとすべてを俳句に打ち込みたいと思って、やっぱり俳句を研究対象にしようと思いました。それなら何がやりたいかっていうときに、もともと富澤赤黄男や渡辺白泉、高屋窓秋といった新興俳句の作家に惹かれていましたので、昭和○年代から十年代にかけて、俳句におけるモダニズムの流れから、戦中に弾圧を受けて運動が潰えてしまった新興俳句運動の作家たちのことを研究したいと考えました。それで、修士から博士にかけて、個人的な研究対象として、新興俳句の作家たちの読み解きに取り組んだわけです。

そういえば、現代俳句協会に入るきっかけとなったのは、何かの俳句の集まりの途中、高野ムツオさんと宇多喜代子さんと三人でお茶をしたときでした。集団となると人間関係が生まれ、政治的な駆け引きなども出てくるのが面倒だから、私はそれまで結社などにも入らず一人で俳句を作ってきましたので、協会に入るかどうかも迷っていました。それで素直に「迷っているんです」と言ったら、「俳句は一人でできるけど、俳句に纏わることの中には一人でできないこともあるから、それをやるのが協会だと思うわ」と宇多さんが

おっしゃった。その時にふと思ったのが、この新興俳句の作家たちのことなんです。

新興俳句を研究していても、その作品を探すこと自体がまず大変なんですね。中心となったのは若い作家たちでしたし、弾圧を受けたり戦地で亡くなったりしているから顕彰してくれる弟子もなく、同人誌中心だったので資料もなかなか残っていない。その人の句が読める場所がなければ、彼らの句は誰の目にも触れずにこのまま消えていってしまうことになると思いました。それはとっても困る。かと言って、一人で彼らの作品をまとめられるかっていうと、何十人もいますから、なかなか難しい。だから、新興俳句の研究をもっと大きく、協会の力を借りて、みんなの動きとして共有していくことができるんじゃないかと考えました。

もともと、現代俳句協会には新興俳句にルーツをもつ作家も多い。金子兜太も、初学の頃に参加していた雑誌「土上」は新興俳句系でした。主宰の嶋田青峰は新興俳句弾圧事件で検挙・投獄され、体を壊して出所後も回復せず、そのまま亡くなった方です。兜太さんは「青峰先生」と呼んでいて、青峰が家に戻されていた時期に会いに行ったそうです。そのとき、ボソボソボソボソ言っていたのは、治安維持法が過剰に使われた、何とかこういうことはいろんな形で訴えていかにゃいかん、と言っていたとお話されています。厭戦・反戦を俳句に詠んだだけで、特高警察につかまった時代。社会の治安を維持するという名目で、新興俳句の作家たちは、戦前、思想弾圧を受けました。兜太さんは、自らのルーツにある新興俳句の作家たちの不遇をずっと忘れておらず、自らの戦争体験も含めて、晩年は反戦を訴える活動に尽力されてきました。

それで、現代俳句協会に入って、青年部長を務めた時、三年かけて『新興俳句アンソロジー』（ふらんす堂）を作ったんです。新興俳句作家のうち四十四人の作品百句とその評論を、現代の若手俳人にそれぞれ書いてもらい、新興俳句にまつわる十二のコラムも収録しました。この本にあたれば、まずは新興俳句の作品が、少なくとも四四〇〇句は読めるわけです。そういう本を作りたかった。

今、かつての戦争を知らない世代がますます増えています。そんな中で、私たちの年代は、兜太さんを筆頭に戦中を生き抜いてきた世代の俳人、戦争を主題に俳句を詠んできた人たちを知っている最後の世代でもあると思います。もちろん私は戦争を知らないけれど、戦争を知っている人を知っている。そのうち、戦争を知る人のことも知らない時代がやってくるのだという危機感を抱いています。新興俳句は、戦争だけではありません。当時の新しい詩をさまざまに模索した運動でした。しかし、特に新興俳句作家には、戦争という時代の流れに人生を翻弄された俳人が沢山いました。だから、句集も残されていない、読もうと思っても読めない彼らの作品を、もう一度まとめて見られるようにすることが、次の世代に新興俳句を引き渡すためにできる一番のことなのではないかと思ったんですね。兜太さんはもういない。でも、誰かが弾圧のこと、新興俳句のことを伝えていかなければいけない。だからこそ、本の形を信じて言葉を残していくっていうことができたらなと思いました。

やはりまずは作品そのものに触れられるようにしたいからアンソロジーを作る。でも、アンソロジーで作品だけ集めてしまうと、どの人がどういう人だったかっていう作家性が見えにくくなるので、一緒に経歴や人となりもわかるような評論をセットにして書いてもらおう、と。じゃあ誰に原稿依頼するか。新興俳句は、当時の学生をはじめとして若い作家たちが中心となった運動だったので、青年部の企画だということはもちろんあるのですが、現代俳句協会員に限らず、今の若い作家たち、十代から四十代ぐらいまでの青年部世代の若い俳人に書いてもらいたいと思いました。同世代だから分かること、同世代でも時代が異なることで違う部分、双方があぶり出されてくるなら面白いな、と。で、この人だったらこの作風好きかなっていう感じで青年部のほうで割り振っていきました。

そうすると、私と同世代の若い人たちも、一本の原稿を書くために新興俳句を調べることになる。担当したある一人の新興俳句作家を通して、新興俳句を知り、自身の問題意識に加えてくれるんじゃないか。もちろん、その原稿を集められれば、まずは本ができるんですけど、一冊の本を作るだけでなく、本を作る過程で、新興俳句が今の若い作家たちに広がっていけば、さらなる効果があると考えました。

結局三年かかりました。本当は一年でやるつもりだったんですけど、書き手も編集も思った以上に時間がかかる。埋もれていた作家を検証するというのは、それだけ大変な作業でした。ゆっくりゆっくりやりとりして、間違いもないように。最後にまとめてゆく段階では、長年新興俳句の研究をされていた川名大さんに細かく内容を精査していただきました。大変な本にもかかわらず編集・出版を快く引き受けてくださったふらんす堂さんにも、本当にお世話になりました。多くの人の力を借りて『新興俳句アンソロジー』が出来上がりました。私が研究を続けていて、ずっと欲しかった本です（笑）。でも、私が欲しいものはみんなが欲しいものであるはずだと、信じてやっておりました。

兜太さんも新興俳句の影響を受けていると思います。『新興俳句アンソロジー』の中に兜太を入れるかどうかも悩みました。企画当初は、兜太が存命だったんですね。で、基本的には物故者に限るという形で進めていたのですが、刊行前に兜太が亡くなったので、新興俳句と兜太について加筆するかどうか一悶着があったんですけど、とりあえず今の形で出しましょうと。

新興俳句から影響を受けていると考えられる兜太の句といえば、例えば、兜太の第一句集『少年』の〈蛾のまなこ赤光なれば海を恋う〉などは、完全に新興俳句的です。高屋窓秋や富澤赤黄男のような象徴的な言葉の使い方をしています。そういうポエティックで象徴詩的な言葉の使い方っていうのは、新興俳句以前にはあんまり俳句では使わなかった書き方です。新興俳句の代表的な作品としては、高屋窓秋の〈頭の中で白い夏野となってゐる〉や富澤赤黄男の〈蝶落ちて大音響の結氷期〉などが挙げられますが、たとえば窓秋の句は「白」という色彩が核になっています。新興俳句は象徴性を高めるために色彩を活用しました。赤、青、白といった色は、やはり心を象徴しますから。兜太も「赤光」という言葉で「赤」のイメージを前に出しました。赤は火の色、怒りや情熱といった心的エネルギーを感じさせる色です。海の青に対して眼の赤さがビビッドですし、「恋う」という力が「赤」によって増幅しています。また、赤黄男の句にも「蝶」が出てきますが、蝶や蛾のモチーフも新興俳句作家が好んで使ったものです。

　兜太の句と新興俳句は、もちろん句全体が醸し出す青年的ポエジーがそもそも共通してるんですが、蛾や赤光といった記号的な部分を見ても、象徴詩的な新興俳句のポエジーに触発されているのがよく分かります。そうした象徴詩的な部分を多分兜太は終生大事にして、俳句を作っていった人じゃないかなと。もちろん新興俳句に足りないものも兜太は意識していたと思いますので、新興俳句の象徴詩的なモダニズムに対して、兜太は生身のエネルギー、肉体感のある象徴を追求した。一方、その言葉に寓意を込める、象徴的に使うっていうところで、やはり新興俳句の流れと影響が兜太にも見受けられます。

　そもそも兜太の師匠だった加藤楸邨自体も、新興俳句黎明期を支える母体となった「馬酔木」という水原秋櫻子の雑誌から出発した人でした。楸邨はその後、新興俳句から離れていきましたが、出自は「馬酔木」だったんですね。人間探求派の三人の内、中村草田男を除いて、楸邨と石田波郷はもともとは「ホトトギス」から離脱して新興俳句の揺籃となった頃の「馬酔木」に在籍していた二人で、新興俳句初期の文学性への志向の影響を強く受けている二人です。近代の俳句から現代の俳句に変化していく、その分岐点に新興俳句の大きな流れがあって、兜太もその根本のところから、太く幹を育て、枝を伸ばした人だったのだと思います。

　新興俳句があり、戦後の兜太や三橋敏雄らが戦争を深く見つめて詠みましたが、そうして太く流れてきた昭和の文脈が消えてしまいつつある今、日本の社会において、戦争も致し方ないとする乱暴な考え方や私権の自由を制限する動きが強まってきているのを感じます。私はやはり、戦争は駄目。戦争はしないという意志を、日本には貫いてほしいと思っています。新興俳句という時代があって、ただ俳句を作っただけで弾圧を受けて投獄されたり、結果的に亡くなったりした人もいた。そのことをよく振り返らないまま、軍隊を持ち、軍備を強化し……突き進んでゆこうとする世の中の動きを危惧しています。

　もちろん、新興俳句時代の作品は、戦争以外の部分も含めて、作品そのものが非常に魅力的で瑞々しいっていうことが一番なんです。でも、戦争を含めた歴史的な文脈においても、今改めて詠まれるべき時代の作品だと考えています。

昭和から平成にかけての兜太俳句

兜太さんの戦争体験にまつわる講演を聞いたことがあります。兜太は、俳句作品を通して、書くことで訴えました。俳句を自分の思想のために使うのは良くないという考え方は、今も俳句の世界に根強くあります。しかし、では何のために書くのか。それは、何のために生きるのかということと密接に関わっている。ある人間が、何のために生きるのかということの中に、深く強く戦争という記憶があるのだとしたら、強い思いがあるのだとしたら、結果的に「書く」の方にもそうした主題が出てくるのは自然な流れです。青年時代の体験期を中心に、以後ずっと最後まで戦争と平和を詠み継いできた兜太の作品を、文学的にというだけでなく、社会的な文脈で読むことは、今の時代にあらためて必要なことであると思います。

前にも触れた、兜太さんの昭和時代の「朝はじまる」の句も、私がこの句を見たときは、戦争のことは考えずに、「鷗」というものが一羽、朝の眩しい光の中で、最後まで全速力で、そして鮮烈な死を迎えたという象徴的な場面として、非常に惹かれた句だったんです。でも、『私の戦後俳句史』の本の中で、兜太さんも実は零戦の特攻隊のイメージだっていうようなことは書かれています。新しい時代が来たけれども、一方で、亡くなった沢山の命があったことを象徴しているともとれる。戦争の詠み方として、あくまでリアリティーに根ざして、あの戦争を具体的に詠むっていうやり方もありますよね。でも、兜太はあまりそういう仕方を取らない。象徴的に表現されている。例えば亡くなっていった彼らを「鷗」の姿に昇華させて書く。こういう象徴的な作り方は、次の世代の読者も射程に入っています。私は戦争を知らないけれど、この「鷗」の死のことなら知ってる、というような気がしてくる。かつてのものを書き残しておこうという過去思考よりも、かつての経験を基にして生きるとか死ぬとか戦争とか不条理とか、そういうものって何なんだっていうことをイメージとして繰り返し、未来へ向かって書き残す。その一つがこの「鷗」の死の句なのでしょう。

兜太さんはそうした言葉の象徴性、暗喩性を、「造型俳句」という言葉で体系立てて育てていきました。〈銀行員等朝より螢光す烏賊のごとく〉、この句もいつまでも不思議な句ですよね。兜太自身の自画像という感じはあまりしません。兜太自身は特に晩年、キャラクターが愛されていましたけど、作品の上では、精神的な共鳴者が「イノシシ」となったり、「狼」となったり、いろんな形をとって出てきていました。

もちろん、「わが」、「おれ」、「われ」という表現の句はありますが、それは兜太自身なのか、それとも「わが」っていう言葉で、読み手の自我のようなものを引き寄せようとしているのか。もちろん、全ての言葉が兜太の言葉だなと思うんですけど、句の中の主体を素直にイコール兜太と結びつける作り方にはなってないですよね。

〈俺が食う馬鈴薯映して友の眼鏡〉っていう句があるけど、この俺も兜太といえば兜太だけど、俺と友っていう関係性を抽出して、その関係性を、俺になって書いているという感じがしますね。そういう作り方の人だから、「銀行員等」も俯瞰する感じになっています。

そして〈子馬が街を走っていたよ夜明けのこと〉、これもまた象徴的ですよね。本当に子馬が夜明けに街を走るっていうことは、なかなか現実にはありえないです。でも、こういう夜明けの感じは知っている気がするっていうふうに、直感的に納得させられる句ですね。

子馬は春の季語ですが、ここで出てくる子馬は、本当に春の季語の子馬なのか？（笑）一応「俳句王国」では春の時期の句会だったので、季語の兼題として兜太さんは「子馬」を出したんです。そうしたら、この句が出てきたもんだから、私も驚きました。でも、春っていうのは何かが始まっていく季節だから、そういう生命の萌芽とか、始まりのようなものを子馬がしっかり体現しているという意味では、単純に春の景色の中に憩う子馬を詠む以上に、兜太のこの句は、もっと季語の本質的なところを引き出しているのでしょう。「走っていたよ」って、過去形ですね。〈おおかみに螢が一つ付いていた〉も過去形ですけど、過去形にしたときの嬉しさと寂しさ、それを見たよっていう嬉しさと、消えてしまったっていう寂しさ、その両方がありますよね。「おおかみ」の句にしても、「螢が一つ付いていた」のを私は知っている、だけど今もう螢はないし狼もないという寂しさ。「子馬も街を走っていった」っていうのを私は知ってる。「夜明け」も知ってる。でももう走ってないし、太陽が昇ったから、世界はまた違うフェーズに入ってる。その嬉しさと寂しさが両方入ってる「いた」っていう過去形の表現って、生きて過ぎ去る瞬間を慈しむ兜太の手触りがある言葉だなあと思いますね。

「俳句王国」で兜太さんが「十七音にぶっこめ」と言ったことは、つまり、表現したい、これを私は詠むんだっていうことを、俳句っていう形式にとらわれすぎず、正面から詠むんだ、信じて体当たりせよ、ってことだと思うんですね。「十七音」とか「季語」とかどうでもいいとは言ってなくて(笑)、でも一番大事なもの、表現へ突き動かす衝動は何かっていうことを忘れちゃいけない、ということです。俳句をやっていると、技術的なこと、俳句としての達成度の高さ、うまさ、技術的、職人的な世界が色濃いと感じます。もちろん内容と表現は両輪なので、技術もないがしろにはできないんだけれども、でも、職人が腕を競って博物館に飾る超絶技巧の俳句を作ることに、どこまで意味があるのかなと疑問に思うこともあります。博物館の中でだけ、俳句という世界の玄人の内側でだけ、その良さが通用する……そんなことでは、俳句が、人の心に深く届くっていうシンプルな祈りから、どんどん離れていってしまうような気がします。俳句かどうか分からなくてもいいから、とにかくそこに誰かが言葉を刻んだっていう強い力が働いているような、風の中でも図太く立っていられるような俳句を作りたいなと思います。兜太さんの句は、図太いですね。どんな強い嵐が吹いても、俺は俺だっていう形で一句一句が非常に太く強く立っている句です。俳句とは何だろうということよりも、俳句を作るっていうのは何だろうっていうことを兜太さんから学んだという気がするのです。

兜太さんが晩年に、「アベ政治を許さない」という字を書いて、それが政権批判に活用されて、俳人兜太にとってはマイナスだっていう考え方を持っている俳人も当時いたんです。でも、そういった政治的な自分の主義主張っていうものをはっきり持ちながら作品を作っていくっていうことは、にわかではなく、ずっと兜太が大事にしてきたものをその時代に危機感を持って表現したということだから、まったく傷になるようなことではありません。

社会と文学がそんなに簡単に切り離せるものだと信じられるのだとしたら、それはとても幸せな人生だったんだろうなと思いますが、この社会で生きている私が俳句を詠む、その生きた人間の営みを見つめることを、兜太は大切にしました。社会も含めて書くんだという社会性俳句の旗手でしたからね。

戦争俳句というだけではなくて、例えばジェンダーの問題とか、貧困の問題とか、現代にもいろいろな社会問題があります。私は幼い子を育てている母ですが、子育てはこれまで、どこか幸福なプライベートな空間の出来事として、文学的にも価値をあまり与えられてきませんでした。しかし、衰えてゆく社会の中で、支援も少なく子どもを育てている身としては、子育ては非常に社会的な活動、社会と連動した活動だと実感しています。だって、次の時代の社会を作る人間を、その価値観を、今まさに育てているのですから。社会を言葉の中でどう捉えていくか。作家が社会的な意識をどう持つかという問題意識は、兜太さんから次世代が引き継いでいかなければならない重要な部分だなと個人的には思っております。

兜太さんは今の社会のこと、平成の時代のことも、ずっと詠んでくださってますよね。〈独り者殖え冬園にカイト飛ばす〉（二〇〇九年）ですが、「独り者殖え」は今の少子化ですね。いいとも悪いとも言わないで、「そういう状況ですよ」ということを言って有らしめています。〈青年に職なし老人ごまめ噛む〉（二〇一一年）。青年は孫のことかもしれませんが、青年と老人という形で対比させることで普遍化していますよね。〈朝蟬よ若者逝きて何んの国ぞ〉（二〇一五年）、これはもちろん、かつての戦争が一番初めに頭にあると思うのです。若い人たちを戦地に送って、うんと使い捨てにしたように、今では、二十代、三十代の若い世代の非正規雇用が増えて、その人たちが将来を考えられないような社会になってしまって、若い世代の自殺が増えています。だからかつては戦争で、今は平和な時代だけど、若者を希望が持てないようにしてるのはやはり国の問題も大きいぞというところを怒りを込めて訴えているように感じます。

何回も話に触れた、〈朝はじまる海へ突込む鷗の死〉に「朝」が入っている。「朝蟬」の句にも「朝蟬」が来ているので、兜太さんは絶対後ろ向きに後悔するみたいなことをしないですね。「朝はじまる」の句も「死」から更にもう一度スタートするっていう。じゃ、これからどうするんだっていう意識ですよね。「夕蟬」だと、このまま滅びてしまう、国はもうこれで終わりだっていう嘆息が聞こえてくるんですけど、そうじゃなくて、「朝蟬」だから、まだ立ち直るべきだぞって、これから始まるんだから、若者を殺して死んでしまうような国にしてはいけないじゃないかっていう強い意思が「朝」という始まりの時間にこもっているので、そこがやはり兜太の前進力ですよね。過去の戦争や社会に対する批評を単なる嘆きに留めないで、促そうとする力をそこに働かせるところが、人を動かす言葉たりえているんだろうなと。共感して「そうだよね、困ったよね」というのだけじゃなくて、「このままでいいのか」っていう気持ちにいざなう句を作れる人、言葉で人を動かすことのできる作家でした。

津波のあとに老女生きてあり死なぬ　　兜太

私がこの句と出会ったのは、三・一一震災があった年の五月、角川「俳句」で特集された「励まし一句」という記事の中でした。沢山の俳人に「励ましの一句」を寄せてくださいという依頼があり、その中の一句として、兜太さんがこの句を出していました。悲惨な震災の現実を前に「励ます」という言葉の難しさを実感している中で、関東の片隅で小さく被災した人間として、私自身がこの句に貫かれ、励まされました。「津波のあとに老女生きてあり」、ここまでは客観です。「死なぬ」も客観かと言われると、いつかは死ぬわけです。老女だから、遠からぬ未来に死ぬはずですが、少なくとも「今は死なぬ」。「死ななかった」ではなく、

「死なぬ」。そうやって言葉にすることで、言霊的な、「今は生きているんだ」ということを確かなものにしようとする、呪術的な力強さがあるよね。ここには兜太の祈り、客観に対すれば主観ですね。「死なぬ」という言葉で、「今ある」ものとしてそれを書こうとする主観の意思が現れていて、それが励ましというところにも本質的に繋がってゆく。

兜太さんが亡くなるちょっと前に角川「俳句」(二〇一六年七月号)で大峯あきらさんと対談されていて、それもかなり鋭い言葉でやり取りしていて、なあなあの対談に慣れた目からすると、「オオッ、こんなに火花が散るのか」と感激したことがあります。

大峯さんが震災に際して詠んだ句は〈はかりなき事もたらしぬ春の海〉の一句だけでした。それを「いかにも客観的に、ただ作っているだけの感じ」「ものを作る人間、ものを考える人間があの大事件に対してこの程度の一句で止めたということが本心かどうかと聞きたい」と兜太さんは詰め寄った。ここには大峯さんと兜太さんの違いがよく出しています。大峯さんは結局「春の海」を詠んでいる。でも兜太さんは、ポツンと一人生き残った「老女」を詠んでいます。この「人間を詠んでいる」というところが二人の立ち位置をはっきり分けているし、兜太は人間を最後まで信じ続け、人間を見つめ続けた人だったんだなということを示してくれる。晩年の名作です。

そして、「被曝」を主題とした句として、私は〈被曝福島狐花捨子花咲くよ〉(二〇一五年)を挙げたいと思います。兜太は震災の後も毎年ずっと福島のことを詠み続けています。俳人の中で震災後の福島に想いを寄せ続けた人がどれだけいたか。兜太は年長者でありながら、現代という時代を一番に見続けた人でした。「狐花」「捨子花」は彼岸花の別名です。「捨子花」という、もともとある言葉から、野に捨てられた牛や人のイメージが想起されるように使われていて、それが最終的に彼岸の花でもあるということ。「狐」「捨子」、この言葉が荒れてゆく福島の野原を思わせます。すっかり日常に戻ってしまって忘れかけている私たちに対して、「咲くよ」と呼びかけている。別に糾弾するわけではなく、「やはり咲いているんだよ」と兜太が今を語りかけています。

そして、生前最後の九句のうちの、特にラストに置かれた二句が話題になりましたね。〈河より掛け声さすらいの終るその日〉〈陽の柔わら歩ききれない遠い家〉（二〇一八年）。「さすらいの終る」と言いながら、まだ「歩ききれない」と言っている。結局、全部終わらせるのではなく、途中で終わるんだという一つの哲学なのかもしれません。これだけの道程を踏みしめて来て、まだ「歩ききれない」と思っていたというところにハッとさせられますし、「歩く」が単なる「歩く」ではないような気が私はしているのです。また、「陽の柔わら」は全肯定。逆に「歩ききれない遠い家」は否定形ですね。歩ききれないし、「遠い」もちょっとマイナスの印象のある言葉だけれども、「陽の柔わら」と来ることで、先に延びている道が金色に輝きだす。ここまでやってきた自分の人生とか、今、ここに立っていることとか、周りの風景とか、そういうものが全部、肯定されて、柔らかな分子になって陽に溶けてゆくような感じがする。「歩ききれない」と言いながら、「陽の柔わら」でにっこりしている感じがして、その現状をまっすぐ受け止めて前を向く力が、兜太だと頷かされます。

夢と現《うつつ》の二重世界をゆききする兜太

兜太さんは「笑う」と「眠る」の俳句も多く作られています。〈狼が笑うと聞きて母笑う〉（二〇一〇年）、兜太の愛した狼も母も笑っている。〈野に大河人笑うなりお正月〉（二〇一四年）は、「お正月は笑うのがいいんだ」という、「笑う」の肯定です。〈まことに流転熊谷の野に笑うときも〉（二〇一七年）、まさに定住漂泊そのもの。自分が住む熊谷、慣れ親しんだ野に笑っている時も、まことに流転である。自分がずっといるところに「流転」とは、まさに定住しながら、漂泊する魂の意識があるからですね。でも、だんだん眠り始めるのです。例えば〈暗闇の大王烏賊と安眠す〉（二〇一三年）、これも「俳句王国」でご一緒した時に出てきた句だと思うんですが、その頃、「大王烏賊」がテレビでも有名になった時で、「そんな新素材も詠んじゃうんだ。やはり現代を見ている」と刺激を受けたものです。なんと雄大な眠りでしょう。〈谷に猪眠むたいときは睡るのです〉（二〇一四年）、〈月に眠り紫苑に朝の眠り託す〉（同）〈枕辺の夜寒の瀞を鮎おちる〉（同）も猪や紫苑や鮎を親しく感じているし、〈眠るときキャベツばりばり食う音す〉（二〇一七年）、これも静かな眠りじゃないですね（笑）。周りに何か生き物の気配がするなかで眠っている。いずれも、命と隣り合う眠りですね。〈秩父の猪よ星影と冬を眠れ〉（二〇一八年）は、猪に呼びかけながら、自分へも語りかけているような。兜太って、例えば自然を生きる猪と人間社会の私とか、戦地と現代日本とか、二つの世界を透明に重ねて、一度に見ていた人だという感じがします。

最後の句集『百年』の最初の頁に置かれた〈雨季の戦場雑踏の街旦暮かな〉は戦場と街が重なっています。今のこの時代を見ながら、かつての戦時を思うということは、彼らが死んだ後の世界を死とともに生きているということでもある。起きて笑っている時間と、眠って夢の枯野が青むのを待っている時間と、そういう「笑う」と「眠る」、彼岸と此岸の二重性の中で兜太さんの晩年の時間は進んでいったんじゃないか。俳人ってそもそも二重性を持った人間で、社会と世界の間に生きている人みたいな感じだと思うんです。半分夢を見ながら生きていた兜太は、どんどんどんどん、「眠る」と「笑う」の間で、俳人そのものに近づいていったんじゃないかということを、『百年』という句集を読みながら思いました。

兜太が後世に遺したものは何か

「兜太は俳人だ」と言うか、「兜太は人間だ」と言うか、迷っていました。特に晩年は、俳人であること以上に、人間であることを積極的に選んだという印象です。もちろん、ずっと人間ですが（笑）、でも俳句の総合誌などを見ていると、「本当に人間か」みたいな句がいっぱいあるでしょう。神の視点から「この民草」という感じで余裕感たっぷりに詠まれる句は、今を生きているというところからどこか距離をとっている……。俳句にはどうしても客観性が入って来てしまうのですが、そうした俳人の客観性、距離をとるスタンスと、人間を愛する、命を愛する、戦争はいけないという主観的な気持ちがあった時、最終的に兜太さんは、もちろん両立させたんだけれど、人間であり続けるということを選んだ人だったと思います。俳人である以前に、人間である。いや、俳人とは人間である。その当たり前の真実を、愚直に強く広く実践された作家でした。

おわりに

本書にご登場くださる証言者の方々は、それぞれに準備に時間をかけてくださり、とてもありがたい。神野氏のご自宅に伺った時も、机の上には多くの資料が並べられた。

年譜と証言をじっくり検証してみると、神野氏は「十七音の青春」の表彰式で初めて金子先生とお目にかかり、そして、ＮＨＫの「俳句王国」の番組の司会を担当し、主宰として出演される金子先生とよくお目にかかるようになって以来、六十四歳も年を離れた神野氏のことを「神野くん」と呼ばれ、「俳句は十七音にぶっこみゃいいんだよ」と俳句の後輩のように扱い、励ましてくださった。神野氏が大学で近現代詩を記号学的に研究し、詩や小説の象徴性を学んだ知識を生かして、兜太俳句を鑑賞されることから、同じ俳句を愛する者同士として、お互いに知者は知者をいとおしむ間柄におられることが分かった。この年代の差を超えた深い友情はまことに感動的なものであった。

董振華

神野紗希の兜太10句選

蛾のまなこ赤光なれば海を恋う　『少年』

妻にも未来雪を吸いとる水母の海　『〃』

朝はじまる海へ突込む鷗の死　『金子兜太句集』

人体冷えて東北白い花盛り　『蜿蜿』

梅咲いて庭中に青鮫が来ている　『遊牧集』

よく眠る夢の枯野が青むまで　『東国抄』

おおかみに螢が一つ付いていた　『〃』

子馬が街を走っていたよ夜明けのこと　『日常』

津波のあとに老女生きてあり死なぬ　『百年』

暗闇の大王烏賊と安眠す　『〃』

神野紗希（こうの　さき）略年譜

昭和58（一九八三）　愛媛県松山市に生まれる。

平成11（一九九九）　松山東高等学校時代は放送部に所属。俳句甲子園の取材をきっかけに俳句を始め、俳句部の前身である俳句同好会を校内に立ち上げる。

平成13（二〇〇一）　第四回俳句甲子園にて団体優勝し、「カンバスの余白八月十五日」が最優秀句に選ばれる。

平成14（二〇〇二）　お茶の水女子大学入学、第一回芝不器男俳句新人賞にて坪内稔典奨励賞を受賞。同年、句集『星の地図』（まる書房）刊。

平成16（二〇〇四）　四月よりNHK「俳句王国」にて司会を担当（二〇一〇年三月まで）。

平成18（二〇〇六）　お茶の水女子大大学院進学。博士前期・後期課程に在籍し近・現代俳句の研究。

平成23（二〇一一）　江渡華子、野口る理とともに俳句ウエブマガジン「スピカ」を立ち上げる。

平成24（二〇一二）　『星の地図』からの若干の再録を含め句集『光まみれの蜂』（角川書店）刊。

平成25（二〇一三）　NHK俳句の初心者向けコーナー「俳句さく咲く！」の選者を月一回務める。

平成26（二〇一四）　『これから始める俳句・川柳　いちばんやさしい入門書』（水野タケシ共著、池田書店）刊。同年四月、明治大学・玉川大学講師。

平成27（二〇一五）　『30日のドリル式　初心者にやさしい俳句の練習帳』（池田書店）刊。同年四月、現代俳句協会青年部長。

平成30（二〇一八）　『日めくり子規・漱石─俳句でめぐる365日』（愛媛新聞社）刊。同年四月、聖心女子大学講師。

令和1（二〇一九）　第34回愛媛出版文化賞（『日めくり子規・漱石─俳句でめぐる365日』）、同年、第11回桂信子賞。同年、『もう泣かない電気毛布は裏切らない』（エッセイ集、日本経済新聞出版社）、『女の俳句』（ふらんす堂）刊。

令和2（二〇二〇）　句集『すみれそよぐ』（朔出版）刊。

令和3（二〇二一）　第四回笹井宏之賞選考委員。『俳句部、はじめました─さくら咲く一度っきりの今を詠む』（岩波ジュニアスタートブックス）刊。同年四月、立教大学講師。現代俳句協会副幹事長。

第12章

酒井弘司

（二〇二二年七月二十五日十三時　堺市民センターにて）

はじめに

酒井弘司氏は金子兜太先生の「海程」の創刊同人で、最初の編集長を務められた。のちに、一九九四年、俳誌「朱夏」を創刊・主宰するようになった。私が「海程」に入会した一九九六年当時、氏はすでに「海程」には居られないようだったが、「海程創刊四十周年記念アンソロジー」などで氏の名前を覚えていた。その後、本屋で『酒井弘司句集』や『金子兜太の一〇〇句を読む』等を見つけては、購入して読んだことがある。また、金子先生が亡くなられた後、「俳壇」や「俳句界」「兜太　ＴＯＴＡ」などの雑誌に載せられた追悼文やいくつかの文章も読んでいる。兜太先生に対する深い師弟の情が伝わってきた。この度のインタビューにあたり、手紙と電話でご都合を伺った時、二つ返事でご快諾をいただき、感激した。

董振華

「寒雷」の句会、新人句会、句集の序文を通じて兜太さんと知り合う

昭和三十五（一九六〇）年の五月、金子兜太さんが四十一歳の時、日本銀行の長崎支店から東京に戻ってこられました。それまでの十年間は、日銀の福島支店、神戸支店、長崎支店、三つの都市を歩かれたんですね。当時、ちょうど日米安全保障条約で大変な時期だったんです。兜太さんはそういうときに、東京に帰られたということですね。

今からもう六十年くらい昔のことなので、記憶が定かでないところもあるんですが、確か七月か八月だったと思います。「寒雷」の句会が東京の品川付近の会場でありました。私は高校時代から「寒雷」の会員だったもんですから、その句会に出たわけです。その時に加藤楸邨さんの横で偉く元気な素顔と爽快な笑い声で話をされている兜太さんを見かけたんです。これが伝説の金子兜太さんか、それが最初の印象ですね。

当時、兜太さんはちょうど「俳句の造型について」（「俳句」昭和三十二年二月号～三月号）を書き始めた頃で、

また、その年の十月、「俳句」誌に「海程百句」を発表した数ヶ月前のことだったんですね。今から思い起こしてみると、兜太さんが俳句革新運動でもって、一番頑張っておられる時期に、私はお目にかかった、そんな感じですね。

その次に、どういう弾みか分かりませんが、同年、「寒雷」で俳句を作っている若手の皆さんと月に一回の「新人句会」を立ち上げました。その頃、兜太さんは杉並区の沓掛町（今は今川）にある日本銀行の行舎に住んでおりましたので、そこへ句会を持っていったわけですね。「寒雷」の若手と言うと、川崎展宏、桜井博道、中島秀子さんなど皆さんがこの句会に出ていましたね。今は鬼籍に入られてしまったんですが、こういう皆さんと侃々諤々と句会をやりました。また、「寒雷」の編集をしていた森澄雄さんが助言者として来られてたんですね。この新人句会をきっかけに兜太さんとはだいぶ親しくなったと思うんです。

翌昭和三十六（一九六一）年八月二十七日、私が十代（二十歳）までの句をまとめて、第一句集『蝶の森』を出版しました。その序文を兜太さんに書いていただき、跋文を森澄雄さんに書いていただきました。今でも覚えているのは、兜太さんが「書くよ」って書いてくださったんです。兜太さんは同時期に、米沢和人さんの句集『旗の如く』にも序文を書いているんです。

「米沢和人の句集『旗の如く』の文章で、一直線にさすような心情の動きに、青年期の抒情の美しさを覚えた。いま、酒井の作に触れると、そうした米沢の抒情とは対照的とさえ見える静かな根深い若者の心情のたゆたいを覚える。その中に、徐々に芽生えてゆく才智のひらめきを見る。米沢は青年期の俳句を展開したが、酒井は成年期の詩人なのかもしれない。息の長い男なのかもしれない」と、こんなふうに書いていただいたんですね。

その当時、私は深く思わなかったんですが、八十歳を過ぎ、まだ俳句を書いている今になって、いろいろ考えてみると、兜太さんが私の十代の作品をよく読み解いていただいたなあと、そういう感慨深い印象がありますね。

ですから、「寒雷」の句会で初めてお目にかかり、新人句会でご指導をいただき、句集『蝶の森』の序文を書いていただいた、そういうことが重なっていろいろ親しくなっていったのかなあというのが私の感想ですね（笑）。

「海程」創刊に向けて　俳句専念の決意

兜太さんご自身はいろんな本にも書いているんですが、俳句専念、即ち俳句を生涯の仕事として決められたのは昭和三十一（一九五六）年の初秋で、兜太さん三十七歳の時です。ちょうどこの頃、兜太さんは日銀の神戸支店にいました。関西の中堅有志による「新俳句懇話会」、神戸の「現代俳句の会」から吸収するものが大きかった時期です。「寒雷」「風」の同人として、論・作を発表。神戸におられて、こういう作品を作っているんですね。

朝はじまる海へ突込む鷗の死

初出は、「俳句」昭和三十一年七月号。「港湾」という題で二十五句を発表した冒頭に置かれた句。他の句では、

山上の妻白泡の貨物船

強し青年干潟に玉葱腐る日も

などの作品があります。「朝はじまる」の句に触れて兜太さんは、次のように書いています。

神戸港の空にも防波堤にもたくさんの鷗がいて、ときどき海に突込んでは魚をくわえてきました。私はそれを見ながら、トラック島の珊瑚の海に突込んで散華した零戦搭乗員の姿をおもい浮かべて、〈死んで生きる〉とつぶやいていたものでした。

（『わが戦後俳句史』昭和六十年・岩波書店刊）

神戸港を散策した折の句といってよいのですが、鷗の自由な飛翔を見ているうちに、不意に戦争体験の記憶が鮮烈に脳裏をよぎったのでしょう。海に突っ込む鷗の姿態は、青春の渦中に命を放擲せざるを得なかった若者のイメージと重なっているんですね。爽やかな朝の「はじまり」、その中に突如訪れる具体としての

「死」、終結。斬新の印象の句ですが、妙な暗さはありません。むしろ再生への明るい輝きを感得することができますが、これはひとえに兜太さんの生への飽くなき希求のなせる術でしょうか。一旦死んで、また生きる精神なんだということを兜太さんは書いていたんです。鷗は魚を捕るために海に突っ込んでいってまた生きて帰る。しかし、自分がトラック島で共に戦った戦友は皆亡くなって、それで終わってしまった、という無念な思いがあることを書きたかったんですね。そういうことが俳句専念の一番根っこにあったことじゃないかというふうに思いますね。

俳句誌創刊への強い働きかけ

創刊同人の一人である鷲見流一さんが長野県の出身で、片倉チッカリンという会社の社長さんだったんですね。同じ長野県出身の私とはずいぶん親しくしていただいた方なんです。

一九五五（昭和30）年十二月に、兜太さんは第一句集『少年』を出版し、翌年現代俳句協会賞を受賞しました。「俳句が主、銀行は従、と決めた次第だった」（俳句専念・平成十一年・筑摩書房）と「朝はじまる」の句を挙げ、俳句専念を期しています。このことを知った鷲見さんは兜太さんに俳句の雑誌を出すことの強い働きかけをされたようですね。ですからそれ以降、「海程」創刊に向けての一番の働きかけは鷲見流一さんだったというふうに私はずっと思っているんです。

兜太さんはその後「海程二十年」という文章を『海程句集』（昭和五十七年刊、海程合同句集刊行会）の中に書いておられ、鷲見さんから「海程」の出発資金の寄付を頂いたというふうに書いています。出発資金ですから、創刊資金ということですね。私はこの話を聞いていないんです。そういうことが一方にありました。

「海程」創刊の時代背景、誌名、方針

昭和三十四（一九五九）年から昭和三十六（一九六一）年までは、俳壇にとって、激動の時代と言ってよかったかもしれませんね。三十四年には、伝統俳句の大御所だった高浜虚子が亡くなるということがありました。

続いて三十五年には六〇年日米安保条約反対運動が起きました。そして、三十六年の十二月には、現代俳句協会が分裂をするという大激動があったんですね。この年、『金子兜太句集』（風発行所）を刊行。このような時代背景が兜太さんの気持ちを動かした大きな原点ではないかというふうに私は考えております。

「海程」創刊に向けて、私が兜太さんの杉並区沓掛町のお宅にお邪魔して、一泊したことがあるんですよ。私が泊まったのは昭和三十六（一九六一）年の十二月十七日でした。ちょうど兜太さんが中村草田男さんと論争をしている最中だったんです。論争の焦点は、現代俳句協会賞の選考を巡る結果でした。現代俳句協会の選考委員の若手が、どちらかというと革新的な候補を応援したんですね。それに対して年配の伝統派の俳人が反対して、その結果が現代俳句協会の分裂に繋がったんです。草田男さんは季題（季語）を擁護する立場で書き、それに対して兜太さんが反論を書いて、二人は侃々諤々とやっていたんです。

私が訪ねた時、兜太さんは書斎というか別室で原稿を書いていて、書き終わった後、私に「君、これどうだ」って持って来られたんですよ。原稿用紙に鉛筆で書かれた文章だったんですけれど、兜太さんが書きたかったことは、季題（季語）に対する批判だったんですね。要するに、兜太さんたちの俳句革新運動は季題とか季語を、どちらかというと否定していく方向にありましたから、草田男さんはそれに対する伝統回帰、伝統に戻っていく方向を狙ったんですね。兜太さんはやや興奮しながら、そのことを一番中心に書いているんです。「いや、これでよかったら朝日新聞にこのまま出すよ」と。十九日の朝日新聞に兜太さんの書いた「現代俳句　中村草田男氏へ」という批判文章が載りました。この度の取材で私は資料を探したんですが、図らずもその新聞の文章が出てきたんです。

そういうことがあって、その後、草田男さんと兜太さんは往復書簡を「俳句」誌の（昭和三十七年）一月号と三月号に掲載して、ずいぶん論争するんです。でも、兜太さんには次のような作品があります。

わが師楸邨わが詩萬緑の草田男

平成二十八（二〇一六）年の作です。この句の意は、

現代俳句
中村草田男氏へ
金子兜太
広く……深く……自由に
季題の拘束、はなれて

兜太・草田男論争の記事　「朝日新聞」1961年12月19日

俳句の結社に入るなら楸邨だ。あの生一本で真面目な生き方に俺もついていかなければならない。ただし、俳句のポエジー、俳句の詩については草田男だよと。

草田男さんと侃侃諤諤やっていて、「よし、新しい俳句の拠点づくりを、新しい創刊誌で行おう」ということを決めていかれた、こういう流れがあったと思いますね。

私の手元には、B5判の一枚にタイプで打たれた新しい俳句誌の創刊に向けたメモが残っています。同人として迎えたい俳人に、兜太さんの名で直接送ったものです。ここでは、文面をそのまま列記しておきましょうね。

昭和三十六年十月　日

殿

金子兜太

以下の要領で来年四月を目標に俳誌を発刊する予定ですが、是非とも貴殿に同人として加わって頂きたく思います。御賛否おきかせ下さい。

なお御賛同の場合は、要領全般につき忌憚なく御意見御批判を開陳していただき、また誌名についてもお考えを聞かせてください。

要　領

○同人誌　同時に、金子兜太選を設け一般投稿も歓迎する。

○隔月刊　とし、ゆくゆく月刊に切り替える。一冊30〜40頁の予定。販価80円程度。

○誌名　「半島」「塩原」

○同人費　一人当　1ヶ月　300円。

○同人は毎号精選した作品5句を必ず発表する（その際、金子の意見を加えさせてもらう）。

○作品を中心とし、相互批判を厳格に行う。評論は、差当り作家論（注目している作家数人を毎号一人づつ取り上げる）を中心とし、このほか、相互批判欄、時評（対外批評、同人が交替で担当）、小説、随筆、俳壇外の人の文章、俳壇内からの助言、等を掲載する。

○以下のスローガンを毎号扉に掲げる。

1、日本語の最短定型詩型に拠る。

2、現在ただいまの現実感を個性的かつ自由に表現する。

3、季語、季題にはこだわらない。

この文章は、昭和三十六（一九六一）年十月の発送になっているので、現代俳句協会の分裂の渦中のことと も思えるんです。ここで、兜太さんは、新しい俳句誌の創刊を決断していたとも言えますね。

その後、同人に確定した俳人に送った創刊に向けたメモからは、(1)誌名は「海程」に。(2)スローガンを毎月掲げることは止め、創刊のことばを出すことで、集約されました。

新しい創刊誌の題名の案として、「半島」「塩原」が出てきたんですが、私はこれを見たときに、「あれ、どうして兜太さんがこの名前を選ばれたのかな。「半島」と言えば長崎にいましたから、そういうことなのかな」と思ったりしました。ところで、兜太さんが代表の新誌名として、「半島」「塩原」では、イメージが淡すぎます。そこで、わたしは次のことを提案しました。それは、兜太さんが、昭和三十五（一九六〇）年十月号の「俳句」誌に発表した「海程百句」です。この「海程」の二文字を強く推しました。その作品には、

粉屋が哭《な》く山を駈けおりてきた俺に　（長崎）

貧農昇天キリストよりも蒼い土へ　（島原）

黒い桜島折れた銃床海を走り　（鹿児島）

果樹園がシャツ一枚の俺の孤島　（東京）

など。今でも、この「海程」を強く推したことが、良かったと思ってますね。

翌昭和三十七（一九六二）年四月一日に、「海程」（創刊時は同人誌）が創刊されました。創刊号の編集メモで、同人代表の兜太さんは、「昨年秋口からぼつぼつ企画していたところへ、例の『俳人協会』設立という茶番劇があって、俳句の純粋愛好について考えさせられ、志向の清潔な追求を再確認した次第」と記しております。

また「海程」創刊号の兜太さんの作品五句は、

潮かぶる家に耳冴え海の始め
魚群のごと虚栄の家族ひらめき合う
どれも口美し晩夏のジャズ一団
遠い一つの窓黒い背が日暮れ耐える
　富沢赤黄男の死
知己等地の弾痕となる湖の死者

巻頭に置かれた作品が「潮かぶる」の句で、「海程」という俳句同人集団を旗揚げする決意が、海辺の家に託されて、ひしひしと伝わってきます。兜太さん、四十三歳。

創刊同人について

「海程」創刊号の奥付を見ると、発行人は出沢珊太郎さんになっていますが、出沢さんは兜太さんの旧制水戸高校の一年上の先輩です。兜太さんは高校一年の時、出沢さんに誘われて「水戸高俳句会」に出席し、

白梅や老子無心の旅に住む

を投句して、好評を得ました。それで俳句に興味を覚えて、作り始めるんです。兜太さんは当時十八歳。出沢さんはずいぶん頼りにされていたんですね。そういう経緯もあって、「海程」創刊の時に、出沢さんは兜太さんに随分進言をされていました。

創刊同人については、さきほど記載した新しい俳句誌の創刊に向けたメモを元に、同人参加の連絡をされたんですね。その結果、三十名が創刊同人になりまし

東京杉並の金子兜太宅にて
前列左から　金子皆子・藤原七兎・島田暉子
後列左から　兜太・眞土・酒井　1962年

た。九名が関東地方で、大井雅人、金子兜太、境三郎、酒井弘司、佐藤豹一郎、鷲見流一、津田鉄夫、出沢珊太郎、山中葛子。東北は一名で嶺伸六。十名が関西で、芦田淑、井倉宏、小田保、小山清峯、上月章、谷口視哉、仲上隆夫、林田紀音夫、藤原七兎、堀葦男。九名が九州で、河本泰、隈治人、島田暉子、八反田宏、前川弘明、益田清、柳原天風子、山口雅風子、山崎あきら。もう一人は、さっき話した米沢和人が石川県です。

　この三十名の同人で創刊号を支えましたが、関西の堀葦男さんは、広い視野から現代俳句を見て、兜太さんを支えました。

　今から考えてみると、この同人の多くは、兜太さんが福島、神戸、長崎を歩いた十年間の俳句仲間の皆さんなんですね。ですからこの十年間の福島、神戸、長崎での地方勤務で、兜太さんがいかに俳句の大きな影響を受けたかということが、私には分かるんです。最も大きな影響を受けたのは神戸だったんですね。神戸には赤尾兜子さんという俳人がいたんですが、この方が「新俳句懇話会」を昭和三十一（一九五六）年の一月からずっとやっておられて、もう一方では、永田耕衣さんが「現代俳句の会」を昭和三十二年からやっておられ、それから堀葦男、林田紀音夫さんは「十七音詩」という俳句の雑誌を作っていたんですね。要するに、季題とか季語は考えずに、十七音の一行詩としての俳句の雑誌です。こういう革新的な俳句運動の渦中に身を投じられて、そこで兜太さん自身もずいぶん変わっていかれるものがあったと思うんですね。そういうところで出会った皆さんを創刊の同人として迎えたということなんです。

創刊の同人三十人の話を聞き、兜太さんから「君に編集の実務を頼むよ」と言われたんです。編集長という言葉は後後になって、兜太さんが「初代の編集長は酒井でした」っていうふうに書いていただいたんですが、私はどちらかというと「編集の実務」を任されてやってきたということですね。むしろ「海程」の構想とか企画とか、そういうところは兜太さんが一人で進められたという感じですね。ですから、兜太さんから資料をいただき、「君も同人参加を頼むよ」ということを言われたのは、うろ覚えですが、十月の終わりころだったかもしれませんね。ですから、どちらかといえば、兜太さんの頭の中には、現代俳句の拠点を作っていこうということが、新しい俳句雑誌の方針として早くからあったと思います。

創刊のことば
――俳句への愛――

この「創刊のことば」の原稿も、書庫で探し物をしていたら奇しくも出てきたんですよ。「創刊のことば」は、同人代表として兜太さんが次のように書いています。

われわれは俳句という名の日本語の最短定型詩形を愛している。何故愛しているのか、と訊ねられれば、それは好きだからだ、と答えるしかない。日本語について、あるいは最短定型詩の特性についての論理的な究明のあと、この詩形を愛するにいたった――といった廻りくどい道行きもさりながら、ともかく肌身に合い、血を湧かせるからだ、といいたい。まず愛することを率直に肯定したい。

ともかく愛することから出発し、愛する証としても、現在ただいまのわれわれの感情や思想を、自由に、しかも一人一人の個性を百パーセント発揮するかたちで、この愛人に投入してみたい。愛人の過去に拘泥するよりも、現在のわれわれの詩藻の鮮度によって、この愛人を充たしてやりたい。これが、本当の愛というものではないか。

だから、くどいようだが、何よりも自由に、個性的に、この愛人をわれわれの一人一人が抱擁することだ。愛人はそのうちの誰に本当のほほえみを送るか、それは各人の自由さ、個性度、そして情熱の深さによることだと思う。

このため、われわれは、この愛人にかぶせられている約束というものに拘泥したくない。ここに季語・季題という約束がある。この約束が長い年月形成してきた自然についての美しく、含蓄に富んだ言葉の数々は、立派な文化資産であって、確かに俳句の誇りである。愛人は美しい自然の言葉によって装われ、また自ら言葉を生みつづけた。しかし、現在ただいま、愛人を依然として自然の言葉だけによって装うことは、かえってこの人を見すぼらしくすることではなかろうか。自然とともに、社会の言葉でも装ってやりたい。自然と社会の言葉によって絢爛と装い、育んでやりたい、とわれわれは願う。

最後にいいたい。最高の愛し方は、純粋に愛するということだ。愛人を取り巻く、いわゆる俳壇政治なるものは、いつの世にも愚劣であるが、いつまでも絶えることがない。われわれは、この政治や政略の外に愛人を置いてやりたい。俳壇政治を無視して、純粋に愛してゆきたい、と願う。

愛人に向かって、われわれは、現在ただいまの自由かつ個性的な表現を繰返し、これによってこの美しい魔性を新鮮に獲得しようというわけなのだ。

ここで注目すべきことは、まず、一行目にある「俳句という名の日本語の最短定型詩形を愛している」というフレーズなんです。もう、この一行に尽きると思いますね。この詩形こそが俳句の唯一の伝統なんだということを言っていて、これ以外は俳句が生み出した属性だというふうに言うんです。次に、「我々の感情や思想を、自由にしかも一人一人の個性を百パーセント発揮する形でこの愛人に投入してみたい」。ここにもう一つの力点がありました。そしてもう一つは、「このため、われわれは、この愛人にかぶせられている約束というものに拘泥したくない。ここに季語・季題という約束がある」と。要するに、季題・季語という約束に拘泥したくない。言ってしまえば、最短定型詩形、この一本で行くんだということを言っているん

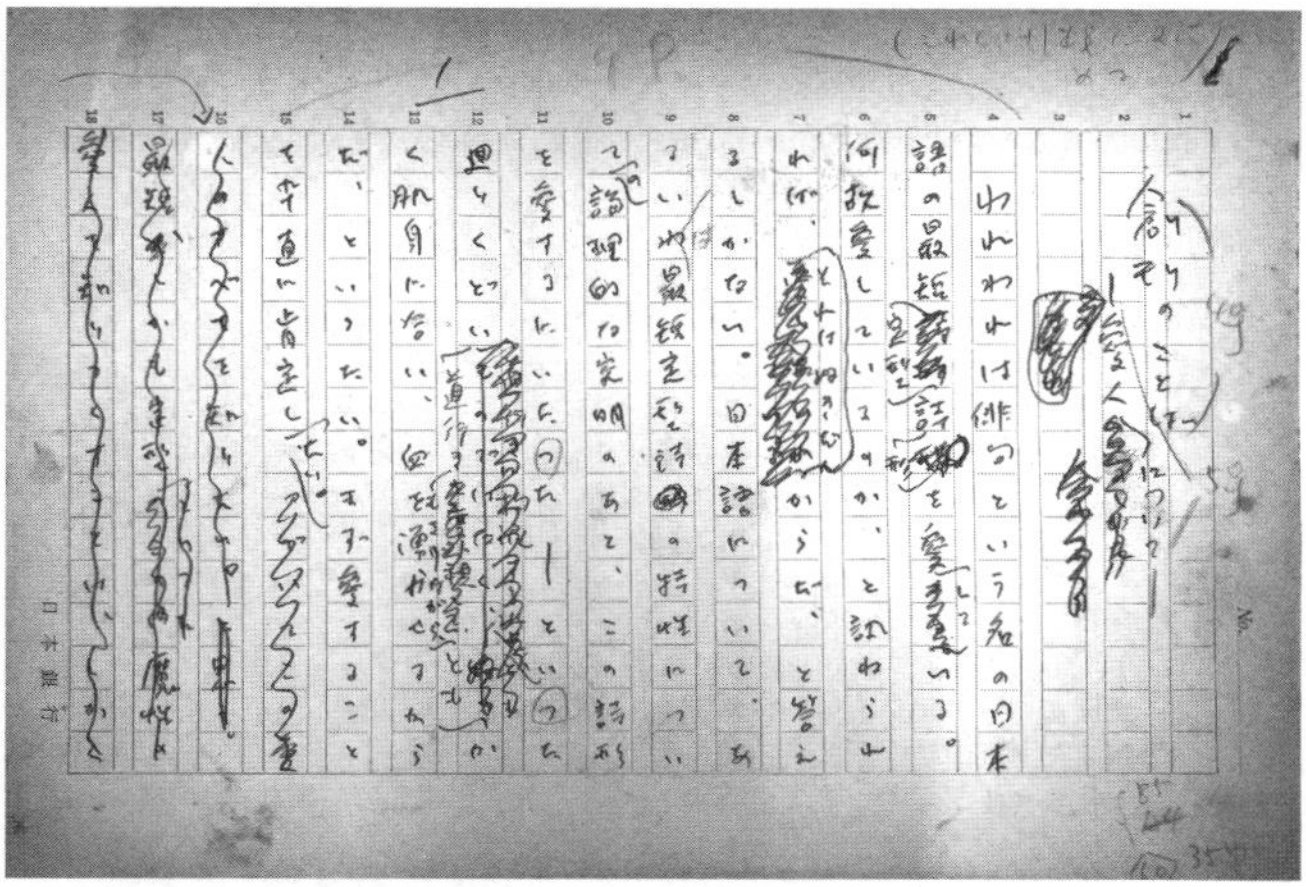
「創刊のことば」・兜太筆

ですね。最後に「最高の愛し方は、純粋に愛するということだ。いわゆる俳壇政治なるものは、いつの世にも愚劣であるが、いつまでも絶えることがない」と書いています。俳壇政治によって現代俳句協会が俳人協会に分裂したということにも触れているんですね。この「創刊のことば」の原稿では、「愛人について」というサブタイトルが付いてるんです。私たちの世代から考えてみると、「愛人について」というのは、いわゆる社会通念上で言うと、やや偏見がある言葉になりかねませんから、サブタイトルは消して、ここは「創刊のことば」一本で兜太さんは収めましたが、私はこれで良かったなと思っているんです。

まあ、言ってみれば、兜太さんの「俳句への愛」ということでしょう。つまり俳句への愛情なんですね。兜太さんは俳句への愛情を、生涯を通して持ち続けられた方です。私はそんなふうに思っております。兜太さんの文章としては、どちらかといえば率直・平易に語られた創刊の辞です。

創刊号から四号まで、編集の実務を全部任されましたので、レイアウトも担当。表紙なんですが、紺色の

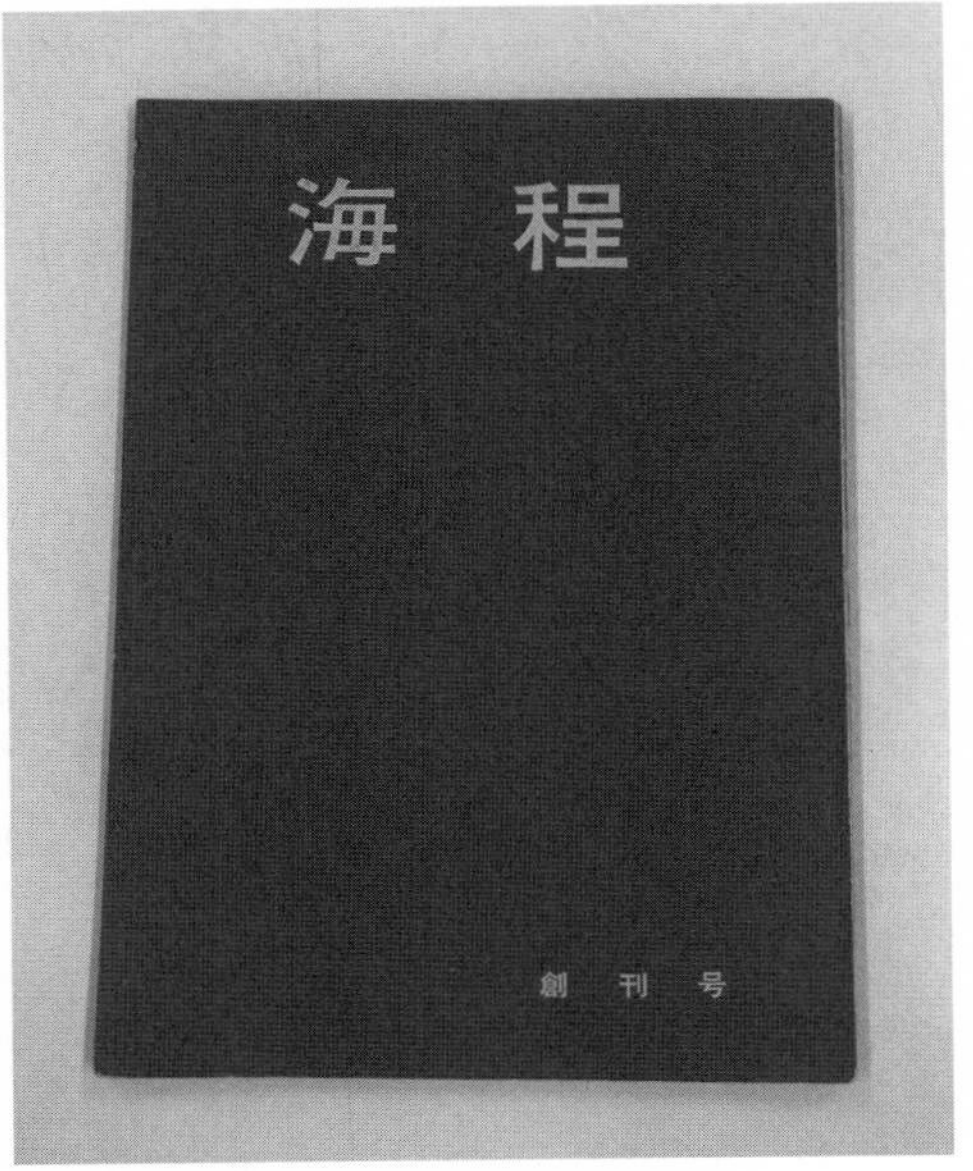

創刊号表紙

無地の表紙に「海程」という大きな横文字と小さな「創刊号」の横文字を白抜きにしただけの、ずいぶんシンプルなものなんですね。これで良かったという気持ちは私にあるんです。

創刊号は四十五ページで、隔月刊で出したんです。普通の俳句誌はほとんど月刊でしたから、この隔月刊も当時は非常に珍しかったんです。これについて兜太さんが『海程句集』の巻末の「海程の二十年」という文章の中でこう言っています。要するに隔月刊にしたのは、表向きの理由としては、充分に時間をかけて作品を作ろうということ。本当の理由は、費用を節約して、長続きをさせたいという気持ちがあったんだってことを兜太さんは言っていますね。

「海程」の編集委員時代、自負できること

「海程」がスタートしたばかりの頃は、兜太さんと私の二人で編集をしていました。先程も言いましたが、兜太さんは後年いつも「酒井が初代の編集長です」と言われますが、その任は、「海程」四号までです。第五号から、十一名の編集グループが発足して、合議制で進めるようになったんですね。

それから、私が「海程」の編集に携わっていて、自負できることが一つあります。それは私を含め四名の編集委員で、「戦後俳句作家シリーズ」という中堅俳人のシリーズを出したことです。このシリーズの人選は次のようです。

永田耕衣、高柳重信、森澄雄、島津亮、古沢太穂、

鈴木六林男、石原八束、堀葦男、赤城さかえ、榎本冬一郎、金子兜太、林田紀音夫、佐藤鬼房、原子公平、成田千空、赤尾兜子、飯田龍太、田川飛旅子、稲葉直、加藤郁乎。

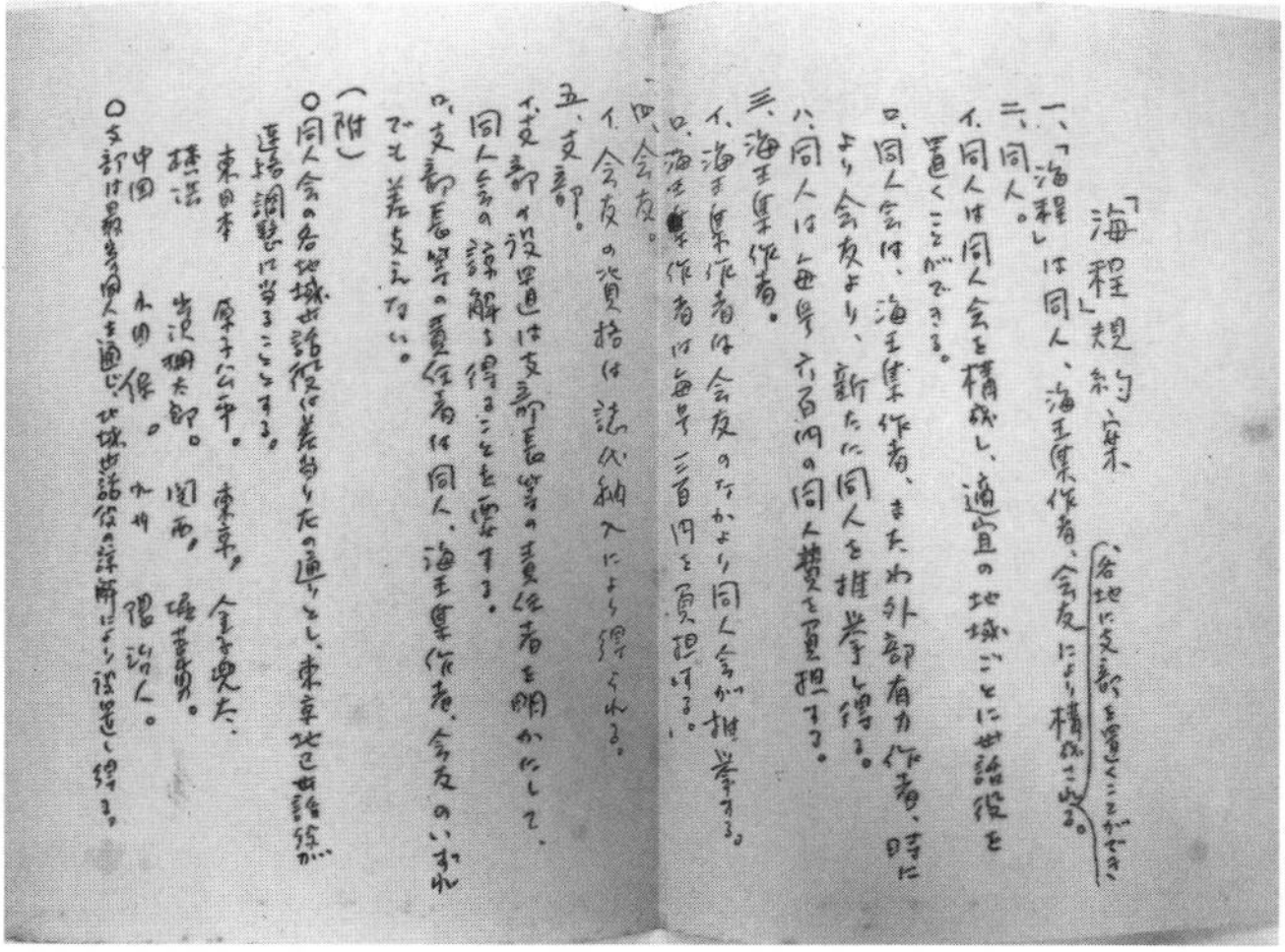
「海程」規約案
一、「海程」は同人、海程集作者、会友により構成される。（、各地に支部を置くことができる）
二、同人。
イ、同人は同人会を構成し、適宜の地域ごとに世話役を置くことができる。
ロ、同人会は、海程集作者、または外部有力作者、時により会友より、新たに同人を推挙し得る。
ハ、同人は毎号六百円の同人費を負担する。
三、海程集作者。
イ、海程集作者は会友のなかより同人会が推挙する。
ロ、海程集作者は毎号三百円を負担する。
四、会友。
イ、会友の資格は誌代納入により得られる。
五、支部。
イ、支部の設置は支部長等の責任者を明かにして、同人会の諒解を得ることを要する。
ロ、支部長等の責任者は同人、海程集作者、会友のいずれでも差支えない。
（附）
○同人会の各地域世話役は差当り左の通りとし、東京地区世話係が連絡調整に当ることとする。
東日本　原子公平。東京、金子兜太。
横浜　出沢珊太郎。関西、堀葦男。
中国　[illegible]田保。九州　隈治人。
○支部は最寄同人を通じ、地域世話役の諒解により設置し得る。

「海程」規約案・兜太筆

最年長の俳人は明治三十三（一九〇〇）年生まれの永田耕衣さん。最年少は昭和三（一九二八）年生まれの加藤郁乎さん、詩人でもあったんです。その他の十八名の方は大正生まれの戦中派です。この二十名の俳句作家のシリーズを出しました。

このシリーズを企画するきっかけは、ちょうど戦後の俳壇を俯瞰してみたときに、昭和三十一（一九五六）年四月号の「俳句」誌で、「戦後新人自選五十人集」という大正生まれの戦中世代の特集がありましたが、それ以外、大手の出版社で、こういう現在最も活躍していて、革新的な作風を持って作っている俳人シリーズというものは今まで出ていなかったのです。

そこで、兜太さんに相談すると、「よし、やろう」ということで、それを「海程」でやることになったんですね。昭和四十一（一九六六）年八月に、兜太さんの作品を一番最初に出版をして、昭和四十五（一九七〇）年十二月に古沢大穂さんの作品を一番最後に出版したんです。つまり四年間くらいで二十冊を出したんですよ。一人自選二百句、しかも解説付きです。兜太さんの解説は森田緑郎さんが書きました。どこからも中堅作家のシリーズがまだ出てない時代です。「海程」だからできた、本当にいい仕事をしたと今でも思っています。この仕事はもっと評価されていいんじゃないでしょうかね。これを出すことによって、若手も含めて、俳人が勉強する機会ができたという自負が私達にはあったんですね。

中央奥兜太、左へ　出沢珊太郎・鷲見流一
酒井（後ろ向き）　1963年頃

その後に、大山天津也さんが「海程」の編集担当になるんですけれど、そこで私が大山さんに「短詩形文学に関わる若手と鼎談をしませんか」ということを提案したんです。そこで、「海程」の若手が、吉増剛造さん（詩人）、吉行理恵さん（詩人）、天沢退二郎さん（詩人）、佐々木幸綱さん（歌人）などの方々と鼎談をするという企画が実現しました。ですから、「海程」は常に進取の気風を持っていましたね。

兜太俳句並びにその人間性
――昭和後半から平成を代表する俳人

兜太俳句と人間性について、私なりに考えてみるといくつかあります。

一つ目は、兜太さんは昭和後半の時代、合わせて平成の時代を代表する俳人だったというふうに思っていますね。もう一人並び称されるのは飯田龍太さんです。この二人によって、昭和後半の現代俳句は展開されてきたというふうに私は見ています。龍太さんには、〈一月の川一月の谷の中〉という作品があります。詩としての高潔さ、格調の高さ。韻律がいいですね。そこで、「現代俳句の典型」ともいわれたのでしょう。

海程櫂の会　長野県渋温泉にて　二列目左から２人目　酒井・兜太
1970年

兜太さんと龍太さんを、それぞれ一言で言ってしまえば、兜太さんは「現実派」で、即物的な抒情に長けた方なのに対して、龍太さんは詩的な抒情を出された方でした。そして、二人ともに山国の出身です。兜太さんは、埼玉の秩父盆地に生まれ、龍太さんは山梨県の甲府盆地に生まれました。二人にとって終生、そこが作品の原郷でした。兜太さんはトラック島の戦地へ赴き、そして日銀の転勤によって全国各地を巡り、地理的な広がりを持って生き、龍太さんは生誕の地に生涯とどまり、表現活動をしました。

今日のテーマは兜太さんですので、龍太さんのことはそのくらいにしておきましょう。

兜太さんの作品は大きく昭和五十年以前の前半と、昭和五十年以降の後半に分けることができるんじゃないでしょうかね。前半は、造型俳句などの社会存在としての人間を作品に残されました。現代人の持つ同時代的な生活感覚と感性を非常に硬質な叙情で、形象化しているように思います。後半は、アニミズムを志向し、自然存在としての人間のいのちへの問いかけを、俳諧性を生かした作品として書いています。また、句集『日常』以降の晩年の作品では、日常の即興即吟が多く見られますね。

こういう前半と後半の作品を見ていいなと思うのは、時代によって作品が変わってきていること、その時代によって新鮮な詩情を持った作品を書いていることです。そしてもう一つ思うのは、言葉を腕力でねじ伏せて書き上げていく、そういう腕力というものをどこかで感じますね。

俳句を「最短定型」という形式規定一本に絞り、自らの主体性を貫く

二つ目は兜太さんの俳句の功績は、俳句を「最短定型」という形式規定一本に絞って、自らの主体性を貫いてきたことです。季語は尊重するけれども、季語には拘泥しない。もっと広範な語群に臨んでいる。そういうところが見えますね。

ですから無季俳句もありますし、口語的発想にも句の域を広げていかれたんじゃないでしょうか。ただここで気にしておきたいのは、自由律俳句にはいかなかったことですね。平成二十（二〇〇八）年十二月二十二日、兜太さんは、正岡子規国際俳句大賞を受賞しましたが、挨拶で、「海程」創刊後に「自由律はつくるまい」という決意をもっていたことを話されました。それは兜太俳句が、形式よりも自己表現を優先し、「最短定型」一本に賭けてやっていこうという、並々ならぬ決意であったことが強く窺えます。たとえばこんな句があります。

呼吸とはこんなに蜩を吸うことです

初出は「海程」（昭和五十五年十一月号）。どちらかと言えば、言葉を多く使う兜太俳句にあって、このように優しく書く兜太さんは、昭和五十年代に入ってからのことです。

「呼吸とは」の一句は、人によっては、なんて単純なんだ、あるいは、はじめからこんなこと分かっているよという人がいるかもしれません。それほどに平明な句と言えばそうですが、丹念に読んでみると、そう単純ではない。注目したいのは、「蜩を吸う」という比喩。なんとも清々しい。森林浴をしながらの寸景という兜太さんの気持ちが、このような単純化された表現

になったと言えましょう。何よりも「蛔を吸う」という措辞によって、常々当たり前のこととして過ごしている空気の存在を気づかせてくれます。ここには自然と一体化した自己がありますね。

地上的な詩形を持った俳人

三つ目は、兜太さんは非常に地上的な詩形を持った俳人だなということですね。しっかりと現実に根を張りながら、そして遥かなものに繋がっているんじゃないでしょうかね。そのことは土に執着していると言っても良いでしょう。だから存在の基本には、土ということが発想の原点にあるように思いますね。作品を挙げてみれば、

曼珠沙華どれも腹出し秩父の子

これは戦前の昭和十七(一九四二)年の作品です。兜太さんは秩父困民党事件があった秩父の村落で生まれました。「どれも腹出し秩父の子」、この子たちが歩いているのも地上ですね。また、

霧の村石を投《ほう》らば父母散らん

の句もそうです。昭和三十七(一九六二)年の作品です。兜太さんの生まれ育った秩父は、山峡なので、秋になると、霧が深い。この句に込められた兜太さんの思いは、故郷への愛憎です。山国を出ることなく暮らす老いた父母には、憐れみをもった眼差しで「石を投《ほう》らば」と書きます。石を投げたら飛び散ってしまうほどなのに、というのです。また、老いた父母の背後には山峡の人々の貌も見えてきます。だから、この句は故郷を出た兜太さんでなければ書けない作品です。そこには故郷への母胎憧憬への思いと、故郷を撃つ形姿とが二重写しに見え隠れしていますね。

でも、兜太さんも危うい時代があったんです。昭和四十年、杉並の沓掛町の時代。カッパブックスから『今日の俳句』を出版しています。その時に表紙のキャッチフレーズに「古池の『わび』よりダムの『感動』へ」と書いてあるんです。ダムは、いかにも現代的ですが、息苦しさがあります。ちょうどこの頃、兜太さんは、「いや俺はとにかく住むんだったら、都会

のマンションでいいよ」っていつも喋っていたんですね。ところが皆子夫人の妹さんが熊谷におられて、妹さんに会うために熊谷に行かれた時に、皆子夫人が自分の判断で土地を購入することを決めてきたんですね。兜太さんに「あなたはこのままだったら駄目になっちゃいますよ」ということを言われたそうです。そのことで昭和四十二（一九六七）年に熊谷に引っ越すんですけれども、そこで初めて「終の住処」を持ったんです。このことが兜太さんの九十八歳の生涯を、地上の俳句を作る原点にしたんじゃないでしょうかね。逝去後の最後の句集『百年』でも、

父も母も妻も秩父の春の土

という句が出てきます。これはどなたもあまり言わないんですけれど、熊谷に土地を購入した皆子夫人の功績は、何度でも、口を酸っぱくして言いたいですね。この決断というか、慧眼というか、この働きというものを強く感じますね。

兜太さんは常に時代に責任を持つ俳人だった

四つ目は、兜太さんは常に時代に責任を持っていたということです。それは俳句でその「責任のありか」ということをその都度その都度示されました。昭和二十一（一九四六）年、

水脈《みお》の果て炎天の墓碑を置きて去る

の句。ちょうどトラック島から最後の復員船に乗って帰るときに、多くの仲間が戦死していた姿を見ながら、なんて無惨なことをしたんだ、もう二度とこのようなことをしたくないという気持ちを持って、島を去ってこられた。この一句、兜太さんが時代に責任を持つということを形象化した最初の一句ですね。先ほど話した、

朝はじまる海へ突込む鷗の死

の句もそうです。それから私はよく挙げる、

犬一猫二われら三人被爆せず

の句。この句の初出は「寒雷」昭和四十三（一九六八）年四月号。熊谷に引っ越されてからの作品なんです。ここでは二匹の猫のことが生き生きと活写されていますが、猫はゴン、シン。この二匹は熊谷に転居してからもらった猫。犬の名は五郎。杉並の沓掛町時代から風格のあった犬です。「われら三人」は、兜太さん、皆子さん夫妻と一人息子の眞土君。そして下句の「被爆せず」からは、長崎時代に浦上天主堂の近くに住んで、戦後十年を経ても惨状のあらわな爆心地を目の当たりにしての痛切な思いがダブっている。句の中心を流れているのは、この地球に生きるもの、また家族への愛の眼差しと言ってもよいでしょう。そういう感じの作品ですね。最後に、

左義長や武器という武器焼いてしまえ

の句。これは平成十三（二〇〇一）年の作品です。「左義長」というのは小正月の火祭りですよね。「武器という武器焼いてしまえ」、なかなか言えませんよね。

それから、ご承知の通り、平成二十七（二〇一五）年九月十九日、国会で話題になった集団的自衛権行使容認を法制化する時も、兜太さんは新聞やテレビで反対の声を上げておられました。そのように〈水脈《みお》の果て炎天の墓碑を置きて去る〉、トラック島の同僚の死を通した責任を終生貫かれたと思いますね。

「造型俳句」論
——独自の俳句理論を確立した

五つ目は若い頃から独自の俳句理論を確立したことです。兜太さんの「造型俳句」論はそもそも、昭和二十年代後半の社会性俳句というのが発端なんですよ。二十年代後半に出てきた社会性俳句運動から昭和三十年前半の「造型俳句」、これが前衛俳句運動へと展開していったんですね。

兜太さんが「造型俳句六章」を書かれたのは、昭和三十六（一九六一）年で、その年の「俳句」誌の一月号から六月号に連載しました。

造型というのは、それまでの俳句の方法を超えるものでした。高浜虚子を中心とした伝統俳句において定

着していた写生とか諷詠という自己と対象との直接結合ですよね。直接結合という素朴な方法であったのに対して、その直接結合を切り離して、その中間に結合者として「創る自分」を定着させたことです。「創る自分」を置く、これが造型だったんですね。ですから、造型というのは作者の生き方を根底に据え、自己と対象の中間に「創る自分」を設け、その意識活動を通してイメージを重層させて、内面意識を暗喩的に表出することを意図した、ということでしょうね。私はこの「造型俳句」論を組上にするとき、三つの作品を挙げたいんです。一つは、

銀行員等朝より螢光す烏賊のごとく

この句は昭和三十二（一九五七）年に、「俳句の造型について」という文章を「俳句」誌の二月号と三月号に書いているんです。ここで初めて「造型」という言葉が出てくるんですね。〈銀行員等朝より螢光す烏賊のごとく〉はその実証作品です。銀行員の態様を烏賊によって暗喩した作品。「烏賊のごとく」は直喩ともいえるんですけど、内実は暗喩として活用されている、そんな感じがします。「銀行員等」が群れとして銀行員をここで置いてるんですけれど、それもこの「創る自分」ということから考えていくと、大事な作品かもしれませんね。

次の句も、「造型俳句」論を代表する作品です。

彎曲し火傷し爆心地のマラソン

この句は「創る自分」の意識活動が活発に行われ、イメージの重層による造型方法が非常に鮮明な一句だと思いますね。方法的には歳月を隔てた二つのイメージを結びつけて重層的に表現している。もうちょっと具体的に言えば、「彎曲し」、「火傷し」、「爆心地」この原爆の三つの強烈なイメージとリズムを重層させることによって、爆心地長崎の悲惨な様子を増幅させ、そこにマラソンを配し、一挙に歳月を現在に引き戻して、爆心地長崎の街を日焼けしたマラソンランナーが体を曲げ、喘ぎながら力走していくイメージを活写している。

マラソンランナーのイメージってのがまた時間を前に戻し、原爆投下の惨状を蘇らせる、歴史的に消えな

い精神の傷痕をどこか疼かせるような感じがしますね。ですから、イメージを屈折、累積する斬新な構造の一句ですね。昭和三十三（一九五八）年の作品です。

それからもう一句は、

わが湖《うみ》あり日蔭真暗な虎があり

これは兜太さんが昭和三十五（一九六〇）年五月に、東京に戻られて、それ以降、ある湖に行ったときの句と書いているんですね。私が調べたら、この湖は山梨県の山中湖なんですよ。その山中湖という固有名詞で書かずに、「わが湖《うみ》あり」と抑えちゃったんです。「日蔭真暗な虎があり」、その湖畔の日蔭に黒々とした精悍な虎がこちらを睨んでいるという詩的な表現がここで使われている。これも「創る自分」によって生み出された一句だと思いますね。

ですから私は「造型俳句」と言われたら、「銀行員等」、「彎曲し」、「わが湖《うみ》あり」この三句を挙げておきたい、そんなふうに思います。そしてさっき話しましたように、何よりもこの「造型俳句」論というのは、昭和二十年代後半の社会性俳句から造型俳句に発展し、それが前衛俳句の運動まで展開していった。兜太さんが俳句を作っていくエネルギーが一番満ち溢れていた時代だったのかもしれませんね。俳句革新運動というふうに言ってよろしいんじゃないでしょうかね。そんなふうに思います。

兜太さんが「造型俳句」論を書かれた頃の「俳句」誌の編集者には非常に優秀な方がいたと思いますよ。「海程百句」もそうですし、この「造型俳句六章」もそうです。こうした文章を兜太さんに書かせた編集者は塚崎良雄さん。そのあとにも鈴木豊一さん、赤塚才市さん等がいました。塚崎良雄さんは秩父の出身でしたから、ことのほかです。こういう先見の明を持った編集者がいたことによって、兜太さん自身の進むべき道がいろいろと示唆されてきたと思うし、こういう優秀な編集者に恵まれたことは兜太さんが今まで大きな仕事をされた一助になったことでしょうね。

そして、栗山理一さんが『俳諧史』（昭和三十八年）の掉尾に「造型」を置き、現代俳句のきたるべき指針とされましたが、この指摘も、新風を模索していた兜太さんにとっては大きな励みになったと思います。

兜太さんはもっともっと語り継がれていくべきである

六つ目は兜太さんには、持って生まれたとしか言いようのない、磊落な気質があることです。それが誰からも愛されていたんじゃないでしょうかね。

これはちょっと大きな話になりますが、現代俳句で、新たな詩形を展開した業績に対して、兜太さんにノーベル文学賞が授与されてもおかしくないと私は思っていました。

俳句は世界でもよく知られた最短定型詩です。中国では漢俳が盛んですし、アメリカでも。アメリカの詩人のゲイリー・スナイダーさんは、二〇〇四年に正岡子規俳句大賞を受賞した時、「世界のどこにおいても俳句は瑞々しくて、斬新。実験的で、若さと遊び心にあふれ、慎み深く、詩的な語りをやってみたい、学生や初心者にも親しみやすいもの」というふうに言ってるんですね。この方は詩人なんですけれど、俳句にもずいぶん深い造詣を持っておられた方ですね。

今、俳句の人口は世界の小学生、中学生を含めてどこでも人気があって広がってる。そういう最短定型詩形で、私はノーベル賞を兜太さんが受賞される栄耀があったらなということを、さっき話したように、ご存命で、そういう機会があったらよかったなというふうに今でも思いますね。「海程」は終刊しましたけれども、私はどちらかというと、「海程」からちょっと距離を置いて、金子兜太さんを眺めたり、「海程」を眺めてきましたけれども、やはり偉大な方だったと思いますよ。

高柳重信さんがかつて「俳人っていうのは寂しいもんでね」と、よく言っていました。「どういうことですか」って聞きましたら、「いや、亡くなってしまった俳人を語り継ぐ新しい俳人ってなかなかいないじゃないですか。いい俳句を書いた俳人については、しっかりそれを継承し、語り継ぐってことが一番大事なことじゃないですか」と話されたことがあります。

そういう意味では、兜太さんはもっともっと語り継がれていかなきゃいけない俳人だと思いますね。

おわりに

酒井弘司氏は「海程」の創刊同人であったからこそ、俳壇の当時の時代背景や、金子先生の抱負、創刊方針等をよく理解なさっている。ともかく、「海程」が創刊されて、四号までは、金子先生と二人で編集を担当されている。金子先生は後年いつも「酒井が初代の編集長です」と言われていた。

氏は八十年代後半、学校を離れ県職として出向。多忙になられたため、しばらく「海程」を離れたが、二〇〇四年、『金子兜太の百句を読む』（飯塚書店）を刊行する前に、浦和で金子先生に会って、刊行の承認を得た。その時、「『海程』を離れてしまうようなことになってしまったんですけど、もう一度やらせていただくことは如何でしょうか」と伺ったら、「いや、君ほどの人間が、そこまですることはないよ」と金子先生に言われた。以来、金子先生が亡くなるまで、「ずっと少し離れたところから兜太と『海程』を見守っていました」と静かにおっしゃった。心に残るお言葉だった。

董振華

酒井弘司の兜太10句選

曼珠沙華どれも腹出し秩父の子　『少年』

人体冷えて東北白い花盛り　『蜿蜿』

水脈《みお》の果て炎天の墓碑を置きて去る　『〃』

暗黒や関東平野に火事一つ　『暗緑地誌』

彎曲し火傷し爆心地のマラソン　『金子兜太句集』

梅咲いて庭中に青鮫が来ている　『遊牧集』

わが湖《うみ》あり日蔭真暗な虎があり　『〃』

おおかみに螢が一つ付いていた　『東国抄』

霧の村石を投《ほう》らば父母散らん　『蜿蜿』

合歓の花君と別れてうろつくよ　『日常』

酒井弘司（さかい　こうじ）略年譜

昭和13（一九三八）　長野県に生まれる。

高校時代から俳句を始め、「歯車」「自鳴鐘」「寒雷」「零年」「青年俳句」に参加。「麦」に投句。

昭和36（一九六一）　第一句集『蝶の森』（霞ヶ関書房）刊。

昭和37（一九六二）　「海程」（代表・金子兜太）創刊、同人として参加。

昭和40（一九六五）　第二句集『逃げるボールを追って』（私家版）刊。

昭和43（一九六八）　同人誌「ユニコーン」に参加（一九七〇年終刊）刊。

昭和44（一九六九）　第五回「海程」賞を受賞。

昭和53（一九七八）　第三句集『朱夏集』（端渓社）刊。

昭和55（一九八〇）　『酒井弘司句集』（海程新社）刊。

昭和57（一九八二）　第四句集『ひぐらしの塀』（草土社）刊。

昭和63（一九八八）　評論集『現代俳人論』（沖積社）刊。

平成5（一九九三）　第五句集『青信濃』（富士見書房）刊。

平成6（一九九四）　俳句誌「朱夏」（八月）創刊。

平成9（一九九七）　『酒井弘司句集』（ふらんす堂）刊。

平成12（二〇〇〇）　第六句集『地霊』（ふらんす堂）刊。

平成16（二〇〇四）　『金子兜太の一〇〇句を読む』（飯塚書店）刊。

平成19（二〇〇七）　『寺山修司の青春俳句』（津軽書房）刊。

平成21（二〇〇九）　第七句集『谷風』（津軽書房）刊。

平成23（二〇一一）　随想『蝸谷山房雑記』（草土社）刊。

平成26（二〇一四）　第八句集『谷戸抄』（ふらんす堂）刊。

令和1（二〇一九）　シリーズ自句自解Ⅱベスト一〇〇『酒井弘司』（ふらんす堂）刊。

令和3（二〇二一）　第九句集『地気』（ふらんす堂）刊。

現在、現代俳句協会会員、日本文藝家協会会員。

第13章

安西篤

（二〇二二年八月二十五日十六時　安西氏宅にて）

はじめに

同じ「海程」の同人である安西篤氏とは、東京例会などで何回かお目にかかっていた。初めてお話をしたのは、二〇〇五年、中国漢俳学会が創立された時、金子先生と供に、氏が北京へ応援に来てくださった時だった。二〇〇八年には、金子先生の推薦で、安西氏に付き添っていただき、現代俳句協会の事務局に行き、協会会員になった。また、二〇一一年、金子先生が胆管癌で慶応病院に入院された時と、先生が亡くなる直前のお見舞い、その後の葬式の際によくご一緒させていただいた。

ともかく氏は、二〇〇一年に、ぶ厚い『金子兜太』論を書かれておられ、この本は兜太を研究する者にとって、スタンダードな手引書になっている。今回取材を依頼するや、ご快諾いただいた。その後、取材時期と内容の打ち合わせをするため、氏のご自宅に何度も伺わせていただいた。

董振華

「胴」「風」を経て、金子兜太に師事し、「海程」へ

私が一人で俳句を作りはじめたのは昭和二十一（一九四六）年で、十四歳の時です。その年の八月に、私の家族は戦後の地獄絵のような旧満州（現中国東北地区）から、やっとの思いで故郷の三重県に引き揚げてきました。ところが、私が帰国途中で体調を崩してしまったもんだから、結局一年間の休学を余儀なくされることになったんです。

終戦してからすでに一年間経ったし、外地で就学時代を空費していたので、さらにもう一年無為に過ごすことに、私は焦りを覚えていました。その時無性に本が読みたかったのですが、戦後混乱期の田舎で読みたい本を得るのはなかなか至難のことでした。そんな折も折、自宅の蔵の中で、亡き祖母が読んでいたとみられる歳時記や俳誌を見つけ、その中の次の一句に吸い寄せられました。〈心澄めば怒涛ぞ聞こゆ夏至の雨〉（亜浪）。私の郷里は三重県南部の雨の多い海岸沿いにあったから、夏場は終日潮騒と雨の音に包まれます。

少年とは言え、静臥の身には、この句の透明な境地が沁み入るように感じられましたね。それ以来、退屈に任せて一人で俳句らしきものを書き散らすようになったわけです。

ちょうどその頃、父は大阪に単身赴任しており、そんな私の様子を母から聞いていたと思うんですが、或る日父から小さな小包が届きました。開けてみると、父が筆写した富安風生の『俳句の作り方』でした。紙も不足していた頃なので、用済みの書類の裏紙を和綴じにした手作り本です。その中に入った栞に、〈妻のこと子のこと今日も花曇〉と書かれていました。父は技術屋で俳句の心得は全くなかったのですが、息子のために図書館で筆写しているうちに、一句ものする気になったのでしょう。後にも先にもこの一句以外、父の俳句を見たことはなかった。私の俳縁はこの時に定まったものだと思いますね。

その後、私は復学して仲間と語らって、文芸部のガリ版誌に自己流の俳句を書き始めました。特に指導者はなく、風生の入門書だけが唯一のガイドブックでした。

ところが、高校二年の春、父の仕事の関係で広島へ転校すると、たちまち仲間も発表の場も失うことになります。転校先は爆心地に近かったため、生徒は各地からの寄せ集めで気心が通じず、俳句仲間も得られなかった。おまけに大学受験を控えて、とても俳句どころではなくなり、いつしか俳句から遠ざかってしまったのです。

しかし、一時蒔かれた俳句の種は、私の中にしっかりと根付いていたのかもしれないですね。六年後の昭和三十一（一九五六）年、実社会に出たばかりの私は、再び俳句と出会うことになります。職場の先輩から一冊の句集を見せてもらいました。著者は同じ職場の組合の闘士と謳われた方です。その中の次の一句に目を奪われた。〈コロンパンの朱い菊眩しみ入党せず〉（船戸竹雄）。俳句でこのように屈折した内面のリアリティが書けることに驚嘆させられました。早速ご本人に感想を書いた手紙を差し上げましたら、折り返し返事があって、一度会いたいとのこと。で、お会いすると、二十年ほど年上の大先輩ながら若輩の私に丁寧に礼を述べられた上、仲間とやっている同人誌「胴」に入らないかと誘われたんです。当時の「胴」は梅田桑弧を編集長に、見学玄、船戸竹雄、植村銀歩、朔田恭など、練達の俳人が揃っていました。初学同然の私が同人になるなどおこがましい限りでしたが、熱心なお誘いと、新人を分け隔てしない自由な雰囲気に心を動かされ、翌昭和三十二（一九五七）年に入会したわけですね。

こうして俳人の仲間入りをさせてもらっているうちに、当時の俳壇が戦後の革新の時流に乗って、社会性から前衛ともいわれる熱気の中にあることを知りました。自由なサロン的な雰囲気を持つ「胴」で、のびのびと書かせてもらっていることになんの不満もなかったのですが、次第に戦後俳句の熱気に直接触れてみたいという気持ちが募るようになってきていました。

ちょうど昭和三十五（一九六〇）年、角川書店の「俳句」誌に金子兜太の「海程」百句が載っておりました。それを読んで大きな衝撃を受けたように感じまして、この人と俳句が作れたらなあという思いが強くなりました。そんな思いから私は、「胴」在籍のまま、昭和三十五（一九六〇）年から、当時の戦後俳句の拠点と目されていた「風」誌に投句し始めたんです。もちろん、そこに意中の俳人金子兜太がいるからです。

そして、思いもよらず、その翌昭和三十六（一九六一）年、私が所属していた「胴」の忘年句会に金子兜太が来られたのです。まるで渺たる同人誌でしたから、時の人がよくも来てくれたもんだなあと大変感動しました。憧れの人でもありましたし、こんな偶然がよくあったものだと思ったのですね。その時の句会では魅せられたという感じがあります。ちょうど草田男との論争や現代俳句協会の分裂があって、渦中の人だったわけですね。にも拘わらずそういう句会に出て来てくれて、しかも、草田男に対する人物評などを闊達に話されたのですが、敵対視しているというよりも客観的でゆとりがあって、ああ、こういうふうに見ていたのかと改めて教えられたような気がします。

兜太先生は当時まだ四十二歳だったんですが、今にしてみると、迫力があるし、貫禄があって四十代なんてとても想像できなかったんですね。そして二次会の帰りに「来年、新しい同人誌を作るんだけど一緒にやりませんか」と誘ってくださったのです。これはもう「青天の霹靂」みたいなもので、「私みたいなものがなぜ」と聞きましたら、「今日の句会の句も良かったけれど、「風」の句で前から知っている。今、思い付きで誘っているわけじゃないんだ」とおっしゃるんです。これを聞いて、ほんとに嬉しくて感動しました。それで翌昭和三十七（一九六二）年の「海程」創刊の時に四十五名の候補にいましたが、私は第四号から参加させていただきました。そして「海程」の最初の同人総会の時、隈治人さんは金子先生、原子先生と呼んでいたのが、兜太先生の「先生は止めろよ」の一言で、「それでは、大人《たいじん》と言いましょう」って、金子大人、原子大人と呼んでいましたね（笑）。

「金子兜太」論を執筆した背景

兜太先生に師事し、「海程」に入会して以来、金子兜太論を書いてみたいという思いはずっと以前からありましたが、なかなかその機会は来なかった。なぜなら、このダイナミックな成長を続ける巨峰に取り組むには、私の力不足を痛感していたからです。ところが、平成四（一九九二）年、私が『秀句の条件』を書きあげた時、「海程」誌の前編集長桜井英一氏から、そろそろ金子兜太論を書いてみてはどうかとの示唆を受けました。兜太先生も賛成だという。その頃私は、一向定まらない自分の俳句の方向感を見出すために、もう一度兜太先生の作・論をじっくり読み返そうとしていたところでもありました。まだまだ力不足の状況は変わらないものの、先生の元気な今なら、その胸をお借りすることも出来ようし、資料に不足することもないだろうと。そんな期待が重い腰を上げさせたと言えます（笑）。

ことは期待通りに運びましたね。執筆の間中、兜太先生にはお忙しい中を、資料提供はもとより原稿のいちいちにまで目を通していただき、適切なアドバイスを頂戴しました。また、書いてみて、兜太先生の仕事や生き様から、改めて多くのことを学ぶことができたわけですね。

本になるまでは、まず「海程」誌上に、平成六（一九九四）年七月号から同十（一九八八）年十二月号まで、断続的に二十三回にわたって連載しました。

金子先生ご夫妻との写真　新庄市にて　1994年4月

金子兜太のあゆみは永遠に

次に、兜太作品の創作年代を追いながらその歩みを確かめてみましょう。兜太先生の作品創作年代は私流に六期に分けられると考えます。

第一期は、昭和十二（一九三七）年の俳句開眼より、海軍軍人として終戦後トラック島から帰還する昭和二十一（一九四六）年までの時期。兜太先生十八歳より二十七歳までの期間に当たります。この時期の作品の特色は、故郷としての秩父の風土と、戦争体験の中に花開いた抒情の原質でありました。作品の上では、第一句集『少年』の前半期に当たりますね。

白梅や老子無心の旅に住む　昭和十二
蛾のまなこ赤光なれば海を恋う　昭和十五
曼珠沙華どれも腹出し秩父の子　昭和十七

水戸高校で初めて俳句を作った時から、故郷秩父において刷り込まれた原郷意識に即して書かれた作品。俳句初学時代の作品ではありますが、すでに作者の抒情の原質ともいうべきものが、よく出ており、兜太俳句の型を決定づけたと言えますね。ことに曼珠沙華の句は、この時期の代表句です。

魚雷の丸胴蜥蜴這い廻りて去りぬ　昭和十九
海に青雲生き死に言わず生きんとのみ　昭和二十
水脈《みお》の果て炎天の墓碑を置きて去る　昭和二十一

昭和十九（一九四四）年、トラック島に海軍中尉として派遣され、二年半の戦場体験の後に帰還するまでの、いわゆる戦争俳句ですね。戦場の中での日常（魚雷の丸胴）と帰還する時の感慨（「海に青雲」「水脈の果て」）です。戦場で非業の死を遂げた人たちの分までも、生き残った生を大事にしたいという思いを抱いて帰国しました。

この間、兜太先生は戦時から終戦にかけての極限状況の中で、死者への思いと生への執着を重ねて、人間性の高ぶりを充塡していった。この戦争体験は、原体験として、焼き付けられ、秩父の原郷意識とともに、兜太の抒情体質を開花させていったのですね。「曼珠沙華」の句とともに、「水脈の果て」は兜太先生の原風景を代表する句と言えると思いますね。

第二期は、昭和二十二（一九四七）年の日銀復職、結婚した後、組合運動の挫折を経て、福島、神戸、長崎の地方勤務十年から東京へ帰る昭和三十五（一九六〇）年までの時期。この間、銀行員としての先行きに見切りをつけ、俳句専念を志す。時あたかも戦後革新の波に乗って勃興した社会性俳句に、造型俳句という方法論を与えて、社会性俳句から前衛俳句と呼ばれる新しい時期を導きました。兜太先生二十八歳から四十一歳までの時期に当たる。句集では、『少年』の後半から『金子兜太句集』（昭和三十六）を経て、『蜿蜿』（昭和四十三）の初期までの時代です。

死にし骨は海に捨つべし沢庵嚙む　『少年』

復員後の最初の所感です。これからは何としても生きていこうという覚悟とともに、戦争のない国を願う思いを込めて、もう未練がましい生き方はすまい。もし死んだら、骨を海に撒いてくれと願うのです。そんな自分を沢庵を嚙みしめて励ましています。

秩父俳句道場にて坊城俊樹氏ゲスト（兜太の向かって左）
2013年11月9日

朝日煙る手中の蚕妻に示す　『少年』

帰還した翌年、秩父長瀞の塩谷皆子と結婚。新婚第一夜を実家で過ごした朝の句。瑞々しい愛情のこもった所作が読まれています。

朝はじまる海へ突込む鷗の死　『金子兜太句集』

句集『少年』によって現代俳句協会賞を受賞し、俳句専念を決めた時の句。鷗が神戸港の海に突っ込んで餌を捕る景に、トラック島の海に零戦で突っ込んで戦死した戦友たちを思い浮かべる。その時、「死んで生きる」と呟き、「二度生きる」生を俳句でと臍を固める。爽やかな朝の始まりと、その中に突如訪れる死に、再生への明るい輝きを感じていたのです。

銀行員等朝より螢光す烏賊のごとく　『金子兜太句集』

この句は発表当初、銀行員に対する批評意識で書かれたものとの評価が多かったのです。ところが、兜太先生が造型俳句の創作過程を例示するものとして発表したことから、外なる現実と内なる現実を統合した言語映像として表現されたものという方法論的解釈をされるようになった。一句の図式的表現が、かえって理論的説明には向いていたのだと思います。造型俳句の端緒となった句。

彎曲し火傷し爆心地のマラソン　『金子兜太句集』

上中で爆心地長崎の惨状を浮かび上がらせ、そこに現在のマラソンランナーの喘ぎながら走り込む映像を重ねている。それが時代を超えた歴史の傷跡として、「彎曲し火傷し」という生々しい現実感をあらわにしている。代表句の一つです。

わが湖《うみ》あり日蔭真暗な虎があり　『金子兜太句集』

自分の意識の中の湖畔の日陰に、らんらんと眼だけを光らせた虎が寝そべっている。黒々と潜む虎を暗喩として、自分の中に御しがたい思いを飼っている映像。止みがたい内面欲求の表現です。外なる現実よりも内部現実に傾斜した作品。「彎曲」の句とともに、造型俳句の典型句と見受けられます。

第三期は、「海程」創刊の昭和三十七（一九六二）年から、熊谷に定住し、朝日カルチャーセンター俳句講座講師を担当、専業俳人に踏み切る頃（昭和五十年代前半）までの時期。この時期の前半、六十年安保後の保守派の巻き返しに対抗して、海程を創刊。昭和四十二年に熊谷に転居。以降、一茶・山頭火の研究を通じて俳句形式を見直し、定住漂泊への関心を深める。さらに、「衆の詩」の時代を提唱。広く伝えるための工夫として、俳諧・韻律の力を強調し、五十年代以降の俳句ブームを先導する。兜太先生自身はまだ五十歳代でした。この時期の句集は、『蜿蜿』（昭和四十三）の後期、『暗緑地誌』（昭和四十七）、『早春展墓』（昭和四十九）、『金子兜太句集（『狡童』を含む）』（昭和五十）、『旅次抄録』（昭和五十二）、『遊牧集』（昭和五十六）、『猪羊集』（昭和五十七）、等七句集があります。

三日月がめそめそといる米の飯　『蜿蜿』

ここでは、単なる秩父という一地域にとどまらず、日本の農村の基底を流れる精神風土に、「三日月」「米の飯」という物の質感を託していますね。それが「めそめそ」という有り様を見せているのです。高度成長期の農村の悲哀。

谷に鯉もみ合う夜の歓喜かな　『暗緑地誌』

大自然の根源にあるおおらかなエロスを生々しく捉え、生命賛歌を謳いあげた句。代表句の一つとされています。夜の谷間に水しぶきを上げてもみ合う鯉の群れを「歓喜」の姿と捉えました。

犬一猫二われら三人被爆せず　『暗緑地誌』

熊谷に定住した時の句。家族は、犬一匹、猫二匹、それに妻子あわせて三人。長崎の被爆の惨状を知っているだけに、平和に暮らせる今の生活への謝念と家族への愛の眼差しがあります。「彎曲」の句から、この日常の存在感にいたる十年の歳月があります。しかし、根底に流れる反戦への思いは変わりません。

霧に白鳥白鳥に霧というべきか　『旅次抄録』

新潟県瓢湖での作品。霧の立ち込めた湖に白鳥の白だけが見える景。白濁の空間はどこまでも拡がり、夢幻の世界です。自らは徹底的に省略した風景を書こうとしていたという。景の芯にあるオブジェを求めて。

梅咲いて庭中に青鮫が来ている　『遊牧集』

早春の暁の光と影に、生命の蠢きを感じている句。白梅が咲き、まだ夜の影の残る庭に、なにやらいのちの動きが感じられます。それを青鮫の背鰭のように感じたのでしょう。景としては超現実の虚の世界ですが、生々しい実感に基づく虚の世界です。虚実皮膜の間の句とも言えます。

猪が来て空気を食べる春の峠　『遊牧集』

春の峠に猪がやってきて、思い切り美味そうに空気を吸う仕草を「食べる」と捉え、猪に心を通わせる体感です。まさに生きものへのふたりごころであり、アニミズムに通うものがあります。「衆の詩」の時代への押し出しの一句とも言えます。

第四期は、昭和五十（一九七五）年代後半から平成元（一九八九）年まで。この時期では、もはや前衛・保守という対立図式は翳をひそめ、新たな総合の時代に入る。それとともに、兜太は俳壇の頂点へと登っていきます。昭和五十八年、現代俳句協会会長に就任。六十年、「海程」は主宰誌に踏み切る。そして、六十二年、

兜太先生の朝日賞受賞祝い会で挨拶する安西
2016年3月18日（撮影：黒田勝雄）

朝日俳壇選者に就任。虚子以来の俳壇の頂点に立ったのです。この時期の兜太先生は六十歳代で、エネルギーに満ちていました。

「海程」二十五周年（昭和62年）では、「古き良きものに現代を生かす」というスローガンを打ち出し、現代における真の伝統のあり方を示す一方、自らは俳壇全体の視点から幅広い大衆の啓蒙に当たります。実作の上では、おのれの新しい言語空間を求めて、中国最古の詩集『詩經國風』に挑戦、自作にその言葉を活用し、日本の風土を基にした作品を反歌のように対応させる実験的句集を作りました。この着想は兜太ならではのユニークなものでした。それが第十句集『詩經國風』（昭和六十）です。兜太先生は『詩經國風』のあとがきに「『詩經國風』に私の関心を集めてくれたのは近世後半期の俳諧師小林一茶だった。一茶は四十一歳のとき、一年がかりで『詩經國風』と睨めっこしながら俳句作りをしていた。当時の江戸町内には「詩経講莚」がひらかれていて、そこに聴講に行って勉強した様子である」と書いています。しかもその翌年には、おのれの風土と生きものへの親しみを込めた句集『皆之』を出しています。この二冊が対をなすのは、『詩經國風』の成果の中で生かすという試みだったからです。単に詩経の世界を翻案するのではなく、大和言葉で自分の肉体を通してしゃぶりつくしたものを作り出していたのです。

抱けば熟れいて夭夭の桃肩に昴　『詩經國風』
夏の王駿馬三千頭と牝馬　『〃』
若狭乙女美し美しと鳴く冬の鳥　『〃』

最初の二句は、原典の詩篇の中の言葉をしゃぶって、それを機に「大きく潤沢な語感に飛躍させ」ようとしました。

「抱けば」の句は、嫁ごうとする娘の若々しく桃の実のように匂い立つエロスが感じられますね。その肩の先にひろがる夜空の昴星。前途を祝福する思いと空間の拡がりがあります。

「夏の王」は、英邁な君主を頂いた祝福のファンタジーです。壮大な行進のありようが、ビートの効いたダイナミックな韻律で、『詩經國風』の言語空間に唱和していますね。

「若狭乙女」は、『詩經國風』の反歌に位置付けられていますが、「そして日本列島の若狭」と題して、若狭湾小浜に泊まった時の句です。そこに立ち働く乙女たちの美しさに衝たれたのも、『詩經國風』に養われた下地によるものと言えます。

牛蛙ぐわぐわ鳴くよぐわぐわ　『皆之』

夏の山国母いてわれを与太と言う　『〃』

冬眠の蝮のほかは寝息なし　『〃』

『皆之』では、一転して生きものとの感応が全面に出てきます。牛蛙の鳴き声のリフレインが、どこか不気味でありながらユーモラスな存在感で迫ってくる。オノマトペは兜太の得意技の一つでもあります（笑）。

「夏の山国」は、母八十四歳、兜太六十六歳の時の句。母の期待を裏切って俳句を業とするようになった自分を、母はいつも与太と言いました。そんな母に苦笑しながら、頭を掻いている兜太の、微笑ましい母子の姿がまざまざ。

「冬眠」の蝮は、秩父人にとって貴重なものであり、生きものたちは皆冬眠していても、蝮の寝息だけは、ことのほかはっきりと聞こえてくるようです。生きものの存在の不気味さ。

第五期は、平成（一九八九）に入って平成二十年代前半頃までの兜太先生の七十歳から八十歳にかけての活躍期。この時期の兜太の俳壇のリーダー、スポークスマンとしての輝きはますます大きく、俳壇の栄誉を一身に担うことになります。平成八（一九九六）年句集『両神』により、日本詩歌文学館賞、翌九年、NHK放送文化賞、十三年現代俳句大賞、十四年句集『東国抄』により蛇笏賞、十五年日本芸術院賞、十七年スウェーデンチカダ賞、日本芸術院会員、二十年文化功労者、正岡子規国際俳句大賞などの栄誉に輝きました。この時期、俳諧で学んだ即興の味と年来の方法である造型の手法を駆使して、おのれの存在そのものを自然《じねん》に表現するに至ります。作句方法が肉体化され、ほとんど自覚的には意識されないまでの表現方法となりました。造型は比喩、即興は生まの直感なのでした。『両神』では、中国の『礼記』に由来する「天人合一」の世界を打ち出しています。そこでは、人間と宇宙を含む大自然を平等の立場に置き、物本来の持っている魂とともに、人間の魂をも存分に発揮させる世界、人間と自然の合成する世界、そこにアニミズムの根源にある「ふたりごころ」の初《うぶ》な形をみています。

長生きの朧のなかの眼玉かな

酒止めようかどの本能と遊ぼうか

春落日しかし日暮れを急がない

などが代表句として挙げられます。

次いで平成十三（二〇〇一）年、八十二歳の年の第十三句集『東国抄』では、「天人合一」を大和言葉の「産土《うぶすな》」に代えている。句集の「あとがき」において「〈土〉をすべての生き物の存在基底と思い定めて、自分のいのちの原点である秩父の山河、その〈産土〉の時空を、心身を込めて受け止めようと努めるようになり、この題は、産土の自覚を包むようになったのである」と書いている。「天人合一」とは共通の同心円構造を持ちながら、より身近な内部の芯に近づこうとしているかのようです。代表句は、

おおかみに螢が一つ付いていた

よく眠る夢の枯野が青むまで

生きてあり越冬つばめ眼を閉じて

などがあります。

さらに、平成二十一（二〇〇九）年、九十歳の年に出

した十四句集『日常』では、これまでの基本認識を踏まえて、より自在な暮らしの生々しさを曝しつつ、一茶の言う「荒凡夫」の生き様を書いている。そして『両神』あたりから言い出したアニミズムを、まさに体現しようとしているかに見えます。代表句として、

秋高し仏頂面も俳諧なり
長寿の母うんこのようにわれを産みぬ
今日までジュゴン明日は虎ふぐのわれか

等が挙げられます。第五期は第一期の造型よりも映像が簡明で、その分人間臭が濃くなっています。造型の肉体化が進んだとも言えますね。

第六期は『日常』以降の発表作品で、平成二十（二〇〇八）年夏頃から平成三十（二〇一八）年春の逝去に至るまでの時期。八十八歳から九十八歳までの十年間に当たります。この間の作品は生前句集に纏めていませんが、他界された翌年の二〇一九年九月二十三日に生誕百年を迎えることから、それを記念して表題を『百年』とし、私たち弟子を中心に、現代俳句協会の歴代会長、金子眞土・知佳子さんご夫妻、朔出版の鈴木忍さんなどの方々のご協力を得て上梓しました。命日は二月二十日で、一周忌を経たところでもあり、その供養の意味合いもありますね。収録句数は七百三十六句。この間の作品の特色を見てみましょう。

第一に、戦争への危機感や震災被災地に寄せる思いを熱く訴えていることです。すでに功なり名を遂げた俳人が、若者以上の情熱をもってこのような社会的現実に立ち向かう姿は、見事というほかはないでしょうね。

青春の「十五年戦争」の狐火
狂いもせず笑いもせずよ餓死の人よ
朝蟬よ若者逝きて何んの国ぞ
朝日賞を受けて
炎天の墓碑まざとあり生きてきし

また、トラック島での戦争体験は、自身の中でありありとした現実感として生きていたのでしょう。二〇

一六年に朝日賞を受けた時も、トラック島で非業な死を遂げた戦友たちの墓碑を思い浮かべたという。この賞を受けることができたのも、彼等の死に報いるおのれの生あればこその思いではなかったか。そこから生まれた「平和以上に尊いものはない」との思いは、最晩年の大きな仕事となった東京新聞「平和の俳句」の選句へと結実し、一方で、黒田杏子さんとともに全国各地での講演活動に励むなど全身全霊で反戦を訴えました。

津波のあとに老女生きてあり死なぬ

風評汚染の緑茶なら老年から喫す

困民史につづく被爆史年明ける

大震災被災地への励ましとその現実への向かい合い方を、災害の歴史の中でどう受け止めるべきかという問題意識の提起でもありますね。兜太にとって、福島はかつて日銀行員として三年あまりを過ごした曾遊の地という懐かしさもあり、福島の被災を自らの体感として捉え返そうとしていたとも言えましょう。

第二に、人間にとっての生き死にの問題。百歳に迫りつつあるおのれ自身にとって、やはり焦眉の問題ではなかったでしょうか。

死と言わず他界と言いて初霞

われ老いて多感多想や寝正月

明治大学（駿河台）キャンパスでの講演
2016年4月23日

日野原大老うふうふととぼけず

二〇一一年九十二歳の年に、初期胆管癌の手術を受けましたよね。不死身といわれた体にも、忍び寄る現実を感じ始めていたから、迫りくるものを馴化しようとしていたとも受け取れます。

二〇一四年、九十五歳の年に、『私はどうも死ぬ気がしない』に続き、『他界』という本を出しました。医師の日野原重明さん百五歳の大往生を見るにつけ、「いのちは死なない。他界に移るだけ」「他界には懐かしい人たちが待っている」の思いを強くしていたと思われます。いわば死をも相対化した境地が伺えます。

この生き死にの問題に重ねるように、亡き皆子夫人を偲ぶ作品が登場します。妻への追悼句はこれまでにも多数書かれていますが、『百年』では「亡き妻と平和」と題する連作（二〇一六）が注目されます。

妻逝きて十一年経て柚子や花梨や
雪の夜を平和一途の妻抱きいし
春の土竜の産土《うぶすな》いたわりて亡妻よ
寒月下亡妻われと平和抱え
妻よまだ生きます武蔵野に稲妻

などがあげられます。皆子夫人は、平和への願いを強く持ち続けた人でもありましたね。そんな妻への不器用な愛を抱いていたのが兜太でした。

第三に、産土の地へのふたりごころ、アニミズムの世界。

野に住みて白狼伝説と眠る
われ生きて猪の親子と出会うこと
秩父山峡日照りの肌に狼棲む

などがそうです。狼や猪は秩父産土の地にある生きもの感覚として、おのれ自身とともにある精霊のように受け止められていたに違いありません。

そして、第四に、そのすべてを踏まえた一個の「荒凡夫」として生きることを目指していることです。それは洗練された境地ではなく、生まな「存在者」の有り態でした。そこには、俳諧味ともいうべき人間の面白さが漂っていたとも言えるのではないでしょうか。

例えば、

荒川で尿瓶洗えば白鳥来
山影に人住み左義長もありき
峡に住み蝮も蠍座も食べる

このような世界を、十七音定型によって表現する時、金子兜太の肉体化された言葉の韻律の力を感じますね。内容には多様な映像も湛えながら、一句としての明快な立ち姿があります。

亡くなられる二週間ほど前まで、メディアの取材も受けておられたというから、コミュニケーション能力や自己表現能力は、まだ残されていたのでしょう。最後の遺作九句は辞世ではないが、施設で介護を受ける日々の流離《さすら》いに終焉を感じさせるものがありました。或いは他界の旅への予感だったのかもしれません。ご子息の眞士さんによると、すでに二年ほど前から認知症の初期症状が出ていたといいます。

雪晴れに一切が沈黙す
河より掛け声さすらいの終るその日
陽の柔わら歩き切れない遠い家

これらの最後の作品には、旅立ちを従容と受け止めようとする気配が見えていたような気がします。

いのちの韻律――金子皆子夫人の俳句

兜太先生はその膝下から多くの俳人を育てていますが、最大の成果と言えば、金子皆子夫人といえるかもしれません。皆子夫人は、昭和六十三（一九八八）年四月に上梓した処女句集『むしかりの花』によって、その年の現代俳句協会賞を受賞しています。その時、すでに四十年に及ぶ句歴を持ち、昭和三十一年に「風賞」を、昭和四十六年に「海程賞」を受賞していたから、盛名かくれもなき俳人であり、むしろ遅すぎるほどの出版といわれたものでした。本人は俳壇的名声に恬淡としている方だし、兜太先生自身、身内のことと て、表立ってはあまり後押ししなかったきらいもあります。

もともと皆子夫人は兜太先生と結婚するまで俳句とは無縁でした。作句は結婚の翌年昭和二十三（一九四八）年頃からで、動機は夫との対話の機会を多く持ちたいためだったといいます。しかも、波乱に富む銀行員生活を送る夫に向かう社宅内の視線は冷ややかなものでしたから、熊谷転居までは気苦労や不快感夥しいことこの上なしの状態でした。兜太先生が序文で書いているように、それこそ「心情の海にひろがる干潟を潤そうとして、皆子は俳句を作っていた」のです。日常の鬱屈の補償行為として、俳句を作っていたと見てもいいかもしれませんね。その対価として、兜太先生の俳句に対する考え方やその叙情の質に、深い理解と共感を持つにいたります。

昭和二十七（一九五二）年に、皆子夫人の母親の死に際して作った兜太句〈雪山の向うの夜火事母亡き妻〉を読んだ時、「この人にならついてゆける」と改めて思ったという。どんな言葉にも勝る愛憐の思いと情感の厚さを、この句に感じたのです。夫妻にとって俳句は、風雪に耐えるこの上ない絆となっていたと言えます。皆子夫人には、自分が心から受け入れることのできる生き方を夫が示してくれており、内面の疼きを癒す表現の場を用意してくれていました。それが豊かな詩的土壌の育成につながったのですが、本人は表現による自己実現を第一義的なものとせず、健気なまでに、夫とともに語り合い、ともに生きるという手応えさえあれば、それでよしとしていました。

このようなつくり方は受け身の感受態によるものであり、抑えがたい才質の突出が、錐のように心の静けさを破ることはありません。むしろ、言葉は心の中に安心して棲める繭を紡ぎだそうとしています。そのこと自体、作家の非凡な資質と見られるものですが、それは極めて傷みやすいものだけに、その資質を理解し、守り、育てる導き手を必要としますね。その点、兜太先生はまさに名伯楽だったのです。例えば皆子夫人の句、

菜の花ぼっちの田の水鏡花ぼっち
海鳥の羽散る海桐《とべら》の花の香なり
夏闇吹かれ黒猫の青草のひとすじ

現代俳句協会の受賞作品の中から抽いたこれらの作品においてすら、その感性の表出の仕方がまったく手垢のつかぬ初《うぶ》な立ち姿を見せているのに驚きます。長い俳歴からは予想もできないことです。このように素直で新鮮な感受態が原始的な質感を保ちつづけ得たのは、余計な手を加えずに、その資質の柔肌をあたたかく見守る眼差しあればこそと言えましょう。兜太先生は皆子夫人から作品を見せられるといつも「ああ、あんたらしくていいなあ」といっていたという。皆子夫人はその一言だけで納得していました。兜太先生自身も皆子夫人の新鮮な感受性から多くのものを受け取っていたに違いないですね。

夫妻の共通のモチーフの作品においては、それぞれ異なる視覚と個性ながら、見事な調和を奏でています。例えば、

影ばかり脊梁山脈の獅子舞　兜太
土に終るひとりの神楽風の顔　皆子
峠二つ眼はうるみたり山の婆　兜太

峠大きな目で泣く母たちの新月　皆子

皆子夫人の俳句の韻律は既成の定型感や言葉の芸によるのではなく、おのれの感受態に投じた新鮮な驚きが、そのまま定型空間での自然な切れに結び付くようです。

兎飼う少年の麦秋の顔　『むしかりの花』
鵯かえる春は乳首などあり　『〃』
雑木山ひとつてのひらの天邪鬼　『〃』

「新鮮な驚き」は、無心な言葉を思わずも表出します。皆子夫人の世界は常に原郷につながる有情の世界ですが、ある意味越しにその世界につながっていくのではなく、直に原郷の世界へ直行するのだと思われます。そこでは、対象となる事物が直に、無心に、新鮮に感じられるまま、言葉となって立ち現れるようです。いうまでもなく、皆子夫人の原郷とは、故郷秩父の風土です。山襞に囲まれた自然の中で、繭に包まれるようにして育った皆子夫人は、自らも母の胎内にいた時の

深い安堵感の中へ戻りたいと願い、その願いはいつも皆子の思いの中でかなえられていたに違いありません。二十七歳の年に母を失い、なかなかその悲しみから立ち直れなかった時、秩父の土に咲く白い花を見ていて、翻然と悟るところがありました。「すべてのいのちは土に生まれ土に帰ってゆく。母もまた土に帰って、新たないのちにつながる。私も土に足をつけて生きてゆく限り、まぎれもなく母につながっているのだ」という。同じ原郷を持つ金子先生にその感受態と想いが伝わらないはずはなかった。皆子夫人は自らの句業に「一筋通っているものがあるとすれば、それは〈いのちへのいとおしみ〉でした」といいます。

平成九年に出した第二句集『黒猫』は『むしかりの花』のベクトルをより深く辿りながら、ある朦朧とした恍惚感のなかに、解き放っているような気がします。

鶫旅立つ朧月夜の朧の軀　『黒猫』
花鶏と姉と夕暮こそは一つなり　『〃』
黒猫哭いて春の夜の野は哭きにけり　『〃』

ここには、アニミズムともいうべき生きものとの生々しい交感があります。その交感は空間の中ばかりでなく、時間をも共有し合っているところが、皆子俳句のユニークさです。交感というより、一体感というべきかもしれません。作者の恍惚感が空間を満たしているともいえるのではないかと思いますね。

一茶に関心を持ち、そして学んだ兜太

兜太先生が一茶に関心を持つようになったのは、中学時代に読んだ相馬御風の『一茶と良寛と芭蕉』に始まります。その時すでに、良寛や芭蕉よりも一茶を身近に感じていたらしいのです。一つは、兜太先生の故郷秩父が一茶の信州とは山続きの地縁を持つということ、もう一つは資質的に一茶に通う田舎者の根性を「寒雷」の仲間たちから指摘され、当時『一茶秀句』を書いていた師の楸邨からも君なら一茶だと慫慂されていたことなどから、自分なりの一茶への親近感に、納得するものを得ていたのです。さらに、一茶への道のりを促すような時代背景もありました。昭和三十六

（一九六二）年、現代俳句協会の分裂、俳人協会の設立によって、俳壇には古典回帰の波が押し寄せていたが、これに対して兜太先生は戦後俳句防衛の拠点として俳誌「海程」を創刊します。その後、戦後俳句は時代の

安西の秩父俳句大会受賞時、兜太の左は安西　2017年３月

保守化の波に浸食され、かつての盟友たちが次々俳人協会に鞍替えするようになります。これに対して、兜太先生は人間不信の思いを募らせるようになっていました。

こうした状況下にあって、昭和四十二（一九六七）年、熊谷に定住の居を定めた頃から、人間や古典の本質をもう一度自分の目で見直そうとする思いに目覚めます。その対象を一茶、山頭火など漂泊の俳人たちの純粋な生き様に定め、その研究に打ち込み始めました。

そこから、一茶を通じて兜太先生が何を学んだかというと、まず第一に、生来の肌合いの良さ、つまり山国の野生味と自然のエネルギーを学んだ。一茶と兜太先生の近さは、単に地縁から来るものばかりではなく、その生来の肌合いの良さに負うところが大きいと思います。初期の作品から見ると、

曼珠沙華どれも腹出し秩父の子　『少年』

青梅や餓鬼大将が肌ぬいで　『西国紀行』

この二句は、素材こそ異なれ、両者の生まれついての

野性味と自然のエネルギーに、相通ずるものを感じ取ることができます。

木曾のなあ木曾の炭馬並び糞る　『少年』
山霧や声ぅつくしき馬糞かき　『西国紀行』

この二句において、一茶句の方は、馬糞かきをしている少年の美しい歌声が山霧の中を通ってゆく景。山国の貴重な堆肥としての馬糞の収穫を子供の小遣い稼ぎとしてやらせていたらしい。一茶の頃は勿論ですが、兜太先生の少年時代もまだ残っていた生活習慣でしたね。

土間口に夕枯野みゆ桃色に　『少年』
戸口から青みな月の月夜かな　『八番日記』

この二句においては、農家の土間口にみる夕暮れから月夜にかけての景の移ろいが連句のようにつながり、両者の山国育ちの資質としての親近感を見せています。

第二に、直かの目で、つまり生まの自分の眼で剝き出しに見ることを学んだ。一茶は無常の世の現実をリアルな眼差しで見ます。それも旺盛な好奇心を持って剝き出しに見ています。それがなにがしかの内面形成まで果たすようになってゆく姿は、当時の庶民の中に「個」の意識が育ち始めていた表れでもあった。この一茶のリアルな眼を兜太先生は「直かの眼」と言い換えています。気取ってみるのではなく、自分の生まの眼で剝き出しに見る。その点でも兜太先生と一茶は波長が合っていると言えましょう。

やれ打つな蠅が手を摺り足をする　『八番日記』
三度掻て蜻蛉とまるや夏座敷　『おらが春』
ほわーと欠伸の犬もいる猿梨捥ぐ　『遊牧集』
初夏長江鱶などはぼうふらより小さい　『〃』

小動物への親しみを込めた関心と観察眼は共通していますね。その見方は横に並んで好機嫌で見ている姿勢で、しかも対象にストレートに向かっています。

目出度さもちう位也おらが春　『おらが春』

なの花のとつぱずれ也ふじの山　『七番日記』
非情に利己的な善人雪の木を伐りおる　『遊牧集』
真っ昼間富士の抜け歯のごとし鷺　『〃』

このようなアイロニカルな見方も二人は共通していると思われます。

第三に、農民的アニミズム、つまり生きているものとの共感を学んだ。

赤馬の鼻で吹きけり雀の子　『七番日記』
恋猫や互いに天窓《あたま》はりながら　『文政句帖』
山頂に昼月納屋に浮かれ猫　『遊牧集』
猪が来て空気を食べる春の峠　『〃』

こう見てくると、両者には体質的共感はあるものの、そこには時代状況の差があることは偽れない。一茶の方が対象への眼が細かく客観的なのに対し、兜太先生の方は己の体感に即して自己の存在を強く意識しているところがあり、それほど素朴とは言えない。近代的な自意識を潜り抜けてきたエゴの強さがあるからです。

第四に、一茶に触発されて生きもの感覚への道を歩んだ。一茶を読むうちに兜太先生は、一茶の生理感覚的なうぶな息づきの奥に、繊細な心理の働きを見定めるようになります。それは兜太先生の造型俳句論で言うところの、まず感覚で受け止めたものを主体的な意識の働きによって暗喩に仕立ててあげてゆく、という仕組みに呼応するものでもありました。そこに造型的方法の肉体化されたものを感じ取るようになっていたと思います。

山畠やそばの白さもぞっとする　『七番日記』
三日月がめそめそといる米の飯　『蜿蜿』

一茶の句では、白い蕎麦の花が咲く頃、秋が短く去る山国の寒気を感じつつ、一茶晩年の病後の心理が隠し絵のように潜められている。一方、兜太先生の句の持つ人間の生臭いものは、地方の風土感と結びついた生理感応でありながら、どこか秩父の山村の日常のかなしみともいうべき心理的感応を読み取ることができ

金子先生自宅訪問時　2017年9月3日

ますね。

ともかくもあなた任せのとしの暮　『おらが春』

春落日しかし日暮れを急がない　『両神』

一茶は晩年、長女を失って以来、煩悩を持ちながらもそのまま仏に通じるような、ありのままに生きる自《じ》然《ねん》の状態を求めていました。しかも他人に迷惑をかけることなく自由に生きるという状態に達しようとした。この状態を兜太先生は、一茶にならって「荒凡夫」といいます。「荒」には自由、「凡夫」には平凡な並の人間の意がある。兜太先生もまた、一茶に通ずる生き様そのものを体得しようとしていましたね。でも、実際に兜太先生はその点ですでに一茶を超えていると思います。生前最後の句集『日常』の「あとがき」ではこう言っています。「この日常に即する生活姿勢によって、踏みしめる足下の土が更に強かに身にしみてもきた」「徒に構えず生々しく有ること」「一茶の〈荒凡夫〉でゆきたい。その〈愚〉を美に転じていた〈生きもの感覚〉を育ててゆきたいとも願う」と。一茶とは同心円構造の表現ながら、より自在な日常の生々しさを曝しつつ、生きもの感覚そのものを体現しようとしている。作品は時代とともに変化して動いてゆくが、表現構造の基本は変わらず、自然を生きもの感覚で受け止め、自在に表現しようとする。それだけ人間臭が濃くなってきているのです。

秋遍路尿瓶を手放すことはない 『日常』

長寿の母うんこのようにわれを産みぬ 『〃』

「生きもの感覚」は、日常の具体感の裏付けを得てはじめて生き生きしてくる。そこから、日常の中で自分自身の風景を見つめなおすことが求められるようになります。また、兜太先生が「生きもの感覚」で書くことを「生きもの諷詠」ともいい、「花鳥諷詠」を超える時代の方向性と位置付けています。さらに生きものすべてのいのちは、かたちは変わっても輪廻して不滅であると信ずるともいう。生死ということ自体あまり気にせず、これも一つの日常と受け止めてゆく。即ち死をも相対化しているのです。辞世の場合でも、日常のいのちを詠うような構えが必要で、相手に向かって詠いきるという「ふたりごころ」ともいうべき表現だとしています。これは、一茶が体感しつつも、自覚し得なかった死生観ではないかと思いますね。

兜太は時を超えた存在

兜太俳句とその人間性については、私なりにまとめてみるといくつかあります。

第一に、名実ともに俳壇の頂点にあって、時代を牽引する指導者的な存在であることは、誰もが認めるところです。戦後七十年、三・一一以後七年という時代の転換期にあって、時代からも求められているリーダーシップの所有者であるということが挙げられますね。亡くなる九十八歳まで現役並みの活躍を見せ、それも鬱然たる巨匠というより、逞しいフロントランナーとも見えるエネルギーを感じさせますね。自ら九十歳の新年に〈雑煮食ぶ暦年齢は虚なり〉と詠み、男八掛け、女七掛け説を唱えて、周りを鼓舞しています。

第二に、俳壇にとどまらず、文化交流のメディアとしての行動力と資質の持ち主であることから、語り部時代のタレントとも見なされています。兜太先生は昭和五十年代以降の俳句ブームを先導し、文化ジャーナリズムの寵児となりました。テレビ時代に相応しいカンの良さと、簡潔明快な語り口のうまさ、しかも無類の聞き上手。軽やかな座談風な語り口で、時折ユーモアや卑猥なギャグなどもまじえて、臨場感豊かに表現する。その論理は畳み込むような明快さで、歯切れよく締める。まさに一場の芸を思わせる語り部です。

第三に、戦争と戦後俳句の数少ない生き証人としての体験を、今日の問題として捉え返す見識の持ち主だと思います。戦争で非業の死を遂げた死者に報いる生を生きなければならないという信念のもとに、自らの体験を語って平和を訴えます。また、戦後俳句が新しい社会変革の意識のもとに出発し、その後、方法を模索しながら、俳句形式の強さと美しさを獲得していった戦後俳人の生き残りでもありますね。戦後俳句を見事な鑑賞力で解明した昭和四十年の著書『今日の俳句』（光文社カッパブックス）は、今なお古典的価値をもって愛読されています。

第四に、幅広い選句眼と説得力のある鑑賞で、多様化の時代に指針を打ち出せる数少ない指導者の一人です。その実績として、ＮＨＫ、朝日新聞、朝日カルチャーなどの俳句講座等で、長年にわたり多くの草の根の俳人を育て上げました。さらに、年間二〇〇万句近くに及ぶ伊藤園のお〜いお茶新俳句大賞では、ジュニア層を中心に、あらゆる世代にわたる俳句大衆の育成にも強い影響力を与えています。なんと言っても亡くなるまで一貫して現役作家としての現場の臨場感と生活感に裏打ちされた肉声の魅力が、鑑賞の強みになっています。

兜太先生は、今に生きる存在にとって他界は常に未来にあるという。未来は過去の経験を通して思い描いた「時」の写し絵でありますが、描き出された未来には原点となる過去の体験があります。時を超えた過去、現在の時の同化こそ、命の段差のないアニミズムの世界です。他界は想像できない未知の世界でなく、忘れ得ぬ懐かしい人たちが待っている故郷でもありますと。今や兜太先生は、他界という原郷において時を超えた存在となっていると信じています。

おわりに

年齢を加える度に活力も増す人がいる。安西篤氏もその一人である。近年、「海程」の精神を大事に受け継がれて、後継誌「海原」の代表としてのご活躍と仕事ぶりには思うだけに胸がすく。

兜太門の重鎮として、安西氏は「海程」創刊の年、四号から入会された。一九八四年から八七年まで、「海程」の編集長を務められた。また、九二年『秀句の条件』を書きあげられた時、当時の「海程」編集長桜井英一氏から「そろそろ金子兜太論を書いてみてはどうか」との示唆を受けて、二〇〇一年単行本となるまで、「海程」誌上に、一九九四年七月号から九八年十二月号まで、二十三回にわたって連載。そして、二〇一四年、『現代俳句断想』を刊行され、書中には金子先生の人と作品を中心に五つの時期に分けて論評。更に二〇一九年、金子先生の遺句集『百年』の刊行にも尽力された。氏は今回の取材に際し、金子先生について縦横に語られ、「兜太は時を超えた存在」との言葉はいまでも強く心に響いている。

董振華

安西篤の兜太10句選

水脈《みお》の果て炎天の墓碑を置きて去る　『少年』

彎曲し火傷し爆心地のマラソン　『金子兜太句集』

暗黒や関東平野に火事一つ　『暗緑地誌』

梅咲いて庭中に青鮫が来ている　『遊牧集』

夏の山国母いてわれを与太《よた》と言う　『皆之』

長生きの朧のなかの眼玉かな　『両神』

おおかみに螢が一つ付いていた　『東国抄』

よく眠る夢の枯野が青むまで　『〃』

津波のあとに老女生きてあり死なぬ　『百年』

河より掛け声さすらいの終るその日　『〃』

安西篤（あんざい　あつし）略年譜

昭和7（一九三二）　三重県生まれ。

昭和21（一九四六）　旧満州より引揚げ後、郷里三重県の中学時代より独学で俳句を始める。

昭和32（一九五七）　見学玄、船戸竹雄両氏の知遇を得て、梅田桑弧編集の「胴」同人。

昭和35（一九六〇）　「風」に投句。翌年金子兜太師に出会う。

昭和37（一九六二）　「海程」創刊の年に入会、同人。

昭和59（一九八四）　「海程」編集長（八七年まで）。

昭和62（一九八七）　海程会会長、朝日カルチャーセンター俳句講座講師（二〇二〇年まで）。

平成2（一九九〇）　よみうりカルチャー俳句講座講師（二〇二〇年まで）。

平成3（一九九一）　海程賞受賞。

平成4（一九九二）　評論『秀句の条件』（海程新社）刊。

平成11（一九九九）　共著『現代俳句歳時記』（現代俳句協会）刊。

平成12（二〇〇〇）　現代俳句協会企画部長。

平成13（二〇〇一）　句集『多摩蘭坂』（海程新社）、同年、評論『金子兜太』（海程新社）刊。

平成14（二〇〇二）　共著『現代の俳人１０１』（新書館）刊。

平成20（二〇〇八）　現代俳句協会幹事長。

平成21（二〇〇九）　句集『秋情《あきごころ》』（角川書店）刊。

平成24（二〇一二）　現代俳句協会副会長、国際俳句交流協会副会長（２０１５年まで）。

平成25（二〇一三）　句集『秋の道《タオ》』（角川学芸出版）刊。

平成26（二〇一四）　現代俳句協会賞受賞、同年、伊藤園「お〜いお茶新俳句大賞」審査委員。

平成27（二〇〇五）　現代俳句協会顧問。

平成28（二〇〇六）　評論『現代俳句の断想』（海程社）刊。

平成29（二〇一七）　句集『素秋《そしゅう》』（東京四季出版）刊。

平成30（二〇一八）　「海原」創刊・代表。

令和1（二〇一九）　現代俳句大賞受賞。

アドバイザー監修者として　黒田杏子

おわりに　董　振華

アドバイザー監修者として

黒田　杏子

「日中国交正常化五十周年」の記念すべき年に、五〇歳の中国人董振華さんは、あらためて恩師金子兜太の研究を発心、黒田に相談の上、現在活躍中の代表的な俳人男女十三人の方々に精力的にインタビューを開始。およそ六ヶ月でこの一冊を基本的にまとめあげられました。彼のこの情熱と努力、行動力には頭が下がります。

長年に亘り、「日中文化交流」に携わってこられた豊富な体験と、日本の複数の大学でも学んでこられた知識が生かされた上に更にこの人の卓越した不屈の実行力が加わって、ここに異色の一巻が完成したのです。

終始アドバイザーとして、この人の行動を見守って参りましたが、これだけの仕事を一切手を抜くことなく、誠実に謙虚に進められる姿を目の当たりにして、あらためて私も教えられるところ、学び直す点が多々ありました。ともかくこの人は中国の悠久の歴史と文化を背負っておられるのだと実感しました。

中国には私も何度も行っております。シルクロードも数回辿りましたし、北京はもとより上海・西安ほかの都市にも行き、懐かしく佳い思い出が沢山あります。

ところで、金子兜太先生にかかわる書物をこれまでに私は何冊も公刊しております。その数はどなたよりも多いのではないでしょうか。岩波書店、藤原書店、白水社、平凡社等からの書物はすべて各社のすぐれた編集者との合力によって刊行されてきました。

反戦平和主義者として、トラック島での「戦場体験」をこの国の各地で広く語り継いでゆく事を金子先生は九十歳からの仕事と定められました。この語り部を支え、聞き手、相手役として先生の「行」を全うするための「お助けおばさん」が十九歳年下の安保世代の私の役目となりました。この「行」を先生と共にすすめる過程で、私はどれほど多くの事を学ぶことができたことでしょうか。私を相棒に任命してくださった金子先生への感謝の念は尽きません。

このほか金子先生から引き継ぎ、バトンタッチされた仕事はいくつもあるのです。その一つは、一人がなんと五十句を提出する「福島県文学賞」俳句部門の代表選者です。これは三・一一の前年から昨年まで担当。本年度からは長谷川櫂さんに引き継いで頂きました。もう一つは「東京新聞・中日新聞」の「平和の俳句」の選者。金子先生のご指名により、いとうせいこうさんと担当。本年はロシアのウクライナ侵攻もあり、この国に「平和の俳句」があってよかった、と私は〈心の底〉から思ったことでした。

それでは、ここから黒田杏子の推す金子兜太の三句を挙げさせていただきたいと思います。

デモ流れるデモ犠牲者を階に寝かせ

一九六〇年、国会構内に仲間と突入。おそらく第四機動隊との対峙の中で、花の命を落とされた東京大学四年生樺美智子さんを悼む日比谷野外音楽堂での国民葬の模様を詠まれた作品でしょう。季語も無く、定型でもないこの一行に東京女子大学四年生の私はどれだけ力を与えられ、励まされた事でしょうか。未知の金子兜太という俳人に共感と深い連帯感を抱きました。

彎曲し火傷し爆心地のマラソン

一九九〇年ドイツフランクフルト郊外の古城バート・ホンブルグを舞台に「日独俳句交流」が実現、開催されました。現代俳句協会、俳人協会、日本伝統俳句協会三協会の会長がそれぞれの協会員有志と共に参加。日独の俳人が交流したのです。この俳句はある分科会で日独両国の俳人各五名、合わせて十名が参加した古色蒼然たる部屋で、ドイツ語に訳された日本人の俳句として最初にゆっくりと二度朗読されました。

朗読の二回目が終わるか終わらないうちに、ドイツ俳人男女が皆一斉に立ち上り、全員が皆両腕を頭上にかかげて「ヒロシマ!! ヒロシマ!!」と叫び、この句に強い共感が示されたのです。金子先生のこの句、実際には長崎で詠まれていたのですが、ドイツ俳人の皆さんには、爆心地＝原爆＝ヒロシマと受け止められたのだと思います。

この日、俳句ではじめて、つまり「ＨＡＩＫＵで原爆が詠めるのだ」という事実を目の当たりにされた、ドイツ俳人たちの歓喜と敬意のこころが全身で示された場面に居合わせたこの日の記憶を私は生涯忘れる事は無いでしょう。尚、TOTA・KANEKOの名前はこの時点ではまだドイツ俳人たちにほとんど知られては居なかったと思います。彼らはこのHAIKU作品そのものに共感されたのです。さらに思い出します。この年、この日。私は刷り上がったばかりの主宰誌「藍生」の創刊号を携行して居りました事を。

河より掛け声さすらいの終るその日

生前最後にご自身の手で原稿用紙にしたためられた自筆作品九句の中の一句。
河は産土の地秩父を流れている荒川のこと。そこから掛け声が聞こえるという。「掛け声」と言ったら、この方にとっては秩父音頭ですね。この時、まだご自身の人生は終っていない。おそらく、いつか長いこの自分の生涯が終る時に、必ず生まれ故郷を流れる荒川からの掛け声を自分は聴きとめるだろうという句です。さすらいの終るその日。ここが凄い。素晴らしいです。ゆくりなくも俳人金子兜太先生は、この一句を以て百歳に至らんとする悠々たるご自分の人生を締めくくられました。存在者・詩人・アニミストとしての面目躍如。まことに「見事」なる人生であられた大先達。この句をくちずさむたびに、私は無限の勇気が授けられるのです。
最後にここでさらに一言。金子兜太先生は稀に見る「知性」の人。この「知性」に私は深い敬意を抱き、今日に至っております事を書き添えたいと思います。

二〇二二年十月二十二日

おわりに

二〇二二年三月二十日、井口時男氏をこの本の最初の証言者として迎えました。井口氏は『金子兜太　俳句を生きた表現者』（二〇二一年）を出版したばかりで、その博学・博識に圧倒されました。そして同年八月二十五日、安西篤氏にこの企画の最後の証言者として語っていただきました。安西氏は兜太先生の弟子であり、かつてスタンダードな兜太研究書として、『金子兜太』（二〇〇一年）を書かれております。安西氏を以て約五カ月にわたるインタビューが全て終了しました。

　この度、最終的に金子兜太を語り伝えて頂く証言者の方々は、男性十一名、女性二名の十三名。証言の聞き手は私がすべて務めましたが、活字化の段階では、証言者による「一人語り」に統一しました。どなたにも事前にお届けしてあった質問項目は、小見出しに生かす等の工夫をしました。

　最後に、当然のことですが、この証言集をまとめる事ができたのは、私一人の力によるものではありません。十三名の皆様は勿論のこと、実に多くの方々のご協力と支えがあってはじめて実現出来たものです。まず、黒田杏子先生から多大なご支援と様々な助言を賜りました。写真家の黒田勝雄様と俳人の宮崎斗士氏より、文中の写真の一部を提供頂きました。金子眞土様、奥様の知佳子様より、資料提供等のご協力を頂きました。高山れおな氏より、有難い帯文を賜りました。装幀は、髙林昭太氏にお願いしました。また、従弟の鄒彬君がすべてのインタビューに同行し、録音と撮影を担当してくれました。そして、本書の刊行を引き受けてくださった、コールサック社の鈴木比佐雄代表、実務担当のご子息鈴木光影さんには何から何までお世話になりました。併せて心からの感謝を捧げます。

　尚、本書の刊行の後、本書と同様の趣旨の書物も、同じコールサック社から、『兜太を語る——海程15人と共に』として刊行出来ることが決まっています。ぜひ本書と併せて、金子兜太師のことを更に多角的に知って頂きたく、お一人でも多くの方にどちらの本も読んで頂ける事を心から願って筆を擱きます。

二〇二二年十月二十二日

董　振華

聞き手・編者略歴

董振華（とう　しんか）

俳人、翻訳家。1972年生まれ。中国北京出身。北京第二外国語学院日本語学科卒業後、中国日本友好協会に就職。中国日本友好協会理事、中国漢俳学会副秘書長等を歴任。早稲田大学大学院アジア太平洋研究科国際関係修士、東京農業大学大学院農業経済学博士。1996年慶応義塾大学留学中、金子兜太に師事し俳句を学び始める。2001年「海程」同人。日本中国文化交流協会会員、現代俳句協会会員。中日詩歌比較研究会会員。俳句集『揺籃』『年軽的足跡』『出雲驛站《えき》』『聊楽』等。随筆『弦歌月舞』。譯書『中国的地震予報』（合訳）、『特魯克島的夏天』『金子兜太俳句選譯』『黒田杏子俳句選譯』、映画脚本、漫画等多数。現在「海原」同人、「藍生」会員、「遊牧」同人、「聊楽句会」代表。

現住所　〒164-0001　東京都中野区中野５－51－２－404
E-mail：toshinka@hotmail.com

監修者略歴

黒田杏子（くろだ　ももこ）

俳人、エッセイスト。1938年、東京生まれ。1944年、栃木県に疎開。東京女子大学心理学科卒業。山口青邨に師事。卒業と同時に広告会社博報堂に入社。「広告」編集長などを務め、60歳定年まで在職。1982年、第一句集『木の椅子』にて現代俳句女流賞および俳人協会新人賞受賞。青邨没後の1990年、「藍生」創刊主宰。1995年、第三句集『一木一草』にて俳人協会賞受賞。2011年、第五句集『日光月光』にて蛇笏賞受賞。2020年、第二十回現代俳句大賞受賞。「件」創刊同人、「兜太　ＴＯＴＡ」編集主幹。日経俳壇選者、星野立子賞選者、東京新聞（平和の俳句）選者、伊藤園お～いお茶新俳句大賞選者ほか、日本各地の俳句大会でも選者を務める。栃木県大田原市名誉市民。『黒田杏子歳時記』、『証言・昭和の俳句　増補新装版』編・著、『季語の記憶』ほか著書多数。一般財団法人ドナルド・キーン記念財団理事。一般社団法人日本ペンクラブ、公益社団法人日本文藝家協会、脱原発社会をめざす文学者の会各会員。

石炭袋

語りたい兜太　伝えたい兜太 ── 13人の証言

2022年12月28日初版発行
聞き手・編者　董振華
発行者　　　　鈴木比佐雄
発行所　株式会社 コールサック社
〒173-0004　東京都板橋区板橋2-63-4-209
電話 03-5944-3258　FAX 03-5944-3238
suzuki@coal-sack.com　http://www.coal-sack.com
郵便振替　00180-4-741802
印刷管理　（株）コールサック社　制作部

装幀　髙林昭太

落丁本・乱丁本はお取り替えいたします。
ISBN978-4-86435-548-3　C0095　￥2500E